Blossoms of Fire

AF 156096

Cosima Lang hat schon zu Schulzeiten lieber in fremden Welten und abenteuerlichen Geschichten gelebt, als auf die Tafel zu schauen. Mit achtzehn Jahren fand sie endlich den Mut, ihre eigenen Geschichten niederzuschreiben. Inspiriert von griechischer Mythologie und Märchen, zeigt sich ihre Liebe für Fantasy auch in bunten Make-up-Looks. Und wenn sie nicht gerade fleißig am Tippen ist – immer begleitet von ihrem Hund –, verbringt sie ihre Zeit mit Handarbeiten.

Für mehr Informationen zu Cosima Lang, ihren Büchern und spannenden Aktionen folgt ihr auf:
Instagram @cosimalang
TikTok @cosilang

Mehr über Loomlight und unsere Autor:innen unter:
www.thienemann.de/unsere-verlage/loomlight und
auf Instagram **@thienemann_booklove** und
auf TikTok **@thienemannverlage**

Direkt zu **Events und Lesungen:**
www.thienemann.d/events-lesungen

Cosima Lang

BLOSSOMS
OF
FIRE

LOOMLIGHT

Liebe Leser:innen,

dieser Roman enthält potenziell triggernde Inhalte.
Auf der letzten Seite findest du eine Themenübersicht, die
Spoiler für die Geschichte enthält.
Entscheide bitte für dich selbst, ob du diese Warnung liest.
Wir wünschen dir das bestmögliche Leseerlebnis!

Cosima Lang und dein Loomlight-Team

Für meine Schwester Sara und meine Oma,
ihr seid die einzig wahren Kräuterhexen.

MATRICARIA CHAMOMILLA
KAMILLE

Sobald sich ein Schatten über dich legt, dann ist es bereits zu spät. Wenn ein Drache dich erst einmal in seinen Krallen hat, ist es vorbei. Also schaue regelmäßig in den Himmel, mein Kind, ansonsten wirst du es bereuen.

Die Warnung meiner Gran hallte durch meinen Kopf, als ich an diesem Morgen die vielen Nachrichten meiner Freunde las. Drachen über Edinburgh. Nicht nur einer oder zwei, wie es an manchen Tagen schon einmal vorkam, sondern ein ganzes Dutzend in verschiedenen Farben, die immer und immer wieder ihre Kreise über der Stadt zogen.

Sogar einige unserer Kunden unterhielten sich leise darüber, während sie zwischen den Regalen hindurchwanderten oder die Pflanzen bewunderten, die im Verkaufsraum verstreut herumstanden.

Nachdem ich das letzte Foto von Chris in der Gruppe – vier Drachen, zwei grüne, ein roter und ein brauner – betrachtet hatte, steckte ich mein Handy in meine Tasche, um zurück an die Arbeit zu gehen. Noch waren es ein paar Stunden, bis ich den Laden abschließen konnte.

Unser kleiner Laden *luibhean teaghlach*, was übersetzt so viel wie »Familienkräuter« bedeutete, befand sich seit Generationen im Besitz meiner Familie. Dieser lag sicher geborgen in einem Eckhaus, direkt am Rande einer breiten

Einkaufsstraße. Die großen Fenster ließen das wenige Sonnenlicht, welches man in Schottland abbekam, herein. In alten Holzregalen und auf noch älteren Holztischen wurde unsere Ware präsentiert – kleine Setzlinge, junge Pflanzen, getrocknete Kräuter und Gewächse. Alle durchtränkt mit der Magie, für die meine Familie bis über die Grenzen der Stadt hinaus bekannt war.

Eine Mischung aus neugierigen Touristen und vertrauten Anwohnern trieb sich im Laden herum. Ihre vielen Stimmen vermischten sich zu einem Summen in meinen Ohren. Cleo war gerade dabei, einer aufgeregt schwatzenden Dame einen Setzling zu verkaufen, während John einer Gruppe junger Frauen etwas über eine Monstera erklärte.

Ich bezog meine übliche Stellung hinter dem ausladenden Tresen aus Massivholz, der den Verkaufsraum von unserem Lager trennte. Hinter mir erhob sich das deckenhohe Regal voller kleiner Schubfächer, alter Glasgefäße und Bücher, die Jahrhunderte von Wissen beherbergten. Als ich mich auf dem Tisch abstützte, spürte ich unter meinen Fingern die von der Zeit gezeichnete Tischplatte mit ihren vielen Kratzern und winzigen Brandzeichen. Ein Zeugnis meiner Familie und der Magie, die uns verband.

Gran erzählte liebend gern die Geschichte, wie ich an meinem ersten Tag im Laden so nervös war, dass ich mir beinahe in den Finger geschnitten hatte. Die scharfe Klinge hatte aber weder mich noch das Bündel an getrockneten Kräutern getroffen, sondern eine Kerbe im Holz hinterlassen.

Ein paar Minuten lang nutzte ich meine Chance, die Menschen um mich herum zu beobachten. Wonach genau ich suchte, konnte ich nicht sagen, finden tat ich es jedenfalls nicht. In dem Moment kündigte die alte Messingglocke über der Tür neue Kundschaft an. Eine kleine Gestalt schob sich mit erschreckender Stärke durch die Massen, bis direkt vor meinen Tresen.

»Guten Tag, Briar«, erklang eine tiefe Stimme. Mit einem Schnauben setzte Rita die schwere Tasche, die sie stets dabeihatte, auf dem Boden ab. Dann richteten sich die dunklen Augen der Zwergin auf mich. »Du siehst gelangweilt aus.«

Ich konnte mir ein Grinsen nicht verkneifen. »Es ist ein ruhiger Tag.« Die Kundenschar wollte meine Worte Lügen strafen, aber Rita und ich wussten, dass keiner davon *meine* spezifische Kundschaft war. Denn wer zu mir kam, wollte keine hübschen Pflanzen, er wollte Zauberei. Genauso wie Rita.

Aus der obersten Schublade zu meiner Rechten holte ich ein Säckchen hervor, welches ich über die Theke schob. Darin befand sich dieselbe Mischung aus Kräutern und Kristallen, durchsetzt mit Magie, die ich Rita jede Woche zubereitete. Seufzend nahm die Zwergin den Beutel entgegen und verstaute ihn sicher in ihrer Tasche. Den Inhalt würde sie heute Abend in ihr Badewasser geben, um ihren geschundenen Gelenken nach einem langen Tag in den Mienen etwas Erholung zu gönnen.

»Das hier ist für dich.« Neben den Scheinen legte sie einen Stein auf meine Theke.

Verwirrt hob ich die Augenbraue. »Äh, danke?«

»Der ist mir heute Morgen vor die Füße gerollt, und irgendwie musste ich sofort an dich denken.« Sie warf mir einen strengen Blick zu. »Vielleicht kann er dir ja noch nützlich sein.«

Nachdenklich nahm ich den Stein in die Hand. Er war glatt und beinahe perfekt rund, wie eine Murmel, jedoch schwerer, als ich erwartet hatte. Ritas Gesichtsausdruck trieb mich dazu, ihn in meine Hosentasche zu stecken. Damit drehte sich die Zwergin um und verließ schnurstracks den Laden.

Zwerge hatten starke Instinkte, wenn es um Gestein ging. Ganz egal ob wertvolle Edelsteine oder einfache wie dieser. Sie konnten Stärken und Schwächen in ihnen erkennen, und manchmal – wie in diesem Fall anscheinend – auch, ob ein Stein noch einmal wichtig werden würde.

Lange konnte ich jedoch nicht über Ritas Worte nachdenken, denn schon bald wagte sich mein nächster Kunde hervor. Ein junger Kerl, hochgewachsen, aber schmal. Mit hellblondem Haar und braunen Augen, die unsicher über mich zuckten. Sein Lächeln war zittrig, nervös.

»Du bist neu hier.« Ich lehnte mich mit den Unterarmen auf die Tischplatte, um ihn näher zu mustern. »Bist du überhaupt schon alt genug, um Magie zu kaufen?« Die Gesetze waren klar und deutlich, keinerlei Magie für unter Achtzehnjährige. Und daran hielt ich mich.

Seine Hände zitterten wie Espenlaub, als er mir seinen Ausweis präsentierte. Er war noch nicht lange alt genug, gesetzlich sprach allerdings nichts dagegen, etwas zu erwerben. Jetzt blieb nur noch die Frage, was er wollte. »Womit kann ich dir helfen?«

Der Junge räusperte sich mehrmals, bevor er endlich sprechen konnte. »Ich, ähm, habe demnächst Zwischenprüfungen an der Uni und ... na ja ... schreckliche Prüfungsangst und –«

Ich hob die Hand, um ihn zu stoppen. »Da darf ich mich nicht einmischen! Jegliche Art von Magie, die während einer Prüfung angewendet wird, gilt als Täuschungsversuch.«

Aufgeregt und hektisch nickte er. »Das weiß ich. Darum geht es mir ja auch gar nicht. Es ist nur, ich kann nicht schlafen, sosehr ich es auch versuche. Jetzt bin ich so müde, dass ich mich einfach nicht mehr konzentrieren kann. Bitte!« Sein flehender Blick erinnerte mich an einen Welpen. »Ich brauche bloß etwas zum Schlafen.«

Mit den Fingern klopfte ich ein paarmal auf die Tischplatte, bevor ich dem Jungen den Rücken zudrehte, um mich den vielen Schubladen hinter mir zu widmen. Ein paar Handgriffe später hatte ich alle Kräuter beisammen und in einem Samtbeutelchen verstaut, das ich dem Jungen reichte. »Einen Teelöffel davon mit einer Tasse heißem Wasser aufbrühen und vor dem Schlafengehen trinken. Das sollte helfen.«

Er drückte den Beutel an seine Brust, so als wäre es eine Rettungsleine. »Danke, tausend Dank!«

Ich winkte ab. »Dank es mir in Scheinen.« Eines stimmte über uns Hexen, die Bezahlung war äußerst wichtig. Es steckte eine tief verwurzelte Gier in uns, die uns zu derart guten Geschäftsfrauen machte.

Nachdem der Junge bezahlt und den Laden beinahe fluchtartig verlassen hatte, gesellte Cleo sich zu mir. »Der war ja süß. Was wollte er denn?«

»Er brauchte nur etwas, um zur Ruhe zu kommen.« Ich schnappte mir einen alten Reisigbesen, um die Reste der getrockneten Kräuter wegzufegen, doch ein Blatt hielt ich Cleo hin. Sie schnupperte daran und zog nachdenklich die Stirn kraus. Cleo war eine Kräuterhexe wie ich und nicht viel älter als der Junge. Sie arbeitete nun seit einem Jahr neben ihrem eigenen Studium hier im Laden, um Erfahrung zu sammeln.

Endlich fiel der Groschen bei ihr: »Das ist …«

»Matricaria chamomilla«, beendete ich ihren Satz mit einem schelmischen Grinsen.

»Kamille?! Du hast ihm einfach nur Kamillentee mitgegeben?«

»Ich hab noch ein paar getrocknete Johannisbeeren und Melisse dazugetan. Manchmal ist die einfachste Lösung die effektivste.« Eine Lektion, die ich oft von Gran zu hören bekommen hatte.

Nachdenklich nickte Cleo, bevor sie das Kamillenblatt in ihre Taschen gleiten ließ. »Hoffentlich hilft es ihm.« Dann hielt sie mir ohne Vorwarnung ihr Handy unter die Nase, auf dem ein Foto der Drachen geöffnet war. »Hast du das schon mitgekriegt?«

Behutsam drückte ich ihr Telefon nach unten. »Schwer zu übersehen. Auch wenn bisher noch keiner an unserem Fenster vorbeigeflogen ist.«

»Was die wohl hier wollen?«, grübelte sie laut vor sich hin.

Darauf hatte ich keine Antwort. Normalerweise waren Drachen nur auf der Durchreise, wie Sternschnuppen, die man lediglich kurz sah, ehe sie wieder verschwanden. Doch heute kreisten sie bereits zu lange über der Stadt. »Vielleicht suchen sie nach etwas. Oder jemandem.«

»Irgendwie bedrohlich.« Nachdenklich starrte Cleo auf das Display.

»Die Zeit der Drachenstürme ist vorbei.« So wurden die Überfälle der Drachen genannt, die wie ein Sturm über Dörfer und Gemeinden gezogen waren und nichts als Zerstörung zurückgelassen hatten. Genauso wie die der Hexenverbrennung. Und die Versklavung der Zwerge. Im letzten Jahrhundert hatten wir übernatürliche Wesen uns zusammengerissen, um einander nicht länger das Leben schwer zu machen.

»Ich traue dem Ganzen trotzdem nicht«, grummelte Cleo weiter. »Grangran hat mir Geschichten erzählt, davon, wie ihr Coven mal angegriffen wurde. Innerhalb weniger Augenblicke waren Dutzende Hexen einfach verbrannt und von dem Dorf war nur noch Asche übrig. Es hat die Macht sämtlicher Zauberinnen gebraucht, um die Horde abzuwehren. Grangran ist gerade so mit ihrem Leben davongekommen.«

Das Bild, welches sie mit ihren Worten zeichnete, stimmte leider genau mit dem überein, das die meisten Lebewesen von Drachen hatten. Und auch von ihren Reitern. Bis heute verstand ich nicht, wie Menschen an der Seite dieser Wesen existieren konnten.

»Deine Grandma?«, hakte ich nach. »Wieso höre ich zum ersten Mal von ihr?«

»Nicht meine Grandma, meine Grangran. Die Mutter meiner Großmutter. Das Ganze ist ja auch schon mehr als hundert Jahre her.«

Wenigstens bezog sie ihr Wissen aus einer seriösen Quelle. Das Internet war voll mit Geschichten und Theorien über die Drachen. Ich schrieb diese Faszination der Geheimnistuerei der Drachenclans zu. Zwar waren die verschiedenen Clangebiete bekannt – einfach, weil die Drachen ihre Grenzen gut bewachten –, aber niemand konnte sagen, was dort genau vor sich ging. Man wusste nicht einmal, wie genau die Beziehung zwischen Drache und Reiter aussah. Was die Reiter davon hatten, konnte ich mir denken. So ein riesiges Reptil verlieh einem immerhin einiges an Macht und Sicherheit. Aber was hatten die Drachen davon? Das habe ich mich schon immer gefragt. Waren sie domestiziert wie Hunde oder Pferde, zogen sie irgendeinen Vorteil aus ihrem Zusammenleben mit den Reitern?

Die Reiter, die sich mit der Außenwelt in Verbindung setzten, lieferten natürlich keine Antworten. Sie wickelten ihre nötigen Geschäfte ab und verschwanden dann wieder hinter ihrem Nebel aus Geheimnissen. »Was mich zu meinem vorherigen Punkt bringt«, setzte ich meine Gedanken laut fort. »Die Drachen bleiben unter sich, was auch besser so ist. Also mach dir keinen Kopf.« Auffordernd nickte ich in Richtung Cleos Handy, welches sie schließlich wegsteckte.

Seufzend widmete sie sich wieder ihrer Aufgabe, allerdings nicht, ohne vorher einen Blick durch die Fenster gen Himmel zu werfen.

Ich nutzte die nächste halbe Stunde, um Inventur meiner Kräuter zu machen. Kunden kamen und gingen, aber keiner von ihnen wollte etwas von mir. Meine Füße fingen an zu schmerzen, nach einem ganzen Tag auf den Beinen. Schon jetzt sehnte ich mich nach einem heißen Bad und meinem Bett.

Als ich auf einmal hinter mir Schritte hörte, wirbelte ich herum. Ein Mann mit braunen Haaren und konzentrierter Miene stand mir gegenüber. Er war ein gutes Stück größer als ich, was mich normalerweise nicht störte, aber bei ihm hatte ich das Gefühl, er ragte über mir auf.

»Guten Tag. Womit kann ich helfen?« Ich musste dem Drang widerstehen, die Arme vor der Brust zu verschränken.

»Ich suche nach Fia Delga«, kam es knapp und ohne Begrüßung.

14

»Meine Gran ist nicht da, aber ich bin sicher, dass ich helfen kann.« So freundlich wie möglich lächelte ich ihn an, obwohl es mir schwerfiel. Etwas an dem Typen kam mir nicht richtig vor. Er hatte die dichten Augenbrauen zusammengezogen, was einen scharfen Schatten über sein Gesicht warf. Zuerst ließ ihn das älter wirken, doch je länger ich ihn betrachtete, desto jünger erschien er mir. Ich schätzte ihn auf ungefähr mein Alter.

»Ich benötige einen Heilzauber«, gestand er nach einem Moment angespannten Schweigens. Dabei hatte er nicht ein einziges Mal geblinzelt, so als könnte ich jede Sekunde verschwinden.

Nachdenklich ließ ich meinen Blick über ihn gleiten. Äußerlich war nichts Besonderes an ihm, und ich konnte auch keine offensichtliche Verletzung erkennen. Ich konzentrierte mich auf seine Energie, auf der Suche nach irgendeinem Schaden, doch da war nichts. Verwirrt blinzelte ich ihn an. »Worum genau geht es?«

»Es ist etwas kompliziert zu beschreiben«, war die einzige kryptische Erklärung, die ich erhielt.

So langsam war meine Neugierde geweckt. Normalerweise lief hier alles stets nach dem gleichen Prinzip ab: Symptome vorstellen, Krankheit benennen, Kräuter herausgeben. Und auch wenn ich meine Arbeit liebte, war das auf Dauer etwas langweilig. »Wenn Sie es nicht erklären können, wäre es hilfreich, wenn ich den Patienten sehen und mit ihm sprechen könnte. Ansonsten kann ich nicht wirklich helfen.«

Der Typ ballte die Fäuste, bevor er sich innerlich zur Ruhe rief. »Das ist nicht möglich.«

Langsam wurde ich nervös und besorgt. »Wenn der Patient irgendwo feststeckt, dann sollten Sie den Rettungsdienst alarmieren. Die haben meist auch Heiler, wenn man sie braucht.«

Er schüttelte energisch den Kopf. »So schlimm ist es nicht.«

Lüge, fuhr es mir durch den Kopf.

Nach einigem Zögern fügte er hinzu: »Wenn du ihn sehen könntest, könntest du ihm helfen?«

Ich zuckte mit den Schultern. »Mit hoher Wahrscheinlichkeit.« Immerhin hatte ich Hunderte Krankheitsbilder studiert. Allerdings machte ich normalerweise keine Hausbesuche.

Er nickte zackig, als hätten wir etwas ausgemacht. Ohne ein weiteres Wort verschwand er und ließ mich für ein paar Atemzüge sprachlos zurück.

»Was war das bitte gerade? Fucking schräg«, holte ich mich laut aus meiner Verwunderung zurück. So viel zu einem spannenden Mysterium. Wahrscheinlich hätte sich sowieso nur herausgestellt, dass sein Kumpel eine Alkoholvergiftung oder so was hatte.

Kopfschüttelnd nahm ich also wieder meine Arbeit von vorhin auf – und ertappte mich dabei, wie mein Blick ab und an durch die Menge wanderte, auf der Suche nach dem seltsamen Fremden. Meine Neugierde war nicht befriedigt.

Die Dämmerung legte sich bereits über Edinburgh, als ich endlich den Laden zuschloss. Auf den letzten Drücker waren noch einige Kunden hereingeschneit, sodass sich das abendliche Aufräumen etwas nach hinten verschoben hatte. Jetzt war ich einfach froh, auf dem Weg nach Hause zu sein. Mit dem Bus waren es lediglich ein paar Minuten von der Altstadt zu dem großen Grundstück meiner Familie, auf dem neben unserem alten Haus auch die vielen Gewächshäuser standen. In diesen war ich aufgewachsen und sie waren mir immer noch einer der liebsten Orte auf der Welt. Deshalb konnte ich bis heute nicht so ganz verstehen, weshalb meine Eltern weggezogen waren. Obwohl sie stets betonten, dass das sonnige Wetter in Frankreich sie dorthin gelockt hatte. Lediglich ich war bei meiner Gran geblieben, um unser Familiengeschäft weiterzuführen.

Im Kopf ging ich noch einmal die Liste der zur Neige gegangenen Kräuter durch, bevor ich die Zeit nutzte, um meine Großmutter anzurufen. Es klingelte mehrmals, bis sie ranging. »Briar, Kind, bist du auf dem Nachhauseweg?«

Ich lehnte meine Stirn an die kühle Fensterscheibe, hinter der die Stadt vorbeizog. »Ja, endlich. Heute Abend war überraschend viel los.«

Gran brummte zur Antwort. Ich sah direkt vor mir, wie sie gerade in der Küche herumwerkelte, in den Töpfen auf dem Herd köchelte etwas, ihr allabendlicher Tee zog bereits in der antiken Kanne, die mit Vergissmeinnicht bemalt war. Als der Bus über ein Schlagloch holperte, kehrte ich in die Realität zurück. »Rita war heute da und hat mir einen Stein überreicht.« Ich konnte das Ding in meiner Hosentasche spüren.

»Du bist nun einmal ihr Liebling. Pass gut darauf auf«, wies Gran mich an.

»Aber klar doch.« Ich würde den Stein ganz sicher nicht wegschmeißen. Auch wenn ich mir nicht denken konnte, inwiefern er mir etwas nützen sollte.

»Hast du die Drachen heute auch gesehen?«, fragte ich sie einem Impuls nachkommend. Cleos Geschichte hing wie Spinnweben in meinen Gedanken.

»Sicher, mein Kind.« Gran klang nicht beunruhigt oder so etwas, was mich darin bestätigte, keinerlei Sorgen aufkommen zu lassen.

»Gab es in unserer Familie eigentlich schon mal einen Konflikt mit den Drachen?« Über die Jahre hatte ich mich durch unsere Familienchroniken gearbeitet. Darin stand zwar nichts über derartige Fehden, trotzdem drängte es mich nachzufragen.

Einige Augenblicke vernahm ich lediglich Grans leises Summen, ein Anzeichen dafür, dass sie nachdachte. »Nicht dass mir etwas bekannt wäre. Drachen haben wenig Verwendung für Kräuterhexen. Genauso wenig wie ihre Reiter.«

Seufzend nickte ich, auch wenn sie es nicht sehen konnte. Am liebsten hätte ich weiter nachgebohrt, doch Gran lenkte das Gespräch bereits auf ein anderes Thema.

»Ist sonst noch etwas vorgefallen?« Meine Großmutter hatte schon immer einen Riecher für Derartiges.

»Ja, ein Typ war da und hat mir sehr seltsame Fragen gestellt. Zuerst wollte er unbedingt dich sprechen, dann hat er sich mit mir zufriedengegeben. Na ja, egal, er wollte wissen, ob ich eine nicht genauer definierte Krankheit heilen kann, ohne die Person vor mir zu haben.« Bei der Erinnerung daran musste ich den Kopf schütteln. »Dann ist er einfach verschwunden.«

Gran schwieg kurz, wahrscheinlich rührte sie wieder in einem ihrer Töpfe. »Hast du den Mann vorher schon einmal gesehen?«

»Nein, noch nie. Er hatte auch keine wirklichen Informationen, um welche Krankheit es geht. Ich habe ihn aber darauf hingewiesen, dass auch Notärzte einige Zauber beherrschen.«

»Dann hast du alles getan, was du kannst. Der Rest ist ihm überlassen. Es scheint, als wäre der Tag heute sehr ereignisreich gewesen. Das hat dir sicher gefallen.«

Ich ließ ihre Worte einen Moment auf mich wirken. So ganz unrecht hatte sie nicht. Auch wenn das Gespräch mit dem Fremden seltsam gewesen war, hatte es mich fasziniert. Ein Geheimnis hatte hinter seinen Worten gelauert, eines, welches ich nur zu gerne ergründet hätte. Aber der Mann war verschwunden und ich würde ihm sicher nicht mehr begegnen.

»Es war auf jeden Fall spannend«, murmelte ich leise.

Ich erhielt ein neuerliches Brummen als Antwort.

Ehe ich etwas erwidern konnte, hielt der Bus an meiner Haltestelle. »Ich muss jetzt aussteigen. Bis gleich, Gran«, informierte ich sie. Dann legte ich auf.

Vor mir lag ein kurzer Fußweg durch die ruhig daliegenden Straßen. Die letzten warmen Sonnenstrahlen erhellten die Baumspitzen des Blackford Park, in dem ich schon als Kind gespielt hatte. Von hier aus hatte man einen unglaublichen Blick über Edinburgh, vor allem, wenn die Sonne auf- oder unterging.

»Was ein seltsamer Tag.« Drachen über der Stadt und ein skurriler Fremder. Wir hatten häufiger seltsame Kunden, die verbotene Pflanzen kaufen wollten oder es einfach lustig fanden, die Zeit anderer Leute zu verschwenden. Trotzdem ließ mich etwas an dieser Begegnung nicht los.

Vollkommen in Gedanken versunken registrierte ich nur beiläufig, dass die Welt um mich herum verstummt war. Kein Vogel zwitscherte mehr und auch der Wind schien zu schweigen. Zu spät bemerkte ich den Schatten, der sich mit einem Mal über mich legte. Erst konnte ich keine genaue Form ausmachen, dann erkannte ich ein Paar riesige Flügel.

Mein Körper reagierte, angetrieben von der altbekannten Warnung, ganz von allein. Hatten sie mich in ihren Krallen, dann wäre alles zu spät! Ich sprintete los, bemerkte dabei kaum, wie mein Rucksack mir von den Schultern rutschte.

Drache!

Ein massives fliegendes Reptil war wie aus dem Nichts aufgetaucht. Inzwischen konnte ich sein Flügelschlagen hören, genauso wie seinen Atem, der mich an einen riesigen Blasebalg erinnerte. Meine Lunge brannte, als ich weiterhechtete.

Das alles erschien mir so unwirklich wie ein schrecklicher Albtraum, aus dem ich nicht aufwachen konnte. Es gab keine Drachenstürme mehr! Niemand wurde einfach so von der Straße gepflückt wie eine Blume vom Straßenrand.

Die Mauer unseres Grundstücks, und damit die Sicherheit, kam in Sicht. Seit Jahrhunderten schützte uns ein Zauber, den nichts durchbrechen konnte. Dahinter erhob sich unser stattliches Haus, mit den kleinen Türmen und den großen Fenstern. Zwar hatte dieser Schutzschild es noch nie mit einem Drachen aufnehmen müssen, aber ich vertraute blind auf die Magie meiner Familie. Doch so kurz vor dem Ziel konnte sie mich nicht beschützen.

Krallen, lang wie meine Unterarme, schlossen sich um meine Mitte, und plötzlich berührten meine Füße nicht länger den Boden. Meine Beine schienen das noch nicht begriffen zu haben, denn sie rannten einfach weiter.

Auch mein Verstand kam nicht so ganz hinterher. Er drängte mich, weiterzukämpfen, meine Magie zu rufen, doch in der Luft gab es keine rettenden Pflanzen.

Mit atemraubender Geschwindigkeit wurde die Welt unter mir kleiner, bis unser Haus bloß noch wie ein Spielzeug aussah. Adrenalin raste durch meine Adern, doch die Furcht lähmte meinen Körper. Ein letzter Gedanke schoss durch meinen Kopf, bevor alles schwarz wurde.

Ich werde es nicht zum Abendessen schaffen.

GALIUM ODORATUM
WALDMEISTER

Ein grausames Pochen hinter meiner Stirn weckte mich. Der Schlaf hielt mich weiterhin gefangen, auch wenn die Realität bereits ihre Finger nach mir ausstreckte. Eiskalter Wind schlug mir ins Gesicht. Und ich bemerkte, dass ich auf hartem, kaltem Boden lag, ganz sicher also nicht in meinem eigenen warmen Bett.

Diese Erkenntnis brachte mich endlich zum vollständigen Erwachen.

Mehrmals musste ich blinzeln und mir die zerzausten Haare aus dem Sichtfeld halten, bevor ich klar sehen konnte. Das Erste, was ich wahrnahm, war der erdige Boden unter mir. Vor mir erstreckte sich das stürmische Meer bis zum von grauen Wolken bedeckten Horizont.

Ich setzte mich so schnell auf, dass die ganze Welt sich einige Herzschläge lang drehte und ich dagegen ankämpfen musste, meinen Mageninhalt von mir zu geben. Auch meine Muskeln protestierten, so als hätte ich sie lange nicht mehr benutzt. Hekate sei Dank konnte ich keinerlei äußerliche Verletzungen an mir feststellen.

Es ergab einfach keinen Sinn. Wo war ich? Zu Hause jedenfalls nicht. Selbst vom Laden aus konnte man das Meer nicht sehen.

Der Schwindel ließ nach, dafür kehrten meine Erinnerungen allmählich zurück. Die Krallen um meine Hüfte, der Boden, der sich zunehmend weiter entfernte. Die Sicherheit meines Zuhauses, das ich niemals erreichen würde.

Ich war von einem Drachen verschleppt worden.

So etwas passierte nicht mehr. So etwas passierte erst recht nicht einer Hexe mitten in einer Stadt. Trotzdem war ich am Leben und körperlich unversehrt, aber das konnte sich jederzeit ändern.

Mein Überlebensinstinkt meldete sich mit einem Brüllen, wies mich an, meine Magie zu nutzen, wurde jedoch auf der Stelle von den grausamen Kopfschmerzen erstickt. Sorge trieb meinen Puls in die Höhe, was das Pochen hinter meinen Schläfen nur noch verstärkte. So konnte ich keinen klaren Gedanken fassen.

Langsam kam ich auf die Beine, auch wenn ich mich an der Wand neben mir abstützen musste. Erst da erkannte ich, dass ich mich in einer Art Höhleneingang oder am Anfang eines Tunnels befand. Vor mir lag ein kleiner Vorsprung, und es sah stark danach aus, als würde dahinter eine steile Klippe lauern, an deren Fuß das stürmische Meer leckte.

Vorsichtig machte ich ein paar zittrige Schritte auf das Plateau hinaus, um mir einen besseren Überblick zu verschaffen, doch ich prallte gegen eine unsichtbare Wand. Ein überraschtes Keuchen entfuhr mir, bevor ich den Zauber mit meiner eigenen Magie abtastete. Es war ein Grenzzauber, und so wie er sich anfühlte, ein sehr mächtiger. Da war keine Schwäche in ihm, kein Punkt, an dem ich ansetzen konnte, um hindurchzuschlüpfen. Nicht dass es mir etwas gebracht hätte. Von dem Vorsprung führte mit ziemlicher Sicherheit kein Weg nach unten.

Trotzdem nahm ich mir vor, weiter nach einer Lösung zu suchen, sobald ich diesen Kopfschmerz endlich los war. Ich *musste*, schließlich wollte ich nicht als Drachenhäppchen enden. »Ob sie einen wohl im Ganzen bei lebendigem Leib verschlucken oder eher zu kleinen Portionen verarbeiten?«, grübelte ich laut vor mich hin, um meinen Herzschlag zu beruhigen. Aber solange ein Presslufthammer mein Hirn bearbeitete, war das unmöglich.

Da es keinen Weg nach vorne, zum Meer hinunter gab, musste ich mich wohl oder übel tiefer in den Tunnel hinter mir hineinwagen. Bei dem Gedanken stellten sich sämtliche meiner Härchen auf. Die Kopfschmerzen und mein Herz pochten um die Wette. »Briar, reiß dich zusammen ... Wenn es eine Lösung gibt, dann findest du sie da drinnen«, ermutigte ich mich. Vielleicht existierte ja noch ein anderer Ausgang oder ein Tunnelsystem. Obwohl das auch nicht gerade verlockend war.

Der Tunnel war nicht sonderlich lang und öffnete sich schon bald zu einer großen Höhle. Ich musste den Kopf in den Nacken legen, und tatsächlich! In der Höhlendecke gab es eine beinahe kreisrunde Öffnung, etwa zehn Meter breit. Ich konnte den grauen Himmel ausmachen und einige Gräser, die sich im Wind wogen. Was jedoch in meinem Magen ein ungutes Gefühl auslöste, war das riesige Stahlgitter, das die Öffnung bedeckte. »Damit will man sicher etwas hier drin behalten.« Etwas Großes, Gefährliches, Drachenförmiges vielleicht. War das hier so eine Art Stallung, wo sie das Lebendfutter einfach herunterschmissen? Leider gab es keine Möglichkeit, diesen Ausgang zu erreichen. Selbst wenn ich klettern könnte, zwischen der Öffnung und den Höhlenwänden lagen immer noch einige Meter, und Über-Kopf-

Klettern würde ich niemals wagen. Kurz knirschte ich mit den Zähnen, nur um sofort wieder aufzuhören, da es meinen Kopfschmerz befeuerte.

Verdammt, ich brauche irgendetwas dagegen, dringend.

Ich wandte meine Aufmerksamkeit der Fläche direkt unter der Öffnung zu, die übersät war mit Wildblumen und Kräutern. Mit ganz viel Glück und wenn Hekate es gut mit mir meinte, würde ich dort etwas Passendes finden. Gerade, als ich einen Schritt darauf zu machte, fiel ein Stein in die Höhle herab und kullerte bis vor meine Füße. Verwirrt hob ich den Blick. Drei Gestalten waren am Rand aufgetaucht. Und als ich eine davon erkannte, verwandelte sich meine Verwirrung schlagartig in verzweifelten Zorn. Der seltsame Typ aus dem Laden!

»Du willst mich doch verarschen?!?« Lauter rief ich: »Was soll der Scheiß! Lasst mich sofort hier raus!«

Viel war nicht von den Gesichtszügen des Mannes zu sehen, nur, dass er die Arme vor der Brust verschränkte. »Das geht leider nicht.«

»Fick dich! Lös diesen beschissenen Schutzzauber, bevor ich es dich bereuen lasse!« Der Boden begann zu beben und die Wildkräuter wuchsen ein Stück, doch zu mehr war ich nicht in der Lage. Meine Kopfschmerzen zerstörten meine Konzentration.

Ich beobachtete, wie die drei ihre Köpfe zusammensteckten, während ich auf und ab ging. Bei meinen Kidnappern musste es sich um Drachenreiter handeln. Und wo man Reiter fand, waren Drachen nie weit. Mir stand nicht der Sinn danach, einem dieser Viecher ein weiteres Mal derart nahe zu kommen. Ein Grund mehr, so schnell wie möglich von hier zu verschwinden.

Die drei waren anscheinend zu einer Übereinkunft gekommen, denn der Mann sprach weiter: »Wir lassen dich gehen, sobald du ihn geheilt hast.«

Verwirrt blickte ich zwischen seinen beiden Begleitern – alles Männer – hin und her. Er musste wohl einen von ihnen meinen. »Wird schwer von hier unten«, konnte ich mir nicht verkneifen zu sagen.

»Er ist direkt bei dir«, erklärte er kurz angebunden – wahrlich ein Meister in kryptischen Antworten. Trotzdem stellte sich augenblicklich ein mulmiges Gefühl in meiner Magengegend ein. Bevor ich allerdings genauer nachfragen konnte, schmiss er abermals etwas zu mir herunter. Unmittelbar darauf zeigte sich, dass es sich um Leuchtkäfer – schwebende Lichtkugeln – handelte, welche innerhalb weniger Augenblicke die bisher im Zwielicht gefangene Höhle erhellten. Meine Augen zuckten unsicher über die Umgebung, in der Hoffnung, eine Person zu entdecken, die mir bisher noch nicht aufgefallen war. Doch was ich stattdessen fand, ließ mich erstarren. Meine schrecklichsten Vermutungen wurden bestätigt.

Verborgen in einer Ecke der Höhle lag ein eingerollter Drache.

Ein Schrei löste sich aus meiner Kehle, den ich schnell mit den Händen zu dämpfen versuchte, damit der Drache mich nicht bemerkte. Nur am Rande meines vollkommen aufgewühlten Verstandes nahm ich wahr, dass ich die letzten paar Minuten bereits durch die Gegend gebrüllt hatte. Und so stand ich nun eine gefühlte Ewigkeit einfach bloß da, die Hände vor den Mund geschlagen und ein so laut pochendes Herz in meiner Brust, dass es in meinen Ohren dröhnte. Doch der Drache rührte sich nicht.

»Heile ihn, dann lassen wir dich frei«, rief der Mann zu mir herunter, bevor er mit seinen Begleitern verschwand.

Seine Stimme durchbrach meine Starre. Am liebsten hätte ich ihm ein paar deftige Worte hinterhergerufen, aber das würde leider nichts bringen. Stattdessen stieß ich eine Reihe wohlgewählter Flüche aus, die jedoch in meinem Zustand nicht ihren Zweck erfüllen würden.

Ich versuchte meine Panik zu bändigen, meinen Herzschlag zu beruhigen und nahm einige tiefe Atemzüge. Dabei beobachtete ich den Drachen aus dem Augenwinkel. Bisher war ich einem Drachen niemals so nah gewesen – na ja, bis auf diesen klitzekleinen Zwischenfall mit meiner Entführung. Wiederholen wollte ich das nicht so schnell.

Gleichzeitig drängte der Gedanke an die Oberfläche, mir diese einmalige Chance nicht entgehen zu lassen. Meine überentwickelte Neugierde trieb mich an, sie überlagerte sogar meinen Überlebensinstinkt. Vor mir lag ein geheimnisumwobenes Wesen, aus Magie und Mysterien. Wie konnte ich da anders, als es studieren? Meine Füße bewegten sich, bevor ich die Entscheidung bewusst getroffen hatte.

Langsam und stückchenweise schlich ich näher an den unbeweglichen Drachen heran, dabei behielt ich ihn immer genau im Auge. Als uns nur noch wenige Meter trennten, blieb ich stehen. Dieses Exemplar war riesig, seine Flügelspannweite musste mit der eines kleinen Jets übereinstimmen. Vier verschieden große Hörner thronten auf seinem Kopf, der auf einem langen Hals saß, an dem sich gefährlich aussehende Spitzen entlangzogen. Dabei erinnerte mich das intensive Grün seiner Schuppen an einen Wald, doch sobald Licht darauffiel, schimmerten sie perlmuttfarben. Kräftige Beine endeten in Tatzen, die von langen, scharfen Krallen gekrönt waren. Sein Schwanz war um ihn herumgewickelt, wie Katzen es gerne taten.

Mit einem Mal gab der Drache ein Schnauben von sich und ich erstarrte. War es jetzt so weit? Endete ich nun als Häppchen? Doch er verlagerte lediglich ein wenig seinen Kopf, um dann friedlich weiterzuschlafen.

Einige schrecklich lange Herzschläge stand ich wie versteinert da, und als der Drache sich kein weiteres Mal rührte, setzte mein Verstand wieder ein. Behutsam trat ich den Rückweg an, um mich erneut auf die Linderung meiner Kopfschmerzen zu konzentrieren. Ich brauchte einen klaren Kopf, andernfalls würde ich es nicht lebend aus dieser brenzligen Situation herausschaffen.

Zurück neben den Wildkräutern, die ich dank der Lichtkäfer nun besser sehen konnte, ging ich sie einzeln durch, bis ich auf etwas stieß, was mir helfen konnte. Waldmeister. Diese kleinen grünen Blätter hatten mehr drauf, als bloß ein Getränk mit Geschmack zu versorgen. Ich grub die Finger neben einer der Pflanzen in die Erde, damit meine Magie direkt auf die Wurzeln wirken konnte. Zum Glück kostete es mich nicht viel Energie, die bereits vorhandenen Heilkräfte zu verstärken. Die in Blüte stehende Pflanze schoss noch ein kleines Stück in die Höhe, bis ich mit ihr zufrieden war.

Normalerweise würde ich jetzt einen Tee brauen, aber ohne heißes Wasser blieb mir nichts anderes übrig, als auf den Blättern herumzukauen, darauf bedacht, nicht zu viel zu nehmen. Waldmeister konnte unangenehme Nebenwirkungen haben. Zum Beispiel noch schlimmere Kopfschmerzen.

Einige qualvolle Minuten später setzte die Wirkung ein, sodass ich durchatmen konnte. »Oh, Hekate sei Dank. Erlösung.« Nachdem sich mein Gehirn nun endlich geklärt hatte, widmete ich mich wieder meiner eigentlichen Mission.

Von hier zu verschwinden.

Ich rappelte mich auf, klopfte mir den Dreck von den Beinen, und nachdem ich sichergegangen war, dass der Drache nach wie vor schlief, schlich ich zurück zum Höhleneingang. Diesmal nahm ich mir mehr Zeit, den Grenzzauber zu inspizieren. Zu meiner Unzufriedenheit bestätigte sich mein Verdacht von vorhin, dass er extrem mächtig und ausgeklügelt war. Was die Frage aufbrachte, wie die Drachenreiter an solche Magie gekommen waren? Bisher war ich stets davon ausgegangen, dass die Reiter sich nichts aus Magie machten, aber die Indizien ließen einen anderen Schluss zu: In einem oder mehreren Reitern floss magisches Blut.

Ein weiteres Mal tastete ich den Grenzzauber mit meiner Magie ab, bis ich es aufgab. »Das hat man davon, wenn man die Kapitel mit Grenzzaubern bloß überfliegt.« Ich hatte nämlich keine Ahnung, wie ich das Ding knacken sollte.

Ein scharfer Wind pfiff vom Meer herüber und trieb mich wieder tiefer in die Höhle. Diesen Ausgang konnte ich abschreiben. Also musste ich drinnen weiter nach einer Lösung suchen.

Vorsichtig wagte ich mich zurück in die große Höhle, immer in der Erwartung, dass mich gleich etwas anspringen würde. Doch zu meiner Erleichterung empfing mich kein Drache mit offenem Maul.

»Sei ein braver Drache und schlaf einfach weiter«, murmelte ich dem Vieh in der Ecke zu. Wer weiß, vielleicht lag ein Schlafzauber auf der Kreatur, sodass sie gar nicht aufwachen konnte. Dann müsste ich mir wenigstens keine Sorgen machen, als Nachmittagssnack zu enden. Oder Vormittag. »Wie spät ist es eigentlich?« Ich versuchte, die Uhrzeit am Stand der Sonne zu deuten. Leider scheiterte ich kläglich, was vor allem daran lag, dass ich nur grauen Himmel durch das Loch in der Decke sehen konnte. Da die Sonne bereits unterging, als ich gekidnappt wurde, ging ich davon aus, dass inzwischen ein neuer Tag war.

»Verflucht! Gran dreht sicher gerade durch!« Ich wanderte die Höhle ab, auf der Suche nach etwas Hilfreichem, doch außer Geröll und der einen oder anderen verkümmerten Pflanze konnte ich nichts entdecken. In einer Ecke gab es einen kleinen Teich. Das Wasser darin war klar, aber eine Magenverstimmung wollte ich in meiner derzeitigen Lage garantiert nicht riskieren.

Die Hände in die Hüften gestemmt stoppte ich, um noch einmal zu der Öffnung hochzuschauen. Es gab keinerlei Möglichkeit, zu dieser zu gelangen, ohne dass ich mir dabei das Genick brach.

»Verdammt noch mal. Wieso lande ausgerechnet ich in so einer bescheuerten Situation?«

»Redest du eigentlich immer mit dir selbst?« Die Worte dröhnten dunkel von den Höhlenwänden zurück.

Vollkommen erschrocken suchte ich die Umgebung nach der Quelle der Stimme ab. »Wer ist da?«, brachte ich meine Worte zittrig hervor.

»Ein Gespenst.« Und nun wusste ich sehr wohl, von woher die Stimme kam.

Leider beruhigte es mich kein bisschen, als ich mich in Richtung des Drachen wandte. Dieser lag unverändert da, aber eines seiner Augen – so groß wie ein Teller und von einem metallischen Silber – war offen.

Diesmal schrie ich nicht. Ich konnte nicht. Stattdessen erstarrte ich einfach nur zur Salzsäule. Ich musste mich verhört haben. Vielleicht hatte ich mir den Kopf angeschlagen und vernahm nun Stimmen. Denn die andere Möglichkeit war ... Nein, das konnte nicht sein. »Hast du ... gerade gesprochen?«

Träge blinzelte der Drache. »Scheint wohl so.«

»Du kannst das?« Ich war von der Offensichtlichkeit meiner eigenen Frage vollkommen perplex. Doch er ging nicht weiter darauf ein.

Der Drache seufzte, bevor er seine Position leicht veränderte. »Ich versuche hier zu schlafen, was bei deinem Gemurmel unmöglich ist.« Seine Stimme klang ein wenig, als käme sie aus einem tiefen Brunnen, gleichzeitig hallte sie so laut, wie man es bei einem Wesen von seiner Größe erwarten konnte. Nichts an ihr war menschlich, außer der Art, sich auszudrücken. Träumte ich? Oder war das wirklich die Realität? Seit wann konnten Drachen sprechen? Mir war klar, dass ich so gut wie nichts über sie wusste, aber solch eine Information konnte unmöglich verborgen bleiben!

Der freche Ton hinter seinen Worten ließ mich wie von selbst meine Angst vergessen und riss mich aus meiner Erstarrung. »Wenn dein Reiter mich hier rauslassen würde, dann könntest du in Ruhe schlafen!« Sofort biss ich mir auf die Zunge. Hatte ich das eben wirklich gesagt? Und damit einen Drachen provoziert? Ich hoffte bloß, er hatte keinen Appetit auf Hexen mit derart losem Mundwerk wie meinem. Eine Antwort erhielt ich nicht. Stattdessen schloss der Drache sein Auge wieder. Offensichtlich war ihm sein Schlaf wichtiger als sein knurrender Magen.

In der plötzlichen Stille konnte ich mich beinahe davon überzeugen, dass ich mir das kurze Gespräch nur eingebildet hatte. Immerhin erschien es mir vollkommen an den Haaren herbeigezogen, dass ich ausgerechnet über den einzigen sprechenden Drachen gestolpert war.

Die andere Möglichkeit war, dass sie *alle* sprechen konnten.

Die Drachen lebten schließlich so abgeschottet vom Rest der Welt, da gab es sicherlich das eine oder andere, was wir nicht wussten. Seit ich auf der Welt war, hatte ich von keiner einzigen direkten Begegnung mit den übergroßen Reptilien gehört. Alle Fotos waren aus der Ferne aufgenommen, dabei konnte man nicht einmal die Reiter auf ihren Rücken erkennen. Und jetzt hatten diese elenden Geheimnistuer es gewagt, mich einfach zu entführen. Anstatt mich wie jeder andere normale Patient anzufragen. Dieser dämliche Reiter war sogar vor mir gestanden, hatte sich dann aber doch für diesen Weg entschieden.

In mir brodelte es, weswegen ich mich mit ein wenig mehr Selbstvertrauen an den Drachen heranwagte. »Dieser Typ hat gesagt, dass ich dich heilen soll. Du siehst aber nicht krank aus.« Auf Höhe seiner Schnauze, dennoch mit genug Abstand, blieb ich stehen.

Der Drache seufzte erneut, was einen harten, heißen Luftzug über mich schickte. »Ich bin nicht krank.«

Frustriert warf ich die Hände in die Luft. »Mir ist schon klar, dass die Drachenclans sehr viel Wert auf ihre Geheimniskrämerei legen, trotzdem finde ich, dass mir als Entführungsopfer wenigstens ein paar Wahrheiten zustehen.«

Der Drache kniff die Augen zusammen, nicht ganz unähnlich dem Gesichtsausdruck, den ich sicher vor ein paar Minuten hatte. »Kannst du bitte nicht schreien?«, brummte er dann. »Mein Schädel pocht schon genug.«

Eine meiner größten Schwachstellen war wohl, dass ich es nicht schaffte, an verletzten Wesen vorbeizugehen. Bereits in meiner Kindheit hatte ich allerhand kranke und verletzte Tiere gesund zu pflegen versucht. Auf unserem Grundstück gab es einen kleinen Hügel, der den Namen »Kleintierfriedhof« trug, weil ich dort zusammen mit Granpa alle Wesen begraben hatte, die wir nicht retten konnten.

Ich wusste nicht, ob ich damit geboren worden war oder ob es mir anerzogen wurde, aber ich war nicht in der Lage wegzuschauen, wenn ein anderes Wesen litt. Theoretisch hatte dieser Drache mir ja nichts getan. Mal abgesehen von den Kopfschmerzen war ich unverletzt.

Deshalb erfassten mich sofort Schuldgefühle, als ich die Schmerzen des Drachen bemerkte. Auch wenn er möglicherweise Menschen fraß, hatte er es nicht verdient zu leiden.

»Wie schlimm sind deine Kopfschmerzen?«, fragte ich mit sanfterer Stimme.

»Ich habe das Gefühl, mir ist ein ganzer Berg auf den Kopf geknallt«, kam die grummelige Antwort.

»Okay, gib mir eine Minute.« Jetzt, wo ich meine eigenen Schmerzen unter Kontrolle hatte, fiel es mir deutlich leichter, meine Magie zu rufen. Erneut kniete ich mich neben dem Waldmeister auf den Boden und grub meine Finger in die trockene Erde. Die Magie kribbelte in meinen Adern, doch im letzten Moment hielt ich sie zurück. Durch meine Wimpern lugte ich in Richtung des Drachen, der keine Anstalten machte, sich zu bewegen. Bis jetzt war er mir nicht gefährlich geworden, aber vielleicht hatten seine Schmerzen ihn gelähmt. Möglicherweise würde ich mich in seinen Augen ja doch in einen Snack verwandeln, sobald er wieder klar denken konnte.

Innerlich schüttelte ich den Kopf. Ich durfte ihn nicht weiter leiden lassen, bloß wegen einer Möglichkeit. Mein Bauchgefühl sagte mir, dass ich ihm vertrauen konnte. Und eine Hexe hörte immer auf ihr Bauchgefühl.

So ein Drache wog deutlich mehr als ein Mensch, was bedeutete, dass ich genug Waldmeister brauchte, um direkt mehrere Elefanten umzuhauen. Hoffentlich gaben die Pflanzen in dieser Höhle das überhaupt her.

»Komm schon. Komm schon. Seid brave Pflänzchen und wachst schön.« Als ich die Augen das nächste Mal öffnete, saß ich umgeben von so hoch gewachsenem Kraut, dass ich um mich herum nichts anderes mehr sehen konnte. Aber wenigstens hatte ich jetzt genug Waldmeister.

Ich lud meine Arme mit dem Heilkraut voll und schleppte es zu dem Drachen. Der beobachtete mich durch ein offenes Auge. »Sehr beeindruckend.«

Ich ließ den Waldmeister vor dem Drachen auf den Boden fallen. »Lange wird das allerdings nicht halten. So viel Magie in so kurzer Zeit in eine Pflanze zu pumpen, ist nicht gesund für die armen Dinger. In ein paar Minuten werden sie leider eingehen.« Bedauern durchzuckte mich wie ein Blitz. Schnell schüttelte ich es ab. »Deshalb solltest du das hier sofort essen.«

Wenig überzeugt schaute der Drache auf den Waldmeister. »Das hilft?«, grummelte er tief.

»Kau darauf herum, bis du keinen Geschmack mehr im Mund hast, dann spuck es aus. Es sollte den Kopfschmerz zumindest abschwächen.« Meinen eigenen spürte ich bereits wiederkommen, was sicherlich an einer Kombination aus dem Verbrauch meiner Magie und Durst lag.

Der Drache streckte eine seiner riesigen Tatzen aus, wobei ich einen viel zu guten Blick auf seine langen Krallen erhaschte. Unsicher wich ich einen Schritt zurück. Doch er griff lediglich nach dem Waldmeister, um ihn in sein riesiges Maul zu stopfen.

Einige Minuten war nichts anderes zu hören als sein Schmatzen. Währenddessen beobachtete ich das Kraut dabei, wie es erst braun wurde und dann in sich zusammensank. Dann drehte der Drache seinen Kopf zur Seite und spuckte die grüne Masse aus. Er seufzte erleichtert. »Das hat wirklich funktioniert.«

»Natürlich hat es das!«, rief ich zufrieden mit mir selbst. »Ich heiße übrigens Briar.« Es war seltsam, dass ich einem Drachen meinen Namen nannte. Noch seltsamer war es allerdings, dass er mir antwortete.

Der Drache senkte den Kopf. »Ich bin Darragh.«

ÚRTICA
BRENNNESSELN

Darragh. Das kam mir als Name für einen Drachen irgendwie komisch vor, aber was wusste ich schon von Drachen. Die Fäuste in die Hüften gestemmt, baute ich mich vor ihm auf. »Also, Darragh, was fehlt dir? Die Kopfschmerzen waren ja wohl nicht alles, oder?«

Er schnaubte erneut, diesmal etwas kräftiger. »Du kannst mir nicht helfen.«

Damit waren wir zumindest schon mal ein wenig weiter. Immerhin hatte er zugegeben, dass mit ihm etwas nicht stimmte. »Man sieht es mir vielleicht nicht an.« Ich deutete an mir hinab, auf die zerrissene Jeans, unter der eine Strumpfhose mit Blumenmuster hervorschaute, meine geliebten schwarzen Stiefel und die burgunderfarbene Bluse, bei der ich wie immer die obersten Knöpfe aufgelassen hatte. »Aber ich bin eine ausgezeichnete Kräuterhexe und Heilerin. Besser als die meisten in Schottland und beinahe genauso gut wie meine Gran. Als Drache fällst du ja irgendwie in den Bereich Tiere, und ich kann dir versprechen, dass meine Magie auch bei denen funktioniert. Wenn du mir also einfach sagst, was Sache ist, können wir beide aus diesem Loch verschwinden.«

Meine kleine Ansprache schien zu ihm durchzudringen, denn Darragh brummte: »Na gut.« Und als er seinen massiven Körper in Bewegung setzte, stolperte ich einen Schritt nach hinten.

Zuerst hob er seinen Kopf, was mir eindringlich vor Augen führte, wie riesig er eigentlich war. Nachdem er seinen langen Hals ausführlich gestreckt hatte – was mich erneut an eine Katze erinnerte –, stemmte er seinen Oberkörper nach oben. Allein sein Brustkorb war so groß wie ein Kleinwagen.

Allerdings wurde mein Interesse schnell auf etwas anderes gelenkt, sobald er seine Flügel ausbreitete. Sie waren so riesig, dass sie beinahe durch die gesamte Höhle reichten. Zwischen starken Knochen war ledrige Haut gespannt, die von einem dunkleren Grün war als der Rest seines Körpers. Das größte Gelenk war jeweils gekrönt mit einer grauenerregend scharf aussehenden Kralle.

Nach einigen Augenblicken faltete er den rechten Flügel wieder zusammen, hielt den linken dabei weiterhin erhoben, sodass ich einen Blick auf seine Flanke werfen konnte. Genau dort, wo der Flügel aus seinem Körper wuchs, prangte eine rötliche Stelle.

Ich machte bereits zwei Schritte auf Darragh zu, als mir auffiel, dass es vielleicht nicht so klug war, mich in Fangzahnnähe eines Drachen zu begeben. »Ich schmecke übrigens schrecklich!«

Verwirrt blinzelte er mich an. »Danke für diese Information?«

»Nur dass du es weißt, ich würde einen entsetzlichen Snack abgeben.« Vielsagend blickte ich ihn an.

Der Drache verdrehte in einer überaus menschlichen Geste die Augen. »Ich habe nicht vor, dich zu fressen.« Dann schüttelte er sich. »Ich weiß nicht einmal, woher diese groteske Vorstellung kommt. Ihr Hexen kocht doch auch keine Kinder, nehme ich mal an.«

Wo er recht hat ... »Sehr gut!« Etwas beruhigt trat ich näher an ihn heran, bis ich direkt unter seinem Flügel stand. Von seinem Körper ging eine Hitze aus, die mich an einen Ofen erinnerte. Erst da merkte ich, wie kalt mir eigentlich war. Meine Klamotten waren zwar für den Frühling in der Stadt geeignet, aber ganz sicher nicht für eine Höhle irgendwo im Nirgendwo.

Die Verletzung war nicht viel größer als meine Hand, was bei einem Menschen vielleicht riesig war, doch bei Darragh nicht mehr als ein Nadelstich. »Ist es okay, wenn ich die Stelle berühre?«, fragte ich nach. Er nickte knapp, hielt den Blick jedoch abgewandt.

So behutsam wie möglich inspizierte ich die Wunde. Unter meinen Fingerspitzen fühlten sich die Schuppen leicht rau und – wenig überraschend – warm an. Sichtlich mehr überraschte mich, dass ich unter den bestimmt fingerdicken Schuppen seine mächtige Muskulatur spüren konnte. Als ich meine magischen Fühler ausstreckte, spürte ich noch etwas anderes. Feuermagie floss durch seine Adern, lebendig und mächtig.

Die Einstichstelle war leicht geschwollen und die rote Färbung stand in extremem Kontrast zu den grünen Schuppen darum herum. Als ich vorsichtig dagegendrückte, zischte Darragh auf, sodass sein ganzer Körper vibrierte.

»Wie genau ist es zu der Verletzung gekommen?« Um herauszufinden, wie ich ihm am besten helfen konnte, musste ich erst einmal wissen, womit ich es zu tun hatte.

Zu meiner Verblüffung begann er ohne Umschweife zu erzählen. »Wir waren in der Luft. Nicht weit vor der Westküste Schottlands. Auf einmal habe ich einen Stich unter dem Flügel gespürt. Wir haben es noch zurückgeschafft, bevor die ersten Symptome eingetreten sind.«

Nachdenklich nickte ich, während ich mir im Kopf eine ganze Liste mit Fragen zurechtlegte. Wer waren *wir*? Wo war *zurück*? Und waren wir denn überhaupt noch in Schottland? »Wie lange ist die Verletzung her?«, fragte ich stattdessen.

Darragh antwortete so lange nicht auf meine Frage, dass ich unter seinem Flügel hervorlugte, in der Hoffnung, etwas in seinen Gesichtszügen lesen zu können. Er hatte die Augen geschlossen, und für einen Moment glaubte ich, dass er schlafen würde. Als er endlich zu einer Antwort ansetzte, zuckte ich zusammen.

»Das muss inzwischen drei Tage her sein. Ich frage Lennox, sobald er wieder hier auftaucht.«

»Lennox ist dann wohl der Kerl, den ich eben angeschrien habe. Ist er dein Reiter?«

Darragh schnaubte ein kurzes tiefes Lachen. »So etwas Ähnliches, ja.«

Vielleicht mochten Drachen es nicht, wenn man Menschen als ihre Reiter bezeichnete. Eine weitere Frage, die auf meine innerliche Liste wanderte. »Drei Tage, hm.« Leider konnte ich nicht sagen, ob die Wunde heiß war, ich schloss einfach mal darauf. »Die Wunde ist auf jeden Fall entzündet. Das sollten wir zuerst behandeln, dann schauen wir weiter.« Ich tauchte unter dem Flügel hervor. »Mal sehen, ob ich hier irgendwas Brauchbares finde.«

Darragh rollte sich wieder zusammen und legte seinen Kopf auf den Vorderpfoten ab. »Sonderlich viel hast du hier ja nicht zur Verfügung.«

Ich warf ihm einen bösen Blick zu. »Oh, mein Fehler, tut

mir leid. Beim nächsten Mal packe ich eine Tasche mit dem Notwendigsten, ehe ich entführt werde.« In diesem Moment wurde mir klar, dass ich wirklich nichts weiter zur Verfügung hatte als das Kraut in der Höhle und meine eigene Magie. »Wie genau hat sich dieser Lennox das alles eigentlich vorgestellt?«, nuschelte ich vor mich hin.

Frustriert machte ich mich daran, die Pflanzen um mich herum zu identifizieren. Mit einer sonderlich guten Ausbeute hatte ich sowieso nicht gerechnet, aber das, was ich fand, war sogar noch trauriger als erwartet. Feste Gräser und Moos brachten mir in dieser Situation rein gar nichts. Die Stelle, wo ich den Waldmeister geerntet hatte, war mittlerweile schwarz und tot, da ließ sich ebenfalls nichts mehr holen. Doch am Rand des kleinen Lichtflecks wurde ich fündig. Dort wuchsen ein paar kräftige Brennnesselpflanzen, die zwar nicht perfekt für diesen Zweck waren, allerdings besser als gar nichts. Jetzt musste ich nur noch eine Möglichkeit finden, daraus eine Paste herzustellen.

Nach etwas Suchen fand ich zwei Steine. Ein breiter flacher und ein runder, den ich gut in der Hand halten konnte. Nachdem ich die beiden nicht weit von Darragh abgelegt hatte, widmete ich mich dem wohl unangenehmsten Teil dieser Aufgabe.

»Na komm, du packst das«, versuchte ich mich anzustacheln, ehe ich mit beiden Händen in die Brennnesseln fasste. Der Schmerz war kurz und scharf, gefolgt von einem schrecklichen Juckreiz. »Autsch, Scheiße, autsch.« Fluchend schleppte ich zwei Hände voll Brennnesseln zu den Steinen.

»Deine Hände.« Darraghs eindringliche Stimme war von Besorgnis geschwängert. Etwas, was ich von ihm nicht erwartet hatte. Es war eine so seltsam menschliche Regung.

Obwohl Tränen in meinen Augen standen, winkte ich ab. »Ist nur halb so schlimm. Der Schmerz wird vergehen.«

Nachdem ich die Pflanzen abgelegt hatte, ließ ich mich im Schneidersitz auf dem Boden nieder. Schon jetzt betrauerte ich den Tod meiner geliebten Jeans, die hier sicher noch einiges durchmachen würde. Dabei war es so schwer, eine passende Hose zu finden. Gerade wenn man breite Oberschenkel und einen ausladenden Hintern besaß.

Schließlich verarbeitete ich die Brennnesseln zu einer Paste. Während ich die Pflanzen zwischen den beiden Steinen zerstampfte, ließ ich meine Magie hineinströmen, was den wundervollen Nebeneffekt mit sich brachte, dass meine Hände geheilt wurden. Da es einige Zeit dauern würde, bis die Paste fertig war, und meine Haut trotz der Heilung Blasen warf, versuchte ich mich abzulenken: »Also, Darragh, wie alt bist du?« Und ich würde die Chance nutzen, ein wenig mehr über die Drachen zu erfahren.

»Achtundzwanzig«, kam die Antwort nach einigen Sekunden.

Ob das jung oder alt für einen Drachen war, konnte ich nicht sagen, aber es überraschte mich, dass Darragh nicht viel mehr Lebensjahre zählte als ich. »Dann bist du zwei Jahre vor mir geboren. Oder aus einem Ei geschlüpft?« Möglichst unschuldig schielte ich durch meine Wimpern zu ihm.

Ein kehliges Lachen erschütterte seinen Körper, ein dunkles, volles Geräusch. »Sonderlich geschickt bist du im Ausfragen ja nicht.«

Davon ließ ich mich nicht abschrecken. »Das hier ist eine einmalige Chance. Und immerhin bin ich Heilerin und keine Geheimagentin.« So langsam hatte die Paste die richtige Konsistenz erreicht. »Wenn das hier funktioniert, sind wir schon sehr bald wieder hier raus, und dann werde ich wohl nie wieder die Gelegenheit bekommen, mich mit einem echten Drachen zu unterhalten.« *Weil sie mich freilassen – oder weil ich tot bin.* Um diese unerwünschten Gedanken so schnell wie möglich abzuschütteln, stemmte ich mich auf die Beine und nahm den Stein mit der Paste auf. »Also, erzähl mir etwas über dich, solange ich das auftrage.«

Ich hatte ehrlich damit gerechnet, dass er mich einfach abweisen würde, doch als ich wieder unter seinen Flügel schlüpfte, begann Darragh zu sprechen: »Ich habe einen älteren Bruder und bin hier auf der Insel aufgewachsen.«

Wir befanden uns also auf einer Insel. Leider gab es davon so einige um Schottland herum. »Vor der Küste Schottlands?«, tastete ich mich sachte vor. Darragh entfuhr ein zustimmendes Brummen – und mich erfasste Erleichterung. Das waren ja mal halbwegs positive Nachrichten. »Und dein Reiter? Wie ist er oder sie so?«

Ich konnte Darraghs Gesichtszüge nicht sehen, da ich gerade damit beschäftigt war, die entzündete Stelle mit der Paste zu versorgen, trotzdem hatte ich das Gefühl, als würde er angestrengt nachdenken. Vielleicht aber hatte ich den Bogen auch überspannt. Ich wusste ja nicht einmal, ob er überhaupt davon erzählen durfte.

»Er«, begann Darragh dann doch, »ist ein angesehenes Mitglied unseres Clans. Ich würde ihm, ohne nachzudenken, mein Leben anvertrauen. Er würde alles für die Menschen tun, die ihm am Herzen liegen.«

Ich ließ seine Worte einen Moment auf mich wirken. »Klingt nach einem wirklich beeindruckenden Mann. Nur um noch einmal sicherzugehen, es ist nicht dieser Lennox, oder?« Denn der war weit unten auf meiner Beliebtheits-skala.

»Nein, du wirst meinen Reiter so bald wohl nicht ken-nenlernen.«

Nachdenklich legte ich den Kopf schrägt. »Wieso? Ist er etwa auch verletzt?«

»Könnte man so sagen«, brummte Darragh.

Nachdem ich überprüft hatte, dass die Paste seine kom-plette Wunde bedeckte, kam ich unter dem Flügel hervor. »Du weißt schon, dass ich im Leuteheilen besser bin als im Drachenheilen. Falls ich mir deinen Reiter also anschauen soll?« Ich zuckte mit den Schultern und ließ meine Worte möglichst beiläufig klingen. Ich wusste, dass mehr hinter seinen Aussagen steckte, als er zugeben wollte.

»Du hilfst uns schon genug, indem du mich wieder hin-bekommst«, kam die ausweichende Antwort.

»Wir werden bald sehen, ob ich dich wieder hinbe-komme.« Je schneller, desto besser. So langsam machte sich nicht nur Hunger, sondern vor allem auch Durst bemerkbar. Mein Mund war wie ausgetrocknet, kein sonderlich ange-nehmes Gefühl. Außerdem zehrte die Nutzung meiner Ma-gie an meinen Kräften, ohne Essen und etwas Schlaf würde ich nicht mehr lange auf den Beinen bleiben.

»Fühlst du dich bereits besser?«, fragte ich Darragh. Der schloss daraufhin die Augen, so als würde er in sich hi-neinhorchen. Als er kurz darauf frustriert schnaubte, hatte ich meine Antwort. Und obwohl meine eigene Ernüchterung mich dazu bringen wollte, mich auf den Boden fallen zu las-sen, warf ich lieber einen letzten Blick auf die Wunde. Die Rötung war etwas besser geworden, doch leider konnte ich nun dunkle Spuren entdecken, die von der Einstichstelle abgingen. Sie erinnerten mich viel zu sehr an so manche Vergiftungen, die ich bisher behandelt hatte.

»Irgendwas erzählst du mir nicht.« Mein Frust schlug um in Ärger, als ich mich vor Darragh aufbaute. »Du bist nicht einfach nur beim Fliegen verletzt worden, hier ist noch etwas anderes im Spiel.«

Ein schuldbewusster Ausdruck trat in Darraghs Augen. »Möglicherweise bin ich vergiftet worden.«

»Möglicherweise?« Meine schrille Stimme schnitt durch die Höhle.

Darragh machte sich klein, was für ein so riesiges Wesen keine leichte Aufgabe war. Dennoch kam es mir in diesem Moment so vor, als würde ich über ihm aufragen, derart schuldig sah er aus. Bevor ich jedoch erneut nach einer Erklärung verlangen konnte, erregte ein Geräusch meine Aufmerksamkeit. Es kam von der Deckenöffnung und klang, als würden dort oben mehrere schwere Körper landen. Vielleicht waren Lennox und seine Kumpel zurückgekehrt, um mich hier herauszuholen. Oder sie brachten Futter für den überaus großen und ausgehungerten Drachen? Damit er nicht *mich* mit Haut und Haaren verschlang? Oh Hekate, steh mir bei!

Kurz darauf erschienen ihre Gestalten am Rand und meine aufkeimende Panikattacke verwandelte sich augenblicklich in Wut. Ich unterdrückte den Drang, sie mit ausgestrecktem Mittelfinger zu begrüßen, stattdessen beschränkte ich mich aufs Schreien. »Seid ihr endlich zur Vernunft gekommen und lasst mich hier raus?!?«

Lennox achtete nicht weiter auf mich. Sein Blick war auf Darragh gerichtet. »Du hast ihn also nicht geheilt.«

So langsam reichte es mir wirklich. »Ist das dein Ernst?

Ich sitze hier in irgendeinem Loch auf irgendeiner Insel, ohne Zugriff auf meine Bücher oder meine Zutaten. Mit ein bisschen Kraut komme ich nicht weit.«

»Hast du nicht selbst behauptet, die Beste zu sein?«, fragte Lennox mit kalter Stimme.

So, jetzt hatte ich endgültig genug. Wie konnte dieser aufgeblasene Kerl es wagen, meine Fähigkeiten anzuzweifeln? Sobald ich hier raus war, würde ich ihn mit einer Ranke erwürgen. Und zwar eigenhändig! Ich setzte zu einem weiteren Schrei an, als Darragh sich einmischte. Obwohl er nicht die Stimme hob, hallten seine Worte eindringlich wider. Die drei Männer senkten beinahe sofort den Kopf, so als stünden sie einem Vorgesetzten gegenüber. Okay, das war seltsam. Und irgendwie faszinierend – auch wenn ich keine Ahnung hatte, was das bedeutete. Leider konnte ich kein Wort von dem verstehen, was Darragh sagte. Ich tippte einfach mal darauf, dass er Gälisch sprach. »Es wäre ja auch zu einfach ...« Genervt schüttelte ich den Kopf.

Das Gespräch dauerte nur wenige Sekunden, dann verschwanden die drei Männer wieder aus meinem Blickwinkel. Nach Antworten suchend wandte ich mich Darragh zu. »Und? Wie geht es jetzt weiter?«

Darraghs düstere Miene war Aussage genug.

»Ganz fantastisch.« Da dachte ich doch wirklich, ich hätte irgendeinen Fortschritt mit diesem Drachen gemacht. Unmittelbar darauf veranlasste mich ein Geräusch dazu, erneut nach oben zu schauen. Ein Seil wurde von der Klippe heruntergelassen, und kurz hatte ich tatsächlich die Hoffnung, diesem merkwürdigen Schauspiel zu entfliehen. Stattdessen wurde erst mein Rucksack und dann ein großer Seesack abgeseilt.

»Das gefällt mir überhaupt nicht.« Das Seil und damit mein Weg nach oben verschwanden über den Klippen. »Ich komme hier nicht raus, stimmt's?«

Schuldbewusst senkte Darragh den Kopf. »Lennox ist nicht bereit, dich gehen zu lassen, bis du nicht alles probiert hast.«

Kopfschüttelnd stapfte ich zu den Taschen, die nun auf dem Boden lagen. Zuerst einmal durchwühlte ich meinen Rucksack, obwohl mir klar war, dass ich mein Handy nicht darin finden würde. So viel Glück hatte ich aktuell nicht. Meine Gedanken wanderten automatisch zu meiner Gran und meinen Freunden. Dass ich verschwunden war, war ihnen sicherlich nicht entgangen. Immerhin kam ich so gut wie nie zu spät und Gran hatte mich nach unserem letzten Telefonat bereits erwartet. Ich war so nah an unserem Haus entführt worden, vielleicht hatte meine Großmutter ja sogar gesehen, dass ein Drache mich gepackt hatte. Was mich nicht wirklich weiterbrachte. Denn auch wenn meine Familie überallhin Kontakte besaß – bei der menschlichen Polizeigewalt, allen möglichen Hexencoven und anderen übernatürlichen Wesen –, keiner von ihnen hatte die Ressourcen, um nach mir zu suchen. Obendrein war ich mir sicher, dass niemand einen Ansatzpunkt hatte, wo ich mich befand. Ja, nicht einmal ich selbst hatte davon eine genaue Ahnung.

Blieb immer noch ein Suchzauber, ein letzter kleiner Hoffnungsschimmer. Wobei ich mir gut vorstellen konnte, dass die Reiter und ihre Drachen ihr Territorium mit einem Schutzzauber wie dem der Höhle belegt hatten. Nein, wenn ich hier rauskommen wollte, dann musste ich das aus eigener Kraft schaffen.

Im Seesack befand sich etwas, das stark nach einem Zelt aussah. Passend dazu ein Schlafsack und netterweise sogar ein Kissen. Zusätzlich fand ich ein paar verpackte Sandwiches und Flaschen Wasser. Wut und Verzweiflung fingen an, mir zu schaffen zu machen. Wenn ich dem schwindenden Sonnenlicht trauen konnte, dann war ich vor einem Tag entführt worden. Mein Körper war geschunden, von meiner Magie mal ganz abgesehen. Nachdem ich eine der Wasserflaschen in einem Zug geleert hatte, drehte ich mich abermals zu Darragh um. Die Fäuste in die Hüften gestemmt verlangte ich: »Du sagst mir jetzt sofort, was hier gespielt wird.«

DIGITALIS PURPUREA
FINGERHUT

»Wie gesagt, ich bin im Flug von etwas getroffen worden. Erst habe ich mir nicht viel daraus gemacht, doch schon bald danach kamen die ersten Symptome.« Darragh wich meinem Blick aus. »Ich habe angefangen, die Kontrolle zu verlieren«, fügte er brummend hinzu.

»Und das bedeutet was genau?« Nichts Gutes, so viel war klar.

»Ich kann meinen Körper nicht mehr steuern, er tut nicht mehr, was ich von ihm verlange.« Frust schwängerte Darraghs kehlige Stimme. »Außerdem verliere ich mitunter mein klares Bewusstsein. Ich habe Aussetzer und bin dadurch eine Gefahr für andere.«

Instinktiv wich ich zurück. All die Entspannung, die ich zunehmend mehr in seiner Nähe gespürt hatte, zerplatzte wie eine Seifenblase. »Und trotzdem sperrt man mich hier mit dir ein? Ohne eine Möglichkeit, vor dir zu fliehen oder mich zu verteidigen?«

Meine Miene schien klar zu zeigen, was seine Worte in mir auslösten, denn ein tiefes Seufzen erschütterte seinen massiven Körper. Dann erhob er sich vollständig von seinem Platz, was er bisher noch nicht getan hatte. Mit erschreckender Geschmeidigkeit streckte er seine langen Beine, begleitet von einem metallischen Klimpern. Um sein rechtes Bein lag eine Fessel aus dickem altem Stahl. Eine Kette, deren Glieder größer als meine Hand waren, band ihn an die Felswand.

»Dieser Ort ist ein uraltes Gefängnis, das jedem Drachen standhält. Noch nie ist jemand von hier entkommen.«

Lange starrte ich diese Kette einfach nur an. Sie sah wirklich so aus, als könnte ein tobender Drache ihr nichts anhaben, was nichts daran änderte, dass ich hier eingesperrt war. »Ich brauche etwas Zeit, um über alles nachzudenken.«

Ich musste meine Hände beschäftigen, ansonsten würde ich noch den Verstand verlieren. Also machte ich mich daran, das Zelt aufzubauen, damit ich wenigstens einen Ort zum Schlafen hatte. Mein Talent, ein Zelt zu errichten, hielt sich in Grenzen, was den ganz nützlichen Nebeneffekt hatte, dass ich meine Wut auf diese unverständliche Anleitung richten konnte – anstatt den gefährlichen Drachen in meinem Rücken anzubrüllen oder in einem lebensmüden Fluchtversuch die Wände hochzuklettern.

Was genau hatte ich falsch gemacht, um mit all dem hier bestraft zu werden? Eigentlich sollte ich jetzt auf dem Weg nach Hause sein, um mit Gran zu Abend zu essen und ihr dann von den Ereignissen im Laden zu berichten. Nicht dass es sonderlich viel zu erzählen gäbe. In letzter Zeit war jeder Tag mehr oder minder gleich abgelaufen. Aber war es wirklich so viel besser, mit einer gefährlichen Kreatur eingepfercht zu sein?

Irgendwann hatte ich es geschafft, dieses verdammte Zelt aufzubauen. Es stand nicht ganz gerade, aber zumindest blieb es stehen. Erst breitete ich den Schlafsack aus, danach kroch ich hinein, um mir meinen neuen Schlafplatz von innen anzusehen. Das gab mir zusätzlich die Möglichkeit, Darragh zu beobachten. Er hatte sich wieder zusammengerollt, so wie ich ihn vorgefunden hatte, als ich aufgewacht war. Sein Kopf lag auf die Vorderpfoten gebettet, die Augen hielt er geschlossen, aber ich würde meine liebste Monstera darauf verwetten, dass er alles um uns herum genau mitbekam. In dieser Position konnte ich die Kette nicht ausmachen, was nichts an dem abscheulichen Gefühl änderte, das sich in meiner Magengegend eingenistet hatte. Es kam mir widernatürlich vor, ein so majestätisches Wesen unter der Erde gefangen zu halten. So als wäre es nicht mehr als ein Nutztier.

Es war wohl der Tatsache, dass ich mich mit Darragh unterhalten konnte, geschuldet, dass meine Wut beim besten Willen nicht so lange anhielt, wie sie es wohl sollte. Immerhin konnte er nichts für seine aktuelle Lage.

Ich kroch aus dem Zelt und ging zu dem Seesack, um mir eine weitere Flasche Wasser und ein Sandwich herauszuholen. Damit bewaffnet begab ich mich zurück zu Darragh. »Also bist du hier auch eingesperrt.«

Er nickte. »Das Gitter ist magisch verstärkt und der andere Ausgang ist zu schmal für einen Drachen.«

Nachdenklich biss ich in das Sandwich, ohne jedoch wirklich etwas zu schmecken. Trotzdem fühlte es sich gut an, endlich mal wieder etwas im Magen zu haben. »Bist du freiwillig hier reingeflogen oder haben sie dich auch betäubt? Deswegen bin ich übrigens immer noch pissig.«

»Sobald mir klar war, wie gefährlich ich werden kann, bin ich sofort hierhergekommen und habe Lennox dazu gebracht, mich anzuketten. Dann habe ich ihn und die anderen losgeschickt, nach einer Lösung zu suchen. Allerdings hatte ich mir die etwas anders vorgestellt.«

Und wieder machte sich ein unbestimmtes Gefühl in mir

breit. Wie standen Darragh und Lennox zueinander, dass er als Drache ihn, einen Menschen, mit etwas beauftragen konnte? Bisher hatte ich stets geglaubt, es würde andersherum ablaufen. Jedenfalls war es Darragh hoch anzurechnen, dass er sich freiwillig einsperren ließ, um andere vor sich zu beschützen. »Aber trotzdem hast du nichts dagegen unternommen, als ich mit dir hier reingesteckt wurde«, hob ich daraufhin wenig begeistert die Augenbraue.

Er senkte verschämt den Blick. »Ich bin nicht stolz darauf. Aber ich habe Verpflichtungen meinem Clan gegenüber. Außerdem bin ich recht gerne am Leben.«

Ich packte das halb gegessene Sandwich wieder ein. »Das verstehe ich. Doch sobald ich dich gerettet habe, werde ich dir in deinen schuppigen Hintern treten, wie du es noch nie erlebt hast. Und dann wiederhole ich das bei all deinen Clanmitgliedern – ob Drache oder Reiter –, die bei diesem Plan mitgemacht haben.«

»Verständlich. Und wohl verdient.«

Jetzt, wo ich meiner Wut ein wenig Luft gemacht hatte, konnte ich auch wieder klar denken. Wenn wir beide hier herauswollten, dann musste ich meine Aufgabe erledigen. Gerade, als ich die Wasserflasche noch einmal an die Lippen setzte, bemerkte ich etwas.

»Wieso haben die Reiter dir nichts zu essen oder zu trinken gebracht? Nicht dass mir der Sinn danach steht, dir beim Verschlingen einer ganzen Kuh zuzusehen – oder was auch immer ihr Drachen fresst –, aber du bist noch länger hier als ich.«

»Ich habe keinen Hunger«, brummte Darragh.

Das gefiel mir so ganz und gar nicht. Ein Körper, egal ob menschlich oder nicht, brauchte Energie, um zu heilen.

Skeptisch legte ich die Stirn in Falten. »Aber Durst musst du doch haben.« Ich hielt ihm die Wasserflasche hin, auch wenn der Inhalt wohl kaum mehr als ein Tropfen für ein Wesen wie ihn war.

Darragh schüttelte den Kopf. »Ich bin nicht durstig.«

Wortlos machte ich auf dem Absatz kehrt und ging ein weiteres Mal zu meinem Rucksack. Aus den Tiefen holte ich mein geliebtes Notizbuch hervor, das mich überallhin begleitete. Jedes Jahr zur Wintersonnenwende schenkte Gran mir ein neues, dieses war in Leinen gebunden und über und über mit Wildblumen bemalt. Nachdem ich obendrein einen Stift hervorgefischt hatte, ging ich zurück zu Darragh und ließ mich im Schneidersitz auf der kalten Erde nieder. Dann schlug ich eine leere Seite auf. »Wenn wir herausfinden wollen, was wirklich mit dir los ist, brauchen wir mehr Informationen. Also, beschreibe all deine Symptome.«

Zuerst schien es, als hätte er keine Lust, auf meine Bitte einzugehen. Doch kurz bevor ich ihn erneut auffordern wollte, mit einem Fluch, der mir bereits auf der Zunge lang, setzte er zu sprechen an: »Es hat alles damit angefangen, dass mir schwindelig geworden ist. Dann schlecht – ich konnte gar nicht mehr aufhören, mich zu übergeben –, begleitet von Bauchkrämpfen. Dabei wird mir heiß, was für jemanden wie mich absolut unnormal ist.«

Sorgsam notierte ich mir alles. »Wie sieht es mit deinem Herzschlag aus? Hast du das Gefühl, es schlägt schneller oder langsamer? Irgendwie unregelmäßig?«

»Es fühlt sich an, als würde mein Herz flattern. Ich spüre meinen Puls im ganzen Körper.«

Nachdenklich tippte ich mit dem Stift auf die Seite. »Kopfschmerzen hast du auch. Was entweder der Vergiftung zu schulden ist oder an deinem Flüssigkeitsverlust liegt. Kannst du schlafen?«

Er schnaubte. »Ich bin todmüde, aber jedes Mal, wenn ich die Augen schließe, tanzen seltsame Bilder durch meinen Kopf. Ich höre Geräusche, die verstummen, sobald ich die Augen wieder öffne. Es ist nicht sonderlich angenehm.«

»Halluzinationen«, notierte ich wenig überrascht. So einige Vergiftungen hatten diese zur Folge. »Und jetzt noch zu deinen Aussetzern. Wie häufig sind sie bisher aufgetreten?«

»Das erste Mal ist es passiert, kurz nachdem wir wieder auf der Insel gelandet sind. Ich erinnere mich noch, dass Lennox sich die Wunde angeschaut hat. Danach kam ich erst wieder zu mir, als mich zwei andere Drachen zu Boden gedrückt haben. Das Ganze hat nicht einmal eine Minute gedauert.«

»Und du hast keinerlei Erinnerung? Bist du dir ganz sicher?« Diese Art von Aussetzern war nichts, was ich oft hörte. Ohnmachtsanfälle waren häufiger eine Nebenwirkung einer magischen Vergiftung, aber gewalttätig wurden die wenigsten Lebewesen.

»Absolut. Zwischen diesen beiden Momenten ist nichts. Lennox hat mir erzählt, dass ich plötzlich ganz stumm geworden bin, dann habe ich ihn angeknurrt und nach ihm geschnappt.«

»Kann ich dir nicht verdenken.«

Darragh warf mir einen kurzen amüsierten Blick zu, ging jedoch nicht auf meinen Kommentar ein. »Wir haben uns nichts weiter dabei gedacht, doch als die anderen Symptome aufgetreten sind, haben wir uns Hilfe geholt. In unserem Clan gibt es keinen Heilenden, wir besorgen uns alles, was wir brauchen, von der großen Insel. Doch nichts hat gewirkt. Dann hatte ich den nächsten Aussetzer. Er lief ähnlich ab wie der erste, nur hat er etwas länger gedauert. Danach habe ich beschlossen, mich in dieser Höhle zu verschanzen.«

Seufzend klemmte ich den Stift zwischen die Seiten, ehe ich Darragh anschaute. »Was du beschreibst, klingt nach mehr als dem stinknormalen Gift einer Pflanze. Außerdem habe ich den Verdacht, dass da der eine oder andere Zauber mitmischt.«

»Also wirst du einfach einen Haufen Gegenmittel zusammenbrauen und sie mir verabreichen?«, fragte er skeptisch.

»Nein, mit solchen Giften ist nicht zu spaßen. Wenn ich dir zu viel verabreiche oder das falsche, dann kann es deinen Zustand verschlimmern. Oder dein Leiden beenden«, beschrieb ich das Ganze. Dann klappte ich mein Notizbuch noch einmal auf, um das kurz niederzuschreiben.

»Wie kann mich ein Gegenmittel stärker vergiften?«

»Für die meisten Gegenzauber braucht es etwas von dem dazugehörigen Gift. So kann man den Zauber formen und lenken, damit er genau das tut, was er tun soll. Außerdem eignen sich geringe Dosen einer Giftpflanze manchmal dazu, Symptome zu behandeln. Fingerhut zum Beispiel kann bei Herzbeschwerden verwendet werden. Wenn man allerdings Wechselwirkungen und Zauberschnittstellen bedenkt, dann ist das Risiko zwar gering, aber meiner Meinung nach trotzdem noch zu hoch.« Auf meine ausschweifende Erklärung erhielt ich keine Antwort. »Sorry, das war jetzt sicher etwas langweilig.« Ich schrieb meine letzte Notiz zu Ende, ehe ich wieder zu Darragh hochschaute.

Dieser betrachtete mich wortlos, irgendetwas stimmte nicht. Mit einem Mal richteten sich die Härchen auf meinen Armen und im Nacken auf. In einer untypisch tierischen Geste legte er den Kopf schräg, dabei ließen seine Augen nicht ein einziges Mal von mir ab. Augen, in denen ich keine Erkenntnis ausmachen konnte.

»Oh, das ist nicht gut.« Langsam, ganz langsam kam ich auf die Beine, um das Raubtier vor mir ja nicht zu reizen. Eigentlich brauchte ich keine Bestätigung, dennoch trieb mich meine Angst dazu zu fragen: »Darragh, hörst du mich?«

Er antwortete lediglich mit einem tiefen Knurren und einem langen Schnauben, das Flammen aus seinen Nüstern tanzen ließ. Mein Notizbuch rutschte aus meinen Fingern, als ich erst einen Schritt und dann noch einen nach hinten taumelte.

Träge erhob der Drache sich zu seiner vollen Größe, wobei er seine messerscharfen Zähne in einem höllischen Verschnitt eines Lachens zeigte. Ich konnte nicht sagen, ob ich Hunger in seinem Gesicht lesen konnte oder doch eher Jagdlust. Was auch immer es war, ich wollte es nicht herausfinden.

Dann ging alles unglaublich schnell. Der Drache setzte zum Sprung an, ich rannte Hals über Kopf los, wobei ich teilweise rückwärts lief. Genau das wurde mir zum Verhängnis, als ich stolperte und ein Stück über den Boden schlitterte. Auf der Seite blieb ich liegen, die Arme schützend um den Kopf gelegt. Auch wenn ich wusste, dass mir das nicht viel bringen würde. Der Drache konnte mich mit einem einzigen Happs verschlingen, wahrscheinlich ohne zwischendurch zu kauen.

Die Gesichter meiner Familie flammten hinter meinen zusammengekniffenen Augen auf. Ich hatte mich nicht mehr verabschieden können, sie wussten ja nicht mal, was mit mir geschehen war. Das letzte Mal hatte ich meine Eltern zur Frühjahrs-Tagundnachtgleiche gesehen, doch das war schon so lange her. Und Gran würde für immer mit dem Essen auf mich warten. Vielleicht hatte ich das Glück, dass meine Seele ein letztes Mal bei ihnen auftauchen konnte, ehe ich zu Hekate zurückkehrte.

Doch der erwartete Angriff blieb aus. Keine spitzen Zähne rammten sich in meinen Körper, keine Krallen zerfetzten mich. Alles, was ich hören konnte, war ein wütendes Schnauben und das Rasseln einer Kette. Sofort setzte ich mich auf. Natürlich, er war ja angekettet. Anscheinend hatte ich es aus seinem Radius herausgeschafft.

Mühsam kam ich auf die Beine, wobei ich mir die Zeit nahm, so viel Dreck wie möglich von meinen Klamotten zu klopfen. Allem Anschein nach würde ich sobald keine neue Garnitur Kleidung bekommen, also musste ich auf diese aufpassen.

Zunehmend mehr tobte und zerrte der Drache an seiner Kette, diese gab jedoch nicht nach. Zwischendurch warf er einen wütenden Blick in meine Richtung, doch anscheinend war ich nicht wirklich von Interesse, solange er nicht freikam. Sonderlich sicher fühlte ich mich trotzdem nicht, weshalb ich mich ein paar Schritte weiter zurückzog. Es dauerte allerdings nicht lange, bis es dem Drachen langweilig wurde und er sich entschloss, sich doch wieder mir zuzuwenden – mit kalten Augen und hungrigem Interesse.

Plötzlich stieg Hitze in Wellen von seinem Maul auf und mein Körper reagierte, bevor mein Verstand hinterherkam. In letzter Sekunde hechtete ich in den Tunnel, der eine kleine Biegung machte, und hoffte, dass das Drachenfeuer mich nicht trotzdem grillen würde. Hitze tanzte über meine Haut, wenn auch nicht so schlimm, wie ich erwartet hatte. Eher, als würde man sich direkt an eine voll aufgedrehte Heizung drücken. Und auch wenn das Fleisch vielleicht nicht von meinen Knochen schmelzen würde, konnte ich es bestimmt nicht lange aushalten.

Gerade als ich mich weiter in den Tunnel vorarbeitete, stoppte das Feuer. Die darauffolgende Stille war unheimlich. Dass ein so riesiges Wesen keinen Laut von sich geben konnte, erschien mir unmöglich. Dennoch wollte ich erst eine Waffe zur Hand haben, bevor ich mich dem Drachen erneut entgegenstellte.

Hekate schien gerade nicht ihre schützende Hand über mich zu legen, denn in diesem Gang gab es nichts anderes als winzige Steinchen. Ich berührte mit den Fingern die immer noch warme Erde, in der Hoffnung ein paar große Wurzeln zu erspüren, die ich für meine Zwecke verändern konnte. Doch auch in dieser Hinsicht gab es nichts Brauchbares. Frustriert wischte ich die Hände an meiner Hose ab, dabei streifte ich etwas in meiner Tasche. Nachdem ich ihn herausgezogen hatte, starrte ich den Stein einen Moment lang an. Den hatte ich ja total vergessen!

Es kam mir so vor, als wäre es schon ein halbes Leben her, dass Rita ihn mir überreicht hatte. Gestern hatte ich den Stein einfach abgetan, doch heute drückte ich einen freudigen Kuss auf die glatte Oberfläche. Wenn überhaupt ein Gegenstand etwas gegen einen Drachen ausrichten konnte, dann ein Zwergenstein.

Meine zugegebenermaßen etwas kleine Waffe fest in der Hand, trat ich zurück in die Höhle. Der Drache hatte wohl bereits auf mich gewartet, denn als er mich erblickte, sammelte er sofort wieder Hitze in seinem Maul. Von meinem

Instinkt geleitet warf ich den Stein mit aller Kraft nach ihm. Wir beide waren offenbar gleichermaßen überrascht, als dieser ihn genau zwischen die Augen traf. Da musste Magie mit im Spiel sein, denn ich hatte keinerlei Talent fürs Zielen. Der Drache blinzelte, einmal, zweimal. Beim dritten Mal kehrte die Erkenntnis in seine Augen zurück. Und zwar so schnell, wie sie verschwunden gewesen war.

»Darragh?«, fragte ich mit schwacher Zuversicht.

Trauer und Bedauern zeichneten schlagartig sein Gesicht. »Ich habe die Kontrolle verloren.«

»Nur kurz«, war alles, was ich über meine bebenden Lippen brachte. Erst als sich mein Herzschlag beruhigte, fügte ich hinzu: »Du musst dir keine Vorwürfe machen, mir ist nichts passiert.« Der Riss in meiner Hose, den ich erst jetzt bemerkte, wollte meine Worte Lüge strafen.

Doch der Drache registrierte es nicht. Rückwärts stapfte er zurück in seine Nische, den Kopf schuldbewusst gesenkt. Erst, als er dort ankam, sprach er: »Es ist zu gefährlich. Ich hätte dich verletzen können. Vielleicht sogar töten. Du musst weg von hier.«

Es lag sicher an dem ganzen Adrenalin, das durch meine Adern schoss, denn obwohl er durchaus recht hatte, verspürte ich keine Angst. Stattdessen war da der Drang, ihn zu trösten. In seinen Augen lag so viel Schmerz, dass sogar ich ihn in meinem Bauch spürte. Ihn traf nicht die Schuld an seiner Situation, und trotzdem musste er die Konsequenzen tragen. Diese Grausamkeit ließ meinen Beschützerinstinkt nur noch mehr aufflammen.

Ich durchquerte die Höhle und blieb direkt vor Darragh stehen. Da er den Kopf nach wie vor gesenkt hielt, hatte ich keinerlei Probleme, meine Arme um seine Schnauze zu schlingen und meine Wange daraufzudrücken. »Mir geht es gut, okay? Es ist nichts passiert. Aber du musst dich jetzt beruhigen.« Ich war eindeutig lebensmüde.

Lange standen wir einfach nur so da, während ich das Wesen umarmte, das mich vor wenigen Minuten noch fressen wollte. Allmählich entspannte der Drache sich wieder, sein Blasebalg von einem Brustkorb ging zunehmend ruhiger.

Irgendwann gaben meine Beine einfach unter mir nach. Das Adrenalin hatte sich verabschiedet und eine bleischwere Müdigkeit überflutete meinen Körper. Darragh war so wundervoll warm, wie eine übergroße Wärmflasche, und ich kam nicht dagegen an, mich näher an ihn ranzuschmiegen.

»Es tut mir so leid, Briar.« Wenn er sprach, vibrierte mein ganzer Körper. »Ich wollte dich niemals in Gefahr bringen.«

Beruhigend tätschelte ich seine Wange. »Du kannst nichts dafür. Einzig und allein die Person, die dich vergiftet hat, ist dafür verantwortlich. Wir bringen das in Ordnung, das verspreche ich dir.«

Er schüttelte seinen massiven Kopf, was mich ordentlich ins Schwanken brachte. Aber ich ließ nicht los. Egal was für ein Wesen er war, in einer Situation wie dieser brauchte jeder Beistand.

»Ich bin eine zu große Gefahr. Nicht nur für dich, sondern für alle auf der Insel. Ich könnte nicht damit leben, wenn ich jemandem etwas antun würde.«

Mein Herz ging für diese Kreatur auf, die sich lieber selbst opferte, als anderen zu schaden. »So weit wird es nicht kommen. Das werde ich nicht zulassen.«

»Aber nicht mehr heute.« Behutsam stupste er mich an. »Du brauchst Schlaf, ganz dringend.«

Er hatte recht. Dieser Tag fühlte sich mehr an wie eine ganze Woche, und die Nacht, die ich unter Betäubung verbracht hatte, war nicht sonderlich erholsam gewesen. Nachdem ich gerade noch um mein Leben gefürchtet hatte, wollte ich jetzt nichts lieber, als in die wundervolle Welt der Träume abzutauchen. Trotzdem fiel es mir schwer, mich von Darragh zu lösen. Ich tätschelte ihm ein letztes Mal die Schnauze, ehe ich zu meinem Zelt schlurfte. »Gute Nacht, Darragh.«

»Schlaf gut, Briar. Ich wache über dich.«

Seltsamerweise beruhigten seine Worte mich, und innerhalb weniger Augenblicke war ich eingeschlafen.

ZINGIBER OFFICINALE
INGWER

Laute Stimmen weckten mich am nächsten Morgen. Mein ganzer Körper schmerzte, als ich mich im Schlafsack auf die andere Seite rollte. In einem Zelt auf dem harten Boden zu übernachten, war alles andere als angenehm. Trotzdem hatte ich die ganze Nacht durchgeschlafen, zumindest schloss ich das aus dem grauen Tageslicht, das in die Höhle fiel. Nun, da ich endgültig wach war, konnte ich die Stimmen genauer einordnen. Eine davon gehörte definitiv Darragh. Ich meinte auch Lennox zu hören, aber die dritte Stimme war mir vollkommen unbekannt.

Nachdem ich aus dem Zelt geklettert war, streckte ich mich erst einmal ausgiebig, bevor ich mich der Situation stellte. Oben an der Klippe standen zwei Männer.

»Mir sind eure Gründe vollkommen egal«, donnerte in diesem Moment der fremde Mann. »Ihr habt gehandelt, ohne mir Bescheid zu sagen. Für dieses Vergehen sollte ich euch alle hier einsperren.«

Lennox raufte sich die Haare. »Hätten wir vorher um Erlaubnis gebeten, hättest du es uns verboten.«

»Basil«, mischte sich nun auch Darragh ein. »Es ist nicht Lennox' Schuld. Er wollte bloß helfen.«

»Eure *Hilfe* bringt den ganzen Clan in Gefahr. Eine Hexe zu entführen, das kann ernsthafte Konsequenzen mit sich bringen. Wie genau habt ihr euch das vorgestellt? Dass ihr sie nach getaner Arbeit einfach wieder nach Hause bringt und dann ist alles vergessen? Es gibt genug Coven da draußen, die nur nach einem Grund suchen, uns anzugreifen. Und ihr liefert ihnen einen auf dem Silbertablett.«

Demütig blickte Lennox zur Seite und auch Darragh schwieg. Das war dann wohl mein Zeichen, mich in dieses Gespräch einzumischen. »Möchte irgendwer meine Meinung zu dem Thema hören?«

Der fremde Mann, der offensichtlich Basil hieß, starrte mich an, als hätte er einen Geist gesehen.

»Ihr habt sie mit ihm *zusammen* eingesperrt?« Er schrie nicht, und dennoch schien die Erde unter der Wut in seiner Stimme zu beben.

»Das wollten wir ihm eigentlich verschweigen«, brummte Darragh und blähte die Nüstern.

Entschuldigend zuckte ich mit den Schultern. »Konnte ich ja nicht wissen.«

Basil verschwand vom Rand der Klippe, unmittelbar darauf war ein Geräusch wie das Platzen eines Luftballons zu vernehmen. Dabei handelte es sich wahrscheinlich um den Grenzzauber. Anscheinend konnte man ihn nur von außen lösen. Was mir allerdings schleierhaft blieb, war die Schnelligkeit, mit der er von dort oben heruntergekommen war. Denn beinahe zeitgleich stürmte ein sehr aufgebrachter Basil in die Höhle und ich machte ungewollt einen Schritt nach hinten. Der Neuankömmling war noch ein Stück größer als Lennox, aber genauso breit gebaut. Seine sonst sicherlich schön geschnittenen Gesichtszüge waren vor Zorn verzerrt. Etwa einen Meter von mir entfernt blieb er stehen und atmete einmal tief durch. Inzwischen wirkte er deutlich ruhiger, trotzdem konnte ich es unter der Oberfläche brodeln sehen.

»Was dir geschehen ist, tut mir unendlich leid. Nicht nur im Namen meiner Leute, sondern im Namen des ganzen Askival-Clans. Es handelt sich nicht um eine aggressive Geste gegen die Hexen, und die Verantwortlichen werden ihre gerechte Strafe erhalten. Ich werde dich jetzt nach Hause bringen.« Er streckte mir die Hand entgegen, so als wäre ich ein kleines Kind, das er mit sich führen wollte.

»Nö.« Kopfschüttelnd machte ich einen Schritt nach hinten. »Ich werde hierbleiben und mich weiter um meinen Patienten kümmern.«

Vollkommen verdattert blickte Basil mich an. »Wie bitte?«

»Ich bin vielleicht nicht unbedingt auf einem angenehmen Weg hierhergekommen, aber ich werde bleiben, bis wir herausgefunden haben, was Darragh fehlt und wie ich es wieder in Ordnung bringen kann. Wenn du also nicht hier bist, um mir dabei zu helfen, dann muss ich dich bitten, meine Höhle wieder zu verlassen.«

Basil starrte mich einfach nur an wie ein Mysterium mit tausend Siegeln, während ich meinte, Darragh hinter mir lachen zu hören. Allerdings drehte ich mich nicht um und überprüfte meine Vermutung, sondern hielt dem Blick des Mannes vor mir weiterhin stand. Einige Herzschläge später drehte Basil sich kopfschüttelnd weg, was ich als Sieg für mich deutete. Als er sich Darragh zuwandte, blitzte liebevolle Sorge in seinen Augen auf, ehe sie wieder undurchdringlich streng wurden. Ich kannte diesen Ausdruck nur zu gut, ich hatte ihn schon oft in den Augen meiner Gran gesehen.

Schweigend beobachtete ich, wie er zu Darragh ging und eine Hand auf seine Schnauze legte. Nur ganz kurz, dann zog er sie zurück, als hätte er eine Grenze überschritten. Die beiden begannen leise miteinander zu sprechen, abermals in Gälisch, sodass ich leider kein Wort verstand. War Basil etwa Darraghs Reiter?

Diese fast schon familiär anmutende Vertrautheit ließ mich Gran mit schmerzhafter Intensität vermissen. Normalerweise konnte ich mich jederzeit an sie wenden, selbst wenn wir nicht am selben Ort waren. Doch nun war sie Welten von mir entfernt, und mit einem Mal kam ich mir vor wie eine einsame Seele verloren auf wilder See. Bisher hatte ich nicht wirklich die Zeit gehabt, darüber nachzudenken, und ein wenig wünschte ich mir, dass dieses Bewusstsein niemals gekommen wäre. Denn nun blieb mir nichts anderes, als die Hand gegen meine Brust zu pressen, in der Hoffnung, den Schmerz so zu zerdrücken.

Als Basil sich abermals mir zuwandte, hatte ich meine Gefühle zumindest wieder so weit im Griff, dass ich mich dem aktuellen Problem widmen konnte. Mit ernster Miene fragte er mich: »Was brauchst du?«

Da musste ich nicht lange überlegen. »Als Erstes mein Handy. Ich brauche Zugriff auf meine Bücher und die Datenbanken. So etwas wie diese Vergiftung habe ich noch nie gesehen, das heißt, ich brauche Hilfe von jemandem mit mehr Erfahrung.«

»Und der wäre?«, fragte Basil.

»Meine Grandma. Sie wird dich lieben.« Den letzten Teil sagte ich von einem Zwinkern begleitet zu Darragh. Dieser erwiderte die Geste sofort.

»Sonst noch einen Wunsch?«, fragte Basil belustigt.

»Ein paar Sachen zum Wechseln wären nett. Ich hatte ja keine Zeit zu packen, ehe ich verschleppt wurde. Außerdem könnte ich mich für eine Isomatte oder vielleicht sogar eine Luftmatratze begeistern. So ein Steinboden ist nicht gerade bequem. Etwas Besseres als Sandwiches zum Frühstück wäre toll. Oh, und Kaffee. Am besten direkt eimerweise. Cappuccino, wenn ich die Wahl habe.« Gespielt nachdenklich tippte ich mit meinem Zeigefinger gegen mein Kinn. »Ich denke, das war's erst mal.«

Basil blickte verdutzt drein, sagte aber nichts weiter über meine Liste. Stattdessen klopfte er Darragh noch einmal auf die Schnauze, bevor er an mir vorbeiging. Am Durchgang der Höhle blieb er kurz stehen. »Ich lasse alles bringen, was du brauchst.«

Damit war er verschwunden.

»Mit wem habe ich mich da gerade eigentlich angelegt?«, fragte ich Darragh umgehend.

»Mit unserem Chief.« Darragh rollte sich wieder in seiner Kuhle zusammen.

»Das hab ich mir schon fast gedacht.« Meine nächsten Worte rutschten einfach so aus mir heraus. »Da stellt sich mir die Frage, ist er nur der Chief der Reiter oder ist er auch der Anführer der Drachen?«

Einen Moment schwieg Darragh, dann antwortete er: »Er ist der Chief des ganzen Clans.«

Diese Information speicherte ich mir für später ab, jetzt gab es erst einmal Wichtigeres. Ich verbannte alle weiteren Gedanken an die Geheimnisse der Drachen, um mich ganz auf meinen Patienten zu fokussieren. Ich trat näher an Darragh heran. »Konntest du schlafen?«

»Nicht wirklich. Ich habe es versucht, aber ich mochte

die Bilder nicht, die ich gesehen habe. Ansonsten geht es mir unverändert.«

»Kann ich mir die Wunde anschauen?« Darragh hob seinen Flügel und ich schlüpfte darunter. Die schwarzen Linien waren immer noch da, jedoch nicht schlimmer als am Tag zuvor. Zumindest hoffte ich das, denn sie verschwanden unter den Schuppen.

»Wie ist es mit deinem Appetit?«, fragte ich, nachdem ich erneut vor ihm stand. »So langsam mache ich mir wirklich Sorgen.«

»Allein beim Gedanken an Essen kommt es mir hoch.« Darragh schüttelte sich. »Und bevor du fragst, Durst habe ich auch keinen.«

Unzufrieden mit seiner Antwort stemmte ich die Hände in die Hüften. »Leider kann ich mit meinem sehr begrenzten Wissen über Drachen nicht sagen, ab wann diese Appetitlosigkeit und die Dehydration gefährlich werden.«

»Woraus besteht dein Wissen über Drachen denn?«, fragte Darragh.

Kurz gestattete ich mir, auf die Ablenkung einzugehen. »Dass sie überraschend viel reden. Und irgendwie sehr viel Ähnlichkeiten mit einer Katze haben.«

»Das Letzte ist mir allerdings auch neu.« Sein tiefes Lachen erfüllte die Höhle. »Hast du denn gut geschlafen?«

Ich streckte mich noch einmal ausgiebig. »Überraschenderweise ja. Auch wenn ich ein echtes Bett bevorzuge. Aber eine weitere Nacht halte ich noch aus, dann sind wir sicher hier raus.«

»Du bist ganz schön optimistisch.« Darragh legte den Kopf auf seinen Vorderpfoten ab, was mich sehr an unser erstes Gespräch erinnerte.

»Optimismus kann einen oftmals weiterbringen«, murmelte ich.

»Du hättest gehen sollen«, kam die düstere Antwort. »Du kannst es immer noch.«

Wenig beeindruckt verneinte ich. »Wenn das dein Versuch ist, mich loszuwerden, dann ist er ziemlich mies.«

»Etwas sagt mir, dass du prinzipiell nur das machst, wonach dir der Sinn steht.«

»Viel wichtiger ist, dass ich meine Patienten niemals im Stich lassen würde.«

Bevor ich weiter auf Darraghs Zustand eingehen konnte, tauchte Basil gefolgt von Lennox auf. Ersterer hatte einen riesigen Becher in der Hand, Letzterer trug eine mürrische Miene zur Schau. Mit einem beinahe freundlichen Lächeln reichte Basil mir das Getränk. »Hoffentlich zu deiner Zufriedenheit.«

Gab es da draußen etwa einen Kaffeestand, oder warum waren die beiden so schnell wieder da? Möglicherweise stimmten aber auch einfach die Gerüchte darüber, dass Drachen unglaublich schnell fliegen konnten.

Ich atmete den wundervollen Duft von Kaffee ein, ehe ich genüsslich einen Schluck nahm. »Oh, der ist wirklich gut.«

»Das hier sagt dir hoffentlich auch zu.« Basil überreichte mir mein Handy.

»Sehr freundlich, danke schön.« Natürlich war der Akku nach beinahe zwei Tagen leer, aber das Problem würde ich nachher lösen. Magie sei Dank.

»Die anderen Dinge brauchen etwas länger.« Das war das erste Mal, dass Lennox in Basils Anwesenheit mit mir sprach. Er hielt seinen Blick gesenkt, als er mir eine Papiertüte reichte. »Hier ist etwas zum Frühstücken.« In diesem Moment hatte er Ähnlichkeit mit einem Welpen, der sich für das Chaos, das er angerichtet hatte, schämte. Anscheinend traute er sich nicht, frech zu werden, wenn uns kein Abgrund trennte. Oder der Chief hatte ihn noch einmal für meine Entführung gemaßregelt. Woran auch immer es lag, ich fand es irgendwie niedlich. »Danke für den tollen Service.«

Den Blick weiterhin gesenkt drückte er sich an mir vorbei, um zu Darragh zu gehen. Das war meine Chance, ein weiteres Mal mit Basil zu reden. »Ich brauche doch noch ein paar Sachen. Einen großen Topf mit Wasser, Ingwer – am besten zwei Knollen – und ein paar Kilo rohes Fleisch.«

Ich musste es Basil hoch anrechnen, dass er nicht einmal nachfragte, wofür ich das alles benötigte. Stattdessen nickte er mir verschwörerisch zu. »Du bist dir sicher, dass du nicht vom Gasthaus in unserem Dorf aus arbeiten willst? Es ist sicherer für dich. Für alle anderen auch.«

Schnell notierte ich mir in meinem Kopf die Information, dass es hier eine Stadt gab, dann verneinte ich. »Es ist besser, wenn ich so nah wie möglich bei Darragh bleibe, falls sich sein Zustand verändert oder ich einen neuen Lösungsansatz finde. Außerdem werde ich ihn hier nicht alleine lassen. Das verdient niemand in so einer Verfassung.«

»Es wäre mir lieber, wenn ich dich in Sicherheit wüsste«, drängte Basil zum wiederholten Male.

Ich konnte mir ein schmales Lächeln nicht verkneifen. »Du musst dir keine Sorgen um die Rache eines Covens machen. Meine Familie und ich gehören keinem an.« Aufgrund unserer Position in der Welt versuchten wir, neutral zu bleiben. Meine Familie hatte sich dem Heilen verschrieben, da hatten Politik und jahrhundertealte Fehden nichts in unserem Alltag verloren. Das bedeutete eben auch, dass wir uns keinem Coven anschlossen. So mussten wir uns bei politischen Konflikten auch nicht entscheiden, wem wir halfen.

Verwirrt zog Basil die Augenbrauen zusammen. »Ich dachte, jede Hexe muss Mitglied eines Covens sein.«

Ich legte den Kopf schräg. »Wenn ich jetzt Geheimnisse der Hexen preisgebe, bekomme ich dann im Gegenzug auch welche der Drachen und ihrer Reiter?«

Verstehend nickte Basil, wobei ein Grinsen seine Lippen umspielte. »Wenn noch etwas ist, dann sag Lennox Bescheid. Egal, was es ist. Ich organisiere dir in der Zwischenzeit die anderen Sachen.«

Zum Abschied winkte ich ihm kurz, ehe ich mich mit meinem Handy vor das Zelt setzte. Darragh war immer noch in das Gespräch mit Lennox vertieft, deshalb wollte ich mich endlich bei Gran melden. Zuerst jedoch musste ich mich um den blöden Akku kümmern. Glücklicherweise waren Magie und Technik kompatibler, als man hätte vermuten können, was sehr praktisch sein konnte. Wie jetzt, als ein kleiner Funke Magie reichte, damit mein Telefon wieder funktionierte. Die Dutzenden Nachrichten meiner Freunde ignorierte ich erst einmal, um stattdessen zu Hause anzurufen. Hoffentlich ging Gran ran und war nicht irgendwo unterwegs auf der Suche nach mir.

Nach dem dritten Klingeln nahm jemand den Hörer ab: »Bei Delga.«

»Gran, ich bin's, Briar!«, rief ich aufgeregt in die Leitung.

»Oh, Hallo, Schätzchen. Schön, von dir zu hören«, kam ihre erfreute, aber unaufgeregte Antwort. Vor Überraschung verschlug es mir die Sprache. Ich hatte Sorge erwartet, vielleicht sogar Panik, aber keine entspannte Stimmung, so als würde ich nur mal kurz aus dem Laden anrufen.

»Äh, ich bin vor zwei Tagen entführt worden. Ist dir das nicht aufgefallen?« Ich kam mir irgendwie verraten vor.

»Natürlich ist mir das aufgefallen, mein Schatz.« Ein Lächeln schwang in ihrer Stimme mit.

»Und wieso bist du dann so ruhig? Wieso hast du nicht die Polizei gerufen oder fragst mich, wo ich bin?« So langsam wurde ich sauer. Diese Entführung war tragischerweise das Aufregendste, was mir jemals passiert war, und meine Großmutter schien es kaum zu interessieren.

»Kathy hatte mich angerufen, kurz nachdem wir neulich aufgelegt hatten. Sie meinte, dass dir etwas Großes bevorsteht, ich mir aber keine Sorgen machen muss. Du wirst deinen Weg nach Hause finden.«

Das erklärte zumindest, wieso meine Familie nicht durchgedreht war. Kathy war eine Freundin und Geschäftspartnerin meiner Gran. Eine Seherin, die sich trotz ihrer mitunter sehr vagen oder skurril ausgedrückten Weissagungen großer Beliebtheit erfreute.

»Hat Kathy sonst noch etwas gesagt?« Es kam nicht oft vor, dass ihre Weissagungen sich auf jemanden bezogen, den sie kannte. Wer weiß, vielleicht hatte sie ja sogar einen Hinweis zu Darraghs Vergiftung.

»Nur, dass die Gefahr näher ist, als du glaubst.« Nun schlich sich doch etwas Sorge in Grans Stimme.

Sofort zuckte mein Blick zu Darragh. Auch wenn ich es mir nur sehr ungern eingestand, war er es, der eine Gefahr für mich darstellte. Aber ich war noch lange nicht bereit, deshalb nachzugeben. »Ich passe schon auf mich auf, Gran.«

»Fang erst einmal damit an, mir zu erzählen, wo genau du bist.«

Schnell fasste ich zusammen, was in den letzten Stunden vorgefallen war, wobei ich mich vor allem auf die Details von Darraghs Vergiftung und seiner körperlichen Verfassung konzentrierte. Meine Großmutter folgte aufmerksam meinen Worten – im Hintergrund konnte ich das leichte Kratzen eines Stiftes auf Papier hören –, nur manchmal unterbrach sie mich, um etwas nachzufragen. Nachdem ich geendet hatte, schwieg sie für einen Moment, den ich nutzte, um einen großen Schluck von meinem Cappuccino zu nehmen. Es noch einmal laut zu erklären, hatte mir vor Augen geführt, wie absurd meine Situation doch eigentlich war.

»Ein Drache also«, murmelte Gran. »Nun, ich muss gestehen, da mangelt es auch mir an Wissen. Eigentlich war ich immer der festen Überzeugung, dass alle Gifte durch das Feuer in ihrem Blut verbrannt werden.«

Es erleichterte mich erheblich, dass auch Gran nicht sofort eine Lösung wusste. Das bedeutete nämlich, dass ich nicht einfach versagt hatte. Aber leider hieß das ebenfalls, dass ich meine Lösung nicht durch einen Anruf erhielt.

»Verbrannt ist das Gift auf jeden Fall nicht.« Ich stand auf und begann, in der Höhle auf und ab zu laufen. Dabei spürte ich die Blicke von Darragh und Lennox auf mir. »Ich brauche mehr Informationen und Zugang zu meinen Pflanzen. Eigentlich brauche ich dich.«

Gran seufzte. »Kind, beim Recherchieren brauchst du mich nicht. Allerdings kann ich dir helfen, indem ich dir ein paar Sachen zusammenstelle. Kannst du einen der Drachen vorbeischicken?«

Die Vorstellung, dass ein Reiter sein riesiges Reptil als Gepäcktransporter benutzte, ließ mich leise auflachen. Dann wanderte meine Aufmerksamkeit zurück zu Lennox. Damit könnte man auch einiges an Zeit verschwenden, mit dem Hin-und-Herfliegen. Das wäre doch ein netter Anfang, meine Entführung wiedergutzumachen. Außerdem hätte Lennox sicher seinen Spaß damit, sich meiner Gran erklären zu müssen. Danach würde er es sich bestimmt zwei Mal überlegen, sich mit einer Hexe anzulegen. »Ich denke, das lässt sich einrichten.«

»Ausgezeichnet. Ich packe dir auch noch eine Decke und etwas zu essen ein.« Ich konnte hören, wie Gran sich durch unser Haus bewegte. Die Treppe knarrte unter ihren Schritten und auch meine Zimmertür gab ihr übliches Quietschen von sich, als Gran diese öffnete.

»Danke, Gran.« Das Heimweh flutete erneut meinen Körper. »Wie haben Mum und Dad reagiert?«

Meine Großmutter schnaubte. »Sie sind nicht gerade begeistert von der Situation, aber genau wie ich haben sie volles Vertrauen in deine Fähigkeiten. Außerdem tut es dir mal gut, hier herauszukommen. Irgendwann gehst du uns im Laden noch ein.«

Nun war es an mir zu schnauben. Dieses Gespräch hatten wir schon mehrmals geführt. Dass ich nicht den Rest meines Lebens zwischen den Regalen des Ladens verbringen konnte. Aber das war nun einmal mein Zuhause.

»Es dauert ein wenig, bis ich alles beisammenhabe«, fuhr Gran ungerührt fort. »Außerdem werde ich mich umhören, ob noch jemand anderes eine Idee hat.«

Erleichtert seufzte ich. Gran hatte einfach die besten Verbindungen zu allen möglichen anderen Kräuterhexen und Heilern auf der ganzen Welt. Vielleicht hatte jemand von ihnen so einen Fall schon einmal erlebt. »Danke, wirklich!«

»Aber natürlich, Kind. Grüß deinen Drachen von mir.«

»Das werde ich machen. Ich rufe dich an, sobald ich etwas Neues erfahren habe.«

Nachdem ich aufgelegt hatte, starrte ich einige Sekunden auf das Display. Ich wusste nicht genau, wie ich mich nach diesem Gespräch fühlen sollte. Immerhin hatte ich mit einer etwas anderen Reaktion gerechnet. Aber meine Gran brachte so leicht nichts aus der Fassung, vor allem, wenn sie wusste, was vor sich ging.

Ehe ich mich zu sehr in diese Gedanken verstrickte, ließ ich mein Handy in meine Hosentasche gleiten und gesellte mich zu Darragh und Lennox.

»Oh, Lennox, ich hab da eine Aufgabe für dich«, verkündete ich mit zuckersüßer Stimme.

Das Misstrauen zeichnete sich klar in seinem Gesicht ab, als er sich mir zuwandte. »Ach ja?«

»Damit ich vernünftig arbeiten kann, benötige ich ein paar Dinge. Die müssten bei meiner Gran abgeholt werden. Leider bin ich verhindert, aber du und dein Drache habt doch sicher Zeit. Du weißt ja, wo sie wohnt, nicht wahr?« Mein Lächeln war so scharf, dass man damit Glas schneiden könnte.

Lennox' blickte zwischen Darragh und mir hin und her, dann nickte er knapp. »Ja, sofort. Wird erledigt.«

Ich konnte mir eine letzte kleine Gemeinheit in seine Richtung nicht verkneifen. So beschwor ich eine Wurzel aus der Erde, die sich kurz um seinen Knöchel schlang und ihn mit einem dumpfen Knall zu Boden gehen ließ. Die Wurzel war wieder unter der Erde verschwunden, noch bevor er den Kopf heben konnte.

»Vorsicht! So eine Höhle kann gefährlich sein!« Möglichst unschuldig klimperte ich mit den Wimpern. Schnaubend kam Lennox auf die Beine, sagte aber nichts weiter, sondern stürmte aus der Höhle.

Hinter mir lachte Darragh leise. »Das war gemein.«

»Oh, bitte.« Ich warf meine Haare über die Schulter. »Gemein wäre es, ihn an den Knöcheln aufzuhängen, bis sein Gesicht aussieht wie eine Tomate.«

»Wieso werde ich das Gefühl nicht los, dass du genau das schon einmal getan hast?«

Ich zuckte nur mit den Schultern. Es war vielleicht das ein oder andere Mal vorgekommen, dass ich meine Fähigkeiten auf diese Art genutzt hatte.

»Was hat deine Gran gesagt?« Darragh richtete sich auf, sodass die Kette klimperte, und streckte sich dann wieder auf dem Boden aus.

»Sie hat sich nicht einmal Sorgen gemacht. Anscheinend hatte Kathy eine Vision, dass ich entführt werde, mir dabei aber nichts geschehen wird.«

»Wer ist Kathy?«, fragte er nach.

»Eine beliebte Wahrsagerin, die sich auf das Geschlecht von Babys spezialisiert hat. Sie kann sagen, was es wird, bevor das Kind gezeugt ist. Ich wusste nicht einmal, dass sie noch andere Weissagungen macht.« Frust klang in meiner Stimme mit. Darraghs erhobene Augenbraue befeuerte ihn nur noch. »Ich freue mich natürlich, dass Gran und meine Eltern sich nicht vollkommen in der Sorge um mich verloren haben, aber irgendwie ist es sehr unbefriedigend, dass die Hälfte meiner Geschichte schon bekannt war.«

Ich musste es Darragh zugutehalten, dass er wenigstens versuchte, sein Lachen zu verbergen. Jedoch war das bei einem so großen Wesen nur sehr schwer möglich. »Der Rest der Geschichte hat sie doch sicher beeindruckt, oder?«, japste Darragh.

»Das auf jeden Fall. Allerdings hatte sie auch keine Antworten auf meine Fragen. Aber sie packt mir meine Unterlagen zusammen und hört sich selbst um.« Aufmunternd tätschelte ich seine Schnauze. »Du wirst sehen, schon bald sind wir hier raus!«

Auf meine stärkenden Worte folgte lediglich Schweigen. Es gefiel mir ganz und gar nicht, dass Darragh anscheinend den Mut verlor. Denn wenn etwas für die Heilung eines Patienten wichtig war, war es Zuversicht.

DIOSPYROS EBENUM
EBENHOLZ

Basil war ein Mann, der sein Wort hielt. Keine Stunde später kam er zurück in die Höhle, gefolgt von mehreren Clanmitgliedern, die mich misstrauisch beäugten. Allesamt waren hochgewachsen und breitschultrig – Highlander durch und durch. Sie waren schwer bepackt mit einem großen gusseisernen Topf und mehreren Kühltaschen, in denen sich wohl mein bestelltes rohes Fleisch befand. Eifrig klatschte ich in die Hände. »Los geht's!«

Basil selbst war es, der mir direkt zwei Knollen Ingwer überreichte. Zwar konnte ich die Neugierde in seinen Augen sehen, doch er fragte nicht weiter nach. Das war mir auch lieber so, mir stand nicht gerade der Sinn danach, jede meiner Handlungen erst noch zu erklären. Zumindest ihm nicht. Meine Pläne mit Darragh durchzugehen, darauf hatte ich Lust. Ich spürte eine Verbindung zwischen uns, was auf Dauer vielleicht nicht gut war. Eine emotionale Beziehung zu einem Patienten – egal ob Mensch, Tier oder welches Wesen auch immer – konnte schon mal in die Hose gehen. Ich hatte bereits einige Male bei anderen Hexen beobachtet, wie Gefühle einem die Konzentration raubten.

Nachdem die Männer ihre Mitbringsel auf dem Boden abgestellt hatten, strömten sie alle zu Darragh, um sich aufgeregt mit ihm zu unterhalten. Die seltsame Mischung aus

Englisch und Gälisch verschwamm zu einer bunten Melodie, der ich jedoch keine weiteren Informationen entnehmmen konnte.

»Wo ist Lennox?«, lenkte Basil meine Aufmerksamkeit auf sich.

»Ich habe ihn zu meiner Gran geschickt, um ein paar Dinge zu besorgen«, erklärte ich leicht abwesend. Weiterhin behielt ich die kleine Gruppe im Auge, wie sie mit Darragh umgingen. Mein Gefühl sagte mir, dass keiner von ihnen sein Reiter war. Die ganze Szene erinnerte mich stark an einen Krankenbesuch bei einem engen Freund.

»Hey!« Basils Ausruf hallte von den Wänden wider. Er hatte nicht geschrien, seine Stimme kaum erhoben, und doch ging sie mir durch Mark und Bein. Sofort zuckten alle Köpfe in seine Richtung. »Wir brechen auf. Die Hexe muss sich konzentrieren.«

Es war keine Beleidigung, sondern ein Zeichen des Respekts, meinen Titel zu verwenden. Dankbar nickte ich ihm zu. Zwar hatte ich kein Problem damit, vor Zuschauern zu arbeiten, doch würde ein Haufen Highlander, die mir auf die Finger schauten, meine ohnehin schwere Aufgabe nicht wirklich erleichtern.

Nach und nach verschwanden die Männer durch den Höhleneingang. Ich hätte ihnen folgen können, um herauszufinden, wie sie von der Klippe wieder nach oben gelangten. Aber auch ohne das zu tun, regte sich eine Vermutung in mir. Bereits zuvor hatte Basils Schnelligkeit mich überaus verwundert.

Drachen und Reiter.

Reiter und Drachen.

Dafür, dass sie eigentlich unzertrennlich waren, sah ich

nie jemanden von ihnen zusammen. Genauer gesagt, hatte ich bisher nur einen einzigen Drachen gesehen. Alle anderen waren entweder versteckt ... oder direkt vor meinen Augen.

Basil reichte mir eine Visitenkarte und riss mich damit von meinen Überlegungen los. »Sollte noch etwas sein, kannst du mich unter dieser Nummer erreichen.« Als ich danach greifen wollte, zog er die Karte zurück. »Bist du dir sicher, dass du hierbleiben willst? Ein wilder Drache ist lebensgefährlich.« Seine Worte waren scharf und kalt, obwohl besagter Drache ihn sicher hören konnte.

Mit spitzen Fingern pflückte ich die Karte aus seiner Hand. »Ich bin mir der Gefahr durchaus bewusst. Aber ich werde kein Risiko eingehen und ihn zu lange alleine lassen.«

Verstehend nickte mein Gegenüber. »Heute Abend komme ich noch einmal vorbei.«

Nachdem Basil gegangen war, blickte Darragh neugierig zu dem Topf. »Was genau hast du jetzt vor?«

»Du musst essen und trinken«, erklärte ich, während ich begann, den Ingwer in Stücke zu brechen. Natürlich hatte ich nicht daran gedacht, heißes Wasser bei Basil zu bestellen, aber wofür war ich denn mit einem Feuer speienden Wesen eingesperrt. »Schaffst du es, das Wasser zu erhitzen?«

Darragh verdrehte die Augen. Anstatt zu antworten, holte er einmal tief Luft und eine kleine Flamme schoss durch die Höhle, genau auf den Topf zu. Zwar spürte ich die Hitze auf meiner Haut, doch war es auszuhalten. Und innerhalb weniger Sekunden hatte ich heißes Teewasser. Ich schmiss die Ingwerstücke in den Topf und bewegte die Hand über dem Wasser, bis es anfing, sich zu kräuseln. Sorgsam rührte ich im Uhrzeigersinn, wobei ich meine Magie fließen ließ. Ingwer eignete sich ausgezeichnet gegen Übelkeit. Noch ein simpler Zauber, um den Effekt zu verstärken, und schon sollte ich einen Tee haben, der sogar einem Drachen helfen konnte.

Darragh hatte sich mein Tun schweigend angeschaut. Nun schnupperte er in Richtung des Kessels, ehe er angewidert das Gesicht verzog.

»Schreckt dich sogar der Gedanke ans Trinken ab?«, fragte ich besorgt.

»Nein, ich mag nur keinen Ingwer.« Nach einer kurzen Pause fügte er hinzu: »Muss das wirklich sein?«

»Zweifelst du an meinen Fähigkeiten?« Gespielt beleidigt reckte ich die Nase in die Höhe. »Mit diesem Zauber habe ich bereits Dutzenden Schwangeren geholfen, da wird er auch bei dir seine Wirkung zeigen.«

Begeistert wirkte Darragh immer noch nicht, trotzdem machte er ein paar Schritte nach vorne. Dann nahm er den Topf zwischen seine massiven Kiefer und kippte seinen Kopf nach hinten. Innerhalb weniger Augenblicke war das Gebräu seine Kehle herabgeflossen, doch alles, worauf ich achten konnte, waren seine riesigen Zähne.

Ich schluckte trocken, ehe ich mich wieder zur Ordnung rief. Darragh würde mir niemals freiwillig etwas antun. Egal wie gefährlich er auch sein konnte. »Du solltest eigentlich direkt eine Reaktion spüren.«

Zu meiner Erleichterung erbrach er den Tee nicht sofort wieder. Einige Atemzüge verstrichen, dann entspannte er sich und seufzte gelöst. Wie jemand, der endlich von Schmerzen befreit war.

»Na, siehst du.« Zufrieden mit mir selbst grinste ich. Dann legte ich los, das Fleisch aus den Kühltaschen zu holen.

Es waren sicher mehr als zwölf Kilo, die sogar noch ein wenig blutig waren. »Jetzt kannst du auch was essen.«

Wortlos starrte Darragh das rohe Fleisch an, mit leichtem Ekel in seinen Zügen – sofern das bei einem Drachen zu deuten war. Doch kurz darauf nickte er sich selbst zu, nahm eines der Fleischstücke zwischen die Zähne und warf es in die Luft, um es mit einer Stichflamme anzubraten. Dann schlang er den riesigen Brocken in einem Stück herunter.

Es war ein faszinierender Anblick, wie er innerhalb einer Minute das komplette Fleisch verspeiste. Danach stieß Darragh einen kleinen Rülpser aus und schenkte mir ein entschuldigendes Lächeln.

»Ist dir immer noch schlecht?«, fragte ich und fing an, die Tüten wegzupacken. Wenn Lennox auftauchte, würde ich sie ihm in die Hand drücken.

»Ich fühle mich besser«, antwortete Darragh. »Aber die Vergiftung ist immer noch da.«

»Wenn ein guter Tee und eine Mahlzeit gegen Gift helfen würden, wären meine Dienste nicht mehr so begehrt.« Jetzt, da Darragh etwas im Magen hatte, meldete sich mein eigener. Neben einem Kaffee hatte Basil mir eine Tüte voll frischem Gebäck mitgebracht, über das ich mich nun hermachte.

Einige Zeit herrschte Schweigen zwischen uns. Darragh hatte sich abermals zusammengerollt und hielt die Augen geschlossen. Allerdings ging ich nicht davon aus, dass er schlief. Ich nutzte diesen Moment der Ruhe, um seinen Zustand Revue passieren zu lassen, in der Hoffnung, dass mir doch noch ein ähnlicher Fall einfiel. Aber leider war da nichts.

Gerade als ich mein Croissant aufgegessen hatte, surrte mein Handy. Es war eine Nachricht von meiner Mutter, auch wenn sie im Namen meiner beiden Eltern sprach:

Bitte pass gut auf dich auf, Briar. Sollte irgendetwas sein, dann können wir dich jederzeit rausholen!

Ich seufzte tief, ehe ich eine Antwort tippte:

Macht euch keine Sorgen um mich, ich habe hier alles im Griff.

Hoffentlich redete ich mir das nicht nur ein, aber das Letzte, was ich gebrauchen konnte, waren meine Eltern, die in diesem ganzen Drama auch noch mitmischten. Gerade war ich tatsächlich sogar froh, dass sie in einem anderen Land lebten.

»Was ist los?«, brummte Darragh neben mir. Er hatte ein Auge geöffnet. »Du wirkst bedrückt.«

»Hab gerade an meine Familie gedacht.« Ich rückte ein wenig näher an ihn heran, bis mich nur noch wenige Zentimeter von seinem Kopf trennten. »Ich vermisse sie.«

Ein verstehender Ausdruck trat in seinen Blick. »Das kann ich mir vorstellen. Willst du mir von ihnen erzählen?«

Bei seiner Frage breitete sich Wärme in meiner Brust aus. Sein Interesse klang so ehrlich, dass ich nicht anders konnte, als loszureden: »Eigentlich habe ich eine große Familie, mit vielen Tanten und Onkeln, Cousins und Cousinen überall in England verteilt, aber ich habe schon immer meiner Gran am nächsten gestanden. Wegen ihr wollte ich Heilerin werden.« Oh ja, das, was sich da in meiner Brust bemerkbar machte, war definitiv Heimweh. »Stell dir vor, meine Familie ist bereits seit Zeiten von Queen Elisabeth der Ersten für ihre Heilkünste bekannt. Schon genauso lange sind wir in Edinburgh. Seit ich klein war, habe ich meine Zeit entweder im Laden oder in einem der Gewächshäuser verbracht. Immer unter der Anleitung von Grandma oder Grandpa.«

Wenn ich die Augen schloss, konnte ich diese Orte vor mir sehen. Unseren Laden, von dem ich jede Ecke kannte. Die Gewächshäuser, die sich mit jeder neuen Jahreszeit veränderten und doch irgendwie stets gleich blieben. Wie die Pflanzen war ich dort aufgezogen worden, meine Wurzeln reichten tief in die Erde. Auch von meinen Eltern und der großen Entfernung zu ihnen erzählte ich ihm. Ich sprach nicht oft über meine Familie, die meisten Leute interessierten sich eher für die Geschichte unserer Heilkräfte, weniger für die Menschen dahinter.

»Also bist du die Erbin deiner Familie und wirst den Laden eines Tages übernehmen«, schlussfolgerte Darragh.

»So sieht es aus. Dad mag zwar Pflanzen, aber er hat wenig für die Heilkunde übrig.« Ein Lächeln schlich sich auf meine Lippen. »Irgendwie war es wohl schon immer klar, dass er das Erbe nie antreten wird, dafür will ich es umso mehr. Deshalb wohne ich auch weiterhin bei Gran und wir schmeißen den Laden zusammen, seitdem Granpa vor ein paar Jahren gestorben ist.«

Ja, meine Familie war klein, aber wundervoll. Ich konnte jeden Tag machen, was ich liebte: Menschen mit meiner Magie helfen. »Aber wieso bin ich dann so unzufrieden?«

Mir war gar nicht aufgefallen, dass ich schon wieder laut gesprochen hatte, bis Darragh mir antwortete: »Manchmal kann man alles haben, wonach man sich immer gesehnt hat, und trotzdem unzufrieden sein. Die Realität ist oft nicht so toll wie die Vorstellung.«

Nachdenklich schaute ich ihn an, während ich seine Worte wirken ließ. Er hatte recht. Ich lebte das Leben, welches ich mir als Kind immer ausgemalt hatte, aber es erfüllte mich nicht so wie erwartet. Nur war gerade nicht der Zeitpunkt, um dieses Gefühl zu analysieren. Doch da es momentan keine Aufgaben gab, denen ich mich widmen konnte, hatte ich eine wundervolle Ausrede, mich weiter in dem Gespräch mit Darragh zu verlieren. »Du hast gesagt, du hast einen Bruder. Wie steht es um den Rest deiner Familie? Wie sieht *dein* Leben so aus?« Ich fragte bewusst nicht nach seinem Reiter. Er würde ohnehin nicht mit der ganzen Wahrheit herausrücken, an deren Rändern ich bereits kratzte.

Er schnaubte und sein Kopf rückte näher an mich heran. Wenn ich allerdings mit meiner Ahnung recht behielt, war es wohl besser, Abstand zu wahren. Automatisch wich ich etwas zurück, was er nicht zu bemerken schien. »Meine Eltern leben beide noch. Auch wenn sie sich inzwischen zurückgezogen und ihre Aufgaben meinem Bruder und mir überlassen haben, sind sie immer noch hoch angesehene Mitglieder des Clans.«

Ich drängte ihn nicht und fragte nicht weiter nach. Wenn er mir etwas erzählen wollte, dann würde er es von sich aus tun.

Kurz darauf fuhr er fort: »Es ist meine Aufgabe, die Insel und den Clan zu schützen. Mein Bruder ist für das Politische, Wirtschaftliche und so weiter verantwortlich, während ich sicherstelle, dass alle in Frieden leben können.« Meine Ahnung wurde langsam zu Gewissheit. Das alles klang mehr als menschlich.

»Bestimmt keine einfache Aufgabe. Aber wenigstens habt ihr einander.«

Darragh wich meinem Blick aus. Die plötzliche Anspannung in seinem Kiefer verriet mir, dass etwas an meinen Worten ihm missfallen hatte. Behutsam musterte ich die Zeichnungen auf seinen Schuppen. Sie erinnerten mich an Ranken, die sich über seinen ganzen Körper zogen. Ein Muster ohne Sinn oder Symmetrie, vielleicht gerade deshalb so wunderschön.

»Nein. Und auch nicht der Job, von dem ich als Kind geträumt habe, aber ich liebe es trotzdem«, nahm Darragh unser Gespräch wieder auf. »Dass ich jetzt hier festsitze und meine Leute im Stich lasse ... das schmerzt mehr als das Gift selbst.«

»Du wirst bald zu ihnen zurückkehren.« Am liebsten hätte ich ihn umarmt, mich an seine Wärme geschmiegt. Ich war nicht bereit zu hinterfragen, wieso ich mich ausgerechnet bei ihm so wohl- und geborgen fühlte. Es war beinahe so, als würde die Welt um uns herum in den Hintergrund treten, als könnte ich vergessen, wo wir uns befanden und wieso wir hier feststeckten. Erst, als jemand hinter uns sich räusperte, löste ich meinen Blick von dem Drachen und kam mit steifen Gliedern auf die Beine.

Lennox war zurückgekehrt, zusammen mit zwei der Highlander, die heute bereits hier gewesen waren. Erneut waren sie schwer bepackt, diesmal jedoch mit Reisetaschen, die ich nur zu gut kannte.

»Meine Sachen!«, rief ich erfreut aus, ehe ich zu meinem Zelt deutete. »Stellt alles einfach dahin. Außer das da!«, wies ich Lennox an, der eine altertümliche Truhe in den Armen hielt. »Die kommt hierher.«

Die Männer folgten meinen Anweisungen, aber ich konnte in ihren Gesichtern sehen, dass sie es nicht gerne taten. Lennox funkelte mich an, einen bösen Spruch auf der

Zunge – da war ich mir sicher. Doch als sein Blick auf Darragh fiel, hielt er diesen zurück.

»Deine Grandma ist echt nett. Sie hat darauf bestanden, dass wir zum Tee bleiben.« Zu meiner Überraschung trat einer der Männer zu mir und hielt mir sogar die Hand hin. »Ich bin Jamie.«

»Hi, Jamie.« Sein Händedruck war warm und fest.

»Gastfreundschaft wird in meiner Familie großgeschrieben. Da werden Leute nicht einfach in irgendwelche Löcher gesteckt.« Den Seitenhieb konnte ich mir nicht verkneifen.

Jamie lachte. Zwar ein wenig schuldbewusst, aber es war ein ehrliches Lachen. »Ich schwöre dir, eigentlich sind wir auch gastfreundlicher. Wir haben ein wunderschönes Bed and Breakfast nahe dem Schloss und ein paar Hütten, die man mieten kann.«

Oh, ich liebte diese kleinen Brocken an Informationen, die um mich herum fallen gelassen wurden. Sie boten mir einmalige Einblicke in einen Drachenclan. Mein neugieriges Hexenherz hüpfte vor Freude!

»Zu Schade, dass ich nicht hier bin, um Urlaub zu machen«, kam ich zurück zum eigentlichen Problem.

Lennox hatte die Kiste inzwischen auf den Boden gestellt und war zurückgetreten. Besser so, denn der Drang, ihn noch einmal stolpern zu lassen, war beinahe überwältigend. Doch ich hielt mich zurück. Stattdessen schnippte ich in Richtung der Truhe, um den Öffnungsmechanismus zu aktivieren.

»Was ist das?«, fragte Darragh hinter mir interessiert. Er hatte sich erhoben und einen Schritt auf mich zu gemacht, bis die Kette hinter ihm spannte.

»Grans tragbare Apotheke. Ein Überbleibsel aus der Zeit,

als meine Familie noch durchs Land gereist ist, um Patienten zu behandeln.« Bisher stand die Truhe immer auf einem Ehrenplatz im Haus, sie jetzt zu benutzen, war wirklich aufregend.

Die Apotheke hatte sich inzwischen vollkommen entfaltet. Eine kleine Arbeitsfläche aus altem Holz, dahinter ein Regal voller Schubfächer, Reagenzgläser und Töpfe, bereit zum Einsatz. Trotz der Jahrhunderte, welche die Truhe bereits auf dem Buckel hatte, war das dunkle Ebenholz makellos.

»Was ist das alles?«, fragte Lennox skeptisch, die Arme vor der Brust verschränkt.

»Zeug«, gab ich abwesend zurück.

Ohne ihn anzusehen, spürte ich regelrecht, wie er die Augen verdrehte. »Und was macht dieses *Zeug*?«

»Sachen.« Von meinem süßen Lächeln hätte er einen Zuckerschock bekommen können. Bei seinem Gesichtsausdruck vielleicht auch einen Schlag. Dann nickte er mit niedergeschlagenen Augen, so als würde er sich seinem Schicksal ergeben. Schon wieder erinnerte er mich an einen Welpen und ich nahm mir erneut vor, netter zu ihm zu sein. Oder wenigstens nicht ganz so bissig.

»Wir sollten Briar in Ruhe arbeiten lassen.« Jamie klopfte Lennox auf die Schulter und schob ihn in Richtung Höhlenausgang. »Wenn du noch irgendetwas brauchst, sag Bescheid.«

Zum Abschied winkte ich nur knapp, bereits vollkommen vereinnahmt von den neuen Möglichkeiten. »Mal schauen, was Gran mir so eingepackt hat.« Zu meiner Freude hatte sie mir nicht nur eine große Auswahl an Pflanzen und Kräutern mitgegeben, sondern auch einige nicht-pflanzliche Heilzutaten. Außerdem stieß ich in den beiden Reisetaschen auf frische Kleidung und einige Kosmetika sowie eine Handvoll Fachbücher und mein Herbarium, das ich sorgsam über die letzten Jahre angelegt hatte. Als ich dieses auf die Arbeitsfläche legte, überrollte mich ein wohliges Gefühl der Erleichterung. Nun, da ich alle Hilfsmittel zur Hand hatte, sollte ich schnell eine Heilung für meinen Patienten finden.

Aus einem der Schubfächer holte ich einen langen Dolch hervor. Mit diesem in der Hand wandte ich mich Darragh zu. »Wie bringt man einen Drachen am besten zum Bluten?«

Atropa Belladonna
Schwarze Tollkirsche

Darragh zuckte nicht einmal zusammen. Wahrscheinlich weil eine Hexe mit einem kleinen Dolch nicht wirklich gefährlich für einen Drachen war. »Mit dem Messerchen kommst du nicht weit«, brummte er leicht amüsiert. »Aber du kannst dein Glück mal nahe der Wunde versuchen.«

Ich schnappte mir ein Gläschen, ehe ich unter seinen Flügel tauchte. Die Wunde hatte sich nicht weiter verändert, sie sah genauso schrecklich aus wie zuvor. So schnell wie möglich zog ich die Klinge des Dolches über seine raue Haut, bis einige Blutstropfen herausquollen. Ich streifte die Klinge am Rande des Glases ab und wollte mich um die Wunde kümmern, doch diese war bereits wieder zusammengewachsen. Verwirrt blickte ich zu der vergifteten Einstichstelle, die nach wie vor da war.

»Heilt ihr immer so schnell?«, fragte ich Darragh, als ich zu meinem Arbeitsplatz zurückging.

»Eigentlich ja. Gerade was kleine Verletzungen angeht, verschwinden sie meist nach wenigen Sekunden. Genau deshalb waren wir auch so besorgt, als meine Wunde nicht verheilt ist«, erklärte er mir.

Aus einer der Schubladen holte ich eine Flasche destilliertes Wasser, das ich zu meiner Blutprobe gab. Wie erwartet fand ich außerdem ein Pulver, das half, Gifte zu identifizieren. »Jetzt muss das Ganze nur noch funktionieren.« Nachdem ich das Glasgefäß fest verschlossen hatte, schüttelte ich es so lange, bis alle Teile sich verbunden hatten.

»Was treibst du da?«, fragte Darragh hinter mir.

Ich hatte ihn beinahe schon vergessen. Viel zu schnell verlor ich mich in meiner Arbeit, sodass die Welt um mich herum versank. »Dieses Pulver besteht aus besonderer Erde, klein gemahlenen Kristallen und getrockneten Kräutern.« Ich kramte ein Stück Pergament hervor, auf dem mit magischer Tinte mehrere Punkte gezeichnet waren. »In Verbindung mit diesem Zauber ist es hoffentlich in der Lage, uns genauer zu sagen, welches Toxin benutzt wurde. Davon ausgehend kann ich dann ermitteln, mit welchen Pflanzen du vergiftet wurdest.« Vorsichtig schüttete ich die Tinktur auf das Pergament.

Mit einem Stofftuch wischte ich die Reste des Blutes von dem Dolch. Anschließend schnappte ich mir eine Schale aus schwerem Granit, in die ich das Stofftuch zusammen mit einigen getrockneten Zweigen Hexenkraut legte. Während ich ein Streichholz entzündete, erzählte ich weiter: »Mit der Asche kann ich bestimmen, ob noch etwas anderes mitmischt. Ein Zauber, Fluch, Hex oder sonst was. Nicht mein Spezialgebiet, aber meine Gran hat gute Kontakte ...«

Darragh hatte mir aufmerksam zugehört, wobei sein Blick meinen Handlungen folgte, aber immer wieder zu meinem Gesicht zurückkehrte. Seltsamerweise trieb mir seine Aufmerksamkeit die Röte auf die Wangen.

»Und was machen wir jetzt?«, fragte er.

»Warten. Die Zauber brauchen ein wenig, bis sie wirken.« Diese Zeit wollte ich nutzen, um mich selbst etwas frisch zu machen. Ich schnappte mir den Kosmetikbeutel und platzierte mich am Rand des kleinen Wasserlochs. Zuerst putzte ich mir ausgiebig die Zähne, wusch mir das Gesicht und kämmte meine Haare, die ich zu einem Zopf flocht. Danach schälte ich mich aus meiner Bluse, die ich eigentlich sehr gerne mochte, doch nun nie wieder sehen wollte. Ihr Anblick würde mich bis in alle Ewigkeit an den Moment erinnern, als sich schroffe Klauen um meinen Körper gelegt hatten. Und daran, an einem fremden Ort aufzuwachen, ohne zu wissen, wo ich war. Seltsamerweise reagierte ich nicht gleichermaßen, wenn ich Darragh anschaute, aber etwas an diesen Kleidungsstücken zerrte die schlimmsten Erinnerungen an die Oberfläche. Gut, dass es bloß Klamotten waren, so würde es ein Leichtes sein, sie loszuwerden.

Dasselbe galt für meine Jeans, auch wenn es mir das Herz brach. Es war schwer genug, eine Hose zu finden, die so perfekt passte, diese hatte sogar den verfluchten *Chub rub* überlebt. Aber nach etwa zwei Tagen wollte ich den Stoff niemals wieder auf meiner Haut spüren.

Kurz entschlossen schälte ich mich aus meinen Klamotten, bis ich nur noch meinen BH und ein Höschen trug. Meine Sachen warf ich auf einen Haufen neben dem Teich, ehe ich vorsichtig hineinstieg. Das Wasser reichte mir gerade mal bis zu den Knien, aber Gran hatte mir einen Waschlappen eingepackt, mit dem ich nun meine Haut abzuschrubben begann.

Für einige Augenblicke war ich komplett darauf konzentriert gewesen, sodass ich erst jetzt registrierte, dass ich mich gerade vor Darragh ausgezogen hatte. Was eigentlich kein Problem sein sollte, immerhin war er ein Drache – allem Anschein nach zumindest.

Von meiner Neugierde getrieben linste ich über die Schulter. Darragh schaute mir ohne Scheu beim Baden zu, ein intensiver Ausdruck in seinen Augen. Entweder hatte er noch nie eine nackte Frau gesehen oder ihm gefiel mein Anblick sehr.

Ich war beim besten Willen nicht schlank. Mein Körper war gezeichnet von Dehnungsstreifen, meine Brüste etwas zu schwer, meine Oberschenkel eine Spur zu dick. Röllchen zierten meinen Bauch und mein Hintern war ausladend. Aber ich mochte meinen Körper, mochte die Rundungen und die Weichheit. Und wäre Darragh ein Mann, dann würde ich Geld darauf verwetten, dass es ihm ähnlich erging. Vielleicht sollte ich mich ihm nicht so offen präsentieren, aber wenn er darauf bestand, nichts weiter zu sein als ein übergroßes Reptil mit Flügeln, dann würde ich ihn auch so behandeln.

Noch einmal fuhr ich mit dem Waschlappen über meine Haut, ehe ich mir das zuvor bereitgelegte flauschige Handtuch schnappte und aus dem Wasserloch stieg. Ich fühlte mich schon viel besser, jetzt fehlte nur noch frische Kleidung.

Sobald ich mich Darragh wieder zugewandt hatte, schaute er zur Seite, so als hätte er mich nicht beobachtet. Ich verbarg mein Grinsen. Immerhin wollte ich ihn nicht blamieren.

Um meine Unterwäsche zu wechseln, kroch ich ins Zelt. Bei dem wenigen Platz brauchte es einige Verrenkungen, bis ich vollständig angezogen war. »Gran, du bist einfach die Beste.« Sie hatte mir eine Jogginghose eingepackt und dazu meinen geliebten College-Pulli.

»Fühlst du dich besser, Kleines?«, fragte Darragh mit

belegter Stimme, als ich mein Zelt verließ. Der Kosename war neu, aber ich ließ ihn unkommentiert. Zum Teil auch, weil er einen wohligen Schauer über meinen Rücken jagte.

Ausführlich streckte ich mich, genoss das Gefühl von frischer Kleidung auf sauberer Haut. »Sehr viel besser. Jetzt kann ich mich endlich wieder konzentrieren.«

Der Blutzauber war noch nicht ganz durchgelaufen, aber das Stoffstück war inzwischen heruntergebrannt. Mit einem Granitstößel verarbeitete ich die Asche zu einem feinen Pulver. Danach breitete ich die Hand über der Schale aus. Einige Augenblicke lang geschah nichts, bis die Asche schließlich anfing, in der Schale zu tanzen und neue Formen zu bilden. Je mehr Magie ich hineinfließen ließ, desto lebhafter wurde die Asche, bis sie fast schon an ein Lebewesen erinnerte.

»Funktioniert es?«, drang Darraghs Stimme zu mir.

Mit der Schale in der Hand wandte ich mich ihm zu. »Aber so was von.« Ich zeigte ihm die wogende Masse, die versuchte, aus ihrem Gefängnis zu entkommen. »Jeder Zauber, egal wie mächtig, egal ob helle oder dunkle Magie, wird immer mit Lebensenergie gefüttert. Die tanzende Asche beweist, dass wir es mit einem Fluch zu tun haben.«

»Okay«, kam es zögerlich von Darragh. »Kannst du auch sagen, was für einer?«

»Nicht die genaue Art, aber ich kann einige ausschließen.« Ich nahm etwas Asche zwischen die Fingerspitzen, dann pustete ich sie von meiner Haut. Wie Pulver es normalerweise tat, schwebte es in der Luft und rieselte dann zu Boden. Die Reste der Asche rieb ich auf meinen Unterarm. Innerhalb weniger Sekunden zog ein Teil in meine Haut ein. Schnell wischte ich die Überreste ab.

Darragh hatte sich interessiert vorgebeugt, sodass sein riesiger Kopf nun auf gleicher Höhe mit meinem war. Intensiv beobachtete er die Asche, so als würde sie zu ihm sprechen, wenn er sich nur genug Mühe gab.

»Es ist weder eine Fluchtafel noch ein Zauberpapyrus«, erklärte ich, während ich mich daranmachte, die Asche zu neutralisieren. Zwar hatte sie kaum noch Magie in sich, aber ich wollte kein Risiko eingehen. »Was sehr gut ist, denn in den meisten Fällen muss man die Gegenstände finden und zerstören, um den Fluch zu brechen.« Ich hielt ihm meinen Unterarm hin, auf dem nun ein roter Streifen zu sehen war. »Das bedeutet, dass der Fluch nicht auf dich persönlich zugeschnitten war, sondern jeden ergreift, der mit dem Gift in Kontakt kommt.«

Panisch weitete Darragh die Augen und hob die Pranke, so als wollte er nach meinem Arm greifen. Doch er ließ ihn unverrichteter Dinge wieder sinken. »Du darfst dich meinetwegen nicht vergiften!«

Ich winkte ab. Dann zog ich mein Shirt hoch, um ihm ein kleines Tattoo auf meinen Rippen zu zeigen, direkt unter meinem Herzen. »Das ist ein Schutzzauber, der zumindest gegen schwache Gifte und Zauber wirkt. Eine Vorsichtsmaßnahme, welche die meisten Kräuterhexen auf der Haut tragen.«

Etwas beruhigt nickte Darragh. »Trotzdem will ich nicht, dass du dich für mich in Gefahr bringst.«

Es lag mir auf der Zunge, ihn darauf hinzuweisen, dass ich bereits in Gefahr war, wenn ich nur neben ihm stand, aber ich verbiss mir den Kommentar. Ich musste unsere verkorkste Situation nicht schon wieder beschreien. Stattdessen richtete ich meine Aufmerksamkeit auf das Pergament. Mittlerweile war der Zauber komplett durchgelaufen, sodass sich das Blut an einem der Punkte gesammelt hatte. »Bei dem Gift handelt es sich um Tropan-Alkaloide. Wenn ich deine anderen Symptome dazunehme, bin ich mir ziemlich sicher, dass du mit Tollkirsche vergiftet wurdest.«

Darragh betrachtete das Pergament mit verwirrter Miene. »Woraus schließt du das?«

Ich deutete auf die verschiedenen Punkte: »Sie alle zeigen unterschiedliche Giftstoffe an, die sich in Pflanzen finden. Durch den Zauber fließt das Blut zu dem passenden Stoff. Es ist eigentlich sehr einfach, wenn man das richtige Pergament zur Hand hat.« Nun zeigte ich auf die andere kleine Pfütze aus Blut. »Das steht für halluzinogene Stoffe. Wahrscheinlich war auch noch Engelstrompete mit im Spiel. Die Pflanze ist schön anzusehen, aber extrem giftig.«

»Warum grinst du dann so zufrieden?«, fragte er irritiert.

»Weil beides total gewöhnliche Pflanzen sind, die oft zur Zierde verwendet werden. Was bedeutet, dass es nicht selten zu Vergiftungen kommt. Deshalb ...«, aus den Schubladen kramte ich zwei kleine Behälter hervor, »... haben wir immer etwas von dem Gegenmittel parat.«

Ich schüttete die Mischung aus getrockneten und frischen Pflanzen in einen Mörser. Dazu gab ich noch etwas Kokosöl, mein bevorzugtes Medium, um etwas in eine Creme zu verwandeln. Außerdem stand es in keiner Wechselwirkung mit den Kräutern.

»Glaubst du, das alleine reicht aus?« Darragh war nicht sonderlich gut darin, seine Skepsis zu verbergen.

»Ganz so einfach ist es nun auch wieder nicht. Wir müssen nach wie vor den Fluch aufheben.« Flüchen mit Heilpflanzen beizukommen, war eine verzwickte Sache. Es waren zwei vollkommen unterschiedliche Arten von Magie, weshalb es nicht immer eine direkte Lösung gab.

Als Nächstes warf ich einige sonnengelbe Blüten mit in den Mörser. »Johanniskraut. Zum einen verstärkt es die Wirkung jedes anderen Krautes, zum anderen klärt es den Verstand. Das kann deinem Bewusstseinsverlust entgegenwirken.« Sauber aufgereiht standen in einem der Fächer dreizehn Fläschchen mit Asche. Das zwölfte holte ich hervor und nach kurzem Zögern auch das achte. »Die verbrannten Federn einer Elster, wie es in einem alten Reim erklärt wird. Zwölf Elstern stehen für Gesundheit, acht für einen Wunsch. Der kann uns sicher nicht schaden.« Von beidem gab ich eine deftige Prise zu der grünen Tinktur, die schnell eine dunklere Farbe annahm. Und weil es so schön war, auch noch ein paar Tropfen Propolis. »Dann lass uns das doch einmal versuchen.« Mit der Tinktur in der Hand begab ich mich zu einem wenig beeindruckt aussehenden Darragh. »Flügel hoch«, forderte ich ihn auf.

Nachdem ich eine dicke Schicht auf die Einstichstelle und die umliegende Haut aufgetragen hatte, war noch einiges an Tinktur übrig. »Am besten, du schluckst auch etwas davon. Dann gelangt es schneller in den Rest deines Körpers.« Ich hielt ihm die Schale hin. Eines musste ich ihm lassen, Darragh kam meinen Aufforderungen ohne Gegenwehr nach, auch wenn er angewidert das Gesicht verzog. »Tut mir leid. Es schmeckt nicht sonderlich gut.«

Er schluckte noch einmal, ehe er den Kopf schüttelte. »Nicht schlimm. Mum sagt immer, Medizin soll helfen und nicht gut schmecken.«

Sofort lag mir eine Frage zu Darraghs Mutter auf der Zunge, aber die sparte ich mir für später auf. Stattdessen behielt ich ihn ganz genau im Blick, achtete auf jede noch so kleine Regung seines riesigen Körpers.

Als nichts weiter geschah, verließ mich meine Zuversicht aufs Neue. »Nichts?«, musste ich trotzdem nachfragen.

Darragh schüttelte den Kopf. »Ich fühle mich genauso wie vorher.«

Etwas zu ruppig wischte ich den Mörser aus, wobei ich fieberhaft nachdachte. »Was kann es sein? An den pflanzlichen Inhaltsstoffen liegt es nicht. Also muss es mit dem Fluch in Verbindung stehen. Aber wie bricht man einen Fluch, den man nicht identifizieren kann?«

Während ich vor mich hin murmelte, beobachtete Darragh mich wortlos. So hatte ich die Gelegenheit, wenigstens etwas von meinem Frust abzulassen. »Deshalb hasse ich Flüche. Sie sind nicht greifbar. Im Endeffekt kann man aus allem einen Fluch machen, aber sie einfach so aufzulösen, das geht natürlich nicht!«

Ein dicker Wassertropfen landete auf meinem Handrücken und riss mich vorübergehend aus meinem Gemurmel. Ich drehte den Kopf zur Deckenöffnung. Der dahinterliegende Himmel war verdeckt mit beinahe schwarzen Wolken. »Na toll. Jetzt passt sich das Wetter schon meiner Stimmung an.«

Innerhalb weniger Augenblicke wurde aus den einzelnen Tropfen ein Schauer, so dicht, dass er mir die Sicht nahm. Hektisch schloss ich die Apotheke und flüchtete mich unter die schützende Decke, direkt neben Darragh. Dieser rollte sich in seine Katzenposition zusammen. Besorgnis strahlte mir aus seinen Augen entgegen, was meinen Frust nur noch verstärkte. Immerhin war er es, der unter einem Fluch litt. Nicht ich. Ich hatte lediglich mit meinem angekratzten Ego zu kämpfen und das würde ich schon irgendwie unter Kontrolle bringen.

»Es tut mir leid.« Meine leise gemurmelten Worte wurden beinahe vom Regen übertönt. »Ich war mir so sicher, dass ich die Lösung gefunden habe.«

Darragh hob den Kopf und stupste mich behutsam mit seiner Schnauze an. Ohne nachzudenken, schlang ich die Arme um ihn. »Es ist nicht deine Schuld.« Als er sprach, vibrierte mein ganzer Körper. »Du hast alles getan, was du kannst.«

Ich setzte schon zu einem Widerspruch an, als er weitersprach: »Es ist einfach zu gefährlich für dich.« Unbewusst spannte ich mich an. Ich wusste, wohin seine Worte führen würden. »Du musst von hier verschwinden, ehe ich dich verletzen kann.«

Energisch schüttelte ich den Kopf und löste mich von ihm. »Nein, ich werde hierbleiben. Dein Zustand hat sich nicht weiter verschlechtert und du hattest keinen weiteren Anfall mehr. Ich brauche bloß noch ein wenig mehr Zeit, dann finde ich ein Heilmittel.« Die Verzweiflung war meiner Stimme klar anzuhören.

Darragh schnaubte. »Ich kann spüren, wie sich das Gift durch meinen Körper brennt. Etwas stimmt nicht mit meinem Kopf. Ich bin weg, nur für einige Herzschläge, aber das ändert nichts. Meine Gedanken wandeln sich, sie werden monströser, grausamer. Wenn ich dich ansehe, dann sehe ich manchmal nichts anderes als ein Stück Fleisch. Ein Spielzeug, Beute.«

Unwillkürlich machte ich einen Schritt zurück, ehe ich die Schultern durchdrückte und mich zum Stehenbleiben zwang. »Ich bin mir des Risikos bewusst. Und ich werde nicht aufgeben.« Selbst wenn es schon zu spät sein sollte, wenn der intelligente und einfühlsame Funke in seinen Augen erlosch, wenn er nicht länger mit warmer und tiefer Stimme sprach, würde ich weiter nach einem Heilmittel suchen.

»Briar«, brummte Darragh sanft. »Ich muss Basil über meinen Zustand aufklären. Ein wild gewordener Drache ist eine Gefahr für den Clan. Er wird die nötigen Schritte einleiten müssen.«

Er musste es nicht aussprechen. Mir war klar, was damit gemeint war. Aber so weit würde ich es nicht kommen lassen. »Bitte, Darragh. Gib uns noch etwas mehr Zeit. Nur noch bis zum Morgen. Ich bin auf der richtigen Spur.« Flehend blickte ich ihn an, während der Regen den passenden Rhythmus zu meinem Herzschlag trommelte.

Nach einigen schmerzhaft langen Augenblicken nickte er. »Bis zum Morgen.«

SALIX ALBA
SILBER-WEIDE

Der Regenschauer lichtete sich nach einigen Minuten. Nun war es mehr ein seichtes Tröpfeln, das die Erde benetzte, mich aber nicht bis auf die Knochen durchnässte. Also huschte ich schnell zum Zelt, um mein Tablet zu holen, ehe ich zu Darragh zurückkehrte. Zu groß war die Angst, dass sein Zustand sich verschlimmerte oder einer seiner Männer zurückkam. Ich wollte an seiner Seite sein, mich notfalls an den Hörnern auf seinem Kopf festklammern, falls mich jemand gewaltsam aus der Höhle vertreiben wollen würde.

Aufgrund der Feuchtigkeit wurde es deutlich kühler zwischen all dem Gestein. Eine Gänsehaut breitete sich auf meinem ganzen Körper aus, weshalb ich näher an Darragh rückte. Gleichzeitig versuchte ich, eine halbwegs bequeme Position auf dem Boden zu finden. Ich sehnte mich inzwischen regelrecht nach meinem Schreibtisch und meiner Couch.

»Komm her.« Darragh hob einen Flügel, eine Einladung, mich darunterzukuscheln. Trotz kurzem Zögern ließ meine Neugierde mir keine andere Wahl, als seiner Aufforderung nachzukommen. Seine Schuppen fühlten sich angenehm warm an und der Flügel bildete die perfekte Decke. So saß ich an ihn gelehnt da, mit meinem Tablet in der Hand, bereit, dieses Mysterium endlich zu knacken.

Darragh hatte sich so platziert, dass sein Kopf direkt neben meinem lag. Seine Schnauze berührte beinahe meinen Oberschenkel, während sein heißer Atem meine Haut streifte.

»Ich schaue mal, ob die DD uns weiterhelfen kann.« Ich wackelte mit dem Tablet und erklärte: »Die *Druiden Datenbank*. Eine Sammlung, die so gut wie jeden Text zum Thema Heilen und Kräuterhexen umfasst. Egal in welcher Sprache, egal wie alt. Wenn man nichts in der *DD* findet, dann findet man nirgendwo etwas.«

Interessiert weiteten sich seine Augen. »Auch über Drachen?«

Inzwischen hatte ich genau diesen Suchbegriff eingegeben. Die wenigen Ergebnisse überraschten mich nicht gerade. »Es gibt nur ein paar Berichte über euch. Nicht bloß in der *DD*, sondern generell. Ihr lebt immerhin ziemlich zurückgezogen.«

Darragh nickte bedächtig, bevor er mir ein entschuldigendes Lächeln schenkte. »Wir haben viele Geheimnisse, die wir beschützen müssen.«

»Wie zum Beispiel, dass ihr menschliche Gestalt annehmen könnt?«, fragte ich betont locker. »Oder seid ihr Menschen, die eine Drachengestalt besitzen?«

Darragh starrte mich an, keine Regung zeigte sich in seinem sonst so ausdrucksstarken Gesicht. Dann grinste er. »Ich hätte damit rechnen sollen, dass du von allein darauf kommst.«

Sein Kompliment trieb mir die Röte auf die Wangen. »Ihr habt es mir nicht sonderlich schwer gemacht. Kein Reiter, der dich besucht. Auch keine anderen Drachen. Grundsätzlich, dass ich keinen einzigen Drachen außer dir gesehen habe.

Lediglich einen Haufen Highlander. Gibt es eigentlich nur männliche Drachen?«

Er schüttelte den Kopf. »Aber zu ihrer Sicherheit sollten sie nicht hier auftauchen. Weibliche Drachen sind schmaler, dafür viel schneller und wendiger.«

»Basil ist dann dein Bruder, nehme ich an. Der, von dem du mir erzählt hast.«

»Mein großer Bruder, der Clanchief. Ich habe ihn schon lange nicht mehr so wütend gesehen. Besorgt ja, aber nicht wütend.« Ein tiefer Seufzer durchfuhr seinen Körper. »Ich bin eine Gefahr für den Clan.«

»Aber du bist auch sein Fleisch und Blut. Da wird es nicht einfach für ihn sein, dich in dieser Verfassung zu sehen.«

»Es tut mir leid«, gestand Darragh. »Ich wollte, dass man deine Familie lediglich um Hilfe bittet. Lennox ist dann noch einen Schritt weiter gegangen. Glaub mir bitte, ich hatte nie vor, dich auf diese Weise mit hineinzuziehen, Kleines.«

»Aber von jetzt an musst du ehrlich mit mir sein, okay?«

»Ich wollte es dir sagen. Mehrmals sogar. Aber es ist eine der höchsten Regeln unter uns Drachen, Außenstehende niemals einzuweihen. Selbst wenn diese Teil des Clans werden, müssen sie einen Blutschwur ablegen, unser Geheimnis niemals zu verraten.«

Jede Spezies hatte so ihre Geheimnisse, die niemals ans Licht kommen durften. Es erklärte auf jeden Fall, wieso die Drachen derart abgeschieden lebten. Die Wahrheit würde sich viel zu schnell verbreiten, so etwas konnte man nicht lange verbergen.

»Aber warum?« Die Frage brannte mir auf der Seele, angetrieben von meinem Drang, zu verstehen und zu lernen.

»Es macht uns weniger angreifbar. Ein Vorteil gegenüber möglichen Feinden, das Überraschungsmoment. Aber ich glaube, vieles ist auch einfach Tradition. Wir haben es schon seit jeher so gemacht.«

Seltsamerweise konnte ich das sehr gut verstehen. Wir Hexen legten ebenfalls nicht alle Karten vor allen anderen Spezies offen, einfach um uns einen Vorteil zu gewähren.

»Werden sie dich bestrafen?«, fragte ich besorgt. Es brachte nichts, Darraghs Leben zu retten, wenn er für immer weggesperrt werden würde. Oder Schlimmeres ...

»Ich habe es dir nicht verraten. Du hast es selbst herausgefunden. Außerdem sind die Umstände einzigartig, Basil müsste ebenfalls die anderen meines Teams bestrafen – und sich selbst wohl auch. Ich hätte dir von Anfang an die Wahrheit sagen sollen, vielleicht wären wir inzwischen schon weiter.« Diesmal war es seine Stimme, die von Frust dunkel gefärbt war.

»Das bezweifele ich. Deine menschliche Gestalt ändert nichts an der Tatsache, dass du ein Drache bist. Aber vielleicht bringt mir diese Info bei meiner Recherche ja etwas.« Inzwischen waren einige der Ergebnisse geladen, sodass ich sie überfliegen konnte.

»Wie lange hattest du schon den Verdacht?«, kam es nach einigen Minuten.

»Hm?« Ich schaute nicht von meinem Tablet auf.

»Warst du bereits der Überzeugung, dass ich ein Mensch bin, als du dich umgezogen hast?«, fragte er heiser.

Immer noch blickte ich nicht auf, ein Grinsen konnte ich mir trotzdem nicht verkneifen. »Schon möglich. Vielleicht wollte ich wissen, wie du reagierst. Du hast nicht weggeschaut.«

»Wie hätte ich das bei dem Anblick auch machen sollen?«

Hitze überrollte meinen ganzen Körper. Also hatte ich mir das Interesse in seinen Augen nicht eingebildet. Doch wie sah es mit der Anziehung aus, die ich zu ihm verspürte? Auch wenn er eine menschliche Gestalt besaß, gerade war er ein Drache. Sollte ich mich von messerscharfen Reißzähnen und einem Feuer speienden Maul nicht eher abgestoßen fühlen? Meine Emotionen waren einfach zu verwirrend. Ich brauchte Zeit und Ruhe, um sie zu sortieren. Zu meinem Glück wurde ich in diesem Moment fündig. »*Einen Drachen aus seiner Haut befreien*««, las ich den Titel vor. »Das klingt doch vielversprechend.«

Es dauerte kurz, bis der Text übersetzt war. Laut einer kleinen Notiz handelte es sich um eine im heutigen Dänemark verbreitete Sage. »Diese Geschichte ist mehr als ein halbes Jahrtausend alt«, sagte ich ehrfürchtig. Kein Wunder also, dass das Wissen über Drachen nicht weit verbreitet war. Je älter eine Geschichte war, desto mehr wurde sie als Legende abgestempelt, vor allem wenn es keine weiteren Quellen gab, um sie zu beweisen. Dennoch war es nicht das erste Mal, dass ich mit so alten Texten arbeitete. Die Gefahr dabei war nur – hauptsächlich bei einer toten Sprache –, dass etwas falsch übersetzt wurde. Aber es war ein möglicher Anfang.

Nachdem die Übersetzung endlich geladen hatte, begann ich vorzulesen: »»*Laut den Geschichten trug es sich zu, dass um einen Frieden zwischen den Silbernen und den Lindwürmern zu sichern, eine Ehe geschlossen werden sollte.*‹ Lindwürmer sind wohl die Drachen. Bei den Silbernen kann es sich um eines der Feenvölker handeln«, erklärte ich und musste über die blumigen Umschreibungen schmunzeln. »»*Doch bangte die silberne Prinzessin, in der Nacht ihrer Vermählung dem Hun-*

ger ihres neuen Gemahls zu verfallen.‹« Ich senkte das Tablet, um Darragh anzusehen. »Ihr fresst doch nicht wirklich andere Wesen?«

Er verzog das Gesicht. »In früheren Zeiten kam das leider schon mal vor. Heutzutage ist es in den meisten Clans verboten.«

»Aha, in den meisten ... Gut zu wissen.« Statt weiter darüber nachzudenken, widmete ich mich lieber wieder der Geschichte. »*»Von ihrer Sorge getrieben, wandelte die Prinzessin durch finstre Wälder. Eines Tages jedoch begegnete sie dort einer Fremden, gehüllt in Felle mannigfacher Art.‹* Laut den Notizen findet man eine solche Frau in einer ganzen Menge nordischer Mythen. Oh.« Ich klickte auf den Link, der mich zu der Zeichnung einer alten Frau führte, und zeigte sie Darragh. »Anscheinend wird vermutet, dass es sich bei ihr um eine Version von Hekate handelt.«

Es kam oft vor, dass sich unsere Göttin in verschiedenen Gestalten in das Leben der Hexen einmischte. Gran erzählte immer gerne die Geschichte, wie Hekate im Laden aufgetaucht war, kurz nachdem sie diesen übernommen hatte. Auch wenn ich selbst noch nie auf die Göttin getroffen war, glaubte ich diesen Erzählungen, ohne mit der Wimper zu zucken.

»*»So schilderte die Prinzessin der Frau ihr Leid und ihre Furcht. Lange schwieg die Fremde, ehe sie die unglückliche Braut zu einer Weide tief im Wald führte. Dort schnitt sie etliche Ruten ab und reichte sie der Prinzessin dar. Und sie sprach: ›Tauche diese in Lauge, und wenn du allein mit deinem Gemahl bist, so schlage auf seine Schuppen ein, bis seine Haut sich löset. Balsamiere die Wunden sodann mit der Blüte des Morgens. Und du wirst Wohlgefallen an deinem neuen Gemahl finden.‹*

Die Prinzessin tat, wie ihr geheißen ward. Nach dem ersten Schlag erstarrte der Lindwurm, lediglich seine Augen waren noch in der Lage, ihren Taten zu folgen. Als sich die Schuppen von seinem Körper lösten, machte sie sich daran, seinen Leib mit Öl zu salben. Danach durchfuhr ein mächtiges Beben den Körper des Lindwurms, die Schuppen fielen gänzlich von ihm ab, bis ein wohlgestalteter Mann vor ihr stand, der sie sogleich in seine Arme schloss. Der Frieden im Norden war gewahrt.«

Nachdem ich geendet hatte, legte sich Stille über die Höhle. Darragh hing seinen eigenen Überlegungen nach. Ich war mir selbst nicht so sicher, was ich von dieser Geschichte halten sollte. Auf den ersten Blick klang es wie ein normales Volksmärchen, weitergegeben über die Jahrhunderte. Aber nicht umsonst hieß es, dass in solchen Geschichten ein Körnchen Wahrheit steckte. Gerade die Vermutung, dass es sich bei der alten Frau um Hekate handelte, trieb mich dazu, der Erzählung Glauben zu schenken.

Über eine Sache stolperte ich jedoch. »Für sich allein genommen, ergibt die Geschichte Sinn. Aber wieso musste die Prinzessin den Lindwurm überhaupt von seinen Schuppen befreien, wenn ihr doch Wandler seid?«

»Wir sind keine Wandler, wie du sie meinst. Das sind Menschen, die tierische Form annehmen können. Wir sind Drachen, die eine menschliche Hülle besitzen.«

Nachdenklich zog ich die Augenbrauen zusammen. »Also werdet ihr als Drachen geboren? Ihr schlüpft also wirklich aus einem Ei?«, griff ich meinen früheren Gedanken auf. Bedeutete das dann auch, dass weibliche Drachen diese Eier legten?

Irgendetwas an meinem Gesichtsausdruck veranlasste Darragh dazu aufzulachen. »Es ist etwas komplizierter.

Ursprünglich waren unsere Vorfahren nur Drachen. Doch als die Menschen anfingen, die Welt zu bevölkern, wurden sie neugierig. Nach und nach lernten sie, menschliche Gestalt anzunehmen. Und als Drachen und Menschen sich fortgepflanzt haben, wurde diese menschliche Form in uns verankert. Wir sind nicht das eine zu einem Zeitpunkt und das andere zu einem anderen. Wir sind immer beides.«

Ich ließ seine Worte einen Moment nachklingen. Das war definitiv ein Konzept, mit dem ich nicht vertraut war. Nachdenklich klopfte ich mit den Fingern auf mein Tablet. Am Ende besiegte mein Bauchgefühl meine Zweifel, denn es schrie ganz klar: *Diese Geschichte ist die Lösung!*

Und eine Hexe sollte immer auf ihr Bauchgefühl hören.

»Okay, lass es uns probieren.« Mit neu gefasster Entschlossenheit ging ich den Text noch einmal durch.

Darraghs Frage hielt mich jedoch davon ab: »Was meinst du mit *lass es uns probieren*? Die Geschichte enthält ja nicht wirklich ein Rezept.«

»Oh, du Unwissender.« Ich stupste ihn auf die Nase. »Alte Hexenrezepte sind meist genau so geschrieben. Verwoben in eine Geschichte, oft nicht einfach zu entschlüsseln. Wir lieben Rätsel.« Das war auch der Grund, wieso ich schon so ziemlich jeden einzelnen Escape-Room in Edinburgh durchhatte.

»Na gut«, brummte Darragh. »Dann lass uns mal rätseln.«

»Es ist nicht einmal ein schweres Rätsel.« Ich gab meinen warmen Platz unter seinem Flügel auf, um mein Herbarium aus der Tasche zu holen. Das in der einen Hand und mein Tablet in der anderen begann ich auf und ab zu laufen. Ich konnte besser denken, wenn ich in Bewegung war.

»Die erste Zutat sind die Ruten einer Weide. Es gibt

Dutzende Weidenarten, die nicht nur in ganz Europa, sondern auch in Asien wachsen. Aber ...« Dramatisch wirbelte ich herum und deutete mit dem Herbarium auf Darragh. »Wir haben einen weiteren Hinweis. In der Geschichte ist von den ›Silbernen‹ die Rede und es gibt eine Silberweide. Diese ist nur wenig im Norden verbreitet, was sie zu einem besonderen Baum macht, wie in der Geschichte beschrieben.«

Darragh behielt mich während meines kleinen Vortrags genau im Auge. Einen belustigten, aber auch faszinierten Ausdruck im Gesicht. »Ja, das ergibt Sinn. Auch wenn mir der Gedanke, mit Ästen ausgepeitscht zu werden, nicht unbedingt gefällt.«

Das konnte ich sehr gut nachvollziehen. »Mach dir keine Sorgen. Magische Gegenstände – und dazu zählen die Ruten – funktionieren anders. Der körperliche Schmerz wird sich in Grenzen halten.« Zumindest hoffte ich das.

Ich setzte meine Wanderung fort, doch als mein Fuß gegen einen Stein stieß, erinnerte ich mich schlagartig an etwas anderes. »Erinnerst du dich noch daran, wie du aus deiner letzten Trance aufgewacht bist?« Eine bessere Bezeichnung fiel mir nicht ein. Ich wollte es nicht als Wahnsinn betiteln, auch wenn dieses Wort wohl am besten passte.

»Du hast mich mit einem Stein abgeworfen.«

»Nicht mit irgendeinem Stein, mit einem *magischen* Stein«, korrigierte ich ihn.

»Wo hast du einen magischen Stein her?«

»Von einer Zwergin.« Ich rechnete es Darragh hoch an, dass er nicht weiter nachfragte. »Aber ein magischer Gegenstand hat funktioniert. Er hat dich zurückgeholt.« Je mehr ich darüber nachdachte, desto stärker wurde meine Zuversicht.

»Na gut, Kleines. Wir wissen, was es für Ruten sind, aber was ist mit der Lauge.« Darragh glaubte mir. Trotzdem konnte ich klar sehen, dass ihm eine andere Methode der Heilung lieber wäre.

»Die haben wir schon.« Ich deutete auf den Mörser. Zwar hatte ich den bereits gereinigt, dennoch verstand Darragh, was ich meinte. »Ich werde die Tinktur mit Wasser aufkochen, dann können wir die Ruten darin einweichen.«

»Und du weißt natürlich, was eine Morgenblüte ist, oder?« Sein Grinsen war stolz und fühlte sich irgendwie intim an, was mich rot anlaufen ließ. Um das zu überspielen, steckte ich meine Nase ins Herbarium, bis ich die richtige Seite gefunden hatte. »Die Morgenblüte, besser bekannt als Ringelblume.« Ich zeigte ihm die Seite, auf der neben einer Zeichnung und einem kurzen Text ein getrocknetes Exemplar festgeklebt war.

»Ringelblume? Wie in der Salbe?« Darragh überflog den Text, der eigentlich nur die verschiedenen Anwendungen dieser Pflanze beschrieb.

»Ganz genau. Sie wirkt beruhigend auf die Haut und wächst überall in Europa. Eine passendere Pflanze kann es gar nicht geben.« Meine Selbstsicherheit kehrte mehr und mehr zurück. »Beide Pflanzen sind nicht schwer zu besorgen. Auch wenn sie nicht hier auf der Insel wachsen, auf jeden Fall in England. Deine Drachenkumpels können bis morgen sicher welche auftreiben.«

Mit einem *Rums* klappte ich mein Herbarium zu und holte mein Handy hervor. Nachdem ich mehrere Fotos der Pflanzen aus dem Internet gesucht hatte, schickte ich sie an Basils Nummer, mit der Bitte, so schnell wie möglich viele davon herzubringen. Außerdem verlangte ich einige Packungen mit Ringelblumensalbe.

Kurz darauf erhielt ich eine Antwort. *Wird erledigt.*

Kopfschüttelnd steckte ich mein Handy wieder weg. Zum einen war es gut, dass Basil keine Erklärungen forderte, zum anderen wurmte es mich, dass er sich nicht nach seinem kleinen Bruder erkundigte. Dieser hatte inzwischen mein Herbarium näher an sich herangezogen und blätterte mithilfe seiner Kralle darin herum. Fasziniert beobachtete ich, wie sorgfältig er dabei vorging, um ja keinen Schaden anzurichten. Als er den Kopf hob und mich beim Starren ertappte, tat ich nicht einmal so, als wäre mir das unangenehm. Immerhin behielt er mich ebenfalls die ganze Zeit über im Blick.

»Was genau ist eigentlich ein Herbarium?«, fragte Darragh, ohne sein Tun dabei zu unterbrechen.

»Eine Sammlung getrockneter Pflanzen. Zumindest in der Wissenschaft oder bei Menschen. Bei uns Hexen ist es zusätzlich eine Art Grimoire, in dem wir die Wirkung der Pflanzen und ihre Anwendungsbereiche notieren.«

»Also ist das hier ein Familienerbstück.« Er betrachtete das in Leder gebundene Buch, das zwar viel gebraucht, aber nicht alt aussah.

»Hexenbücher oder Grimoires werden vererbt, wohingegen jede Hexe ihr eigenes Herbarium erstellt. Es hat etwas damit zu tun, die Welt um uns herum zu erkunden und zu verstehen. So entwickeln wir eine engere Beziehung zu der Magie, welche diesen Pflanzen innewohnt.« Zumindest hatte Gran es mir auf diese Art erklärt.

Behutsam schloss Darragh mein Herbarium. »Du hast alles, was du weißt, von deiner Gran gelernt?«

»Nicht alles. Auf dem College hatte ich auch einige Kurse zu dem Thema. Aber ja, Wissen wird unter den Hexen weitergegeben. Zumindest bis zu einem bestimmten Punkt. Danach wird von uns erwartet, dass wir unsere eigenen Erfahrungen sammeln.« *Learning by Doing* war eine sehr beliebte Methode bei jungen Hexen.

Darragh bettete seinen Kopf auf die Pfoten und schaute mit großen Augen zu mir auf. »Im Clan ist es nicht anders. Sobald wir sicher im Fliegen sind und wenigstens ein bisschen gesunden Verstand besitzen, entlässt man uns in die Welt. Genauer gesagt in die Freiheit des Clangebietes.«

»Dürft ihr es denn nicht verlassen?« Es kam mir seltsam vor, mich an eine unsichtbare Grenze zu halten.

»Erst wenn wir erwachsen sind. Davor ist es zu gefährlich. Viele Clans reagieren nicht gut, wenn man ohne Erlaubnis ihr Gebiet betritt. Wer erwischt wird, muss mit den Konsequenzen klarkommen.«

»Hausarrest. Oder Flugverbot?«

»Das auch. Aber was wirklich abschreckt, ist die Tatsache, dass der Chief die Strafe verhängt. Vor den Augen des ganzen Clans.«

Auf einmal war die Situation nicht mehr so lustig. »Wow, das ist ja mies. Gerade bei Kindern. Öffentlich bloßgestellt zu werden.«

Darragh wackelte mit dem riesigen Kopf. »Es dient der Sicherheit des ganzen Clans. Ein einziger Drache, der aus der Reihe tanzt, kann uns alle in den Abgrund reißen. Jeder kennt das Risiko, auch die Kinder. Das Wort des Chiefs ist Gesetz.«

Ich verzog das Gesicht. »Damit würde ich mich echt schwertun.« Es lag nicht in meiner Natur, ohne einen guten Grund das zu machen, was jemand mir auftrug. »Ups.«

Leise lachend zwinkerte Darragh mir zu. »Als Außenstehende bist du von dieser Regel ausgenommen.«

Nun, da wir endlich einen vielversprechenden Anhaltspunkt gefunden hatten, fiel die Anspannung der letzten Stunden mit einem Mal von mir ab. Stattdessen übermannte mich eine bleierne Müdigkeit. Schnell versuchte ich, das aufkommende Gähnen zu unterdrücken, was Darragh natürlich nicht entging.

Sein Blick glitt zur Höhlendecke. Der Himmel war weiterhin bedeckt mit Wolken, feiner Regen lag wie Nebel in der Luft, doch ohne dass ich es bemerkt hatte, war es dunkel geworden. Es konnte noch nicht spät am Abend sein, erklärte aber zumindest meine Müdigkeit.

»Du solltest dich hinlegen.« Obwohl Darragh es wie einen Vorschlag klingen ließ, machte seine Stimme klar, dass er keinen Widerspruch dulden würde. Und da ich weder Lust noch Kraft hatte, mich zu widersetzen, nickte ich zustimmend. Langsam trotte ich zu meinem Zelt. Die Vorstellung, in den kalten unbequemen Schlafsack zu kriechen, war alles andere als einladend. Aber ich brachte es auch nicht über mich, Darragh zu fragen, ob ich an ihn gekuschelt schlafen konnte. Vielleicht bildete ich es mir nur ein, aber zwischen uns schien sich irgendetwas zu entwickeln. Doch solange er nicht geheilt war, konnte ich es nicht weiter erkunden.

Nachdem ich mir die Zähne geputzt und noch einmal Katzenwäsche betrieben hatte, machte ich es mir so bequem wie möglich. Wenn alles gut ging, würde ich morgen Nacht schon wieder in einem richtigen Bett liegen. Vielleicht sogar in meinem eigenen.

Daran hielt ich mich fest, als ich die Augen schloss und meinem Körper erlaubte, von der Erschöpfung übermannt zu werden.

Ich erwachte mit einem Schlag. Wie viel Zeit vergangen war, konnte ich nicht sagen, Minuten oder Stunden, aber es spielte auch keine Rolle. Furcht lag wie Teer auf meiner Haut, trat aus jeder meiner Poren.

Die Zeltöffnung stand offen, dahinter lag die dunkle Höhle. Es regnete immer noch, ansonsten rührte sich in der Finsternis nichts. Trotzdem spürte ich das Monster, wie es in der Nacht auf mich lauerte, bereit, mit mir zu spielen, ehe es mich verschlang.

Die Gefahr lag wie ein Knistern in der Luft und sorgte dafür, dass sich alle Härchen auf meinem Körper aufstellten. Gleichzeitig schrie mein Bauchgefühl so laut, dass es mich fast schon wunderte, dass es nicht von den Höhlenwänden widerhallte. Der einzige Grund, wieso es mich noch nicht bei lebendigem Leib verbrannt hatte, war sicher, dass ihm das nicht so viel Freude bereiten würde. Mein vom Schlaf noch vollkommen eingenommener Verstand konnte nicht reagieren, mein Körper jedoch schon.

Mit einem Mal zitterte ich wie Espenlaub und Tränen brannten in meinen Augen. Noch nie in meinem Leben hatte ich solche Angst verspürt, dabei konnte ich das Monster noch nicht einmal sehen.

Panisch grub ich meine Fingernägel in die Handfläche, bis der Schmerz den Nebel aus meinem Kopf vertrieb. »Konzentrier dich«, sprach ich mir laut Mut zu. Denn ich machte mir nichts vor – das Biest wusste bereits, dass ich wach war.

Mich trennten zehn, fünfzehn Meter vom Höhlenausgang. Das sollte ich innerhalb weniger Sekunden schaffen, doch das Ungeheuer war schneller als ich. Auch wenn es vielleicht nicht nach mir schnappen konnte, würde sein Feuer mich problemlos erreichen. Ich brauchte eine Ablenkung. Ansonsten könnte ich genauso gut hier hocken bleiben, bis das Biest sich auf mich stürzte.

Ich sammelte all meine Konzentration, ehe ich in der Erde nach den Wurzeln tastete. Viele waren es nicht, die meisten der Pflanzen waren bereits von mir genutzt worden. Aber es gab noch das eine oder andere starke Gestrüpp, das hilfreich sein konnte. Ich hatte nur einen Versuch, das war mir klar. Also musste alles genau getimt sein. Nicht weit von dem Ungeheuer gab es einen winzigen Brombeerstrauch, der sich irgendwie in diese Höhle verirrt hatte. Hier würde er niemals mehr werden als Bodenbedeckung, aber für meine Zwecke passte er perfekt.

Ein letztes Mal atmete ich tief durch, bevor ich alle Muskeln in meinem Körper anspannte, bereit loszusprinten. Im selben Moment, als ich aufsprang, sandte ich all meine Magie in den Brombeerstrauch. Er schoss in die Höhe, seine Ausläufer wurden länger, schlossen sich um die Gliedmaßen des Monsters.

Sein wütendes Schnauben erfüllte die Höhle, aber ich blickte mich nicht nach ihm um. Ich hielt meine Augen auf mein Ziel gerichtet und blendete alles andere um mich herum aus. Die wenigen Meter streckten sich in Kilometer, die Zeit verlor jede Bedeutung.

Dann war ich auf einmal im Gang angekommen, gerade

als ich hinter mir das Reißen von Ästen vernahm. Gefolgt von einem schauererregenden Brüllen, das mir durch Mark und Bein ging.

Heftig atmend kam ich zum Stehen, den Rücken gegen die kalte Erde des Ganges gepresst. Obwohl mein Atem mir ohrenbetäubend laut vorkam, konnte ich hören, wie das Biest tobte. Die Kette, die es festhielt, rasselte und klapperte, das einzig beruhigende Geräusch.

Mein Herzschlag verlangsamte sich wieder, bis auch das Zittern in meinen Händen nachließ. Kälte und Feuchtigkeit krochen unter meine Kleidung, und je mehr Zeit verging, desto mehr sehnte ich mich nach meinem Schlafsack. Schon bald klapperten meine Zähne und ich fragte mich, wie lange ich mich noch verstecken musste.

Das Ungeheuer schmiss sich weiterhin gegen seine Fesseln. Inzwischen war weit mehr Zeit vergangen als bei dem letzten Anfall. Eine Tatsache, die meine Furcht nur verstärkte.

Irgendwann hielt ich es nicht mehr aus. Mit schwachen Knien stolperte ich einige Schritte nach vorne, bis ich in die Höhle hineinspähen konnte. Das Monster hatte sich in die Ecke zurückgezogen, wo es damit beschäftigt war, die Kette mit seinem Feuer zu erhitzen und dann daran zu ziehen. Es war eine schreckliche Erkenntnis, dass das Biest intelligent genug für eine solche Problemlösung war. Und auch wenn nichts Menschliches mehr an dem Wesen war, erschien mir sein tierisches Bewusstsein beängstigend wie faszinierend zugleich.

Doch alles andere trat in den Hintergrund, als die Kette mit einem Mal riss.

ALOE VERA
ECHTE ALOE

Für einen Augenblick schien die Zeit komplett stillzustehen. Ich konnte die Szene wie aus der Vogelperspektive betrachten. Das Monster, welches endlich von seinen Fesseln befreit war, und ich, die Dame in Nöten, deren Sicherheit ihr genommen wurde.

Dann setzte die Realität mit doppelter Geschwindigkeit ein. Ich stürmte den Gang entlang auf die Plattform hinaus, während hinter mir die langen Krallen des Biests über die Erde schabten.

Die kalte, feuchte Nachtluft bildete einen starken Kontrast zu der Hitze, die sich hinter mir entfachte. Ein Schrei löste sich aus meiner Kehle, wurde aber von den Wellen unter mir verschluckt. Die Feuersbrunst schoss aus dem Gang, gerade, als ich mich zur Seite warf. Ich rollte über den Boden, kleine Steine bohrten sich in meine Haut. Viel zu nah am Abgrund blieb ich liegen, realisierte das allerdings nur am Rande. Zu sehr war ich auf das grausame Brennen an meinem Arm konzentriert. Das Drachenfeuer hatte mich kaum gestreift, aber es hatte gereicht, um meine Haut zu verbrennen.

In der Dunkelheit konnte ich nicht erkennen, wie schlimm die Verletzung war. Fest stand bloß, dass ich nie zuvor einen scheußlicheren Schmerz gespürt hatte. Er war so überwältigend, dass ich zu nichts anderem in der Lage war, als dazuliegen und in den wolkenverhangenen Himmel zu starren.

Wie in weiter Ferne hörte ich das Monster toben, weil es seinen enormen Körper nicht weiter durch den Gang zwingen konnte. Und so, wie ich auf der Plattform lag, konnte auch sein Feuer mich nicht erreichen. Allein eine Felswand hielt mich in diesem Moment am Leben.

Eine einzige Träne löste sich aus meinem Augenwinkel und bahnte sich ihren Weg in meine Haare. Zu mehr war mein geschundener Körper nicht in der Lage. Der Schmerz ebbte irgendwann ab – oder vielleicht gewöhnte ich mich auch nur daran. Doch sobald ich mich bewegte, flammte er erneut auf, fürchterlicher als zuvor.

Trotzdem zwang ich mich, aufzustehen, um wenigstens ein kleines Stück von der Kante wegzurutschen. In der Höhle war es inzwischen still geworden, aber ich war nicht naiv genug, in den Gang zurückzukehren. Stattdessen rollte ich mich an der Wand zusammen, meinen verletzten Arm sicher in meinem Schoß geborgen.

Die winzigen Regentropfen fühlten sich wie eiskalte Nadeln an, und bereits nach wenigen Minuten war ich bis auf die Knochen durchnässt. Mein ganzer Körper fror, lediglich mein Arm brannte weiter vor sich hin. Mein Herz schlug schmerzhaft laut in meiner Brust, während ich darauf wartete, dass die Kreatur einen weiteren Angriff startete. Ich lauschte in die Nacht hinaus, versuchte, über die Wellen etwas auszumachen, doch da war nichts. Nur meine eigenen leisen Schluchzer.

Mit einem Mal verschwand alles, als die Erschöpfung meinen Körper in die Dunkelheit riss.

»Briar. Briar!« Eine Stimme direkt an meinem Ohr zerrte mich aus dem Sumpf der Ohnmacht. Es kostete mich enorm viel Kraft, die Augen zu öffnen.

Grelles Tageslicht blendete mich, und als ich mich davor schützen wollte, meldete sich mein verletzter Arm so stark, dass ich aufschrie. Sofort legten sich Hände auf meine Schultern und erneut wurde mein Name gebrüllt.

Als ich endlich in der Lage war, geradeaus zu schauen, erkannte ich zwei Männer, die sich über mich gebeugt hatten. Mein zerrissener Verstand schaffte es irgendwann auch, das eine Gesicht einem Namen zuzuordnen. »Basil.«

Erleichterung zeichnete sich in seinen kantigen Zügen ab. »Du hast mir beinahe einen Herzinfarkt beschert. Was ist passiert?« Erst da schien er meine Verletzung zu bemerken. Alle Farbe wich von seinen Wangen, als er sich langsam der Höhle zuwandte.

Hektisch versuchte ich, auf die Beine zu kommen, ehe er auch nur einen Schritt machen konnte. »Nicht, es ist nicht seine Schuld.« Meine Stimme erinnerte mehr an das Krächzen einer Krähe, trotzdem schien er mich zu verstehen.

»Was ist passiert?«, wiederholte Basil mit Nachdruck, während er mich stützte. Ein weiterer Arm schlang sich um meine Hüfte, der zu meiner großen Überraschung Lennox gehörte. Von seiner sonstigen Ablehnung war nichts zu sehen, im Gegenteil, er wirkte genauso besorgt wie Basil.

Mithilfe der beiden stolperte ich zurück in die Höhle. Irgendwo auf dem Weg musste ich kurz das Bewusstsein verloren haben, anders konnte ich mir nicht erklären, wie ich von einem Moment zum nächsten den Gang durchquert hatte.

Die Höhle war vollkommen zerstört. Das Zelt in Stücke gerissen, meine Kleidung überall verteilt. Neue Kratzer hatten sich zu denen am Gitter gesellt und Teile der Kette hatten sich in die Wände gebohrt. Meine Apotheke stand unberührt in der Mitte. Das war keinem Wunder zu verdanken, sondern dem starken Schutzzauber, der darauf lag. Kein Erdbeben, kein Sturm und anscheinend auch kein wütender Drache kamen dagegen an.

Weiter hinten, zusammengekauert in der Ecke, lag Darragh. Als wir eintraten, zuckte sein Kopf nach oben. Zuerst zeigte sich Erleichterung in seinen Augen, doch als er meinen Zustand bemerkte, wandelte sie sich in Furcht und Sorge. Es war seltsam, aber ich konnte seinem Gesicht ansehen, dass er geweint hatte.

Mein Herz brach für ihn. Dieser wunderbare Mann, der nichts dafürkonnte, was geschehen war, und sich doch für immer die Schuld geben würde.

Bevor ich mich allerdings mit ihm beschäftigte, musste ich mich erst einmal selbst wieder auf die Beine bringen. Lennox stützte mich nach wie vor, während Basil sich zwischen uns und Darragh platzierte. So als wäre sein Bruder immer noch eine Gefahr für mich.

Als ich die Apotheke endlich geöffnet hatte, waren meine Kräfte so gut wie aufgebraucht. Inzwischen trug Lennox mich eher, und in diesem Moment verzieh ich ihm auch, dass er mich entführt hatte. Solange er mir nur dabei half, diese Schmerzen loszuwerden.

Mit fahrigen Fingern öffnete ich eines der Fächer, in dem kleine Phiolen fein säuberlich aufgereiht waren. Die milchige Flüssigkeit im Inneren war ein starkes Schmerzmittel, das bisher noch jedem Linderung verschafft hatte. Wenn man das ekelhafte Zeug denn herunterbekam.

Ich drückte mir die Hand auf den Mund, damit die Tinktur auch auf jeden Fall unten blieb. Dann schloss ich die Augen und wartete auf die Erlösung. Es gab kein besseres Gefühl, als das, welches einsetzte, sobald Schmerz verschwand. Ich spürte jede Faser in meinem Körper, doch sie waren leicht und warm.

Für einen Atemzug war alles vergessen, doch leider ließ die Realität sich nicht lange zur Seite schieben. Hinter mir waren aufgeregte Stimmen zu hören. Da aber mal wieder auf Gälisch gesprochen wurde, verstand ich kein Wort. Allerdings brauchte ich das auch nicht, die angespannte Stimmung bekam ich trotzdem mit. Nur war ich noch lange nicht in der Verfassung mitzumischen.

»Seid still!« Meine Worte durchschnitten die Luft um uns herum, und in der nächsten Sekunde war es wundervoll ruhig. Ich konnte besorgte Blicke auf mir spüren, aber die würde ich erst einmal ignorieren.

»Dehydration, Unterkühlung, die Brandwunde, sicher einige Schürfwunden und vielleicht auch eine Infektion.« Es waren nicht wenige Punkte, um die ich mich kümmern musste.

Zuerst war die Brandwunde dran. Über Nacht hatte die verbrannte Haut sich abgelöst und das rohe Fleisch enthüllt. Jedoch war die Verbrennung nicht ganz so schlimm, wie ich vermutet hatte. Vielleicht zweiten Grades. Nachdem ich die Wunde desinfiziert – und dabei sehr ausführlich geflucht – hatte, verarbeitete ich Beinwell, Wegerich und Aloe Vera zu einer Paste, die ich auf der Wunde verteilte und mit einem Verband befestigte. Mit dieser Mischung kannte ich mich gut aus, in wenigen Stunden würde nicht viel mehr übrig sein als empfindliche Haut.

Lennox stellte wortlos eine Flasche Wasser und einen frischen Kaffee auf die Arbeitsfläche. Als einzige Erklärung, woher er die auf einmal hatte, fiel mir ein, dass er die Höhle kurz verlassen hatte. Möglicherweise hatte er die Sachen auf der Plattform abgestellt.

Ich leerte die Hälfte der Wasserflasche in einem Zug, dann spülte ich eine Mischung aus Meerrettich und Kapuzinerkresse herunter. Den scharfen Geschmack vertrieb ich mit dem Kaffee aus meinem Mund. Damit hatte ich einer Infektion wenigstens ein bisschen entgegengewirkt.

Viel war von meinen Klamotten leider nicht mehr übrig, aber ich fand noch einen Hoodie, der lediglich etwas staubig war. Ohne auf meine Zuschauer zu achten, zerrte ich mein feuchtes und matschiges Oberteil von meinem Körper und streifte mir den Kapuzenpulli über. Dann atmete ich einmal tief durch, um mich anschließend den Männern in meinem Rücken zuzuwenden. »Es war ein Unfall.«

Lennox stand einfach nur mit verschränkten Armen da, aber er war gerade auch vollkommen unwichtig. Ich musste Basil, und vor allem Darragh selbst überzeugen, dass es mir gut ging und wir die Hoffnung noch nicht aufgeben konnten.

»Briar ...« Es schwang so viel Schmerz und Schuld in Darraghs Stimme mit, dass es mir die Tränen in die Augen trieb. »Du musst gehen, es ist viel zu gefährlich für dich.«

»Er hat recht.« Basils Stimme hingegen erinnerte mich an einen Gletscher, eiskalt und unbezwingbar. »Du hast getan, was du konntest. Aber das hier ist eine Clanangelegenheit und du bist eine Außenstehende. Lennox wird dich nach Hause bringen.«

»Wage es ja nicht«, zischte ich Lennox an, als der einen

Schritt auf mich zu machte. »Du hast keine Ahnung, welche Gräueltaten ich dir anhexen kann. Keinen Schritt näher.«

Mir war bewusst, dass ich mich irrational verhielt. Diese ganze Situation war viel zu gefährlich. Ich war bereits von Patienten angeschrien worden, man hatte meine Hand zerquetscht, einmal wurde ich angespuckt und schon ein paar Mal von Ellbogen getroffen. Doch nie zuvor war mein Leben in Gefahr gewesen. Und auch wenn die Logik und mein Selbsterhaltungstrieb mich dazu drängten, von hier zu verschwinden, brachte mein Herz es einfach nicht über sich. Es war sicher auch dem Stress der letzten Tage geschuldet, aber ich fühlte mich Darragh verbunden. Ihn jetzt im Stich zu lassen, das würde ich mir niemals verzeihen.

Ich würde nicht zurückweichen. Meine Entscheidung war getroffen. Trotzdem konnte ich in Darraghs Augen sehen, dass er mir nicht glaubte. Seine Schuld überlagerte alles, und wenn ich ihn retten wollte, dann musste ich ihn auf meine Seite ziehen.

Kurz entschlossen stürmte ich an Basil und Lennox vorbei. Wenigstens waren sie klug genug, um nicht nach mir zu greifen. Darragh hatte sich vollkommen in die Ecke zurückgezogen und seinen riesigen Körper auf eine Art zusammengefaltet, die nicht sonderlich bequem aussah. Ich machte erst halt, als ich direkt vor ihm stand. Für einige schmerzhafte Augenblicke hielt er den Blick abgewandt – so als würde meine Nähe ihm wehtun –, dann senkte er den Kopf, bis wir auf einer Höhe waren.

»Wir hatten eine Abmachung«, brummte er mit dunkler Stimme. »Bis zum Morgen.«

»Ich werde gehen, wenn du bis zum Morgen nicht geheilt bist. Aber wir haben ein Heilmittel gefunden, alle

Zutaten sind bereits da. Du musst nur noch darauf vertrauen, dass ich es schaffe.«

»Ich weiß, dass du mich heilen kannst. Aber ich könnte es mir niemals verzeihen, wenn ich dich verletze.« Sein Blick klebte auf dem Verband. »Noch mehr, meine ich.«

Beruhigend strich ich über seine Schnauze. Es war seltsam. Obwohl er und das Biest sich einen Körper teilten, hatte ich keine Angst vor Darragh. Mein Herz schlug aus einem anderen Grund schneller. »Und ich würde es mir niemals verzeihen, wenn ich dich nicht retten kann. Bitte, Darragh. Gib jetzt nicht auf. Für mich.«

Vielleicht war es unfair, auf seine Gefühle für mich zu setzen. Sicher war es töricht, davon auszugehen, dass er genauso empfand wie ich. Aber gerade war es die einzige Möglichkeit, die mir noch einfiel.

»Die Sorge um deine Patienten ist bemerkenswert«, mischte sich Basil ein. »Aber dies ist und bleibt eine Angelegenheit des Clans.«

Ich wirbelte auf dem Absatz herum, blieb aber an Ort und Stelle stehen, die Arme schützend vor Darragh ausgebreitet. Wäre die Situation nicht so ernst, käme ich mir womöglich lächerlich vor, mich nicht nur gegen zwei Männer zu stellen, sondern gegen zwei Drachen.

»Könntest du wirklich deinen eigenen *Bruder* hinrichten?« Ich spuckte Basil die Frage beinahe entgegen.

Das einzige Anzeichen seiner Überraschung waren seine Augen, die sich kurz weiteten. »Du hast sie eingeweiht?« Seine Frage richtete sich an Darragh.

»Sie hat es erraten«, gab dieser zurück. »Es war dumm von uns anzunehmen, Briar würde nicht dahinterkommen.«

»Wir können sie trotzdem nicht weiter in Gefahr bringen!«

»Und wie ihr das könnt. Es ist nämlich meine eigene Entscheidung. Du kannst mich nicht aufhalten, ihr schuldet es mir und Darragh. Wärt ihr von Anfang an ehrlich mit mir gewesen, wenn ihr mich offiziell angefordert und mir euer Geheimnis anvertraut hättet, dann wäre Darragh bereits geheilt. Jetzt, wo mir endlich alles zur Verfügung steht, wollt ihr einfach aufgeben? Wegen einer unbedeutenden Brandwunde?«

»Das Risiko ist zu groß«, gab Basil zurück.

»Aber es ist *mein* Risiko. Und diese ganze Diskussion bringt uns nicht weiter. Wir müssen jetzt handeln, ehe die Zeit abläuft.« Ich hatte keine weiteren Argumente. Alle in der Höhle wussten, dass sie mich hier herausbekamen, wenn sie es nur wollten.

Einige zittrige Herzschläge später entspannten sich Basils Schultern und er massierte seinen Nasenrücken. »Wie lange brauchst du, bevor du starten kannst?«

Ich sparte mir meinen Jubel für nachher auf. »Nicht lange. Bringt die Sachen rein, ich mische solange die anderen Zutaten an.«

Lennox verschwand abermals durch den Höhleneingang, während Basil anfing, mit verschränkten Armen auf und ab zu gehen. Anscheinend würde er hierbleiben, um für meine Sicherheit zu sorgen. Mir machte das nicht viel aus, ich konnte auch mit Publikum arbeiten.

Ich strich über Darraghs Schnauze, dann machte ich mich daran, die Tinktur vom gestrigen Tag erneut anzumischen. Während ich die Zutaten im Mörser zu einem Mus verarbeitete, tat ich etwas, was ich nicht oft machte.

Ich betete zu Hekate.

»Ich bitte dich, lass es funktionieren. Lass mich ihn befreien und retten. Wenn schon nicht für mich, dann wenigstens für ihn. Er ist eine gute Seele und verdient es nicht, so sterben zu müssen. Ich bitte dich, Hekate, mit allem, was mich zur Hexe macht, steh mir bei.«

Tränen brannten hinter meinen Augen, als ich die Tinktur fertiggestellt hatte. Doch ich blinzelte sie hektisch weg. Meine Emotionen spielten keine Rolle mehr. Lennox war inzwischen mit den Ruten und dem Rucksack aufgetaucht.

»Hierher«, wies ich ihn an. Der gusseiserne Kessel hatte die Nacht gut überstanden – wenn man von der Delle absah, welche ihn nun schmückte. Aber für meine Zwecke würde es mehr als nur ausreichen.

Ich schüttete die Kräutermischung in den Kessel, gab anschließend eine Mörserladung Wasser hinzu. Das Ergebnis hatte recht viel Ähnlichkeit mit dem, was sich die meisten Leute unter einem Zaubertrank vorstellten. Grün, schleimig und nicht unbedingt vertrauenserweckend. Seltsamerweise erfüllte mich der Anblick von etwas so Hexenklischeehaftem mit Ruhe.

Zum ersten Mal betrachtete ich die Äste der Silberweide genauer. Ihr Name erklärte sich schnell, die schmalen, länglichen Blätter schimmerten sogar in dem dumpfen Licht der Höhle silbern. Die Äste selbst waren alle dünn und von verschiedener Länge. Keine weniger als einen Meter oder mehr als vier.

Sorgsam begann ich damit, die Ruten in der Tinktur zu versenken. Da in der Geschichte nichts davon stand, dass die Lauge erhitzt wurde, ließ ich alles so, um mich stattdessen den Ringelblumen zuzuwenden. Lennox hatte mir drei

Tuben mit Salbe mitgebracht, die ich als Basis für die Creme nutzte. Niemand sprach, während ich auch die zweite Paste anrührte, einzig das Schaben des Stößels auf dem Mörser war zu hören.

Als meine Zutaten endlich bereit waren, verharrte ich noch ein wenig länger an der Apotheke. Mit einem Mal spürte ich das Gewicht der Situation überdeutlich auf meinen Schultern. Sollte ich versagen, würde Darragh sterben. Nicht an dieser schrecklichen Vergiftung, sondern durch die Hand seines eigenen Bruders.

»Dann darf ich eben einfach nicht versagen.« Ich wünschte, meine Stimme klänge selbstsicherer.

Mit dem Mörser in der Hand wandte ich mich den wartenden Männern zu. »Alles ist bereit.« Doch als ich den ersten Schritt zurück zum Kessel machte, überkam mich ein ungutes Gefühl. Etwas stimmte nicht.

»Ihr beide solltet draußen warten.« Die Worte hatten meinen Mund verlassen, noch ehe sich der Gedanke vollständig geformt hatte.

Lennox setzte bereits zum Widerspruch an, als Basil ihn an der Schulter fasste. »Wir werden auf der Plattform warten.«

Ein wenig verwunderte mich seine einfache Zustimmung. Doch wenn ich jetzt anfing, sie zu hinterfragen, würde uns das wertvolle Zeit kosten. Und sobald die beiden verschwunden waren, legte ich alle verbliebene Kraft in meine Worte: »Dann lass uns mal loslegen, mein Großer.«

CALENDULA OFFICINALIS
RINGELBLUME

Darraghs Gesichtsausdruck ließ ziemlich klar durchscheinen, was er davon hielt, mit Ruten ausgepeitscht zu werden. »Ich bin bereit, wenn du es bist, Kleines.«

Ich zog einen der Zweige aus dem Kessel und ließ ihn durch die Finger gleiten. Kalt und geschmeidig, jedoch nicht so schleimig wie erwartet. Als ich ihn probeweise in meine Hand klatschen ließ, hallte das Geräusch in der ganzen Höhle wider.

Für einen Moment trafen Darraghs und meine Blicke sich. In seinen Augen spiegelte sich mein eigenes Unwohlsein. Wenn es ums Heilen ging, kam man seinen Patienten durchaus sehr nah. Nackte Haut, persönliche Fragen, unangenehme Antworten. Doch jemanden mit Ästen zu schlagen, das war etwas vollkommen Fremdes. Trotzdem tat ich einen Schritt auf Darragh zu. Hier herumzustehen und zu warten, würde das Ganze nur noch unangenehmer machen. Gerade als ich den Arm hob, blitzte ein Gedanke auf. Oder eher eine Erinnerung an meine Zeit am College.

Ich hatte mich nur wenig mit den anderen Hexenkünsten beschäftigt, aber ein paar Sachen hatte ich behalten. Darunter auch den größten Unterschied zwischen Kräuterkunde und den anderen Hexenformen. Magie brauchte einen Fokus, eine klare Linie, an der sie sich orientieren konnte. Pflanzen boten diesen Fokus. In anderen Künsten hingegen musste man diesen selbst erschaffen. Es brauchte volle Konzentration auf das, was man erreichen wollte, ansonsten konnte ein Zauber durchaus schiefgehen.

Meine Finger schlossen sich fester um den Ast, nur um dann zum ersten Schlag auszuholen. »Befreie Darragh von seinen Schuppen.« Bis auf ein leises Platschen geschah nichts. Doch als ich die Rute wieder hochheben wollte, schien sie an seinen Schuppen festzukleben.

»Wie geht es dir? Habe ich dir wehgetan?«, fragte ich Darragh sofort.

Er jedoch antwortete mir nicht. Seine Augen verfolgten zwar meine Bewegungen, aber ansonsten rührte sich kein Muskel in seinem Körper. Panik flammte in meinem Magen auf, und ich war kurz davor, nach Hilfe zu brüllen, als ich mich an die Erzählung erinnerte. Auch der dort beschriebene Drache erstarrte nach dem ersten Schlag. »Ich nehme das einfach mal als Zeichen, dass es funktioniert.« Aus dem Kessel holte ich die nächste Rute hervor. »Ich mache jetzt weiter. Alles wird gut«, versuchte ich Darragh zu beruhigen.

Mechanisch ging ich vor, bis alle Ruten verbraucht waren und sich ein seltsames Muster auf seinem ganzen Körper gebildet hatte. Die Schuppen darunter bogen sich nach oben, sodass die darunterliegende Haut sichtbar wurde. Zum ersten Mal konnte ich klar sehen, wie weit sich die Vergiftung bereits ausgebreitet hatte. Schwarze Adern durchzogen die gerötete Haut.

Als Nächstes schnappte ich mir die Ringelblumenpaste. Diesmal begann ich an der Einstichstelle und arbeitete mich entlang der Adern vorwärts. Vielleicht sollte mir die Situation seltsam vorkommen, wie ich einen versteinerten

Drachen mit Creme einschmierte, aber ich war so versunken in meiner Aufgabe, dass ich alles um mich herum vergaß.

Erst, als der Mörser leer war, kehrte ich aus meiner Trance in die Realität zurück. Darragh bot inzwischen ein sehr seltsames Bild, beschmiert mit Paste, darunter Blätter und Äste. Wie abstrakte Kunst. Ein grausames Raubtier geformt aus der Natur.

Nun stand ich da, hatte getan, was in der Geschichte beschrieben war, aber das gewünschte Ergebnis blieb aus. Unruhe sickerte in meinen Körper, strömte heiß und kratzig durch meine Adern, als auch Darragh sich immer noch nicht bewegte.

Dann geschah alles wie in Zeitlupe und gleichzeitig blitzschnell. Seine Schuppen schienen zu vibrieren, schneller und immer schneller. Als die erste sich ablöste und auf den Boden glitt, setzte meine Atmung für einen Herzschlag aus. Wie Blätter im Herbst fielen sie nach und nach von ihm ab. Für einen Moment konnte ich nichts anderes sehen als ein Getümmel aus Grün, dann verschwand es mit einem Mal. Löste sich einfach in Luft auf.

Und plötzlich saß ein Mann an der Stelle, wo eben noch ein Drache gewesen war.

Ohne darüber nachzudenken, stürmte ich auf ihn zu und ließ mich vor ihm auf den Boden fallen. »Es hat funktioniert!« Meine Hände flogen über seinen Körper, berührten seine menschlichen Oberschenkel, Brust, Arme, ehe ich sie um sein Gesicht legte.

Irgendwie hatte ich erwartet, dass er nach der Verwandlung nackt sein würde – möglicherweise hatte ich mich auch etwas darauf gefreut –, doch er trug ein schwarzes Shirt und eine dunkle Hose. Sonnengeküsste Haut spannte sich über muskulöse Oberarme.

»Du bist unglaublich, Kleines«, sagte Darragh in einer unvertrauten und zugleich bekannten Stimme. Dann beugte er sich vor und küsste mich.

Angetrieben vom Hoch unseres Erfolgs zögerte ich keine Sekunde, den Kuss zu erwidern. Seine Lippen waren heiß und weich, er schmeckte nach Rauch und einem Hauch von Ingwer. Kräftige Arme schlangen sich um meine Hüfte, zogen mich näher an den kräftigen menschlichen Körper.

Gerade als Darragh behutsam mit der Zungenspitze über meine Unterlippe strich, räusperte sich jemand hinter uns. Laut. Fast so, als hätte die Person das schon mehrmals getan.

Es schmerzte erschreckend stark, als ich mich von Darragh löste, um einen Blick über die Schulter zu werfen. Wie erwartet standen dort Lennox, sichtlich amüsiert, und Basil, der uns mit einer Mischung aus Freude und Überraschung beäugte.

Meine Knie zitterten so sehr, dass es einen Moment dauerte, bis ich auf die Beine kam. Ich gab mir keine Mühe, mein zufriedenes Grinsen zu unterdrücken. »Die Behandlung war erfolgreich.« Dann trat ich einen Schritt zurück.

»Großartige Arbeit, *lass*«, brummte Basil, als er an mir vorbeiging, um seinen Bruder in den Arm zu nehmen.

Das gab mir Gelegenheit, Darragh genauer zu betrachten. Ich hatte es mir nicht erlaubt, über seine menschliche Gestalt nachzudenken, da das meine sowieso schon verwirrten Gefühle nur noch mehr in Aufruhr versetzt hätte.

Wenig überraschend hatte er große Ähnlichkeit mit seinem Bruder. Gleich groß gewachsen, dieselben breiten Schultern und dunkelbraunen Haare. Darraghs waren an den Seiten rasiert und oben länger, sodass sich die Locken zeigten. Momentan konnte ich nur sein Profil sehen, mit der kantigen Kieferpartie, den scharfen Wangenknochen und der geraden Nase, die von einem Bruch in der Mitte gezeichnet war.

Nun löste er sich von seinem Bruder, um stattdessen Lennox durch die Haare zu wuscheln, ehe er auch ihn in eine Umarmung zog. Dabei grinste Darragh und enthüllte eine Reihe weißer Zähne. Die Ecke seines rechten oberen Schneidezahns war abgebrochen, was das Bild eines Draufgängers nur noch bestärkte.

Mein Herz machte einen kleinen Satz, als Darragh wieder auf mich zukam. Sein Lächeln war breit und ein wenig schief, dabei so einladend, dass ich nicht anders konnte, als ebenfalls einen Schritt auf ihn zu zu machen. Ich versank beinahe in seinen warmen, braunen Augen, die im Sonnenlicht golden aussahen.

»Hey«, begrüßte er mich mit tiefer Stimme und einem angenehmen Akzent, den auch die anderen Highlander hatten.

»Hey«, gab ich ebenso breit grinsend zurück.

»Ich kann dir gar nicht genug danken.« Behutsam strich er mit den Fingern über meine Wange.

Ein heißes Prickeln breitete sich von meinem Magen in meinem ganzen Körper aus. »Immer gerne doch.«

Ungesagte Worte schwebten zwischen uns in der Luft, doch bevor ich meine eigenen Gedanken richtig ordnen konnte, machte Basil uns mal wieder einen Strich durch die Rechnung. »Der ganze Clan schuldet dir mehr als nur ein Dankeschön.«

Es kostete mich unglaublich viel Kraft, meinen Blick von Darragh zu lösen. »Ein Kaffee und eine Dusche wären schon mal ein Anfang. Oh, und ein richtiges Bett.« Die Erschöpfung der letzten Tage war inzwischen so vertraut geworden, dass sie ein Teil von mir zu sein schien.

Zustimmend nickte Basil.

Da es nun nichts mehr gab, was mich in der Höhle hielt, war es an der Zeit, sie zu verlassen. Doch irgendwie fühlte es sich merkwürdig an, von hier wegzugehen. In den letzten Tagen war das hier meine ganze Welt gewesen. Hier war ich über mich hinausgewachsen, hatte wahre Todesangst erfahren und eine unglaubliche Person kennengelernt.

LEONURUS CARDIACA
HERZGESPANN

Ich stand vor einem Jeep, dessen schwarzer Lack mit Matsch und Blättern beschmutzt war. Aus irgendeinem Grund irritierte mich der Anblick eines Autos. Etwas so Modernes passte nicht in mein Bild von einem Drachenclan. Vor allen Dingen nicht in Verbindung mit meinen neuen Informationen. Eher hätte ich erwartet, sie würden überall hinfliegen. Aber irgendwie machte es auch Sinn, immerhin lebten im Clan nicht allein Drachen.

Darragh war unmittelbar neben mir und hielt mir die Tür auf. Seit wir die Höhle verlassen hatten, hatten wir kein Wort miteinander gewechselt. Das Wesen, welchem ich in den letzten Tagen so nahegekommen war, erschien mir schlagartig wie ein Fremder. Auch von Darragh ging eine gewisse Unsicherheit aus, weswegen wir wohl die unausgesprochene Vereinbarung getroffen hatten, zu einem späteren Zeitpunkt miteinander zu sprechen. Wenn wir allein waren. *Allein ...*

Unschlüssig, wohin mit meinen Gefühlen, stopfte ich sie erst einmal in eine kleine Kiste in meinem Inneren. Zusammen mit dem Kuss. Schon die Erinnerung daran ließ eine Gänsehaut auf meinem ganzen Körper entstehen.

Darragh und ich rutschten auf die Rückbank. Lennox eroberte den Beifahrersitz und Basil klemmte sich hinters

Steuer. Mit einem Schnurren erwachte der Wagen zum Leben und sofort erfüllte leise Musik die Luft.

Nachdem ich mich angeschnallt hatte, massierte ich mir kurz die Schläfen. Ich kam mir vor, als wäre ich gerade von einer Zeitreise zurückgekehrt, die moderne Welt überforderte mich. Drei Tage fühlten sich an wie ein ganzes Leben, wie sollte ich da in mein altes Dasein einfach so zurückkehren?

Ich schielte unauffällig zu Darragh, der aus dem Fenster starrte. Seine Hände waren verschränkt, wobei er mit seinem linken Daumen kleine Kreise auf seinen rechten Handrücken zeichnete, was irgendwie hypnotisch auf mich wirkte. Ich blickte zurück, zu seinem umwerfenden Gesicht mit dem schelmischen Lächeln. Und sofort erwachte der Drang in mir, unseren Kuss zu wiederholen. Aber damit würde ich nur ein gebrochenes Herz heraufbeschwören.

Ich hatte nichts gegen lockere kleine Affären, eine spaßige Nacht oder ein paar schöne Wochen, aber etwas in mir schrie, dass meine Gefühle jetzt schon zu sehr involviert waren. Nein, eine lockere Sache würde das niemals werden. Wir hatten beide unsere eigenen Leben, unsere Verpflichtungen. Wahrscheinlich würde ich heute Abend nach Edinburgh zurückkehren. Und es grauste mir bereits vor dem Abschied.

Als ich merkte, dass meine Gedanken kurz davor waren, in einen Wirbelwind aufzugehen, suchte ich nach einer Ablenkung. Zum Glück bot mir diese immer noch namenlose Insel genug davon.

Wir rumpelten über ein Feld, das gespickt war mit kleinen und großen Felsen. Die Klippen verschwanden langsam im Rückspiegel, dafür erhoben sich vor uns Berge, deren Spitzen beinahe die Wolken berührten. Der schmale Pfad, der hindurchführte, war gerade breit genug für den Jeep.

Die Fahrt ging weiter – im wahrsten Sinne des Wortes über Stock und Stein –, bis wir etwas erreichten, das im Entferntesten an eine Straße erinnerte. So arbeiteten wir uns langsam die Berge herunter, vorbei an Schafs- und Kuhherden, kleinen Steinhütten und Gehöften in der Ferne.

Ich entdeckte Kaninchen, Ziegen und den ein oder anderen Raubvogel, jedoch kein anderes menschliches Wesen. Was ich allerdings ab und an sehen konnte, waren die großen Schatten von Drachen, die in Richtung der Wolken verschwanden. Nun, da ich die Wahrheit kannte, war meine bisherige Furcht brennender Neugierde gewichen.

»Wie viele Leute wohnen eigentlich auf der Insel?«, fragte ich nun doch in die Stille zwischen uns.

»Ein paar Hundert«, antwortete Darragh mir ohne Umschweife. Sein Blick folgte meinem hinauf in den Himmel.

Basil räusperte sich vom Vordersitz und schaute kurz in den Rückspiegel zu seinem Bruder. Ich brauchte nicht Gedanken lesen zu können, um zu wissen, dass es ihm nicht gefiel, dass Darragh irgendeine meiner Fragen beantwortete. Überhaupt war mir aufgefallen, dass die Stimmung zwischen den beiden merklich abgekühlt war, seit wir die Höhle verlassen hatten. Darragh schien die versteckte Botschaft seines Bruders zu verstehen.

Ich konnte Basils Sorge nachvollziehen. Trotz allem war ich eine Fremde und eine potenzielle Gefahr für den Clan. Immerhin wusste ich jetzt schon mehr als sicher neunundneunzig Prozent der restlichen Weltbevölkerung. Ich versuchte, mich in seine Situation zu versetzen, was die letzten Tage für ihn bedeutet hatten. Schließlich hatte er nicht nur um das Leben seines Bruders bangen müssen, sondern auch um die Sicherheit seines Clans.

Müde rieb ich mir die Stirn. Dass diese ganze Situation aber auch so vertrackt sein musste. Ich wollte nicht noch größeren Zwist zwischen den Brüdern heraufbeschwören, also verkniff ich mir weitere Fragen. Wenn ich nachher hoffentlich einmal allein war, würde ich etwas tun, was ich schon längst hätte tun sollen: meinen Standort checken. Dann konnte ich zu Hause fröhlich recherchieren.

Inzwischen hatten wir die Berge hinter uns gelassen und befanden uns auf einer richtigen Straße, die sich malerisch durch die Weiden schlängelte. Am Horizont tauchte das Meer wieder auf, diesmal jedoch ohne Klippen. Mehr und mehr Häuser und Höfe kreuzten unseren Weg, und endlich begegneten uns auch ein paar menschlich aussehende Inselbewohner.

Sie waren zu Fuß auf der Straße unterwegs oder arbeiteten in ihren Gärten. Anscheinend war der Jeep auf der ganzen Insel bekannt, denn viele winkten uns zu. Basil erwiderte die Geste, ging aber kein einziges Mal vom Gas herunter.

Ein Dorf oder so etwas Ähnliches bekam ich allerdings nicht zu Gesicht. Dafür tauchte in der Ferne etwas viel Interessanteres auf. »Ein Schloss!«

Natürlich gab es Schlösser hier in Schottland wie Sand am Meer, aber das änderte nichts daran, wie beeindruckend sie waren.

Dieses Exemplar war viereckig, gekrönt von einem Turm. Die roten Steine leuchteten im Sonnenlicht wie Feuer, im wundervollen Kontrast dazu standen die seegrünen Ziegeldächer. Ein Bogengang schlängelte sich um das ganze Gebäude und riesige Fenster würden die Blicke nach innen erlauben, wären da nicht die schneeweißen Vorhänge.

Alles in allem wirkte es wie das perfekte Schloss für einen Drachenclan.

Die Straße endete auf einem runden Parkplatz, von dem aus eine Steintreppe hinauf zum Eingang führte. Nur ein paar wenige andere Wagen waren hier, zu sehen war niemand. Nicht weit vom Schloss entfernt gab es einen feinen Sandstrand mit einem kleinen Anleger, an dem mehrere Boote auf den Wellen tanzten.

Ob Basil seine Clanleute angewiesen hatte, sich fernzuhalten, solange ich hier war? Wundern würde es mich nicht. Doch ich verkniff mir meinen Kommentar.

Darragh rutschte zuerst aus dem Auto, dann hielt er mir die Hand hin, um mir beim Aussteigen zu helfen. Wie von selbst Griff ich nach ihr, woraufhin sich schlagartig ein Kribbeln in meinem ganzen Körper ausbreitete. Sobald mein Verstand das allerdings registrierte, löste ich mich schnell wieder von ihm. Ich musste anfangen, Abstand zwischen uns zu bringen.

Irgendwie musste ich mein armes Herz ja beschützen.

Darraghs Verunsicherung darüber entging mir nicht, doch er sagte kein Wort. Dennoch blieb er an meiner Seite, als wir den anderen hinauf zum Schloss folgten.

Basil drückte die aus dunklem Holz gefertigten Türen auf und winkte uns herein. Dahinter erwartete mich eine riesige Eingangshalle. Die dunkle Täfelung stand im starken Kontrast zu den weißen Steinfliesen, welche den Raum aufhellten. Deckenhohe Fenster ließen das dumpfe Tageslicht herein. Zwei geschwungene Treppen führten in den zweiten Stock, dazwischen erlaubte eine Flügeltür den Blick in den Innenhof zu. Durch zwei weitere Türen gelangte man in den Rest des Schlosses.

»Wahnsinn«, fand ich meine Stimme wieder. Andächtig trat ich tiefer in die Halle. Die Wände waren geschmückt mit Ölmalereien in goldenen Rahmen, die Teile der Insel zeigten, wie ich vermutete. Dazwischen ragten Kronleuchter aus Holz und Kristall hervor.

»In einem der Gästezimmer kannst du dich frisch machen«, riss Basil mich aus meiner Begeisterung.

»Ich bring Briar hoch«, meldete Darragh sich umgehend.

Für einen Moment fochten die Brüder ein stummes Blickduell aus, ehe Basil mit einem Seufzen nickte. Oh ja, zwischen den beiden gab es definitiv noch etwas Ungesagtes.

Darragh deutete mir an, eine der Treppen hinaufzugehen. Kurz bevor wir oben ankamen, meldete sich der Clanchief noch einmal: »Komm dann sofort in mein Arbeitszimmer.«

Einige Stufen hinter mir wirbelte Darragh herum, ein wütendes Funkeln in den Augen. »Was gibt es denn so Dringendes?«

Basil hatte die Arme vor der Brust verschränkt, wobei ein Lächeln seine Lippen umspielte. »Bisher habe ich Mum noch nicht erklärt, wo du die letzten Tage warst. Ich dachte, es wäre das Beste, wenn du dabei wärst.«

Leicht panisch weiteten sich Darraghs Augen. »Fuck. Ja, ich komme gleich.«

Ich beeilte mich, die Treppe hochzukommen, damit niemand mein Grinsen bemerkte. Unter all den Schuppen und Clangeheimnissen waren die beiden anscheinend doch einfach nur Brüder.

Oben fand ich mich in einem langen Gang wieder, mit dunkelgrünem Teppich und noch mehr Holzverkleidung. Diese reichte jedoch nur bis etwa zu meinen Schultern, die Tapete darüber war weiß und verziert mit Malereien von Tieren und Pflanzen. »Irgendwie sehr altmodisch. Aber schick.«

Eine warme Hand legte sich auf meinen unteren Rücken. Sanft drängte Darragh mich vorwärts, vorbei an sicher einem Dutzend Türen, die alle verschlossen waren. »Wer wohnt denn sonst noch hier?« Eigentlich wollte ich mir meine Fragen verkneifen, aber jetzt, wo wir allein waren, purzelten sie einfach aus meinem Mund. Und ich war verunsichert, weil Darragh und ich das erste Mal seit dem Verlassen der Höhle zu zweit waren.

»Eigentlich nur Basil und Lennox. Die Wohnungen sind im gegenüberliegenden Flügel und deutlich weniger verstaubt und mittelalterlich. Das hier sind alles Gästezimmer und im Erdgeschoss befinden sich die offiziellen Räumlichkeiten. Ballsaal, Arbeitszimmer, Bibliothek und Kaminzimmer. Das Übliche halt.«

»Das Übliche«, echote ich, ehe ein Lachen aus mir herausbrach. Wenn man in einem Schloss aufwuchs, dann war man so etwas wohl gewohnt. »Und wo wohnst du?«, fragte ich weiter.

»Im alten Pferdestall. Keine Sorge, inzwischen liegt dort kein Stroh mehr herum.« Darragh zwinkerte mir zu, was die Schmetterlinge in meinem Bauch zum Aufflattern brachte.

Vor der Zimmertür ganz am Ende des Flures blieb er stehen. Galant öffnete er sie mir und ließ mich zuerst in das dahinterliegende Eckzimmer treten. Dank zwei riesigen Erkerfenstern wurde der Raum von Licht durchflutet, dazwischen stand ein überdimensioniertes Himmelbett. Die grünen Samtvorhänge bildeten einen angenehmen Kontrast zu dem cremefarbenen Teppich und der auch hier vorhandenen Holzvertäfelung.

»Anbei gibt es ein kleines Badezimmer«, erklärte Darragh und folgte mir etwas zeitversetzt.

Auf einmal kam mir der Raum nicht mehr so groß vor. Obwohl uns gut ein Meter trennte, hatte ich das Gefühl, die Wärme seiner Haut spüren zu können. Noch gestern hatte ich an ihn gekuschelt meine Recherchen betrieben und jetzt traute ich mich nicht mal mehr auf eine Armeslänge an ihn heran.

Stille, dick wie Nebel, breitete sich zwischen uns aus. Mir lagen so viele Dinge auf der Zunge. Allen voran die Frage, wie es nun weiterging. Oder ob wir uns noch einmal wiedersehen würden, wenn ich erst einmal weg war. Und ganz leise klang eine weitere Frage in meinem Kopf: *Hat der Kuss dich auch so durcheinandergebracht?*

Stattdessen wich ich auf ein sichereres Thema aus. Eines, bei dem ich nicht mein Herz riskierte. »Ich habe dich noch gar nicht gefragt, wie es dir geht ... also nach deiner Rückverwandlung. Spürst du noch irgendwelche Folgen des Gifts?«

Darragh streckte seinen Körper und schien in sich hineinzuhorchen. Das hatte leider den ungewollten Nebeneffekt, dass mir seine Muskeln nur noch mehr ins Auge stachen. Ich musste mir auf die Zunge beißen, um nicht verträumt zu seufzen.

»Es fühlt sich alles normal an«, antwortete er mir nach einigen Sekunden. »Vielleicht noch ein bisschen steif und mein Kopf dröhnt etwas, aber ansonsten alles gut.«

Instinktiv machte ich einen Schritt auf ihn zu. Ich hob die Hand, wollte ihm eine verirrte Strähne aus seiner Stirn wischen, hielt aber auf halber Höhe inne. »Kopfschmerzen? Hast du die öfters? Wie stark sind sie?« Als ich die Hand wieder herunternehmen wollte, umfasste Darragh mein Handgelenk und drückte meine Handfläche gegen seine Brust. Genau über seinem Herzen. Ich war wie elektrisiert.

»Du musst dir keine Sorgen machen. Die Schmerzen kommen wahrscheinlich daher, dass ich seit Tagen nicht mehr geschlafen und kaum was gegessen oder getrunken habe. Mein Körper wird das restliche Gift verbrennen, so wie es sein soll. Morgen bin ich wieder auf dem Damm.«

»Na gut. Aber du musst erst mal auf dich achten«, betonte ich. Jetzt, wo ich ihm so nahe war, nahm ich den Geruch von Kräutern, Rauch und Mann wahr. »Verdammt.« Abstand zu halten, war noch schwerer als gedacht. Bei dem Gedanken zog ich meine Hand wieder zurück.

»Was ist?« Darraghs Augenbrauen hoben sich besorgt.

»Mir ist nur gerade eingefallen, dass ich Gran noch gar nicht angerufen habe. Sie macht sich sicher Sorgen.« Ich fummelte mein Handy aus der Hosentasche, um der merkwürdigen Situation zu entkommen. »Das sollte ich dringend mal nachholen.«

»Okay.« Eine kurze Pause entstand, bevor er gespielt lässig weiterredete: »Dann werde ich mal meine Mum anrufen. Irgendwie habe ich das Gefühl, dass dein Gespräch angenehmer wird.« Er zwinkerte mir zu. »Wenn du fertig bist, kannst du gerne herunterkommen. Du findest uns schon.«

Ich erwiderte nichts, nickte aber. Einen Augenblick zögerte Darragh, so als würde er noch etwas sagen wollen, dann verschwand er aus dem Zimmer. Sofort erschien mir der Raum um einige Grad kühler.

Um mich von dem plötzlichen Gefühl des Verlustes abzulenken, entsperrte ich mein Handy, um endlich meine Familie anzurufen. Gran ging nach dem zweiten Klingeln dran: »Briar, mein Kind. Wie ist es dir ergangen?«

Dieses Mal irritierte mich die Gelassenheit meiner Gran nicht sonderlich. Stattdessen schlenderte ich zu einem der Fenster und schaute hinaus. Bis zum Horizont breitete sich das Meer aus, in der Ferne meinte ich Festland ausmachen zu können. »Ich habe es geschafft. Darraghs Vergiftung ist besiegt.«

Beinahe wäre mir herausgerutscht, dass er wieder seine menschliche Gestalt hatte, aber ich behielt das Geheimnis für mich. »Es hat ein bisschen Recherche gebraucht, letztendlich hat eine alte Geschichte den Ausschlag gegeben.«

»Sehr gut. Wobei ich nichts anderes von dir erwartet habe, mein Schatz.« Grans Kompliment ging runter wie Öl. »Dann ist dein kleiner Ausflug wohl vorbei und du kommst wieder nach Hause.«

Das erinnerte mich daran, dass ich nachschauen wollte, wo genau ich mich überhaupt befand. Ich stellte das Handy auf Lautsprecher und öffnete die Karten-App. »Rùm«, las ich laut vor. Ich war im Osten von Schottland, gar nicht mal so weit von der Hauptinsel entfernt.

»Oh«, brummte Gran leicht überrascht. »Von dieser Drachendomäne habe ich schon einmal gehört. Auf der Insel gibt es einen uralten Vulkan, der sogar noch aktiv ist.«

Mein Blick wanderte weg vom Strand und hoch zu den grünen Bergen, die wir durchquert hatten. »Hätte ich das mal vorher gewusst. Dann hätte ich uns Vulkanasche besorgt.« Ein mächtiges Mittel für Allerlei.

»Bist du etwa nicht länger in dieser seltsamen Höhle?«

»Nein, Hekate sei Dank. Stattdessen bin ich jetzt in einem Schloss. Der Hauptsitz des Clans.«

»Passt denn so ein Drache überhaupt in ein Schloss?«, fragte meine Großmutter trocken.

Erneut musste ich mir auf die Zunge beißen, um nicht mit dem Geheimnis herauszuplatzen. Eigentlich war ich ein sehr verschwiegener Mensch – das kam mit dem Beruf –, aber mit Gran war ich bisher immer ehrlich gewesen.

»Ich glaube, die Drachen schlafen woanders«, antwortete ich ausweichend.

»Ich hoffe mal, dass diese Highlander dich gut für deine Dienste bezahlen«, fuhr sie fort.

An meine Bezahlung hatte ich bisher gar nicht gedacht. Ob Basil wohl eine Rechnung von mir verlangte? Bei dem Gedanken konnte ich mir das Lachen nicht verkneifen. Doch es ging sehr schnell in ein Gähnen über.

»Du klingst erschöpft.« Besorgnis schwang in ihrer Stimme mit.

Ich rieb mir über die Augen und die Stirn, hinter der es zu pochen anfing. »So langsam reicht es mir auch einfach. Ich glaube, ich gehe jetzt erst mal duschen und dann haue ich mich noch etwas aufs Ohr.« Ein paar Stunden Schlaf konnten schließlich nicht schaden.

»Mach das, mein Schatz. Melde dich, sobald du auf dem Weg nach Hause bist«, murmelte Gran warm.

»Das tu ich«, versprach ich, ehe ich auflegte.

Nachdem ich mein Handy auf dem Nachttisch platziert hatte, trat ich in das angrenzende Badezimmer. Auch hier setzte sich der Prunk des Schlafzimmers fort, goldene Verzierungen auf den cremefarbenen Fliesen, eine Badewanne mit Löwenfüßen und eine Dusche mit Regenduschkopf, die förmlich meinen Namen rief.

Schnell schälte ich mich aus meinen Klamotten und verbannte sie in meinem Kopf auf die Liste der Sachen, die ich in den Müll schmeißen würde. Egal wie oft ich sie waschen würde, die Erinnerungen an die letzten Tage würden niemals verschwinden.

Das Wasser hatte nicht nur die perfekte Temperatur, sondern auch einen göttlichen Druck, der den Stress aus meinen Muskeln massierte. Ich wusste nicht, wie lange ich einfach nur dastand und das alles genoss, doch mit einem Mal kamen die Tränen.

Erst vermischten sie sich nur mit dem Wasser, dann schluchzte ich hemmungslos. Die Erkenntnis, was mir in den letzten Tagen zugestoßen war, begrub mich unter sich. Als meine Knie nachgaben, sackte ich in der Dusche zusammen.

Ich hätte wirklich sterben können. Nicht durch einen seltsamen Unfall oder eine unbekannte Krankheit, nein, ich hatte dem Monster, das mich fressen wollte, direkt in die Augen geblickt.

Das Wasser hatte den Verband an meinem Arm aufgeweicht, trotzdem hatte ich mit meinen zittrigen Fingern Probleme, ihn zu lösen. Meine Haut darunter war heil, wenn auch leicht gerötet. Schon morgen würde nichts mehr an die Begegnung mit Drachenfeuer erinnern.

Außer vielleicht die Albträume, die mit ziemlicher Sicherheit in der Nacht auf mich lauerten.

Langsam verebbte mein Schluchzen. Trotzdem blieb ich auf dem Boden sitzen, die Knie an die Brust gezogen. Hatte ich mir nicht gewünscht, dass mein Leben etwas aufregender wurde? Dass es mich mehr forderte?

»Ich muss wirklich vorsichtig sein mit dem, was ich mir wünsche.«

Obwohl das Wasser immer noch wundervoll warm war, zwang ich mich, aufzustehen. In vergangenem und vermiedenem Unheil zu zerfließen, brachte rein gar nichts. Was zählte, war, dass ich es geschafft hatte. Ich hatte ein Leben gerettet.

Während ich mir die Haare mit dem bereitgestellten Shampoo wusch, wanderten meine Gedanken zurück zu Darragh. Was auch nicht viel besser war. Denn dann wurde ich aufs Neue daran erinnert, dass ich ihn schon bald hinter mir lassen musste.

»Vielleicht sollte ich das Denken für heute einfach aufgeben.« Ich nahm meinen eigenen Rat an und verschob alles Grübeln auf den nächsten Morgen.

Als ich erwachte, wusste ich für einen Moment nicht, wo ich mich befand. Das Bett war unbekannt, das Zimmer viel zu dunkel und die Stille um mich herum beunruhigend. Mit wild pochendem Herzen und immer noch gefangen im Schlaf setzte ich mich auf.

Die Decke rutschte von meinen nackten Brüsten, als ich mich zu orientieren versuchte. Dann erinnerte ich mich wieder, wo ich war, und ließ mich mit einem Seufzen zurück in die Kissen sinken.

In der pechschwarzen Dunkelheit konnte ich nur Schemen ausmachen. Irgendwer musste die Vorhänge zugezogen haben, denn als ich mich aufs Bett hatte fallen lassen, waren sie definitiv offen gewesen.

Diese Feststellung trieb mich aus dem warmen Kokon. Nachdem ich mein Handy auf dem Nachttisch ertastet hatte, schaltete ich die Taschenlampe an. Das plötzliche Licht blendete mich für einige Sekunden, sodass ich die Augen zusammenkneifen musste.

Dann endlich schaffte ich es aufzustehen. Auf dem Boden neben dem Bett lag noch das Handtuch, in das ich mich schnell einwickelte. Anschließend zog ich ruckartig die Vorhänge auf und ließ das erste Tageslicht herein. Erst dann warf ich einen Blick auf die Uhr und war nicht einmal überrascht, dass es bereits früher Morgen war. Ich hatte fünfzehn Stunden geschlafen.

Nachdem ich auch die Vorhänge vom zweiten Fenster aufgezogen hatte, blickte ich mich im Zimmer um. Auf jeden Fall war jemand hier drin gewesen, neben der Tür stand meine Reisetasche, die ich im Auto vergessen hatte. Darauf lag ein gefalteter Zettel.

Ich wollte dich zum Essen abholen, aber du warst bereits eingeschlafen. Wenn du wieder wach bist, komm gerne ins Kaminzimmer. Die Treppe herunter, rechtsherum und dann die dritte Tür.
Ich warte auf dich.
D.

Die Handschrift war zackig und ein wenig schräg, aber irgendwie passte sie zu Darragh. Seufzend ließ ich den Brief in die Seitentasche meiner Tasche gleiten. Eine weitere Erinnerung für mein armes Herz.

Seltsamerweise störte es mich nicht wirklich, dass er im

Zimmer gewesen war, während ich geschlafen hatte. Immerhin waren die letzten Nächte eine einzige merkwürdige Übernachtungsparty gewesen.

Nachdem ich mich angezogen und meine alten Klamotten in den Mülleimer im Bad gestopft hatte, nahm ich die Tasche auf die Schulter und machte mich auf die Suche nach dem Kaminzimmer. Das Schloss lag ruhig und verlassen da, als ich die Treppe herunterkam. Im Grunde war es nicht viel anders als gestern Abend. Trotzdem kam es mir irgendwie falsch vor, hier herumzuschleichen. Gleichzeitig kämpfte ich mit der Verführung, kurzerhand in ein paar der Zimmer zu schauen.

»Nur mal ganz schnell reinlugen«, bestärkte ich mich in meinem Vorhaben. Doch zu meiner Enttäuschung erwarteten mich hinter den hohen verzierten Türen keine weiteren Geheimnisse, sondern ein Wohnzimmer und ein Esszimmer. Beide verwaist, aber sauber.

Hinter der dritten Tür fand ich nicht nur das Kaminzimmer, sondern auch Basil und Darragh, die sich auf zwei Sesseln gegenübersaßen. Das Gespräch erstarb sofort, als ich meinen Kopf durch die Tür steckte.

Die beiden erhoben sich beinahe gleichzeitig und ich war mir absolut sicher, dass sie gerade noch über mich gesprochen hatten. Trotzdem zwang ich ein Lächeln auf meine Lippen und schloss die Tür hinter mir. »Guten Morgen.«

»Morgen, Briar.« Darragh grinste mich mit schräg gelegtem Kopf an, machte jedoch keinen Schritt auf mich zu.

Basil nickte zur Begrüßung, ehe er auf einen freien Sessel deutete.

Die Finger in den Gurt meiner Tasche gekrallt, kam ich der Aufforderung nach. Mit steifem Rücken ließ ich mich auf die Kante des Sessels sinken und blickte erwartungsvoll in die Runde.

Es dauerte nicht lange, bis Basil ansetzte: »Briar. Ich möchte mich noch einmal im Namen des ganzen Clans und insbesondere meines Bruders bedanken.«

Darragh schnaubte, sagte aber nichts weiter. Die Spannungen zwischen den Brüden hatten sich scheinbar noch nicht wieder gelegt, stattdessen waberten sie wie Nebelschwaden durch den Raum. Ich musste mir auf die Zunge beißen, um nicht nachzufragen, was das Problem war. Diese Anspannung konnte doch nicht bloß an mir liegen.

»Selbstverständlich. Ich habe nur zu gerne geholfen.« Ich versuchte, meine Stimme professionell neutral klingen zu lassen.

»Natürlich steht dir nach diesen sehr ereignisreichen Tagen eine Entlohnung zu.« Basil zog einen roten Samtbeutel hervor und hielt ihn mir hin.

Verwirrt nahm ich diesen entgegen. Normalerweise bezahlten die Leute mich mit Bargeld oder Karte, ab und an auch mal per Bezahl-App, je nachdem wo sie meine Dienste in Anspruch nahmen. Doch der Protest erstarb auf meinen Lippen, als ich das Säckchen öffnete. »Drachengold.« Selbst in der Dunkelheit des Beutels leuchteten die Goldnuggets, so als würde eine Flamme in ihrem Inneren glühen.

Andächtig nahm ich eines der Goldstücke, etwa so groß wie eine Erbse, heraus. Es fühlte sich warm an, als hätte es in der Sonne gelegen.

Drachen waren berüchtigt für ihre Liebe zu allem, was glitzerte und wertvoll war. Gold, Edelsteine, Schätze. Sie horteten alles und beschützten es mit ihrem Leben. Doch nichts war so begehrt wie Drachengold, welches entstand, wenn ein Drache Metall mit seinem Atem veredelte.

Die Menge, die ich gerade in der Hand hielt, musste mehr wert sein als alles, was ich jemals in meinem Leben verdienen würde. Vollkommen geschockt blickte ich zu Basil auf. »Das kann ich nicht annehmen.«

»Doch, das kannst du«, meinte Darragh mit Nachdruck. »Das ist das Mindeste, was dir zusteht.«

Mit zittrigen Fingern verschloss ich den Beutel und drückte ihn an meine Brust. »Dann danke ich.« Mir würde schon eine gute Verwendung für diesen Schatz einfallen. Einen Teil würde ich spenden und vielleicht würde ich mir nach dieser ganzen Angelegenheit einen netten Urlaub gönnen.

Das Nächste, was Basil mir vorlegte, war allerdings nicht so erfreulich. Ein Stück Pergament und einen altertümlichen Dolch. Ich musste die Schrift nicht entziffern, um zu wissen, was genau es war.

Seufzend nahm ich den Dolch hoch, um einige Blutstropfen auf den Blutsvertrag fallen zu lassen. Es brachte sicher nichts, dagegenzuargumentieren, und da ich sowieso nicht vorhatte, die Drachen zu verraten, konnte ich auch das Risiko eingehen, in Flammen aufzugehen, sollte ich das Geheimnis ausplaudern.

Tatsächlich hielt Basil noch ein anderes Geschenk für mich bereit, und zwar ein Bahnticket zurück nach Edinburgh. Meine Kehle wurde eng. »Eine Fähre wird dich nach Mallaig bringen. Von dort aus geht der Zug. Schon am Nachmittag solltest du wieder zu Hause sein.«

Das war er also, mein Abschied. Wortlos blickte ich auf das Ticket. Jetzt, wo meine Aufgabe erfüllt war, gab es für mich keinen Grund mehr, auf dieser Dracheninsel zu sein. Oder vielmehr, ich hatte nicht länger die Erlaubnis.

»Danke, das ist sehr freundlich.« Ich lächelte Basil kurz an, wagte aber keinen Blick in Richtung Darragh. Nicht, dass mir etwas herausrutschte, das ich am Ende bereute. Es war ganz klar, dass es hier keinen Platz für mich gab und dass der Clanchef mich so schnell wie möglich loswerden wollte.

In diesem Moment klopfte es an der Tür, dann steckte eine Frau mit kurzen blonden Haaren ihren Kopf herein. »Wir sind bereit zum Ablegen.«

Als Basil sich erhob, tat ich es ihm nach. Inzwischen wollte ich einfach nur verschwinden, ehe das Ganze noch unangenehmer wurde. Ich wandte mich bereits der Tür zu, als Darragh sich zu Wort meldete. »Ich will noch einmal allein mit Briar reden.«

Mit düsterem Blick antwortete sein Bruder: »Nur eine Minute.«

Nachdem er verschwunden war, wandte ich mich Darragh zu. Ich hatte eigentlich darauf gehofft, einem Abschied aus dem Weg zu gehen. Stattdessen fand ich mich Auge in Auge mit ihm wieder.

»Ich werde dir niemals genug danken können«, begann Darragh mit sanfter Stimme.

Ich setzte bereits zu einem Widerspruch an, doch als meine Stimme versagte, nickte ich einfach nur.

»Vielleicht sehen wir uns eines Tages wieder.«

Seine Worte trieben mir die Tränen in die Augen, also drehte ich mich schnell um. Bevor ich durch die Tür schlüpfte, platzte es jedoch aus mir heraus: »Das hoffe ich auch.«

ONOPORDUM ACANTHIUM
DISTEL

Nach Hause zu kommen, war, wie in eiskaltes Wasser zu springen. Im ersten Moment macht der Schock einen bewegungslos, man kann sich nicht wehren, während man tiefer und tiefer sinkt. Dann endlich erhält man die Kontrolle über seinen Körper zurück und beginnt zu schwimmen, bis man das Ufer erreicht.

Nur leider konnte ich auch nach vier Wochen kein Ufer sehen.

Die ersten zwei Tage hatte ich mich in meinem Zimmer verkrochen, um das Geschehene zu verarbeiten. Bis ich meine miese Stimmung irgendwann selbst nicht mehr ausgehalten und mich stattdessen mit aller Kraft in die Arbeit gestürzt hatte.

Doch sosehr ich auch gegen den Strom ankämpfte, kam ich kein Stück voran. Jedes Mal wenn ich auch nur eine Sekunde Raum hatte, drifteten meine Gedanken sofort zurück auf diese Insel. Zu den ganzen Geheimnissen, die es dort zu entdecken gab, und – noch viel häufiger – zu Darragh.

Wie konnte es sein, dass ich jemanden, den ich bloß ein paar Tage lang kannte, so sehr vermisste? Tagsüber, wenn ich eigentlich arbeiten wollte, frustrierte es mich. Wenn ich nachts wach lag, dann war ich einfach nur traurig.

Immerhin kannte ich Darragh gar nicht. Natürlich, er war charmant und witzig und sah obendrein umwerfend aus. Aber bis auf die Tatsache, dass er sich als Drache in einen Menschen verwandeln konnte und es anscheinend Spannungen zwischen ihm und seinem Bruder gab, wusste ich nichts über ihn.

Trotzdem nahm er meine Gedanken in Beschlag. Unsere Gespräche liefen wie ein Film in meinem Kopf ab, dabei schien ich seine Blicke immer noch auf mir zu spüren. Und öfter als mir lieb war, erinnerte ich mich an unseren Kuss. An das Gefühl seiner Lippen auf meinen, an die Art, wie er mich gehalten hatte, an das Begehren, das wie Lava durch meine Adern geflossen war.

Meine Theorie, dass ich einfach nur zu lange nicht mehr flachgelegt worden war, hatte sich leider als falsch herausgestellt. Als ich an einem Samstag zwei Wochen nach meiner Rückkehr mit Freundinnen feiern gegangen war, hatte ich es eigentlich auf einen One-Night-Stand abgesehen, um Darragh endlich aus dem Kopf zu verbannen.

Ich hatte getanzt und geflirtet, nur um am Ende allein im Bett zu liegen, verloren in meinen Erinnerungen. Bei jedem Kerl hatte ich nach Ähnlichkeiten gesucht. Warme braune Augen, die hochgewachsene Gestalt, die breiten Schultern, das schelmische Lächeln. Doch niemand hatte ihm das Wasser reichen können.

Also hatte ich mich mit meinem Liebeskummer abgefunden und hoffte, dass dieser von selbst verging. Zwar gab es durchaus ein paar Kräuter und Tränke, die helfen konnten, aber ich hatte noch nie viel davon gehalten. Sie betäubten den Schmerz, anstatt das Problem an der Wurzel zu packen.

Leider bot auch die Arbeit keine richtige Ablenkung. Gran hatte meine Abwesenheit mit einem Spezialauftrag erklärt – was ja auch irgendwie stimmte. Meine Kollegen hatten die großen Lücken, die sie in ihrer Erzählung gelassen hatte, selbstständig gefüllt, mit wilden Geschichten über Politiker, Könige und Promis, die alle meine Hilfe brauchten. Keine der Geschichten kam der Wahrheit auch nur annähernd nahe, aber wenigstens musste ich so niemanden belügen. Bloß geheimnisvoll lächeln. Und je länger ich schwieg, desto langweiliger wurde es, und schon bald war mein kleiner Ausflug vergessen. Von allen, nur nicht von mir.

Der Frühsommer hatte inzwischen Einzug in die Stadt gehalten, was die Touristen in Scharen herantrieb. Das bedeutete eine Unmenge an Kundschaft, manche Hexen aus anderen Städten, andere einfach neugierige Leute. Ich beantwortete Fragen, gab Kräuter heraus und beantwortete noch mehr Fragen.

Irgendwann, als mir die Ohren bereits von den ganzen Stimmen klingelten, hatte ich mich im Hinterzimmer verkrochen. Während ich auf meinem Sandwich herumkaute, scrollte ich durch Social Media, immer in der Hoffnung, dass erneut Drachen über Edinburgh gesichtet wurden.

»Briar.« Cleo steckte den Kopf durch die Tür. »Da ist jemand, der nach dir fragt.«

Ich blickte nur kurz auf. »Sag ihm, er soll später wiederkommen. Ich mache noch Pause.«

Cleo schnalzte mit der Zunge. »Also den würde ich nicht warten lassen. Ein Traum von einem Mann, ein Highlander wie er im Buche steht.«

Ich sprang so schnell auf, dass mir mein Handy beinahe aus den Fingern rutschte. Das Herz pochte derart heftig in meiner Brust, dass ich erwartete, Cleo müsste es sehen. Ohne ihr zu antworten, eilte ich nach vorne in den Laden.

So ganz wollte ich meinen Augen nicht trauen, als ich ihn entdeckte. Er stand neben meinem Tresen, die Hände in den Hosentaschen vergraben. Da er den Verkaufsraum beobachtete, hatte ich einen guten Blick auf sein Profil. Mit der dunkelbraunen Lederjacke und den leicht wuscheligen Locken wirkte er wie ein wahrlich moderner Highlander.

»Wenn du nicht mit ihm reden willst, ich würde ihm absolut jeden Wunsch erfüllen«, flüsterte Cleo mir zu, wobei ich sie ignorierte.

Ein letztes Mal atmete ich tief durch, dann ging ich auf ihn zu. »Darragh.«

Mit einem vertrauten Lächeln wandte er sich zu mir um. »Hallo, Kleines.« Seine Stimme rann wie warmer Honig über meinen ganzen Körper.

Ich musste mich kurz räuspern, ehe ich ihm antworten konnte. Allerdings brachte ich nichts Klügeres heraus als: »Du bist hier.«

»Das bin ich. Und ich hab dir was mitgebracht.« Wie aus dem Nichts zauberte er eine Pflanze hervor.

»Eine schottische Distel.« Vorsichtig nahm ich ihm das Gewächs ab, um mich ja nicht an den kleinen Stacheln zu verletzen. Dabei streiften meine Finger Darraghs und die kurze Berührung vibrierte durch jede meiner Fasern.

Um meinen heißen Wangen eine Chance zu geben, sich zu beruhigen, betrachtete ich die Distel genauer. Sie stand in Blüte, der runde, stachelige Körper gekrönt von lilafarbenen Blütenblättern. Diese Pflanze passte perfekt als Symbol für Schottland, rau, irgendwie gefährlich und doch wunderschön.

»Hast du vielleicht einen Moment Zeit für mich?«, fragte Darragh leise.

Ich musste nicht mal über die Schulter schauen, um zu wissen, dass Cleo jeder unserer Bewegungen folgte. Auch einige Angestellte und sogar Kunden musterten uns mitunter ohne große Scham.

»Ich weiß, wo wir in Ruhe reden können.« Ich winkte Darragh, mir zu folgen.

Zurück in meinem kleinen Hinterzimmer schloss ich die Tür und lehnte mich dagegen. Die sowieso schon ziemlich schmale Kammer war mit einem Mal noch winziger. Darraghs Präsenz drang bis in jeden Winkel.

Unsere Fußspitzen berührten sich beinahe, als er über mir aufragte, mit lässig verschränkten Armen. Ich selbst klammerte mich wie eine Ertrinkende an die Distel, überfordert von der Situation, auch wenn ich sie mir so oder so ähnlich etwa tausendmal ausgemalt hatte. Schnell löste ich meinen viel zu festen Griff, um die Pflanze nicht zu zerstören. Von den Dornen, die sich in meine Haut gebohrt hatten, hatte ich nicht einmal etwas gespürt.

»Du siehst gut aus.« Darragh streckte die Hand nach mir aus, doch ließ sie sofort wieder sinken. »Ich hab dich vermisst.«

Sein Geständnis traf mich wie ein Schlag, weshalb ich meinen eigenen Mund nicht unter Kontrolle hatte. »Ich dich auch«, hauchte ich.

Die Hitze seines Körpers drang durch den dünnen Stoff meines Kleides, sein Geruch von Rauch und Kräutern umwehte mich. Ich musste all meine Kraft zusammennehmen, um nicht die Augen zu schließen und mich in seiner Nähe zu verlieren.

»Du weißt gar nicht, wie sehr ich dich gerade berühren will.« Seine Stimme war rau und so verlockend, dass ich am liebsten aufgestöhnt hätte.

»Wieso tust du es dann nicht?« Ich stemmte mich auf die Zehenspitzen, brachte meine Lippen nahe an die seinen heran. So wie ich mich gerade fühlte, war ich bereit zu betteln, wenn er es verlangte.

So etwas Ähnliches wie ein Knurren löste sich aus seiner Kehle und er lehnte die Unterarme neben meinem Kopf an die Tür. »Wir müssen vorher ein paar Dinge klären.«

»Was denn? Also ich bin Single.« Mir fiel kein anderer Grund ein, wieso wir jetzt nicht wie Teenager herummachen konnten.

»Sehr gut. Ich auch«, lachte er. »Aber darum geht es nicht. Zumindest nicht nur.«

Mein Hirn war viel zu sehr auf seine Lippen konzentriert, als dass ich seine kryptischen Worte entschlüsseln konnte. Wenn ich nicht schnell etwas Abstand zwischen uns brachte, würde das hier zu rein gar nichts führen.

Mit einem frustrierten Seufzer duckte ich mich unter seinem Arm hindurch und eilte zum anderen Ende des Raums. Dort riss ich zuallererst das schmale Fenster auf, um etwas frische Sommerluft hereinzulassen. Dann wandte ich mich wieder Darragh zu, die Nägel hinter meinem Rücken in das Fensterbrett gekrallt.

Einige Augenblicke schwiegen wir uns einfach nur an, dann hatte ich endlich meine Stimme wiedergefunden. »Was genau führt dich zu mir?«

»Eigentlich bin ich im Auftrag meines Clans hier«, erklärte Darragh.

Meine Augenbrauen schossen in die Höhe. »Werde ich etwa schon wieder entführt?«

»Ich hätte nichts dagegen, dich zu verschleppen«, brummte er, wohl mehr zu sich selbst. »Der Anschlag auf mich hat für einigen Aufruhr gesorgt. Vor allem die Tatsache, dass es kaum Aufzeichnungen darüber gibt, wie Kräuterhexerei auf uns wirkt. Nachdem ich sehr lange auf meinen Bruder eingeredet habe und der Ältestenrat involviert wurde, haben wir beschlossen, dir ein Angebot zu unterbreiten.«

Zum Glück machte Darragh an dieser Stelle eine Pause, was mir die Möglichkeit gab, seine Worte sacken zu lassen. Aber ich konnte immer noch nicht sagen, wohin dieses Gespräch führte.

»Wir würden dich gerne zu uns nach Rùm einladen. Als offizielle Heilerin des Clans. Du kannst Forschungen über Drachen und Heilkräuter anstellen, um diese Wissenslücke zu überbrücken.«

Ich musste es mir selbst hoch anrechnen, dass mir nicht die Kinnlade herunterfiel. Hätte Darragh mir gesagt, dass Drachenblut durch meine Adern flösse, wäre ich nicht überraschter gewesen. »Heilerin im Drachenclan. Als Außenstehende?«

»Das ist der Grund, wieso diese Entscheidung so lange gedauert hat. Wäre es nach mir gegangen, hätten wir dir das Angebot sofort gemacht.«

Ich war mir immer noch nicht ganz sicher, ob ich ihn korrekt verstanden hatte. »Ihr bietet mir an, dass ich auf eure Insel ziehe, Teil eures Clans werde und die Wirkung unserer Magie ...« Ich machte eine Handbewegung, die den ganzen Raum einschloss, und zeigte dann auf Darragh. »... an euch erforsche?«

»Ganz genau. Es gibt aber noch ein paar Bedingungen oder eher Richtlinien«, setzte er zögernd an, als würde er behutsam jedes seiner Worte wählen, um mich nicht zu verschrecken. »Dieses Angebot ist auf ein Jahr begrenzt. Währenddessen darfst du die Insel nicht verlassen oder Besuch erhalten. Und du musst dich wie jeder andere an die Gesetze und Vorgaben des Chiefs halten.«

Das waren ganz schön viele Vorschriften, dafür dass ich »eingeladen« wurde. Vor allem der letzte Punkt machte mir zu schaffen, da ich bisher nicht gut darin gewesen war, auf Basil zu hören.

Aber diese Chance war so unglaublich einmalig.

»Bevor du antwortest, will ich noch über eine andere Sache sprechen.« Er stieß sich von der Tür ab und kam langsam auf mich zu. »Ich will dich wirklich gerne küssen. Und noch so einige andere Dinge mit dir anstellen.« Das Gold in seinen Augen blitzte auf und ich musste trocken schlucken. »Aber vor allem würde ich gerne mit dir ausgehen.«

»Oh.« Eine weitere geniale Aussage meinerseits. Irgendwie hatte ich erwartet, dass es ihm nur darum ging, die sexuelle Chemie zwischen uns zu entzünden. Die Vorstellung, auf ein richtiges Date mit Darragh zu gehen, ließ mein Herz schneller schlagen.

»Du kannst es dir überlegen«, versuchte Darragh mich zu beruhigen. »Und natürlich hat das Angebot meines Clans rein gar nichts mit meinem Wunsch zu tun, dir nahe zu sein. Du kannst mich so viel abweisen, wie du willst, und bist trotzdem willkommen bei uns. Das Wohl des Clans geht vor.«

»Das ist gut zu wissen«, rutschte es mir heraus. Sofort versuchte ich, meine Worte zurückzunehmen, nur um gleich wieder über sie zu stolpern: »Also, so meinte ich das nicht. Dass ich nicht mit dir ausgehen, aber auf die Insel ziehen will. Ich meine, ich will gerne mit dir ausgehen, aber ich brauche Zeit. Wegen der Sache mit dem Clan.«

Ich war mir nicht einmal sicher, dass mein Geplapper irgendeinen Sinn ergab, dennoch lächelte Darragh mich verstehend an. »Nimm dir alle Zeit, die du brauchst. Ich bin noch ein paar Tage hier in Edinburgh.« Er reichte mir einen Zettel mit seiner Handynummer. »Wenn du dich entschieden hast, ruf mich an.«

»Das Date?« Ich nahm den Zettel entgegen und hoffte, nicht zu bedürftig zu klingen.

Schneller, als dass ich reagieren konnte, hatte Darragh sich vorgebeugt und einen Kuss auf meine Wange gedrückt. Direkt neben meinem Ohr flüsterte er: »Dafür ist noch genug Zeit, wenn du deine Entscheidung getroffen hast. Aber lass mich nicht zu lange warten.«

Damit war er verschwunden und ich stand wie vom Donner gerührt da, den Zettel in der einen und die Distel in der anderen Hand. Würde ich beides nicht sehen, hätte ich glatt geglaubt, mir die letzten Minuten nur eingebildet zu haben.

Als ich am Abend nach Hause zurückkehrte, hatte sich das Chaos in meinem Kopf immer noch nicht gelegt. Allein die Vorstellung, meiner Berufung an anderer Stelle nachzugehen, erschien mir unmöglich. Geschweige denn, Gran zu verlassen.

Trotzdem konnte ich an nichts anderes denken. Es war eine einzigartige Möglichkeit, die sich nicht einmal meinen Vorfahren eröffnet hatte. Allerdings waren meine Vorfahren auch nicht immer an Edinburgh gebunden gewesen. Dieser

Gedanke verfolgte mich, bis er beim Abendessen mit Gran einfach herausplatzte:

»Früher sind die Delga-Hexen doch durch die Welt gereist, auf der Suche nach neuen Pflanzen und Zaubern. Warum haben wir damit aufgehört?«

Falls Gran von meiner Frage überrascht war, ließ sie es sich nicht anmerken. »Nachdem eine unserer Vorfahrinnen die Tochter von Queen Victoria geheilt hatte, erhielten wir das Grundstück und damit einen festen Platz für unsere Familie. Einige Jahre danach sind wir weiter durch die Welt gereist, doch nachdem sich herumgesprochen hatte, wo unsere Familie zu finden war, kamen immer mehr Patienten direkt zu uns.«

Grans Blick war zu einem Gemälde an der Wand gewandert, welches unser Anwesen zeigte, wie es kurz nach dem Bau ausgesehen hatte.

Als Kind hatte ich oft davorgesessen und mir vorgestellt, wie es sein würde, die gesamte Verantwortung zu tragen. Mit sieben Jahren hatte ich mir das Ganze definitiv spannender vorgestellt.

»Unsere Familie hat hart für diese Ehre gearbeitet«, beendete meine Großmutter ihre Erzählung.

Der Zettel mit Darraghs Nummer brannte wie ein heißer Stein in meiner Hosentasche. Wie konnte ich diese Ehre einfach hinter mir lassen?

MANDRAGORA
ALRAUNE

Ich starrte auf mein Handy, so als könnte ich es allein durch meine Gedanken dazu bringen zu klingeln. Dabei wusste ich nicht einmal, wen ich am anderen Ende haben wollte.

Darragh, der mir sagte, dass sein Clan – und vor allem er – mich brauchte und mich deshalb nach Rùm bringen würde.

Oder meine Gran, die irgendwie von diesem Angebot erfahren hatte und mich nun drängte, es anzunehmen.

Eigentlich wollte ich nur, dass mir jemand diese Entscheidung abnahm.

Seit vier Tagen schleppte ich dieses Geheimnis nun schon mit mir herum, ohne der Antwort auch nur einen Schritt näher zu kommen. Wenn ich morgens den Laden öffnete oder abends mit Gran zusammensaß, da war die Sache klar, hier war mein Zuhause und hier würde ich bleiben.

Doch wenn ich hinter meinem Tresen stand, andauernd die gleichen Leute sah und meine Arbeit wie ein Roboter erledigte, dann sehnte ich mich nach dem Abenteuer, das auf der Dracheninsel auf mich wartete.

Nachts wurde ich förmlich heimgesucht von Träumen, in denen Darragh die Hauptrolle spielte. Oft waren wir zurück in der Höhle, nur diesmal war er in seiner menschlichen Gestalt, aber wir waren uns trotzdem noch so nah wie zuvor. Es war ein vollkommen anderes Gefühl, an seine Brust gelehnt zu sitzen, wenn ich mit den Fingern über seine menschliche Haut fahren konnte.

Zumindest stellte ich mir vor, dass es so sein würde, denn natürlich hatte ich keine Ahnung. Mir blieb nur dieser eine Kuss, der mich einfach nicht losließ.

Das plötzliche Geräusch der Glocke, die über der Tür hing, riss mich aus meinen Tagträumen. »Ich hab die Tür doch abgeschlossen.«

Wir hatten bereits seit einer Stunde zu, und außer mir waren alle anderen bereits nach Hause gegangen. Die letzten paar Abende war ich länger geblieben, in der Hoffnung, hier eine Lösung zu finden. Bisher hatte ich dabei kein Glück gehabt, aber ich genoss die Ruhe im Laden. Zwischen all den Pflanzen fühlte ich mich geborgen. Allerdings musste diese Ruhe nun weichen, um dem Eindringling unsere Öffnungszeiten klarzumachen. Diese waren mir heilig.

Eine Frau schlenderte zwischen den Tischen hindurch, ab und an strich sie über eine der Pflanzen. Ihre langen pechschwarzen Haare waren von weißen Strähnen durchzogen und lagen in einem kunstvoll geflochtenen Zopf über ihrem Rücken. Der Samt ihres königsblauen Kleides schimmerte sanft im Licht des Ladens. Alles an ihr schrie laut und deutlich: Hexe. Sie schien es nicht sonderlich zu stören, dass wir vollkommen allein im Geschäft waren.

Ich räusperte mich, als uns nur noch wenige Meter trennten. Irgendetwas hielt mich davon ab, sie direkt anzusprechen.

Mit einer übernatürlich eleganten Bewegung fuhr sie zu mir herum, ein offenherziges Lächeln auf den Lippen. Ihr Gesicht war von einer alterslosen Schönheit – damit meinte ich, dass ich nicht einschätzen konnte, wie alt sie war. Alles zwischen zwanzig und sechzig konnte sein.

Sie blickte mich abwartend an, doch es dauerte einen Moment, bis ich meine Stimme wiedergefunden hatte. »Wir haben leider schon geschlossen.« Irgendwie kam ich mir sehr unhöflich dabei vor, sie darauf hinzuweisen.

»Oh, ich dachte, da das Licht noch brennt, kann ich noch schnell vorbeischauen.« Ein sanfter Singsang schwang in ihrer Stimme mit.

Normalerweise hatte ich kein Problem damit, Leute rauszuschmeißen, doch gerade schien meine Zunge an meinem Gaumen festzukleben.

Die Fremde machte einen Schritt auf mich zu, was mir ihren Duft in die Nase trieb. Es war ein Parfum, wie ich noch nie eines gerochen hatte. Nach verbrannten Kräutern, tiefem Wasser und dunkler Nacht.

»Womit kann ich helfen?«, fragte ich schließlich.

»Mein Vorrat an Alraunen ist leider zur Neige gegangen und ich benötige dringend Nachschub.«

Gran behauptete stets, dass Alraunen für die Magie das waren, was Cayennepfeffer fürs Kochen ist. Man brauchte es nicht wirklich, aber es machte jedes Gericht besser. Oder jeden Zauber mächtiger. Deshalb hatte jede Hexe einen ordentlichen Vorrat davon zu Hause.

Da ich sie bereits nach ihrem Wunsch gefragt hatte, konnte ich sie nun schlecht nach draußen bitten. Also führte ich sie stattdessen zu dem Regal, in dem wir Alraunen in jeglicher Form präsentierten: frisch, getrocknet, vorgeschnitten, eingelegt, geräuchert.

Die Frau blieb direkt neben mir stehen, sodass ich sie gut von der Seite betrachten konnte. Diese gerade Nase, das leicht spitze Kinn und die definierten Augenbrauen kamen mir irgendwie bekannt vor, aber ich konnte nicht sagen woher.

»Oh, ihr habt umgeräumt, seitdem ich das letzte Mal hier war.«

Als die Fremde ihre Hand nach einem der Einmachgläser ausstreckte, fiel mein Blick auf die drei Ringe, die ihre langen Finger schmückten. Ein zunehmender Mond, ein Vollmond und eine abnehmende Sichel. Ich kannte das Symbol, immerhin zierte es alles von Altären bis hin zu Lehrbüchern. Das Symbol der Hexen – und unserer Göttin.

Ein Verdacht waberte wie dicker Nebel durch meinen Verstand, aber es konnte nicht sein. »Wann waren Sie denn das letzte Mal hier?«

»Oh, Zeit ist so eine seltsame Sache, man kann sie leicht aus den Augen verlieren. Damals hatte eine brillante junge Hexe gerade ihren ersten Tag. Fia hieß sie, glaube ich.«

Gran hatte mir so oft von dem Tag erzählt, an dem Hekate in unserem Laden erschienen ist. Natürlich hatte ich ihre Geschichte nie angezweifelt, doch kam sie mir immer so fremd vor. Wie eine uralte Legende, nicht wie etwas, das direkt hier stattgefunden hatte.

»Meine Gran ist nicht mehr so oft im Laden.« Meine Stimme konnte die Aufregung, die sich in mir breitmachte, leider nicht verbergen. Ich kam mir vor wie ein Kind, das zum ersten Mal den Weihnachtsmann traf.

Nur war das hier so viel besser. Es gab derart viele Geschichten von Hexen, die Hekate mit einem Besuch beglückte, aber ich hatte niemals erwartet, dass dieses Glück mir ebenfalls beschert werden würde.

»Genau danach habe ich gesucht.« Die Göttin lächelte auf

das Einmachglas herab, so als hätte sie einen großen Schatz in den Händen und nicht eine alltägliche Zutat.

Dann blickte sie sich im Laden um, als würde ihr gerade erst klarwerden, dass wir vollkommen allein waren. »Oh, ich sollte mich wohl beeilen.«

Ein leises Lachen perlte über meine Lippen. »Für Notfälle habe ich immer etwas länger offen.«

Wir schlenderten zurück zu meinem Tresen, sie in dem einen, ich in dem anderen Gang. Zwischen den Blättern der Pflanzen konnte ich immer wieder kurze Blicke auf sie erhaschen und hätte dabei schwören können, dass ich ab und an ein anderes Kleid oder eine andere Haarfarbe entdeckte. So als würde sich ihre Gestalt andauern ändern.

Am Tresen angekommen war ein Muttermal direkt über ihrer rechten Augenbraue erschienen und ihr Haar hatte nun mehr die Farbe von dunklem Honig. Auch die Haut ihrer Finger hatte sich gewandelt. Wo sie vorher noch glatt und beinahe durchscheinend war, konnte ich nun Falten erkennen, die auf ein langes Leben deuteten.

»Warum hältst du dich denn eine Stunde nach Ladenschluss noch hier auf?«, fragte sie. Also wusste sie ganz genau, wann wir Feierabend machten – und ich hatte die Tür ganz sicher verschlossen.

»Ich wollte etwas mit meinen Gedanken allein sein«, erklärte ich, während ich das Einmachglas einpackte.

Sie gab ein nachdenkliches Geräusch von sich, schwieg aber ansonsten abwartend. Wie oft bekam man schon die Chance, seine Probleme mit einer Göttin zu besprechen. Immerhin hatte ich mehr als nur einmal um Beistand gebetet.

»Ich habe ein einmaliges Angebot erhalten, doch ich weiß nicht, ob ich es annehmen soll.«

Sie legte den Kopf schief. »Wenn es einmalig ist, dann ist die Antwort doch eigentlich eindeutig, nicht wahr?«

»Wenn es nur so einfach wäre.« Vielleicht war es das für eine Göttin ja auch. »Es würde bedeuten, meine Familie zu verlassen«, hielt ich mich kurz.

Die Göttin legte den Kopf zur Seite. »Weißt du, wieso Setzlinge im Wald nicht wachsen können?«

Ihre seltsame Frage erwischte mich so eiskalt, dass es einen Moment dauerte, bis ich hinterherkam. »Weil sie nicht genug Sonnenlicht bekommen, aufgrund der bereits hochgewachsenen Bäume.«

»Wenn ein Setzling also wachsen will ...« Sie wedelte mit der Hand und sah mich herausfordernd an. Dabei hatte ich das entsetzliche Gefühl, wieder in der Schule zu sitzen.

»Muss er warten, bis einer der Bäume umstürzt?«, vollendete ich ihren Satz.

»Oder den Wald verlassen.«

Meine Gesichtszüge entglitten mir. Ich starrte die Göttin an, den Mund weit offen. Mit dieser simplen Antwort hatte ich nicht gerechnet. Natürlich hatte sie recht. Wenn ich wachsen wollte, dann musste ich das mir Bekannte hinter mir lassen. Trotzdem formulierte ich meine Sorgen. »Aber was, wenn der Setzling nicht in den Wald zurückkehren will – oder kann? Oder wenn der Wald niederbrennt?«

Was, wenn ich in diesem Jahr feststellte, dass ich mit dem Erbe meiner Familie niemals glücklich werden würde? Oder Gran etwas zustoßen würde? Sie war topfit, aber das Alter war unvorhersehbar. Auch für Hexen. »Vielleicht findet der Setzling ja auch im Wald einen Weg, um zu wachsen.«

»Nur bist du kein Setzling, Briar, du bist eine Hexe«, gab die Göttin zu bedenken. »Wir überleben, indem wir uns weiterentwickeln. Wir erobern die Welt, suchen nach neuer Magie, nach neuen Möglichkeiten.«

Hekate war nicht nur die Göttin der Magie, sondern auch die der Scheidewege. Auch das hatte sie an uns Hexen vererbt. Wir wählten nicht den einfachen Weg.

Es war ein seltsames Gefühl, dass Hekate von *uns* sprach. Sie war unsere Göttin und doch wie wir, eine Hexe. Manche glaubten, dass wir Hekates Nachkommen waren, direkt von ihrem Blut abstammten. Andere vermuteten, dass Hekate zu Beginn der Zeit außergewöhnliche Frauen mit ihrer Magie beehrt hatte und so die ersten Hexen entstanden waren.

Im Endeffekt war es egal, weil Hekate recht hatte, wir waren Hexen.

Was leider ein ganz anderes Problem mit sich brachte. »Drachen und Hexen haben sich nicht immer gut verstanden.«

Sie zuckte mit den Schultern, so als könnte man Jahrhunderte an blutiger Geschichte einfach abtun. »Konflikte liegen jedem Wesen in der Seele. Viel wichtiger ist doch, welches Wissen du dadurch erhältst.« Die Göttin ließ ihren Einkauf irgendwo in den tiefen Taschen ihres Kleides verschwinden. »Jede Entscheidung ist ein Risiko, doch wir können keine Belohnung erwarten, wenn wir es nicht eingehen.«

Ich blieb hinter meinem Tresen stehen, während sie zum Ausgang schwebte. In der Tür drehte sie sich noch einmal um. Das Licht der Straßenlaternen legte sich wie ein glühender Schleier um ihren ganzen Körper.

»Du kannst Großes leisten, Briar Delga. Eine Hexe, wie sie im Buche steht.« Dann war die Göttin genauso schnell verschwunden, wie sie aufgetaucht war.

Keine Ahnung, wie lange ich dagestanden hatte, nicht in

der Lage, auch nur einen einzelnen Muskel zu rühren. Erst als eine einsame Träne auf die Theke tropfte, erwachte ich wieder zum Leben.

Hektisch wischte ich mir das Gesicht ab, ich wusste nicht einmal so richtig, wieso ich weinte. Vielleicht war es die Anspannung der letzten Tage, die sich nun endlich einen Weg nach draußen brach.

Als sich meine Sicht geklärt hatte, fiel mein Blick auf die Goldmünze, die auf dem Tresen lag. Bei all dem hatte ich total vergessen, nach einer Bezahlung zu verlangen – ganz im Gegensatz zu Hekate.

Die kleine Goldmünze war noch warm, als ich sie in die Hand nahm. Es handelte sich um kein Zahlungsmittel, das ich kannte, auch wenn ich nicht daran zweifelte, dass es echtes Gold war. Darauf geprägt war eine Ente.

Ein aufgeregtes Kribbeln rieselte über meinen Körper, und mit einem Mal stand meine Entscheidung fest. Nun musste ich nur noch mit meiner Großmutter darüber sprechen und den richtigen Zeitpunkt dafür finden. Allerdings konnte man sich bei meiner Gran auf eines verlassen: dass sie es immer schaffte, einen zu überraschen.

Am nächsten Tag, noch vor der Mittagspause, trat meine Großmutter durch die Tür des Ladens und zog sofort alle Aufmerksamkeit auf sich.

Schmunzelnd beobachtete ich, wie sich nicht nur unsere Angestellten, sondern auch viele der Stammkunden um sie scharten. Freundlich lächelnd begrüßte Gran sie alle, beantwortete Fragen und führte kleine Gespräche, bis sie sich zu mir vorgearbeitet hatte.

»War es schon immer so voll hier drin?« Sie umrundete

den Tresen, um etwas Abstand zwischen sich und die Masse zu bringen. »Gibt es für die ganzen Touristen nichts Interessanteres zu sehen?«

»Kundschaft ist Kundschaft«, erinnerte ich sie.

»Wir haben keine Kundschaft, wir haben Patienten«, feuerte sie zurück. »Setzlinge kann man überall kaufen, die besten Kräuterhexen gibt es nur bei uns.«

Mit einem Mal war mein Herz deutlich leichter. Gran ging es immer nur um das Wissen und unsere Handwerkskunst, nicht darum, den Laden erfolgreich zu halten. Leider änderte es nichts daran, dass ich sie kein ganzes Jahr lang allein lassen wollte.

»Ich muss dir noch was erzählen«, gestand ich leise.

Liebevoll tätschelte Gran meine Wange. »Darauf habe ich nur gewartet. Lass uns nach hinten gehen.«

Mein Herz pochte aufgeregt in meiner Brust, als ich ihr ins Hinterzimmer folgte. Zwar lag Darraghs Duft nicht länger in der Luft, trotzdem hatte ich eine Salbeikerze angezündet, nur zur Sicherheit.

»Ich habe ein Jobangebot erhalten. Als Heilerin bei den Drachen. Allerdings ...«, ich stockte kurz, die nächsten Worte kamen mir bloß schwer über die Lippen. »... kann ich dich in dieser Zeit nicht sehen. Für ein ganzes Jahr. Und natürlich muss ich nach Rùm ziehen.«

Bedächtig nickte sie, ehe sie fragte: »Wann genau geht es los?«

»Ich habe noch nicht zugestimmt«, versicherte ich ihr.

»Warum nicht?« Verwirrt zog sie die Augenbrauen zusammen. »Eine solche Gelegenheit kannst du dir nicht entgegen lassen.«

»Du und der Laden, ich kann doch nicht –«

Sie verdrehte die Augen in einer Geste, die ich von mir selbst kannte, und schnitt mir das Wort ab. »Briar, mein Liebling, ich habe es sehr gut geschafft zu überleben, bevor du auf diese Welt kamst. Da sollte ein Jahr ohne dich machbar sein.«

Ich kaute auf meiner Unterlippe herum, auf der Suche nach den richtigen Worten. »Natürlich weiß ich, dass du absolut in der Lage bist, auf dich selbst zu achten. Nur das Haus ist so groß, und es ist so viel Arbeit für eine Person.«

Sie stemmte die Hände in die Hüften. »Für eine alte Person, meinst du.«

»So würde ich es niemals ausdrücken.«

Anstatt auf meine Worte einzugehen, rief sie: »Cleo!«

Innerhalb weniger Sekunden steckte die junge Hexe ihren Kopf durch die Tür. »Ja?«

Gran winkte sie herein. »Kindchen, bist du immer noch so unzufrieden mit dem Studentenwohnheim?«

Cleo klagte in regelmäßigen Abständen über ihr winziges Zimmer und ihre nervige Mitbewohnerin. »Noch vier Semester, dann habe ich es geschafft.«

»Was hältst du davon, für das nächste Jahr zu mir ins Haus zu ziehen? Du hilfst mir beim Haushalt und bist meine Augen und Ohren hier im Laden, dafür musst du keine Miete zahlen.« Gran legte den Arm um die völlig verdutzt dreinschauende junge Hexe.

»Natürlich!«, rief Cleo kurz darauf erfreut aus und wollte bereits aus dem Raum stürmen, wahrscheinlich um direkt zu packen. Dann blieb sie jedoch noch einmal stehen. »Aber wieso soll ich im Laden aufpassen? Was ist denn mit Briar?«

Alle Augen richteten sich auf mich. »Anscheinend werde ich Teil eines Drachenclans.«

MONSTERA
FENSTERBLATT

Ich war extrem nervös, als Darragh am nächsten Morgen zu mir nach Hause kam. Direkt nach meinem Gespräch mit Gran hatte ich ihn angerufen und die Nachricht war regelrecht aus mir herausgeplatzt. Nun würden wir alles Weitere in Person klären, was auch bedeutete, dass ich ihn wiedersehen würde.

Mein Herz klopfte aufgeregt, als es an der Tür klingelte und ich sie öffnete. Wie am Tag zuvor trug er eine Lederjacke und sein schelmisches Lächeln. »Hey, Kleines.«

»Hey, komm rein.« Da ich den Tag zu Hause verbrachte, hatte ich mir nicht sonderlich viel Mühe mit meinem Outfit gegeben. Meine Haare waren zu zwei Zöpfen geflochten und das dunkelgrüne Maxikleid war schon einige Jahre alt. Inzwischen bereute ich, nicht wenigstens etwas Makeup aufgelegt zu haben, bis ich mich daran erinnerte, dass Darragh mich schon in viel schlimmerem Zustand gesehen hatte. Außerdem versicherte sein intensiver Blick, dass ich mir keine Sorgen um mein Aussehen zu machen brauchte. Meine vorgespielte Professionalität verpuffte und ich konnte es mir einfach nicht verkneifen, ihm wenigstens einen kurzen Kuss auf die Wange zu drücken.

Darraghs starke Arme zogen mich an seine Brust. »Ich bin so froh, dass du angerufen hast.«

Nur zu gerne hätte ich mich noch länger in seine Umarmung geschmiegt, doch gerade war nicht der richtige Zeitpunkt dafür. Vor allem, weil meine Gran bereits auf uns wartete. Nachdem ich die Tür wieder geschlossen hatte, winkte ich Darragh hinter mir her durchs Haus bis in den großen Wintergarten, in dem meist die Gäste empfangen wurden.

Ich liebte diesen Raum mit seiner Glasdecke und den Dutzenden Pflanzen, die hier ihr Zuhause gefunden hatten. Mehrere Königsstrelitzien standen in Blüte, das wilde Orange ein schöner Kontrast zu dem tiefen Grün. Dazwischen verborgen lag eine Sitzlandschaft mit zwei Sofas und einem kleinen Glastisch.

An diesem saß meine Großmutter, vor sich ein Service mit Tee und selbst gebackenen Kleinigkeiten. Als wir uns zwischen den Töpfen hindurchschlängelten, erhob sie sich mit einem warmen Grinsen.

Sofort reichte Darragh ihr die Hand. »Darragh Thompson. Sehr erfreut, Sie kennenzulernen.«

»Fia Delga.« Sie erwiderte freudig strahlend seinen Händedruck, ehe sie uns andeutete, dass wir uns setzen sollten.

Da ich mir nicht ganz sicher war, auf welches Sofa ich in diesem Moment gehörte, ließ ich mich auf den einsamen Sessel sinken, auf dem normalerweise unser Kater Apollo fläzte. Dieser streunte sicherlich gerade durch die Gewächshäuser, weshalb ich seinen Thron erobern konnte.

»Darragh also.« Gran faltete die Hände im Schoß. »Wie seltsam. Genauso hieß der Drache, um den meine Briar sich kümmern sollte.« Ein amüsiertes Funkeln blitzte hinter ihren Brillengläsern auf.

Verschmitzt grinsend fuhr Darragh sich durch die Haare. »Es ist ein sehr beliebter Name in unserem Clan.«

»Na dann.«

Ich würde mein ganzes Drachengold darauf verwetten, dass Gran noch vor Ende dieses Gesprächs die Wahrheit über die Drachen herausfand. Blieb nur zu hoffen, dass man nicht mich verdächtigte, ihr das streng gehütete Geheimnis verraten zu haben.

Darragh räusperte sich und holte ein Tablet und einen Briefumschlag aus seiner ledernen Umhängetasche. Den Umschlag gab er an mich weiter. »Das ist die offizielle Einladung meines Clans. Wenn du diese annimmst, wirst du sozusagen ein Mitglied meiner Familie und des Clans.«

Ich zog ein dickes cremefarbenes Blatt Papier aus dem Umschlag. Darauf standen in dunkelgrüner Tinte die Worte der Einladung geschrieben, darunter eine schwungvolle Unterschrift und ein echtes Wachssiegel.

»Muss ich irgendwas unterschreiben?«, fragte ich, nachdem ich alles mindestens dreimal gelesen hatte.

»Nein, es reicht, dass du die Einladung an dich nimmst.« Daraufhin wandte Darragh sich seinem Tablet zu, um es nach einigen Augenblicken mir zuzuschieben. Es zeigte das Bild eines niedlichen Cottage mit Steinwänden und einem grünen Dach. Ein Schornstein ragte in den graublauen Himmel und ein weißer Lattenzaun grenzte den Vorgarten ein.

Ich blätterte durch die Fotos, die ein rustikal, aber gemütlich eingerichtetes Wohnzimmer, eine überraschend moderne Küche, ein Badezimmer und zu guter Letzt ein Schlafzimmer offenbarten. Dieses war so groß, dass es wahrscheinlich den kompletten oberen Stock einnahm. Auf den letzten paar Bildern war ein überwucherter Garten zu sehen, in dem ich einiges an Potenzial erkennen konnte. Was mich allerdings mehr als alles andere begeisterte, war das Gewächshaus weiter hinten auf dem Grundstück.

Es war ein sehr altmodisches Modell, mit einer steinernen Grundmauer, auf der die von grünen Metallstäben gehaltenen Glasscheiben befestigt waren. Das Treibhaus war rund – etwas, das man heutzutage nicht mehr oft sah – und die Größe kam bei Weitem nicht an die Gewächshäuser heran, die im Garten meiner Familie standen. Trotzdem. »Ich liebe es!« Ich blickte zu Darragh auf. »Es ist das perfekte Haus für mich.« Als hätte jemand meine Träume vereint, nur um sie mir dann zu schenken. »Das kostet doch bestimmt ein Vermögen an Miete.«

Zu Hause zu wohnen, hatte durchaus seine Vorteile. So hatte ich über die Jahre einiges angespart – mein Drachengold gar nicht erst mitgerechnet –, ohne jedoch zu wissen, was ich damit anfangen sollte. Vielleicht, kam mir der Gedanke, sollte ich in ein kleines Häuschen irgendwo im Nirgendwo investieren. Ein Rückzugsort nur für mich.

»Im Clan läuft alles etwas anders.« Darragh hatte sich auf dem Sofa zurückgelehnt, den Knöchel auf das andere Knie gelegt, und behielt mich genau im Blick. »Im Clan zahlt niemand Miete. Es ist so geregelt, dass alles, was man zum Leben braucht, kostenlos bereitgestellt wird. Jedes Mitglied hat Anspruch auf Nahrung, Unterkunft, Gesundheit und Bildung. Dafür trägt jedes Clanmitglied zum Wohlstand bei.«

Ich ließ mich schwer gegen den Sesselrücken fallen, wobei ich geräuschvoll durch den Mund schnaubte. »Also muss ich für nichts bezahlen? Und ich werde auch nicht bezahlt?«

Darragh schien meine Verwirrung zu bemerken. »Du hast wie jedes andere Mitglied Zugriff auf den Hort. Du kannst so viel Geld entnehmen, wie du benötigst. Für all die Dinge, die es nicht auf der Insel gibt.«

»Ihr habt ein einziges Konto für alle? Und niemand nutzt das aus?« Irgendwie wollte ich das nicht so ganz glauben. Irgendjemand würde doch sicher einmal ein größeres Stück vom Kuchen nehmen, als ihm zustand.

»Ein ähnliches Konzept wird in vielen Coven angewandt«, meldete sich nun auch meine Großmutter zu Wort. »Zwar verdient jede Hexe ihr eigenes Geld, aber es werden Abgaben gemacht, die dem Wohl des Covens dienen und Hexen in Not helfen sollen. Jede Hexe kann bei Bedarf einen Antrag stellen.«

Zustimmend nickte Darragh. »Nur musst du bei uns nicht einmal einen Antrag stellen.«

Ein wildes Konzept, aber anscheinend funktionierte es für die Drachenclans. »Und was ist mit Leuten, die den Clan wieder verlassen? Die haben dann doch gar kein Einkommen?« Ich würde ein Jahr ohne problemlos überstehen, aber nicht jeder hatte so ein Glück.

»Auch dafür wird gesorgt. Wenn jemand den Clan freiwillig verlässt, erhält diese Person eine Abfindung. Etwas anders sieht es aus, wenn man verstoßen wird, aber davon bist du ja nicht betroffen«, erklärte Darragh augenzwinkernd, was mein Herz augenblicklich höherschlagen ließ.

»Clanpolitik hat überraschend viel Ähnlichkeit mit der unserer Coven«, murmelte Gran.

»Struktur und Gemeinschaft sorgen für Sicherheit. Das gilt für uns alle.«

Damit kannte ich mich nicht aus. Bisher war ich nicht einmal in die Nähe eines Covens gekommen. Mit Gemeinschaft hingegen konnte ich etwas anfangen. Zumindest mit meiner Gran. Nur würde ich sie jetzt einfach allein lassen.

Mit auf einmal leerem Blick starrte ich auf die Einladung, die unverändert vor mir auf dem Tisch lag.

»Wie wäre es, wenn du Darragh einmal unsere Gewächshäuser zeigst, damit er eine Vorstellung von dem erhält, was du sonst noch brauchst?«, trieb Gran mich aus meinem Sessel.

Da mir kein kluges Gegenargument einfiel, kam ich ihrer Aufforderung etwas steif nach. Meine Entscheidung stand seit nicht einmal vierundzwanzig Stunden fest, und trotzdem zweifelte ich jetzt schon daran.

»Worüber denkst du so verbissen nach?«, fragte Darragh, als wir in den Garten traten.

Ich war so auf meine eigenen Zweifel konzentriert, dass ich nicht einmal mitgekriegt hatte, wie wir den Wintergarten verlassen hatten. Daher zwang ich meine Gedanken in die Gegenwart, was mir leider nur mäßig gelang. »Wie kommst du darauf, dass ich verzweifelt nachdenke?«

Darragh stoppte, was mich ebenfalls zum Anhalten brachte. Dann wandte ich mich ihm zu. Sein Blick wurde eindringlich, und ich beobachtete ihn dabei, wie er seine Hand langsam zu meinem Gesicht bewegte. Behutsam strich er mit der Fingerspitze über die Stelle zwischen meinen Augenbrauen. Diese kleine Berührung jagte angenehme Schauer durch meinen Körper. »Die kleine Falte hier. Die ganze Zeit in der Höhle wollte ich darüberstreichen, aber leider eignen sich Krallen nicht so gut dafür.«

Ein Lachen brach aus mir heraus und ich machte einen Schritt auf ihn zu. Auch in menschlicher Form strahlte er

Hitze aus, was mich nur noch mehr anzuziehen schien. »Ich will dieses Abenteuer auf jeden Fall wagen, aber es tut weh, meine Familie zu verlassen«, flüsterte ich und ließ meinen Kopf sinken.

»Das glaube ich dir.« Darraghs Finger wanderte nun an meinem Gesicht entlang zu meinem Kinn, um es sanft anzuheben. »Doch deine Gran scheint sich sehr für dich zu freuen«, gab Darragh zu bedenken und legte seine Hand um meine Wange. Ohne nachzudenken, schmiegte ich mich in die Berührung.

»Kann ich dir irgendwie helfen, deine Sorgen zu vergessen?«

Mir lag ein Nein bereits auf der Zunge, doch im letzten Moment hielt ich es zurück, als sich eine Idee in meinem Kopf formte. »Küss mich. Gib mir einen Vorgeschmack auf das, was mich erwartet.«

Ich konnte nur einen kurzen Blick auf sein hungriges Grinsen erhaschen, ehe er auch die zweite Hand an meine Wange bettete und sich zu mir herunterbeugte. Seine Lippen waren genauso warm wie der Rest seines Körpers und die Hitze sprang auf meinen über.

Ich schmiegte mich enger an ihn, krallte die Finger in sein Shirt, um den Kontakt zwischen uns ja nicht zu verlieren. Als seine Zunge über meine Unterlippe strich und nach Einlass verlangte, kam ich der Aufforderung nur zu gerne nach. Doch gerade, als der Kuss noch intensiver zu werden drohte und sich ein Kribbeln in meinem Unterleib bemerkbar machte, ließ Darragh von mir ab.

Ein seufzendes Geräusch entfuhr mir, während ich versuchte, mich wieder zu sammeln. Ich wollte nicht, dass es aufhörte, wollte mich weiterhin in ihm verlieren.

Stattdessen drückte Darragh mir einen Kuss auf die Schläfe, dann murmelte er: »Ich hoffe, dieser Vorgeschmack reicht. Jetzt sei eine brave Hexe und zeig mir eure Gewächshäuser.«

Leicht betäubt ging ich voraus, mein Kopf in dem Kuss gefangen. Er half zwar nicht gegen die Zweifel, aber er erinnerte mich daran, dass es sich lohnte, mutig zu sein – und das würde ich!

Die Woche verging wie im Flug. Ordnen, packen, noch mal neu packen. Abschied nehmen. Von meinem Zimmer, unserem Laden, dem Garten, meinen Freunden und Mitarbeitern.

Am Tag, bevor ich aufbrach, war auch Cleos großer Umzug. Oder eher *kleiner*, denn im Vergleich zu dem riesigen Umzugswagen, der sich bereits nach Rùm aufgemacht hatte, war ihre Wagenladung nichts.

Ich half Cleo dabei, die Kisten und Koffer nach oben in ihr neues Zimmer zu schleppen. Dieses lag im zweiten Stock und war doppelt so groß wie die Schuhkiste, die sie sich im Wohnheim teilen musste – zumindest ihren Worten nach.

»Ich habe sogar ein eigenes Bad mit Wanne!« Drang ihre aufgeregte Stimme aus ebendiesem Zimmer.

»Du wirst es hier richtig toll haben«, versprach ich ihr.

»Ich kann Fia gar nicht genug danken.« Cleo schmiss sich auf das gemachte Bett. »Ich werde so viel von ihr lernen können.«

»Ja, wie man bei Brettspielen am besten schummelt und die hohe Kunst des Pflanzenstehlens bei einem Spaziergang.« Beides Dinge, in denen meine Großmutter eine wahre Meisterin war.

»Und du bist dir immer noch sicher, dass du zu diesen Drachen willst?« Besorgnis schwang in Cleos Stimme mit.

»Ganz sicher«, bestätigte ich.

»Ich verstehe nicht, wie du es in dieser Höhle ausgehalten hast.« Sie schüttelte sich. »Und jetzt willst du auch noch dahin zurückkehren.«

Ich hatte beschlossen, den Angestellten des Ladens die Wahrheit zu sagen – was bei vielen ähnliche Reaktionen ausgelöst hatte wie bei Cleo.

»Es ist eine einmalige Gelegenheit, die mich zur Expertin machen wird. Und ganz ehrlich, du wärst doch auch mit Darragh überall hingegangen, als du ihn das erste Mal gesehen hast«, witzelte ich, wobei ich den wahren Kern meiner Aussage nicht verleugnen konnte.

Kurz trat ein verträumter Ausdruck in ihre Augen, dann schüttelte sie sich. »Das war aber, bevor ich wusste, dass er einer von ihnen ist. Ein Reiter. Keine Ahnung, wie irgendwer bei den Drachen leben kann. Das ist doch lebensmüde. Außerdem wollen Drachen und ihre Reiter doch sowieso nichts mit der Außenwelt zu tun haben.«

»Vielleicht ändert sich das ja, wenn ich mehr Wissen besitze. Dann wäre die Aufregung auch nicht so groß, sobald Drachen auftauchen.«

»Neues Wissen kann aber die Vergangenheit nicht ausradieren«, gab Cleo zu bedenken. »Ich weiß, dass du dich nicht damit beschäftigst, aber ich bin mit Geschichten aufgewachsen, in denen Drachen die Coven angegriffen haben, um die Hexen zu entführen. Sie sind nie wieder nach Hause zurückgekehrt.«

»Ich werde zurückkehren, Cleo, keine Sorge. In einem Jahr, das wird superschnell vergehen. Also genieße die Bade-

178

wanne, solange du sie hast«, versuchte ich die Stimmung aufzuheitern.

»Mädchen«, rief Gran in diesem Moment von unten. »Es gibt Abendessen.«

Wir sprachen nicht weiter über Cleos Bedenken, sondern eilten die Treppe hinunter. Die Gelegenheit, Grans Kochkünste ein letztes Mal zu genießen, würde ich mir nicht entgehen lassen.

Irgendwann, nach meinem dritten Nachschlag Nachtisch, reichte Gran mir ein in grünes Leder gebundenes Notizbuch. »Für dein neues Herbarium.«

Es war mühsam, die Tränen zurückzuhalten, während ich mit den Fingern über den Einband strich. »Es ist wirklich wunderschön, danke.« Ich musste sofort an den Tag denken, an dem Gran mir mein erstes Herbarium geschenkt hatte. Wie wir danach durch den Garten und die Gewächshäuser gewandert waren, um die ersten Pflanzen zusammenzusuchen.

Gran stellte noch einen großen Stoffbeutel vor mich auf den Tisch. Ich musste nicht hineinschauen, um zu wissen, was darin war. Der Geruch verriet es. »Rooibos Waldfrüchte.« Eine spezielle Mischung, die sie nur für mich machte. »Ich werde immer an euch denken, wenn ich Tee trinke.«

Gran drückte meine Hand. »Denk nicht zu viel an uns, Kindchen. Du hast viele neue Abenteuer vor dir, auf die solltest du dich konzentrieren.«

SORBUS AUCUPARIA
EBERESCHE

Als ich das Bahnhofsgebäude verließ und hinaus in den lauen Sommertag trat, bemerkte ich ihn sofort. Er lehnte nicht weit entfernt an einer kleinen Mauer, die Beine an den Knöcheln gekreuzt, eine Sonnenbrille verbarg seine warmen Augen. Während ich auf ihn zusteuerte, breitete sich ein strahlendes Grinsen auf seinem Gesicht aus. »Hallo, Kleines.«

Mein Grinsen war mindestens genauso breit. »Hallo, du!«

Für einen Moment starrten wir uns einfach nur an, dann machte Darragh einen Schritt nach vorne und schloss mich fest in seine Arme. Ohne nachzudenken, schmiegte ich mich an seine Brust, genoss seine Wärme und den inzwischen so vertrauten Geruch nach Kräutern und Rauch.

»Wie war deine Reise?«, fragte er, nachdem wir uns voneinander gelöst hatten. Einen Arm legte er dennoch um meine Schulter, während er mit der anderen Hand meinen Koffer nahm.

»Entspannt. Ich glaube, ich bin noch nie erste Klasse gefahren.« Die Schmetterlinge in meinem Bauch, die seit Darraghs Anblick eine Party feierten, legten noch einmal an Intensität zu.

»Sehr gut, du hast es ja auch fast geschafft.« Wir spazierten zu Fuß die Hauptstraße entlang, vorbei an Restaurants und kleinen Pensionen, bis der Hafen von Mallaig in

Sicht kam. Im Gegensatz zu meiner letzten Reise nahm ich ich mir dieses Mal die Zeit, mich umzusehen und die frische Seeluft einzuatmen.

Mehrere Fähren lagen im Hafen, sie fuhren zu den verschiedenen Inseln in der Umgebung. Darragh führte mich zu keiner davon, stattdessen steuerten wir auf ein schnittiges schwarzes Boot zu, das etwas abseits lag.

Nachdem er meinen Koffer sicher verstaut hatte, half er mir an Bord, ehe er den Motor anließ. Ich musste zugeben, es war irgendwie heiß, wie er hinter dem Steuerrad stand, seine Haare vom scharfen Seewind zerzaust. Ich ließ mich neben ihm auf die Bank fallen, um die Aussicht zu genießen. Sowohl auf ihn als auch auf die Küste des schottischen Festlands, die nun an uns vorbeizog.

Und nach etwa einer halben Stunde sah ich sie endlich näher kommen: meine neue Heimat. Rùm war eine wunderschöne grüne Insel, deren Berge scheinbar bis in die Wolken hinaufreichten. Aus der Ferne wirkte sie beinahe unbewohnt, man konnte weder das Schloss noch das kleine Dorf erkennen.

Was ich jedoch sah, waren mehrere große Schatten, die sich in den Himmel erhoben und sich näherten. Eine ganze Schar Drachen – manche so riesig wie Darragh, andere schlanker, wieder andere viel kleiner – kam auf uns zugeschossen.

»Ah, der Kindergarten«, rief Darragh über den Krach des Motors.

Etwas wackelig kam ich auf die Beine, um mich neben ihn zu stellen. So war es einfacher, sich zu unterhalten. »Kindergarten?« Es ergab durchaus Sinn, immerhin konnten die Kinder auf der Insel nicht jeden Tag für die Schule oder den Kindergarten zum Festland reisen.

»Sind kleine Kinder nicht ein bisschen zu jung, um so über das Wasser zu fliegen?« Die Küste war sicherlich einige Kilometer entfernt, trotzdem kamen die kleinen Drachen immer näher.

»Kindergarten ist vielleicht ein irreführender Begriff. Dazu zählen alle Kinder unter zehn Jahren, die noch nicht so viel Erfahrung mit dem Fliegen haben. Sie werden immer von mehreren ausgewachsenen Drachen begleitet, also mach dir keine Sorgen.«

Inzwischen hatte uns das kleine Rudel erreicht. Einige von ihnen machten sich direkt wieder auf den Weg zurück zur Insel, andere kreisten über uns wie schuppige Möwen. Zwei, drei ganz mutige flogen neben uns her, dicht über der Wasseroberfläche.

Darragh winkte einem von ihnen zu, ehe er seinen Arm wie zufällig um meine Schultern legte, um mich an seine Seite zu ziehen. So verbrachten wir den Rest der Fahrt, bis er beide Hände brauchte, um uns sicher in den Hafen zu bringen.

»Das Begrüßungskomitee ist auch schon da«, brummte er, nachdem der Motor verstummt war.

In dem kleinen Hafen direkt hinter dem Anleger warteten zwei Gestalten auf uns. Basil erkannte ich sofort, wie sein Bruder war er schwer zu vergessen. Neben ihm stand eine hochgewachsene Frau.

»Der Clanchief persönlich und eine Vertreterin des Rates nehmen jeden Neuankömmling in Empfang«, erklärte Darragh und half mir beim Aussteigen. Nachdem ich sicher auf dem Steg stand, holte er noch mein Gepäck. Dann machte er sich daran, das Boot anzubinden.

Unsicher verharrte ich neben ihm, meinen Koffer wie einen Schild zwischen mir und dem Begrüßungskomitee. Es war irgendwie gruselig, wie sie einfach nur dastanden und uns beobachteten. Ich versuchte auf die Entfernung, Basils Gesichtsausdruck zu deuten, was er wirklich davon hielt, dass ich nun auf seiner Insel wohnte.

»Bist du bereit?« Darragh streckte mir die Hand hin und ich ergriff diese Rettungsleine nur zu gerne.

Mit ihm an meiner Seite fühlte ich mich sofort besser, stärker. Die Einladung nach Rùm kam direkt von Basil, also musste er sich mit meiner Anwesenheit abfinden. Und wenigstens ein Drache freute sich sehr, dass ich nun hier war.

Ich drückte Darraghs Hand, als wir bei seinem Bruder ankamen. Dieser schenkte mir zu meiner großen Überraschung ein breites Lächeln, mit dem er noch mehr wie sein kleiner Bruder aussah als ohnehin schon. »Herzlich willkommen, Briar!«

»Hey, Basil. Schön, dich wiederzusehen.«

»Diesmal bist du ja auch freiwillig auf unsere Insel gekommen.« Er zwinkerte mir doch tatsächlich zu, so als würden wir einen Insiderwitz teilen.

Ich persönlich war allerdings noch nicht an dem Punkt angekommen, an dem ich darüber scherzen konnte. Zumindest nicht mit ihm. Also reichte ich ihm lediglich die Hand, ohne auf seinen Spruch einzugehen.

»Herzlich willkommen, Miss Delga.« Nun reichte die Rätin mir ihre Hand. Sie war älter, als ich auf die Entfernung vermutet hatte. Ihr schmales, kantiges Gesicht war von Falten gezeichnet und ihre Haut von der Sonne, ihre Haare waren beinahe so schwarz wie Teer. Und ihr Händedruck war mindestens genauso fest wie Basils. »Bonnie Smith. Ich bin die Ratsvorsitzende des Askival-Clans. Es ist mir wirklich eine Ehre, dich hier bei uns zu haben.« Ihre grauen Augen blitzten vor Intelligenz.

Den Clannamen hatte ich bereits übersetzt, als ich ihn auf der Einladung gesehen hatte. »Askival« war das gälische Wort für »Vulkan«. Sehr passend, immerhin ragte ein solcher über uns gen Himmel. Ich mochte Bonnie jetzt schon. Sicher auch, weil sie mich ein wenig an meine Gran erinnerte. »Ich fühle mich sehr geehrt, hier sein zu dürfen.«

»Die Reise heute war sicher anstrengend. Das Haus ist so weit bereit für dich, und der Umzugswagen steht auch schon da«, erklärte Basil mir. »Darragh hat sehr deutlich klargemacht, dass er dich herumführen und dein erster Ansprechpartner sein wird. Solltest du trotzdem Fragen haben oder irgendetwas auf der Insel brauchen, dann kannst du dich jederzeit an mich wenden.«

»Dasselbe gilt natürlich auch für den Rat«, führte Bonnie das Thema fort. »Wir freuen uns schon alle, dich kennenzulernen und von deinen Fähigkeiten zu profitieren.«

Etwas überfordert von der Situation beschränkte ich mich darauf, freundlich lächelnd zu nicken. Darragh war in diesem Moment meine Rettung. »Ich bringe Briar dann mal zu ihrem neuen Zuhause, damit sie sich einleben kann.«

Dankbar ließ ich mich von ihm den Hafen entlang bis zu einem kleinen Parkplatz führen. Dort lud er meinen Koffer in einen schwarzen Geländewagen, ehe er mir die Beifahrertür aufhielt.

»Das war irgendwie seltsam«, sagte ich, nachdem er sich hinters Steuer gesetzt hatte.

Darragh zuckte mit den Schultern. »Jetzt, wo du Teil des Clans bist, lässt Basil dich seinen ganzen Charme spüren. Immerhin gehörst du nun zu uns.«

»So einfach ist das also.« Für mich fühlte es sich noch lange nicht so an. Gerade kam ich mir eher vor wie eine Touristin, die sich hierherverirrt hatte, ohne zu wissen, was genau sie erwartete. Meine Onlinerecherchen hatten leider nicht sonderlich viel ergeben. Drachendomäne, Drachenclan, Drachenkultur und so weiter.

Darragh legte seine warme Hand beruhigend auf meinen Oberschenkel, als wäre es das Selbstverständlichste auf der Welt. Und tatsächlich fühlte es sich auch so an. Ein warmes Gefühl durchströmte bei dem Gedanken meinen Körper.

»Das Wichtigste ist, dass du hier mehr als nur willkommen bist. Die ganze Insel ist in Aufruhr. Du bist zwar nicht die erste Hexe, die es nach Rùm verschlägt, aber die erste Heilerin. Mal ganz abgesehen davon, dass du ohne eine Heirat mit einem Clanmitglied hierhergekommen bist.«

Das half so gar nicht gegen meine Nervosität. Dass eine ganze Insel an mir interessiert war, war ziemlich überwältigend. »Wie viele Leute wohnen noch mal hier?«

»Um die fünfhundert. Aber keine Sorge, du wirst alle nach und nach kennenlernen.«

Bevor ich schon jetzt Lampenfieber bekam, wechselte ich das Thema zu etwas möglichst Banalem. »Braucht man hier eigentlich ein Auto? Oder fliegt ihr lieber?« Meine Recherche hatte ergeben, dass Rùm mehr als hundert Quadratkilometer groß war. Zu Fuß würde ich also nicht weit kommen.

»Ein Auto ist sehr praktisch, vor allem fürs Einkaufen, aber viele sind auch mit dem Fahrrad unterwegs, oder einfach zu Fuß. Eigentlich gibt es nur zwei große Orte. Kinloch, unsere Haupt- und einzige Stadt, und Castle Kinloch. Etwas außerhalb liegen noch einige Bauernhöfe und einsame Hütten, aber die Leute kommen trotzdem immer ins Dorf.«

In diesem Moment bereute ich es sehr, dass mein vertrauensvolles Notizbuch ganz unten in meinem Rucksack lag. Schon jetzt hatte ich so viele Fragen, dass ich die ersten davon bereits vergessen hatte. »Habt ihr vielleicht eine offizielle Karte oder so?«

Darragh lachte. »Bestimmt. Aber ich kann dir versichern, dass ich so lange an deiner Seite sein werde, bis du dich zurechtfindest.« Seine Worte beruhigten mich sofort.

Wir hatten den Hafen inzwischen verlassen und fuhren nun über eine kurvige Landstraße tiefer in die Insel, vorbei an Wiesen voller blühender Wildblumen und Ziegen.

»Musst du nicht arbeiten, oder so?« Sosehr mir der Gedanke auch gefiel, Zeit mit Darragh zu verbringen, wollte ich ihn nicht von seinen Pflichten abhalten.

»Aktuell ist die Lage ziemlich ruhig, weshalb ich meine Zeit eher damit verbringe, hier und da auf der Insel auszuhelfen. Meine Truppe und ich sind allerdings jederzeit bereit, sollten wir gebraucht werden.«

Irgendwann würde ich ihn fragen, wie genau seine Arbeit aussah, doch gerade wurde ich abgelenkt, als wir in das Dorf fuhren. Es erschien mehr oder minder aus dem Nichts, sicher verborgen zwischen zwei Hügeln, die es vor Blicken vom Ozean aus schützten.

»Oh, wie hübsch!« Das kleine Dorf war eine Ansammlung von Häusern, die nicht wirklich zueinander passten, und doch ein wundervolles Gesamtbild formten. »So viel Charakter.« Altmodische Fachwerkhäuser neben modernen Gebäuden, kleine Hütten neben fünfstöckigen Häusern. Alle verbunden durch Gärten, die ineinander übergingen. Kinloch schien gleichzeitig uralt und modern, und ich konnte es gar nicht erwarten, hier alles zu erkunden.

Eine wirkliche Struktur in der Straßenführung schien es nicht zu geben. Die Hauptstraße – zumindest nahm ich an, dass wir uns gerade auf dieser befanden – schlängelte sich zwischen den Gebäuden entlang, ab und an ging eine schmalere Straße ab.

Die Umgebung änderte sich, als wir auf eine Art Marktplatz abbogen. Dieser war eingeschlossen von einer Reihe Häusern, alle schmal und hoch, eindeutig alt. In den Erdgeschossen konnte ich mehrere Läden ausmachen, eine Bäckerei, einen kleinen Supermarkt, eine Schneiderei und eine Post.

Dutzende Leute tummelten sich auf dem Platz. Sie saßen auf den Terrassen der kleinen Cafés oder am Rand des Springbrunnens in der Mitte, liefen bepackt mit Taschen oder plaudernd nebeneinanderher. Es war eine wundervolle Mischung aus Menschen und verschiedensten Wesen. Sicher waren viele Drachen, aber ich entdeckte auch einige Fae, den einen oder anderen Zwerg und meine Magie meldete mindestens eine weitere Hexe in meiner Nähe.

»Ein kunterbuntes Durcheinander.« Das ich ganz ehrlich nicht erwartet hatte.

Wir verließen den Platz wieder und bogen ein Stück später in eine schmalere Straße ein. Dieser folgten wir bis ganz zum Ende, wo ich das Haus von den Bildern wiedererkannte. Selbst wenn nicht, der Umzugswagen, der danebenstand, hätte mir verraten, dass wir an unserem Ziel waren.

Ich sprang aus dem Wagen, noch bevor Darragh den Motor abgestellt hatte. Meine Aufregung trieb mich voran, ich wollte endlich mein erstes eigenes Haus erkunden.

Der kleine Vorgarten, der von einem weißen Holzzaun umfasst war, lag leicht verwildert da, aber das würde ich schon wieder hinbekommen. Das Gartentor war gesäumt von zwei Ebereschen, die einen kleinen Durchgang bildeten. Ich folgte dem Steinpfad bis zu der Eingangstür, ehe ich stehen blieb. Das hier war vielleicht mein neues Zuhause, aber ich hatte leider noch keinen Schlüssel. Dieser tauchte prompt vor meinem Gesicht auf, als Darragh ihn vor mir baumeln ließ. »Willkommen auf Rùm«, begrüßte er mich nah an meinem Ohr und beschwor damit eine Gänsehaut herauf.

Ein wundervolles Klicken ertönte, als ich den Schlüssel umdrehte, dann schwang die Tür ohne ein weiteres Geräusch auf. Mit wild pochendem Herzen betrat ich die kleine Diele. Wie schon auf den Fotos zu sehen, war das Haus komplett offen. Das Wohnzimmer ging über in die Küche, es gab einen Esstisch mit Stühlen und eine kleine Arbeitsnische. Jemand war so nett gewesen und hatte meine ganzen Umzugskartons bereits hereingetragen. Sie waren sogar schon in die richtigen Zimmer gebracht worden, jetzt musste ich einfach nur alles auspacken.

Das Haus war hübsch eingerichtet, aber aktuell fühlte es sich noch vollkommen leer an. In der Luft lag lediglich der Geruch nach Reinigungsmittel, keine Pflanzen, kein Essen, nichts Vertrautes.

»Gefällt es dir doch nicht?«, fragte Darragh hinter mir.

Er stand noch draußen vor der Tür, weil ich den Weg versperrte. Schnell machte ich ein paar mehr Schritte ins Innere und stoppte neben dem Sofa. »Doch, es ist wunderschön. Es ist nur so seltsam leer, verstehst du? Als hätte dieses Haus keine Seele.«

Nachdenklich nickte Darragh. Er war mir ins Haus gefolgt und strich nun mit dem Finger über die Holztheke der Küche. »Die Seele kommt mit der Bewohnerin.«

»Da hast du recht.« Zustimmend nickte ich. Ansonsten war das Haus einfach perfekt, die Fotos hatten es gar nicht richtig eingefangen. Schon jetzt war ich verliebt in die Steinwände und ich konnte bereits bildlich vor mir sehen, wie sich meine Pflanzen dort entlangschlängeln würden.

Es gab mehr als genug Platz für meine Sachen. Ich liebte die alten Bücherregale an den Wänden. Wenn ich mich nicht verschätzte, konnte ich sogar noch mehr Bücher kaufen. Und direkt neben dem Fenster im Wohnzimmer würde ich meine Staffelei aufstellen, mit einem wundervollen Ausblick auf den Garten und herrlichem Tageslicht, um zu malen.

Eine Holztreppe führte in das obere Stockwerk. Es zog sich nicht, wie ich gemutmaßt hatte, über die ganze Fläche des Hauses, sondern nur über die hintere Hälfte. Genug Platz für das breite Bett, mehrere Schränke und vor allem ein Badezimmer, mit einer frei stehenden Wanne.

Nachdem ich mich umgesehen hatte, beugte ich mich über das Holzgeländer, um Darragh zu beobachten, der es sich inzwischen auf dem großen Sofa gegenüber dem Kamin bequem gemacht hatte.

»Er passt hier sehr gut rein.« So als würde er in dieses Haus gehören. Als er den Blick hob, um mich anzugrinsen, vollführte mein Magen einen kleinen Hüpfer. Mit einem Mal war mir klar, dass wir hier vollkommen allein waren. Und sicher würde uns sobald keiner stören.

Mein Mund wurde schlagartig trocken, sodass ich Probleme hatte zu schlucken. Dann fand ich endlich meine Stimme wieder: »Ich springe mal kurz unter die Dusche. Könntest du in der Zwischenzeit Teewasser aufsetzen?«

Bei dem Wort »Duschen« hatten sich seine Augen kurz verdunkelt, ehe er nickte. »Natürlich.«

Ich musste ein wenig suchen, bevor ich alles zusammenhatte. Die Kartons selbst waren zwar sortiert, aber der Inhalt nicht. Nachdem ich auch ein Handtuch gefunden hatte, stieg ich in die moderne Regendusche.

Ein zufriedenes Seufzen entschlüpfte mir, als das heiße Wasser über meinen Körper rann. Besser als eine heiße Dusche war nur noch ein warmes Bad. Aber dafür würde ich die Tage genug Zeit haben. Gerade wollte ich einfach bloß meine Reise abwaschen.

In mein flauschiges Handtuch gewickelt warf ich einen Blick in den Spiegel. Meine Wangen waren gerötet und meine Augen blitzten, aber alles in allem schaute ich in dasselbe Gesicht wie heute Morgen. Es war außerdem seltsam, anzunehmen, dass ich irgendwie anders aussah, bloß wegen eines Umzugs.

Ich stockte ein weiteres Mal neben meinen Klamotten, die ich einfach auf den Boden geschmissen hatte. Von unten konnte ich leise Stimmen hören, so als würde Darragh etwas auf seinem Handy schauen.

Wir waren allein – so *richtig* allein. Niemand im Nebenzimmer oder überhaupt im ganzen Haus. Das Verlangen, welches mich seit unserem ersten Kuss begleitet hatte, flammte mit aller Macht auf.

Kurz entschlossen stieg ich nur ins Handtuch gewickelt die Treppe herunter. Darragh blickte sofort auf, erstarrte dann aber zur Salzsäule. Ich schenkte ihm ein breites Grinsen, ehe ich in die Küche schlenderte.

Wie aufgetragen hatte er Wasser aufgesetzt, sodass ich nur noch die alte French Press herausholen musste, mit der ich immer meinen Tee machte. Schon bald erfüllte der Geruch nach Rooibos und Beeren das Haus.

Ich war so versunken in den wundervoll bekannten Geruch, dass ich Darragh erst bemerkte, als er die Arme von hinten um mich schlang. »Hast du nicht etwas vergessen?« Sein heißer Atem kitzelte mein Ohr.

Ich tat mein Bestes, um mein Grinsen zu unterdrücken. »Was meinst du? Ich habe die Dusche auf jeden Fall abgedreht.«

Sein leises Lachen jagte eine Gänsehaut über meinen Körper. »Das war nicht, was ich meinte.« Seine Hand ging auf Wanderschaft, strich an meiner Seite herunter, bis zu meinem Oberschenkel. Dort schoben sich seine Finger unter den Stoff. Nur ein paar Millimeter, bei Weitem nicht genug.

Mein Kopf fiel nach hinten, gegen seine Schulter. »Ah, ich glaube, jetzt weiß ich, was du meinst. Wir brauchen noch Zucker für den Tee.« Irgendwie machte mir dieses kleine Spielchen gerade sehr viel Spaß.

Doch das Lächeln erstarb auf meinen Lippen, als Darragh mich herumwirbelte, sodass ich zwischen ihm und der Arbeitsfläche eingeklemmt war. Sein hungriger Blick ließ meinen Atem stocken.

Was ich spürte, war keine Angst, auch wenn mein Herz viel zu heftig schlug und das Blut in meinen Ohren rauschte. Es war reine Aufregung und Begehren, das meinen Körper entflammte.

»Vorsichtig, Kleines. Wenn du mich zu sehr reizt, kann ich nicht versprechen, mich zurückzuhalten.«

Zur Antwort ließ ich das Handtuch fallen.

CALATHEA ROSEOPICTA
KORBMARANTE

Ich liebte meinen Körper. Immerhin hatte ich hart und lange für diese Liebe gekämpft. Doch in diesem ersten Moment, wenn ich mich einem anderen Wesen preisgab, schlug der Selbstzweifel jedes Mal aufs Neue zu. Am liebsten hätte ich die Augen zusammengekniffen oder das Handtuch direkt wieder hochgezogen.

Stattdessen hob ich mein Kinn noch ein kleines Stück weiter, um Darraghs Blick zu begegnen. Seine Augen waren wie flüssiges Gold, und alles, was ich in ihnen sehen konnte, war reiner Hunger.

Einige Herzschläge lang regte keiner von uns sich, dann bewegte er sich so schnell, dass ich kaum hinterherkam. Mit einem Mal hatte er mich über die Schulter geworfen und trug mich zu dem breiten Sofa, so als würde ich nichts wiegen.

Ein Lachen perlte über meine Lippen und stoppte abrupt, als er mich auf das grüne Polster bettete. Dann war er über mir, seine Hände überall auf meinem Körper. Keiner von uns sprach ein Wort, alles Wichtige wurde durch Berührungen gesagt. Seine langen Finger, die sich in meine Oberschenkel krallten. Fest genug, dass ich sicher Spuren davontragen würde, doch ich nahm keine Schmerzen wahr. Meine eigenen Hände schoben sich unter sein Shirt, erkundeten die glatte, heiße Haut über straff gespannten Muskeln.

Es war ein fast schon unwirkliches Gefühl, ich vollkommen nackt und er komplett bekleidet. Und wäre ich in diesem Moment nicht so versunken in meiner Gier nach Darragh, hätte ich vielleicht darüber gelacht, dass er sogar noch seine Schuhe anhatte. Doch eigentlich war ich nur genervt. Von dem Stoff, der uns voneinander trennte. Hektisch zerrte ich an seinem Shirt und versuchte gleichzeitig, mit einer Hand seinen Gürtel zu öffnen. Leider hatte mein Gehirn nicht mehr viel Kapazität für meine motorischen Fähigkeiten übrig, es war viel zu sehr auf den brennenden Kuss konzentriert.

Als Darragh diesen unterbrach, entfuhr mir ein verärgerter Seufzer. Für den Verlust seines Kusses wurde ich allerdings mit dem Ausblick auf seinen nackten Oberkörper belohnt.

»Heilige Scheiße«, rutschte es mir heraus, ehe ich meinen Mund unter Kontrolle bringen konnte. Mir war klar gewesen, dass Darragh gut gebaut war, aber trotzdem traf mich die Realität wie ein Schlag.

Bei den vielen definierten Muskeln war es kein Wunder, dass er mich einfach so durch die Gegend tragen konnte. Was mich jedoch überraschte, waren die schwarzen Zeichnungen, die sich über seinen ganzen Brustkorb zogen.

Mit den Fingerspitzen fuhr ich die gezackten Linien nach. Ich war so sehr gefangen von der Mischung aus goldener Haut und schwarzer Tinte, dass mir erst beim zweiten Mal klar wurde, was das Tattoo zeigte.

Rùm. So wie man die Insel vom Ozean aus sah. Darüber, direkt auf seinem Sternum, saß ein altmodischer Kompass.

Irgendwann würde ich ihn sicher fragen, was die Tattoos bedeuteten, doch gerade war nicht der richtige Zeitpunkt.

Ich richtete mich halb auf, um mit den Fingern über seine Brust hinunter bis zu seinem Hosenbund zu streicheln. Doch als ich an dem Stoff zog, umfasste Darragh mein Handgelenk und drückte mich nach hinten, bis ich wieder flach auf dem Sofa lag. Dann ging er selbst davor in die Knie und zog mich mit einem Ruck zu sich, bis sich meine Hüfte genau an der Kante befand. Als er meine Beine über seine Schultern legte, wurde mir klar, was genau er vorhatte.

»Darragh.« Meine Stimme war so rau, dass ich mich mehrmals räuspern musste, ehe ich seinen Namen hervorbringen konnte.

Er zwinkerte mir zu, dann senkte er den Kopf, um mit den Lippen über die Innenseite meines Oberschenkels zu fahren. Quälend langsam arbeitete er sich mit sanften Küssen meine Haut entlang, bis zu meinem Zentrum, nur um dieses zu überspringen, um sich meinen anderen Oberschenkel wieder hochzuarbeiten.

Ein frustriertes Schnauben entfuhr mir, was nun wirklich nicht sexy war, aber es war mir egal. Als Darragh seine Folter wiederholte, wurde ich unruhig. Ich versuchte, meine Hüften zu bewegen, doch sein stahlharter Griff hielt mich an Ort und Stelle. Ich war kurz davor, vor Verzweiflung aufzuschreien, da erlöste er mich endlich. Mit der Zunge leckte er über meine empfindlichste Stelle. Meine Finger machten sich selbstständig, krallten sich in seine Haare und dann setzte mein Gehirn endgültig aus.

Alles außerhalb der Anspannung in meinem Körper trat in den Hintergrund. Da war nur Darraghs talentierte Zunge, die mich schneller dem Höhepunkt näher trieb, als ich es jemals mit einem Partner erlebt hatte. Ein Feuerball entflammte in meinem Unterleib, wurde größer und größer, so heiß, dass ich dachte zu verbrennen.

Und mit einem Mal explodierte alles. Erlösung brannte durch meine Adern, trieb mir die Luft aus der Lunge und ließ meinen Rücken durchdrücken. Ich schien zu schweben, für wie lange konnte ich nicht sagen, dann kehrte mein Bewusstsein allmählich zurück.

Mein schweres Atmen erfüllte das Haus. Langsam richtete ich mich wieder auf, um Darragh zu betrachten, der immer noch zwischen meinen Beinen kniete. Sein Lächeln hatte definitiv etwas von einer Katze, die gerade eine Schale Sahne entdeckt hatte.

Nach einem letzten Kuss auf meine Oberschenkelinnenseite erhob er sich. Obwohl der Orgasmus in meinem Körper nachschwang, erwachte mein Verlangen mit neuer Intensität, als seine Finger zu seiner Hose wanderten. Nach dieser Vorspeise war ich mehr als nur bereit für den Hauptgang.

Gerade als er den Knopf geöffnet hatte, klingelte ein Handy ...

Keiner von uns bewegte sich, während das schrille Piepsen durch die Stille hallte. Das Ganze kam mir irgendwie surreal vor, wie ein wundervoller Traum, der durch einen Wecker beendet wurde.

Und dann zog Darragh doch tatsächlich sein Handy aus der Hosentasche.

Mir klappte die Kinnlade herunter, und wenn ich nicht so perplex gewesen wäre, dann hätte mich die Tatsache, dass er mitten im Vorspiel ans Telefon ging, sicher wütend gemacht oder verletzt. Aber so konnte ich bloß wortlos starren.

»Es tut mir leid. Ich muss da rangehen.« Seine Stimme klang rau und angespannt. In seinen Augen konnte ich seine Qual klar und deutlich sehen. »Aye, Basil.«

Das letzte bisschen Lust verließ meinen Körper, als ich den Namen seines Bruders hörte. Auf der Rückenlehne des Sofas lag eine Decke aus weichem Stoff, in die ich mich einwickelte, bevor ich mich aufsetzte.

»Wir sind gut angekommen. Briar liebt das Haus«, erklärte Darragh seinem Bruder. Nach kurzem Schweigen zog er die Brauen zusammen. »Ja, ich bin gleich wieder im Haus. Du hast die Unterlagen heute auf dem Schreibtisch.« Er verdrehte die Augen.

Es war schon ein wenig unterhaltsam, seiner Mimik zuzuschauen. Ich musste an unsere Zeit in der Höhle denken, dort war es mir auch schon aufgefallen. Wie viele Emotionen man an seinen Augenbrauen ablesen konnte.

»Briar freut sich schon sehr auf heute Abend.« Diesmal ließ mein eigener Name mich aufhorchen.

»Heute Abend? Was ist heute Abend?«

»Ja, ich werde sie abholen. Aye. Okay. Wir sehen uns gleich.« Darragh legte auf und atmete mehrmals tief durch. »Er hat ein so mieses Timing.«

Ich konnte mein Lachen nicht länger zurückhalten. Dieser ganze Tag war eine Achterbahn der Gefühle, und so langsam kam ich nicht mehr hinterher, was ich eigentlich gerade fühlen sollte.

»Es tut mir wirklich leid, Kleines.« Darragh setzte sich neben mich aufs Sofa und legte einen schweren Arm um meine Schulter. »So hätte das echt nicht laufen sollen.«

»Alles gut.« Mit der einen Hand wischte ich mir eine Träne von der Wange, mit der anderen strich ich über seinen Oberschenkel. »Lieber ein Anruf, als dass Basil hier direkt auftaucht.«

Darragh verzog das Gesicht, aber seine Augen funkelten amüsiert. »Bei jedem anderen hätte ich es einfach ignoriert, aber er ist mein Chief. Ich kann ihn nicht ignorieren.«

Ich schmiegte mich in seine Umarmung und lehnte den Kopf an seine Schulter. »Es ist wirklich alles gut. Aber wohin genau werden wir heute Abend noch gehen?« Eigentlich war mein Plan, zumindest schon mal ein paar Kisten auszupacken, während ich Salbei verbrannte, um negative Energie zu vertreiben und mich dann in der Badewanne zu entspannen.

»Heute Abend findet ein Clanfest zu deinen Ehren statt.« Darragh sprach, die Lippen an meinen Scheitel gedrückt, weshalb seine Worte ein wenig dumpf hervorkamen.

Doch sobald mein Gehirn verarbeitet hatte, was er da gerade gesagt hatte, richtete ich mich ruckartig auf. »Clanfest? Für mich? Wieso hast du mir das nicht gesagt?«

»Ich sage es dir jetzt. Du solltest erst mal in Ruhe ankommen.«

Kopfschüttelnd sprang ich auf und wickelte die Decke enger um mich. »Das kannst du mir doch nicht einfach so kurzfristig mitteilen! Wann genau geht dieses Fest los? Wer wird da sein? Was wird von mir erwartet? Was soll ich anziehen?«

Es war ziemlich schwer, in eine Decke gewickelt die Treppe hochzusteigen, aber irgendwie schaffte ich es, ohne mir dabei das Genick zu brechen. Oben angelangt suchte ich als Erstes meinen seidenen Morgenmantel heraus, den ich klugerweise als Letztes in meinen Koffer gestopft hatte.

Darragh war mir gefolgt und lehnte mit verschränkten

Armen am Geländer, von wo aus er mich belustigt beobachtete. »Das Fest geht so gegen acht Uhr los. Es gibt keine offizielle Ankunftszeit. Der ganze Clan kommt. Oder zumindest alle, die alt genug sind, um zu trinken, und morgen keine Schule haben. Von dir wird gar nichts erwartet, außer dass du da bist. Und was du anziehen sollst?« Er zuckte mit den Schultern. »Was auch immer du willst.«

»Absolut keine dieser Antworten bringt mir irgendetwas.« Schnaubend wuchtete ich meinen Koffer auf das noch nicht bezogene Bett, in der Hoffnung, darin etwas Passendes zum Anziehen zu finden.

Erschrocken zuckte ich zusammen, als Darragh die Hände auf meine Schultern legte, um mich an Ort und Stelle zu halten. »Was ist gerade passiert? Was bringt dich so durcheinander?«

»Ich plane sehr gerne«, erklärte ich, ehe ich mich selbst korrigierte: »Ich *muss* planen, damit ich mich entspannen kann. Gerade wenn es um so etwas geht wie ein Fest – das auch noch zu meinen Ehren stattfindet. Du hast mich echt kalt erwischt und ich muss mich jetzt erst mal organisieren.«

Darragh nickte verstehend. »Es tut mir leid. Ich hätte dir früher Bescheid sagen sollen. Irgendwie dachte ich, es wäre eine nette Überraschung für dich, dass alle sich so auf dich freuen.«

Langsam ebbte meine Hysterie wieder ab. »Es ist auch eine schöne Überraschung. Das Problem ist nur, dass ich keine Überraschungen mag.«

Darraghs Handy gab ein leises Ping von sich, eine Erinnerung daran, dass er eigentlich bereits auf dem Weg sein sollte. Ich blickte mich in meinem neuen Haus um, das immer noch leer war, aber wenigstens inzwischen nach Zuhause roch. Der Tag hatte einfach zu wenige Stunden, und jetzt, wo ich am Abend noch eine Verabredung hatte, rann mir die Zeit wie Wasser durch die Finger.

Warme Hände wanderten von meinen Schultern zu meinen Wangen, als Darragh mich sanft zwang, ihn anzusehen. »Mein Vorschlag: Ich verschwinde jetzt zur Arbeit, bevor mein Bruder mich selbst dort hinzerrt. Dann hast du erst mal Zeit für dich und deine Gedanken, ohne dass ich dich ablenke.« Das Gold in seinen Augen blitzte erneut auf und erinnerte mich daran, was wir noch vor wenigen Minuten getrieben hatten.

»Ich komme heute Abend hierher. Wenn du Lust hast, gehen wir gemeinsam zum Fest. Wenn nicht, dann bleiben wir zu Hause und ich helfe dir weiter beim Auspacken.«

Nach einigem Zögern nickte ich. »Das klingt nach einem guten Plan.«

»Sehr gut. Wenn du noch irgendetwas brauchst, dann ruf mich einfach an.« Darragh drückte mir einen Kuss auf den Scheitel und stieg die Treppe hinunter.

Ich selbst blieb stehen, bis ich die Tür ins Schloss fallen hörte. Dann atmete ich mehrmals tief durch, um meine Gedanken zu sammeln. Jedes Mal, wenn ich auf Darragh traf, verwandelte sich mein Leben in eine Achterbahn, und ich verlor sämtliche Kontrolle über das, was geschah. »Wenn das so weitergeht, halte ich das nicht lange aus.«

Nachdem ich meine Kopfhörer aus der Tasche geholt hatte, fand ich langsam zu meinem Rhythmus zurück. Mit Musik auf den Ohren machte ich mich daran, meinen Koffer auszupacken und ein Outfit für den Abend zusammenzustellen.

Danach wandte ich mich der wirklich wichtigen Aufgabe zu: für meine mitgebrachten Pflanzen ein neues Zuhause zu finden. Wie von mir angewiesen, waren diese im Umzugswagen verblieben, wo ich sie mit einem Zauber geschützt hatte.

Es waren alles kleine Pflanzen, keine höher gewachsen als einen Meter. Aber das würde ich ändern, sobald sie einen Platz hatten. Doch ich kannte mich – es würde dauern, bis ich endlich entschieden hatte, wohin alles sollte. Also stellte ich erst einmal sicher, dass alle Gewächse mit genug Licht und Wasser versorgt waren.

Nachdem ich die letzte Orchidee ins Badezimmer getragen hatte, fühlte ich mich besser. Stabiler. Klarer im Kopf. Mein Körper brannte zwar immer noch, als würde ich Darraghs Berührungen spüren, aber wenigstens konnte ich wieder klar denken.

Auf dem Küchentresen stand eine Pflanze, von der ich noch nicht genau wusste, wo sie hinsollte. Die Calathea war ein Geschenk der Ladenmitarbeiter gewesen, ein Symbol für einen glücklichen Neuanfang. Ich bekam nicht oft Pflanzen geschenkt, weshalb ich für diese einen besonderen Platz finden wollte. Doch gerade sorgte ihr Anblick dafür, dass sich mein Herz schmerzhaft zusammenzog. Ich hatte es mir deutlich einfacher vorgestellt, mein Zuhause zu verlassen, doch gerade vermisste ich das Vertraute, das Sichere.

Ich war gut in dem, was ich tat. Daran zweifelte ich keine Sekunde. Jedoch hatte ich es bisher immer in einem mir vertrauten Umfeld getan, mit meiner Familie und Freunden an meiner Seite.

Hier in diesem fremden Haus, das zwar meines war, aber sich nicht so anfühlte, war mein einziger Kontaktpunkt, meine einzige Sicherheit, ein Mann, den ich kaum kannte, für den ich dennoch mit aller Macht brannte. Kein Wunder, dass ich mich so instabil fühlte und derart durcheinander.

Behutsam strich ich über die Blätter der Calathea. »Wie geht es dir nach diesem Umzug?« Ob es für meine ganzen Pflanzen wohl auch so war? Zwar nahmen sie alles mit, was ihnen gehörte – so ein Topf war ja auch nicht viel –, aber die Welt um sie herum war vollkommen anders. Trotzdem wuchsen sie einfach weiter, fanden neue Wege, neue Sicherheiten. Weil ihre Wurzeln sie stabil hielten.

»Ich kann ganz schön philosophisch werden, wenn ich will.« Ich schüttelte über mich selbst den Kopf. Wenigstens half es. Ich musste mich auf meine Wurzeln besinnen, dann würde ich schon bald wachsen.

Ein Blick auf die Uhr verriet, dass es bereits kurz nach sieben war. Wenn ich pünktlich fertig sein wollte, dann musste ich mich beeilen. Da ich immer noch keine Ahnung hatte, was die passende Kleidung für ein Clanfest war, entschied ich mich für einige meiner Lieblingsteile.

Ein langer schwarzer Samtrock mit einem hohen Schlitz und ein mohnrotes Top waren halbwegs schick, dazu legte ich einen Vintageschal von Gran um meine Schultern. Normalerweise zog ich die hellbraune Lederjacke an, die ich einmal meinem Vater gemopst hatte, aber an diesem Abend ließ ich sie im Schrank. Sie passte nicht so ganz zu dem Outfit.

Nachdem ich Handy und Portemonnaie – ich konnte ja nicht wissen, ob ich es brauchte – in meiner Tasche verstaut hatte, machte ich mich an meine Haare und mein Make-up. Über die Jahre hatte ich sowohl meinen Lidstrich als auch den geflochtenen Zopf perfektioniert, sodass ich wenig später fertig in meinem halb eingerichteten Wohnzimmer stand.

Ich nutzte die Zeit, die mir blieb, um noch einmal nach meinen Pflanzen zu schauen. »Ich brauche auf jeden Fall ein paar mehr Spiegel und Lampen.« Zwar war das Haus hell, aber es gab einige dunkle Ecken.

Der Himmel hinter meinem Fenster verfärbte sich langsam von einem fröhlichen Hellblau zu einem intensiven Violett, durchzogen von Rot und Orange, die Wolken ein heller Kontrast dazu. Ein wunderschöner Anblick, nur noch verstärkt durch die wilde Natur, die sich darunter erstreckte.

Es juckte mir in den Fingern, die Insel zu erkunden – vor allem ihre Flora. Doch zuvor musste ich mich wohl mit den Bewohnern auseinandersetzen.

In diesem Moment durchdrangen Scheinwerfer das Halbdunkel. Darragh war zurückgekehrt.

DAHLIA
DALIE

Ganz wie der Gentleman, der er war, kam Darragh mich an der Tür abholen. Er hatte sich in den letzten Stunden umgezogen und trug nun eine elegant geschnittene Hose und ein schwarzes Hemd, das sich an seinen Oberkörper schmiegte. Schick, aber nicht übertrieben, was mich beruhigte. »Na, wer sagt's denn, kein Umziehen nötig. Eine Sorge weniger.«

Ich riss die Tür etwas zu schwungvoll auf und grinste ihn an. Sein intensiver Blick wanderte langsam über meinen Körper, bis hoch zu meinen Augen. »Umwerfend.«

Dieses eine Wort, hervorgebracht in seiner rauen Stimme, war das schönste Kompliment von allen, die ich bisher erhalten hatte. Verträumt grinsend ergriff ich seine ausgestreckte Hand und ließ mich von ihm zum Auto führen.

Allein diese kleine Berührung ließ Funken über meine Haut tanzen und beschwor die Bilder von seinem Gesicht zwischen meinen Oberschenkeln herauf. Hitze stieg in meine Wangen, und so wie Darragh lächelte, hatte er wahrscheinlich ähnliche Gedanken.

Auf dem Weg zum Schloss – irgendwie seltsam, das zu sagen –, erzählte ich Darragh, was ich die letzten paar Stunden getrieben hatte. Doch meine Aufmerksamkeit richtete sich schon bald auf etwas anderes, als ich die ersten Bewohner sah, die ebenfalls auf dem Weg zum Fest waren.

Altmodische Laternen erleuchteten die Straßen, auf denen die Leute in kleinen Gruppen unterwegs waren. Auf den ersten Blick wirkten sie alle wie Menschen, auf den zweiten konnte ich einige Fangzähne und spitze Ohren erkennen. Leider waren Hexen nicht so einfach auszumachen, aber der Nachhall von Magie war in der Luft zu spüren.

Wir waren die Einzigen, die mit dem Auto fuhren. Grundsätzlich hatte ich bisher nur sehr wenige Fahrzeuge gesehen. Die meisten Häuser hatten nicht einmal eine Garage.

Das alles wurde nebensächlich, als Schloss Kinloch plötzlich in Sicht kam. Das alte Gemäuer hob sich wie ein dunkler Schatten vor der Abenddämmerung ab. Große Fackeln säumten den Weg zu dem offen stehenden Tor, aus dem sich warmes Licht auf die Stufen ergoss.

Darragh parkte neben Basils Wagen, den ich sogar in der Dunkelheit erkannte. Er stieg bereits aus, doch ich blieb wie festgefroren sitzen. Nervosität brannte wie Säure in meinem Magen und mein rechtes Bein hatte angefangen zu zucken.

»Du packst das.« Darragh hatte die Tür geöffnet und die Hände auf dem Dach platziert, sodass sein breiter Körper mir den Blick auf das Schloss und die vielen eintreffenden Gäste verwehrte.

»Das sagst du so einfach«, murmelte ich. »Ich neige zu Lampenfieber.«

Darragh legte den Kopf schräg. »Davon hab ich bisher nicht viel mitgekriegt. Du bist nicht einmal vor einem Drachen zurückgeschreckt.«

Ein kleines Lächeln schlich sich auf meine Lippen, als ich an unsere erste Begegnung dachte. »Die Situation war definitiv anders. Ich war zu wütend, um nervös zu sein. Und danach warst du ja auch kein Fremder mehr. Mal ganz abgesehen davon, dass es mir egal war, ob ich einen guten Eindruck hinterlasse oder nicht.«

»Du wirst einen großartigen Eindruck hinterlassen und ich werde die ganze Zeit an deiner Seite sein.«

Da ich es nicht länger hinauszögern konnte und mich auch nicht gerne geschlagen gab, ließ ich mich von ihm aus dem Wagen ziehen. Einige der ankommenden Leute warfen uns interessierte Blicke zu, jedoch sprach uns keiner an.

Die prunkvolle Eingangshalle wurde von den Kronleuchtern erhellt. Ich schaute die Treppe hoch, wo ich vor wenigen Wochen geschlafen hatte. Jetzt betraten wir einen Teil des Schlosses, den ich noch nicht kannte.

Unser Weg führte uns durch eine weitere Halle, dann hinaus auf den Innenhof. Weiße Zelte standen überall auf dem Gras verteilt, darunter Sitzgelegenheiten. Mehrere Feuer brannten auch hier und erleuchteten die Nacht. Auf der gegenüberliegenden Seite führte eine Doppeltür zurück in das Schloss, dahinter konnte ich eine Art Ballsaal erkennen.

Clanleute wanderten zwischen den Zelten herum, bedienten sich an dem ausladenden Büfett oder unterhielten sich in kleinen Gruppen. Einige wenige schauten in unsere Richtung, dann blitzte Erkenntnis in ihren Augen auf. Wieder sprach uns niemand an.

»Wir müssen zuerst meinen Bruder begrüßen«, erklärte Darragh mir leise, während wir die wenigen Stufen hinunterstiegen.

Als er meine Hand losließ, sank mir das Herz ein kleines Stück. Wollte er nicht, dass seine Clanleute uns zusammen sahen? Die Frage lag mir bereits auf der Zunge, als er stattdessen meine Hand in seine Armbeuge legte, um mich über den Rasen zu führen.

Ich räusperte mich mehrmals, um den plötzlichen Kloß in meinem Hals loszuwerden. Ich hatte keinerlei Ansprüche auf Darragh, auch wenn er mit mir ausgehen wollte. Trotzdem nahm ich mir fest vor, mit ihm darüber zu sprechen, was genau das zwischen uns war.

Allerdings nicht jetzt, denn in diesem Moment erspähte ich Basil unter einem der Zelte, neben ihm Ratsvorsitzende Bonnie. Sie entdeckte uns als Erstes und begrüßte mich mit einem freundlichen Lächeln. »Briar. Du siehst wundervoll aus.«

Als Darragh stehen blieb, tat ich es ihm gleich. Unsicher, wie es nun weitergehen sollte, erwiderte ich lediglich Bonnies Begrüßung, ehe ich mich Basil zuwandte. »Guten Abend ... Basil?« Durfte ich ihn überhaupt mit seinem Vornamen ansprechen? Oder gab es einen speziellen Titel, den ich verwenden musste, nun da ich zum Clan gehörte? »Chief?«, setzte ich zur Sicherheit hinterher.

Neben mir versuchte Darragh erfolglos, sein Lachen zu unterdrücken. Frustriert rammte ich ihm den Ellbogen in die Seite, was mir sicher mehr wehtat als ihm.

»Fang bloß nicht an, ihn so zu nennen«, sagte Darragh in gespielt lautem Flüstern. »Sonst erwartet er das noch von uns allen.«

Basil bedachte seinen jüngeren Bruder mit strenger Miene, dann richtete er sein Wort an mich. »Noch einmal, herzlich willkommen, Briar. Der ganze Clan ist schon so aufgeregt, dich endlich kennenzulernen.«

Etwas steif nickte ich ihm zu. »Ich bin auch schon sehr gespannt auf so viele neue Leute.«

Ob ihm meine sorgsam gewählte Formulierung auffiel, konnte ich nicht sagen. Von einem nahe stehenden Tisch holte Basil zwei Weingläser und reichte sie uns, bevor er sein eigenes in die Hand nahm. Mit durchgedrückten Schultern trat er an den Rand des Zeltes und schaute auf die Anwesenden.

Innerhalb weniger Sekunden senkte sich Schweigen über die versammelten Wesen, ihre ganze Aufmerksamkeit lag nun auf ihrem Chief. Es war verdammt beeindruckend – und zugegebenermaßen auch ein bisschen Furcht einflößend –, dass er die Menge mit einem Blick verstummen lassen konnte.

Mit klarer, lauter Stimme begann Basil zu sprechen: »Askival-Clan! Heute sind wir hier versammelt, um ein neues Mitglied in unserer Mitte und auf unserer Insel aufzunehmen. Briar Delga, eine hochbegabte Kräuterhexe, hat ihren Wert für unseren Clan bewiesen, als sie einen der Unseren geheilt hat.«

Ich hatte keine Ahnung, wie viel von der Wahrheit nach außen gedrungen war und ob alle der Anwesenden wussten, wen ich gerettet hatte. Doch die einzigen Reaktionen waren Nicken und leises Gemurmel.

»Briar ist nun eine von uns – und wird unter unserem Schutz stehen, so wie wir unter ihrem stehen werden. Es ist eine einzigartige Situation, die Briar erlaubt, die Wirkung ihrer Kräutermagie an uns Drachen zu erforschen. Ein Wissen, das uns allen zugutekommen wird.« Basil erhob das Glas in meine Richtung, seine Augen funkelten dabei wie glühende Kohlen. *»Do bheatha dhan dùthaich! Fàilte gu Rùm.«*

Seine letzten Worte erkannte ich als eine Begrüßung, weshalb ich meinen Kelch ebenfalls hob, um erst Basil zuzuprosten und dann in Richtung der Versammelten, die meine Geste erwiderten.

»Und nun lasst uns feiern!«, beendete Basil seine Ansprache.

Lauter Jubel folgte seinen Worten, der eine oder andere leerte sein Glas in einem Zug. Darragh prostete mir mit einem Zwinkern zu. Da ich nicht wusste, was ich stattdessen tun sollte, nahm ich einen Schluck von dem Wein. »Der ist gut.« Ich musste dringend etwas essen und etwas Alkoholfreies zu trinken finden, nicht, dass mich der Wein schneller umhaute, als mir lieb war.

Darragh legte seine warme Hand auf meinen unteren Rücken, um mich behutsam voranzuschieben. »Jetzt, da Basil dich offiziell vorgestellt hat, ist die Begrüßungsrunde eröffnet.«

»Okaaay«, murmelte ich gedehnt. Eigentlich war ich offen und zugewandt, aber ein ganzer Clan auf einmal machte mich doch ziemlich nervös.

»Keine Sorge, von dir wird nicht viel erwartet. Wenn du Lust hast, schüttelst du ein paar Hände oder quatschst kurz mit jemandem, ansonsten geh einfach zur nächsten Person. Und ich bin die ganze Zeit an deiner Seite.«

Das klang durchaus machbar. Auch wenn ich mir gut vorstellen konnte, dass es bei der Menge von Leuten sicher die ganze Nacht dauern würde, bis wir fertig waren. Weit kamen wir nicht, denn eine Gruppe älterer Damen schien bereits auf ihre Chance gewartet zu haben, uns abzufangen.

»Guten Abend, die Damen«, begrüßte Darragh sie, ein schelmisches Lächeln auf den Lippen.

Zehn interessierte Augen wandten sich uns zu. Die Frau direkt neben mir lächelte mich breit an. »Das ist sie also. So ein hübsches Mädchen.« Sie reichte mir ihre vom Alter gezeichnete Hand. »Ich bin Larissa, *lass*.«

Etwas unsicher erwiderte ich ihren Händedruck. Larissa war definitiv zu alt, um Darraghs Mutter zu sein, seine Großmutter vielleicht? Aber hätte er sie dann nicht als solche vorgestellt?

Meine Verwirrung stand mir wohl ins Gesicht geschrieben, denn Darragh erklärte: »Larissa hat vorher in deinem Haus gewohnt. Ich dachte, ihr beide könnt euch ein wenig über das Gewächshaus und den Garten unterhalten.«

»Oh! Ja, das ergibt Sinn.« Langsam entspannte ich mich. »Das Haus ist wirklich wundervoll, auch wenn ich noch nicht wirklich viel vom Garten gesehen habe.«

Larissa lächelte mich an, ein Glas mit Scotch in der Hand. »Es ist ein wahrlich traumhafter Ort, und ich bin überaus begeistert, dass nun eine echte Kräuterhexe mein Werk fortführt.«

»Es ist vielleicht ein wenig übergriffig, aber darf ich fragen, wieso du den Garten aufgegeben hast?« Larissas Liebe zu ihrem alten Zuhause war klar zu erkennen.

»Ach, *lass.* Ich werde auch nicht jünger. Wie du sicher weißt, braucht so ein Garten viel Liebe und Pflege. Die konnte ich ihm einfach nicht mehr geben. Außerdem ist es für eine so alte Frau wie mich nicht praktisch, am Rande der Stadt zu wohnen. Also habe ich die kluge Entscheidung getroffen, mit meinen Freundinnen zusammenzuziehen.« Sie prostete den anderen Damen in unserem kleinen Kreis zu, die mich nun alle anlächelten.

Verstehend nickte ich. »Ich würde mich freuen, wenn du mich mal besuchen kommst und schaust, was ich aus dem Garten mache. Außerdem hast du sicher sehr viel mehr Erfahrung, was das Klima hier oben im Norden angeht.«

Liebevoll tätschelte sie meinen Arm. »Nur zu gerne. Aber

jetzt lass dich nicht länger von mir aufhalten. Es gibt noch genug andere Leute, die dich begrüßen wollen. Unser Darragh wird schon gut auf dich achtgeben.«

Dieser deutete eine kleine Verbeugung vor den Damen an.

»Es war wirklich schön, dich kennenzulernen, Larissa«, verabschiedete ich mich von ihr, ehe wir weiterzogen.

»Ich dachte mir schon, dass ihr beide euch verstehen werdet«, murmelte Darragh, als wir außer Hörweite waren.

»Sie und ihre kleine Truppe scheinen echt nett zu sein. Wohnen sie wirklich alle zusammen?« Wir schlenderten weiter durch die Menge.

»Oh ja. In einem der Häuser nahe dem Marktplatz. Sie nennen sich die ›Altgesellinnen‹ und kümmern sich nebenbei um den Gemeinschaftsgarten. Du wirst also sicher sehr viel mit ihnen zu tun haben.«

»Das muss ich unbedingt sehen.«

Bevor ich weitere Fragen stellen konnte, kamen die ersten Leute auf uns zu. Was dann folgte, war eine gefühlt nie endende Reihe von Namen und Gesichtern, die ich mir keinesfalls merken konnte, sosehr ich es auch versuchte. Ich schüttelte so viele Hände, erwiderte so viele Begrüßungen und lächelte so viel, dass ich vollkommen das Zeitgefühl verlor.

»Mir tun die Wangen verdammt weh«, beschwerte ich mich in einer ruhigen Minute, etwas abseits vom Getümmel, in der Nähe eines der Lagerfeuer. Inzwischen war es vollkommen dunkel und über uns spannte sich der beeindruckende Nachthimmel voller strahlender Sterne und einem zarten Sichelmond.

»Willst du was essen?«, fragte Darragh mich, nachdem ich mein zweites Glas Wein geleert hatte.

»Ja, bitte!« Schon den ganzen Abend lag der verlockende Duft nach Gewürzen und Rauch in der Luft. Nicht weit vom Ballsaal war das Büfett aufgebaut worden, das die ganze Zeit über gefüllt war mit gegrilltem Fleisch und Gemüse, frisch gebackenem Brot und anderen Beilagen.

Bisher war ich zu höflich gewesen, mich vor Gesprächen zu drücken, um stattdessen etwas zu essen. Doch nun spürte ich den Wein in meinen Adern und mein Magen meldete sich laut knurrend zu Wort.

Mit Darragh an meiner Seite arbeitete ich mich die Köstlichkeiten entlang. Nachdem wir unsere Teller vollgeladen hatten, suchten wir uns einen ruhigen Platz nah an einem der Feuer, um der einsetzenden Kälte der Nacht zu trotzen. Doch lange blieben wir nicht allein. Gerade, als ich den ersten Bissen nahm, tauchten Lennox und Jamie wie aus dem Nichts auf und nahmen uns gegenüber auf dem Sofa Platz.

»Hey, Jamie.« Ich freute mich wirklich, den Drachen wiederzusehen. Zwar hatten wir uns in der Höhle nur kurz unterhalten, aber er war mir sofort sympathisch gewesen. »Und Lennox, natürlich auch schön, dich zu sehen«, begrüßte ich den anderen Neuankömmling, darauf bedacht, möglichst zivilisiert miteinander umzugehen. Meine Wut war inzwischen verflogen und ich hegte die Hoffnung, dass wir vielleicht so etwas wie Freunde werden würden. Immerhin war er Darragh sehr wichtig. Und Darragh mir.

Lennox blickte mich derart geschockt an, als hätte ich ihn mit einem Messer bedroht, dann brachte er ein schiefes Lächeln zustande: »Hallo, Briar. Willkommen auf Rùm.«

Als ich mich meinem Essen zuwandte, nahm ich aus dem Augenwinkel wahr, wie Lennox sich langsam entspannte, obwohl er mich genau beäugte.

»Dalia ist auch da«, murmelte er dann in Richtung Darragh.

Ich konnte spüren, wie dieser sich neben mir versteifte.

»Das ist mir bewusst.« Er zuckte mit den Schultern. »Was soll ich machen? Wir müssen uns daran gewöhnen.«

Keiner der Männer schien von dieser Aussage sonderlich begeistert zu sein. Wer war Dalia? Während ich kaute, ließ ich meinen Blick über die Menge gleiten, so als würde irgendwer mit einem Namensschild herumlaufen.

Darraghs Reaktion nach zu urteilen, handelte es sich bei Dalia mit großer Wahrscheinlichkeit um eine Ex-Freundin. Das sollte mich nicht wirklich überraschen, immerhin hatte er sein ganzes Leben hier verbracht und bestimmt kein Keuschheitsgelübde abgelegt.

Aber etwas an der Art, wie er auf die Erwähnung ihres Namens reagiert hatte, sagte mir, dass da mehr dahintersteckte. Ein schlimmes Beziehungsende, oder hatte er möglicherweise noch Gefühle für sie? Der Gedanke brannte unangenehm in meiner Brust und hinterließ einen bitteren Nachgeschmack.

Hin- und hergerissen, ob ich ihn fragen sollte, was Sache war, oder nicht, stocherte ich auf meinem Teller herum. Im Endeffekt ging es mich gar nichts an, schließlich hatte jeder eine Vergangenheit.

»Wie gefällt es dir bisher auf der Insel?«, fragte Jamie und riss mich damit aus meinen Überlegungen.

»Sehr gut. Zumindest was ich bisher gesehen habe.« Ich zwang mich, im Hier und Jetzt zu bleiben. »Obwohl ich das Gefühl habe, die Höhle besser zu kennen als mein eigenes Haus.« Es war der gezwungene Versuch eines Witzes, aber die Männer waren so nett, mit mir zu lachen. Auch wenn

ich hätte schwören können, dass Lennox plötzlich Schweiß-
perlen auf der Stirn standen.

»Dafür hast du ja sicher die nächsten paar Tage noch
Zeit«, führte Jamie unser Gespräch fort. »Falls du Hilfe
brauchst, wenn es um Technik oder Software geht, dann
sag mir gerne Bescheid. Gehört zu meinen Aufgaben hier.«

»Unser Technikgenie«, brummte Darragh gutmütig.

»Ich dachte, du gehörst auch zum Sicherheitsteam?« Zumindest hatte ich das so verstanden, als wir uns in der Höhle
begegnet waren.

»Oh, das tue ich. Die Cybersecurity wird in einem Drachenclan großgeschrieben.« Jamie kicherte über seinen eigenen Witz, was ihn mir nur noch sympathischer machte.
»Aber ich helfe aus, wo ich gebraucht werde.«

»Gut zu wissen.« Mir wurde klar, dass ich mir über viele
Dinge noch nicht wirklich Gedanken gemacht hatte. Internet, Strom, so was wie einen Wocheneinkauf. Eigentlich
hatte ich morgen direkt mit der Gartenarbeit anfangen wollen, aber eventuell sollte ich erst einmal sichergehen, dass
mein Kühlschrank gefüllt war. »Und ich habe nicht einmal
ein Fahrrad.«

»Ich kann dich jederzeit fahren«, bot Darragh mir an.

Verwirrt schaute ich ihn an, bis mir klar wurde, dass ich
mal wieder laut gedacht hatte. Diese Angewohnheit hatte
ich von Dad geerbt, und auch Gran machte das ab und an,
weswegen in unserer Familie niemand wirklich auf genu-
schelte Sätze reagierte.

»Das wäre echt toll. Ich kann ohne Knabberzeug nicht
leben.«

Lennox versteckte sein Lachen hinter der vorgehaltenen
Hand, während Darragh und Jamie sich nicht zurückhielten.

»Du wirst feststellen, dass wir hier so ziemlich alles haben, was man braucht. Wir haben sogar zwei Supermärkte, plus einige kleine Läden«, beruhigte Ersterer mich.

Ich stellte meinen inzwischen leeren Teller auf dem Tisch vor uns ab. Als ich nach meinem Glas greifen wollte, erinnerte ich mich daran, dass nichts mehr drin war.

Lennox erhob sich. »Ich hol uns mal was Neues zu trinken. Wein oder Ale für dich, Briar?«

Dankbar lächelte ich ihn an. »Bitte irgendwas ohne Alkohol.«

Ich folgte ihm mit den Augen, als er in der Menge verschwand. Dabei blieb meine Aufmerksamkeit an einer Frau hängen, die direkt auf uns zusteuerte. Als Jamie »Oh, shit« zischte und Darragh sich versteifte, musste ich nicht nachfragen. Das war also Dalia.

Sie war groß und schlank. Ihre langen Beine steckten in einer weiten schwarzen Hose und wie die meisten Anwesenden trug sie trotz der nächtlichen Frische ein kurzärmliges cremefarbenes Oberteil. Ihre roten Haare waren zu einem modischen Bob geschnitten, der ihre scharfen Wangenknochen und elegant geschwungenen Augenbrauen betonte.

Was mich allerdings ein wenig überraschte, war die Tatsache, dass sie älter als Darragh aussah. Ich tippte auf Anfang dreißig. Aber wer war ich, um mich über so etwas zu wundern?

Als sie näher kam, zeigte sie ein breites Lächeln. »Briar, es ist so schön, dich endlich kennenzulernen. Ich habe schon so viel von dir gehört.« Sie begrüßte mich wie eine alte Freundin.

Aus einem Reflex heraus erhob ich mich, als sie bei uns angekommen war. Zum Glück zog sie mich nicht in eine

Umarmung – keine Ahnung, wie ich darauf reagiert hätte –, stattdessen ergriff sie meine beiden Hände und drückte sie.

»Auch sehr erfreut, dich kennenzulernen.« Ich schaffte es gerade noch, mich davon abzuhalten, ihren Namen zu benutzen. Das wäre sicher seltsam gewesen, immerhin hatte sie sich noch nicht vorgestellt.

»Oh, natürlich.« Sie winkte ab, als hätte sie etwas vergessen. »Ich bin Dalia.«

»Dalia, was für ein schöner Name.«

Wie.Peinlich.War.Das.Denn. Trotzdem brachte ich es zustande, meine Stimme vollkommen normal klingen zu lassen. Auch wenn sich diese ganze Situation mehr als nur komisch anfühlte. Eigentlich wusste ich gar nichts über Dalia, nur dass Darragh nicht begeistert von ihrer Anwesenheit war. Meine unpassende Eifersucht nahm volle Fahrt auf.

Es half auch nichts, dass Darragh hinter mir einfach schwieg. Ich konnte ihn spüren, intensiver als jedes Lagerfeuer, aber er blieb bewegungslos. Es war Dalia, die den ersten Schritt machte.

»Darragh, schön, dich zu sehen.« Sie betrachtete ihn mit Zuneigung, doch diese hatte weniger mit Romantik als mehr mit ... schwesterlicher Liebe zu tun?

Irgendetwas ging hier vor sich, das ich beim besten Willen nicht verstand. Ich warf einen Blick über die Schulter zu Darragh, der sich nun ebenfalls erhoben hatte, die Hände in den Hosentaschen. Er lächelte, aber es wirkte gezwungen und erreichte nicht seine Augen. »Hallo, Dalia.«

Mir brannten so viele Fragen auf der Zunge, dass ich sie nur zu gerne mit Wein hinuntergespült hätte. Bloß genau das wäre gerade nicht die richtige Reaktion.

Doch meine Erlösung in Form von Lennox – ein ziemlich verwirrender Gedanke – mit frischen Gläsern war bereits auf dem Weg. Und er brachte Basil mit. Allerdings war ich mir nicht sicher, ob sein Auftauchen für die Situation förderlich war.

Der Clanchief achtete kaum auf mich oder seinen Bruder, sondern steuerte direkt auf Dalia zu. Diese drehte sich genau im richtigen Moment um, damit sie in seine Umarmung sinken konnte, ehe die beiden einen Kuss austauschten, bei dem sogar mir ein wenig heiß wurde.

Als Basil sich nach einer gefühlten Ewigkeit von ihr löste, strahlte er voller Liebe und Verehrung auf Dalia herunter. So viele und intensive Emotionen hatte ich noch nie auf seinem Gesicht gesehen, nicht einmal, als er darüber nachgedacht hatte, seinen eigenen Bruder hinzurichten.

»Darf ich vorstellen«, murmelte Darragh nun nah an meinem Ohr, »Dalia, Basils Verlobte und die Chief des Oirth-Clans.«

Die Anspannung in meinem Inneren löste sich und ich sackte gegen Darragh. Dalia war also keine Ex-Freundin, er hatte anscheinend nur ein Problem mit seiner zukünftigen Schwägerin. Obwohl *nur* wohl nicht der richtige Ausdruck war. Allerdings war ich in keiner Position, mich einzumischen.

»Der Oirth-Clan?«, fragte ich in die unangenehme Stille zwischen uns. Sogar ich hatte bereits von diesem Drachenclan gehört. Ihre Domäne lag an der Westküste Schottlands, zwischen Loch Carron und Loch Maree.

Dalia kuschelte sich in die Umarmung ihres Verlobten. »Basil und ich haben uns bei einem der Treffen der Europäischen Clans kennengelernt. Und es hat einfach gefunkt.«

Ich konnte förmlich spüren, wie Darragh die Augen verdrehte, aber ich ignorierte ihn. Wenn die beiden heirateten, dann würde auch ich Dalia unterstehen, also wollte ich mich mit ihr gut stellen.

»Was du geleistet hast«, sprach diese auf einmal ernst. »Wie du Darragh gerettet und dich auch noch gegen die Drachen behauptet hast, ist wirklich mehr als nur beeindruckend. Du bist ein unsagbarer Gewinn für unsere Gemeinschaft. Bitte sei versichert, dass du immer zu mir kommen kannst, wenn irgendetwas ist.«

Ich war derart perplex, dass ich nur nicken konnte. Doch das Gefühl, dass hier noch irgendetwas anderes in der Luft lag, schlug seine Wurzeln in mich, nicht bereit, so schnell loszulassen.

PRIMULA VERIS
SCHLÜSSELBLUME

Die einzigartige Ruhe der Insel bildete einen starken Kontrast zu der chaotischen Symphonie aus Stimmen und Musik im Schloss. Es war bereits weit nach Mitternacht, das Fest war noch in vollem Gange, doch meine Kräfte hatten nachgelassen. Und so war ich mehr als dankbar, als Darragh und ich das Fest verließen.

Nachdem er den Motor gestartet hatte, überlegte ich, wie ich das Thema, das sich in meinem Kopf festgesetzt hatte, am besten ansprechen sollte. Am Ende entschied ich mich dafür, einfach damit herauszuplatzen. »Basil hat also eine Verlobte. Die Chief eines anderen Clans. Und du bist davon nicht sonderlich begeistert.«

Es war keine Frage, doch er nickte. Gleichzeitig verstärkte er seinen Griff um das Lenkrad, bis seine Knöchel weiß hervortraten. »Es ist etwas komplizierter, aber ja, so kann man es zusammenfassen.«

»Gibt es dafür einen bestimmten Grund?« Ich wusste aus eigener Erfahrung, dass man manche Personen einfach nicht mochte.

»Keinen konkreten zumindest.« Er seufzte schwer. »Es ist mehr so ein Gefühl. Die Beziehung der beiden ging so schnell. Sie kennen sich kaum ein Jahr und wollen schon heiraten.«

Nachdenklich kaute ich auf meiner Unterlippe herum. »Ich verstehe deine Sorge, aber Basil ist ein erwachsener Mann, der seine eigenen Entscheidungen treffen kann. Und selbst wenn es auseinanderbricht, ist es eben so.« Natürlich wäre das Ende einer solch offensichtlichen Liebe traurig, aber so spielte eben das Leben.

»Genau das ist mein Problem. Wenn Basil einfach nur irgendwen heiraten wollte, dann wäre es mir ehrlich gesagt ziemlich egal. Hauptsache, glücklich. Aber diese Ehe wird unsere beiden Clans miteinander verbinden, eine Trennung ist dann nicht mehr so einfach machbar.«

»Okaaay«, murmelte ich lang gezogen. So ganz verstand ich seine Abneigung gegenüber Dalia allerdings immer noch nicht.

»Noch nie haben sich zwei Clans auf diese Art verbunden. Außerdem ist Dalia dafür bekannt, ruchlos zu sein. Sie würde alles tun, um ihre Leute zu schützen und voranzubringen«, sagte er zunehmend aufgebrachter. »Über die Jahre hat sie sich so einige Feinde gemacht, und das für ihr Alter.«

Ich war kurz davor, Darragh zu unterbrechen, weil mir seine Ansichten auf einmal furchtbar altmodisch erschienen. Doch seine nächsten Worte ließen mich aufhorchen.

»Und ich habe den Verdacht, dass sie für meine Vergiftung verantwortlich ist.«

Die Information erwischte mich eiskalt, sodass es mir erst einmal die Sprache verschlug. Die freundliche, elegante Dalia so skrupellos, dass sie den Bruder ihres Verlobten vergiftete? »Du musst mir bitte erklären, woher dieser Verdacht kommt.«

»Ich hab dir doch erzählt, dass ich auf einem Flug von

dem Giftpfeil getroffen wurde. Das war auf dem Rückweg vom Oirth-Clan.«

Ich starrte aus dem Fenster, während ich seine Worte verarbeitete. In der Dunkelheit konnte ich nicht ausmachen, wo wir uns genau befanden. Natürlich hatte ich mich bereits gefragt, wer hinter der Vergiftung steckte, aber ein Clankonflikt wäre mir niemals in den Sinn gekommen.

»Aber wieso sollte jemand *dich* vergiften und nicht Basil?« Die Erlebnisse des Abends und die aufkommende Müdigkeit machten mir das Denken schwer. Mein Kopf kam einfach nicht mehr mit.

»Basil und ich sehen uns in Drachengestalt sehr ähnlich. An diesem Tag ist er vorgeflogen und ich habe das Schlusslicht gebildet. Aus der Ferne kann man uns leicht verwechseln.«

Es klang so, als hätte Darragh sich nicht zum ersten Mal Gedanken darüber gemacht. »Hast du Basil schon von deinem Verdacht erzählt?«

»Nicht direkt.« Er stellte den Motor ab und zog die Handbremse. Mir war nicht einmal aufgefallen, dass wir mein Haus bereits erreicht hatten. Im Inneren des Wagens war es auf einmal erschreckend still, da offenbar keiner von uns wusste, wie genau es weitergehen sollte.

Meine Neugierde brachte mich am Ende dazu, auszusteigen und Darragh hinter mir her zu winken. Zumindest redete ich mir ein, dass es *nur* Neugierde war und nicht der Wunsch, die Ereignisse auf meiner Couch zu wiederholen. Und prompt gesellte sich das nächste Problem hinzu: die Frage, was das zwischen mir und Darragh war.

Wortlos folgte er mir, als ich die Tür aufschloss und in das im Dunkel daliegende Wohnzimmer trat. Ich schaltete lediglich eine Stehlampe ein, die den ganzen Raum in gedämpftes, warmes Licht tauchte.

Nachdem ich meine Schuhe ausgezogen hatte, ließ ich mich aufs Sofa fallen und klopfte einladend neben mich. »Also, was hast du bisher mit deinem Bruder besprochen?«

»Ich hab ihm gesagt, dass ich es für eine schlechte Idee halte, wenn er sich mit einer anderen Chief einlässt.«

»Und? Was hat er geantwortet?«

»Sagen wir mal so: Unserer Beziehung hat das nicht wirklich gutgetan.« Seufzend rieb er sich übers Gesicht und wirkte mit einem Mal sehr erschöpft. »Ich hab nicht einmal eine wirkliche Begründung, nur eine vage Vermutung, dass der Oirth-Clan etwas mit der Vergiftung zu tun hat.«

Behutsam umfasste ich Darraghs Hand mit beiden Händen und zog sie an mich. »Eine Vermutung? Wenn du auf dem Rückweg von ihnen vergiftet wurdest, dann ist das mehr als nur eine Vermutung.«

Schwach lächelte er auf mich herab. »Aber es sind keine richtigen Beweise. Und ohne die kann ich Basil nicht überzeugen.« Darragh raufte sich die Haare und stieß einen Fluch aus. »Verdammt! Eigentlich wollte ich das alles erst mit dir besprechen, wenn du dich eingelebt hast.«

Ich stockte. »Warum wolltest du mir überhaupt von deinem Verdacht erzählen? Immerhin gehöre ich nicht zum inneren Kreis des Clans.«

Nun schaute er fast schon schuldbewusst drein. »Ich dachte, du könntest vielleicht die genauen Zutaten des Gifts ermitteln, damit ich überprüfen kann, ob Dalia Zugang dazu hat.«

»Kann ich darüber nachdenken?« Es war definitiv zu spät in der Nacht, um das Ganze logisch zu betrachten und eine

Entscheidung zu treffen. Zudem war ich mir nicht sicher, ob ich in eine solche Sache hineingezogen werden wollte. Ich war hier, um mein Wissen hinsichtlich Drachen zu erweitern – und nicht, um zwischen die Fronten zweier Drachenclans zu geraten. Wobei ... Darragh hatte einen Mordversuch überlebt. War es dann nicht meine Aufgabe, zu verhindern, dass so etwas noch einmal passierte?

»Natürlich«, sagte Darragh sofort. »Ich würde mich über deine Hilfe freuen, aber ich verstehe, wenn du dich raushalten willst.« Jetzt war er es, der seine Hände hob und sie zärtlich an meine Wangen legte, mit einem Blick, der ein heißes Kribbeln durch meinen Körper sandte. »Und weißt du, warum ich dir das alles noch erzähle?« Atemlos schüttelte ich den Kopf. »Weil ich dir vertraue, Briar, das sollte dir doch inzwischen klar sein, oder?« In Darraghs Worten lag eine solche Intensität, dass mein Herz zu stolpern anfing. Doch anstatt etwas zu erwidern, drückte er einen Kuss auf meinen Scheitel. »Ich sollte dich schlafen lassen.«

Warte, stopp! Nein! Das war eindeutig nicht das, was ich wollte. Empört fragte ich daher: »Du willst um die Uhrzeit doch nicht ernsthaft wieder die ganze Strecke zurückfahren?«

Darraghs Mundwinkel hob sich ein Stück. »Ist das eine Einladung?« Sein verschmitztes Grinsen brachte mich dazu, ihn nun meinerseits ein wenig auf die Folter zu spannen. Ich stand auf und streckte mich erst mal ausführlich. »Du kannst gerne auf dem Sofa schlafen. Ich finde es ganz bequem.«

Bei seiner verdatterten Miene konnte ich mich nicht zusammenreißen und brach in schallendes Gelächter aus. Dann rannte ich los, die Treppe hinauf, in mein Schlafzimmer. Ich musste mich nicht umdrehen, um zu wissen, dass er mir auf dem Fuß folgte.

Oben bekam er mich zu fassen und wir landeten kichernd auf dem Bett, ich unter ihm. Zum Glück hatte ich dieses heute Nachmittag bezogen. Mein Lachen wurde unterbrochen, als Darragh mich küsste.

»Du böse Hexe«, brummte er nah an meinem Ohr, ehe er mich sanft in den Hals biss. Ein Schauer lief über meinen Körper, alles andere war mit einem Mal vergessen. Dann küsste er mich wieder.

Zufrieden seufzend schlang ich die Arme um seine Schultern und ließ ihn zwischen meine Beine kommen.

Der Kuss begann langsam und sanft, beinahe schon verspielt, doch bald wurde er fester. Als seine Zunge Einlass in meinen Mund verlangte, gewährte ich ihr diesen nur zu gerne.

Diesmal ließen wir uns Zeit, die Körper des anderen zu erkunden, während wir uns gegenseitig von der störenden Kleidung befreiten. Seine heißen Finger strichen über meine Haut, meine eigenen gruben sich in seine Haare.

Sachte fuhr ich die schwarzen Linien seines Tattoos nach, nur um ihm danach die Hose gänzlich abzustreifen. Was gar nicht mal so einfach war, da er gleichzeitig meinen Hals küsste und damit irgendwie mein Hirn kurzschaltete. Doch irgendwann war ich endlich erfolgreich, und als ich meine Finger um seine beeindruckende Härte schloss, stöhnten wir beide auf.

Mehrmals fuhr ich mit der Hand auf und ab, während Darragh erst über meinen einen, dann den anderen Nippel leckte. Ich gab ein protestierendes Geräusch von mir, als er sich aufrichtete und meine Hand von seinem Glied nahm.

Dabei stockte mir der Atem. Ungewollt drückte ich die Beine zusammen. »Verdammt.«

Keiner von uns hatte Geduld für ein weiteres Vorspiel. Ich war mir ziemlich sicher, in Flammen aufzugehen, wenn Darragh nicht bald in mich eindringen würde. Mit einem Mal schloss sich seine Hand um meinen Knöchel, um mich ein Stück nach unten zu ziehen. Dann kletterte er zurück zu mir aufs Bett.

Ich hatte überhaupt nicht mitbekommen, dass er ein Kondom hervorgeholt hatte, aber ich war froh darüber. Endlich spürte ich seine Haut auf meiner. Sofort suchten seine Lippen meine, während er gleichzeitig mein rechtes Bein um seine Hüfte schlang. Mit der anderen Hand brachte er seine Härte in Position.

Genüsslich langsam drang er in mich ein. »Verflucht, Kleines, ich hab so oft hiervon geträumt«, grollte er an meinen Lippen.

Ich brachte lediglich ein leises Stöhnen zustande. Als er sich vollständig in mir versenkt hatte, schien die Zeit für einen Moment stillzustehen. Keiner von uns sagte etwas, vollkommen verloren in dem anderen.

Dann zog Darragh sich zurück, nur um sofort wieder zuzustoßen. »Oh!« Zumindest glaubte ich, dass ich ein Geräusch machte. Mein ganzer Fokus lag auf dem Punkt, an dem unsere Körper verbunden waren.

Dann begann er, meine empfindlichste Stelle mit seinem Daumen zu massieren, und ich sah Sterne.

Nun schlang ich auch mein zweites Bein um seine Hüften, um ihn näher an mich heranzuziehen. Ich kam meinem Höhepunkt näher und immer näher. Mein ganzer Körper bebte.

Darragh küsste meinen Hals, dann flüsterte er etwas in

mein Ohr. Keine Ahnung, ob ihm bewusst war, dass er Gälisch sprach, doch auch wenn ich die Worte nicht verstand, spürte ich ihre Bedeutung bis ins Mark. Sie spiegelten mein eigenes Verlangen wider.

Mein Orgasmus überrollte mich mit einem Mal. Mir blieb nichts anderes übrig, als die Fingernägel in seinen Rücken zu krallen, während mich Welle um Welle purer Ekstase überrollte. Es fühlte sich an, als würde ich schweben, frei von dieser Welt und doch verankert durch den Mann, der sich über mir bewegte.

Nur langsam kehrte mein Bewusstsein zurück, gerade als Darragh meinen Namen keuchte und sich über mir versteifte. Ein letztes Mal stieß er tief in mich und sank auf mir zusammen.

Sein warmes, angenehmes Gewicht drückte mich in die Matratze. Mein Körper fühlte sich an wie mit Glitzer gefüllter Wackelpudding, ein Gefühl, das ich am liebsten in Flaschen abgefüllt hätte.

Irgendwann – ich hatte jedes Zeitgefühl verloren – hob Darragh den Kopf, bis wir uns anschauen konnten. Behutsam küsste er erst meine Stirn, dann beide Wangen, meine Nasenspitze und schließlich meine Lippen. Der Kuss war sanft und süß und viel zu schnell vorbei.

Als er sich von mir herunterrollte, vermisste ich seine Wärme sofort. Doch lange musste ich nicht ohne sie ausharren, denn er zog mich an seine Brust und bettete meinen Kopf auf seiner Schulter.

»Muss ich jetzt immer noch auf dem Sofa schlafen?«, fragte er mit rauer Stimme.

Meine Antwort bestand darin, mich lachend enger an ihn zu schmiegen.

Darragh war zuerst eingeschlafen, während ich einfach nur dalag und mit den Fingern Kreise auf seine Brust zeichnete und meine Gedanken Achterbahn fuhren. In den letzten Stunden hatte ich so viel erlebt, dass ich noch gar keine Zeit gehabt hatte, sie zu sortieren. Mein Umzug, das Begrüßungsfest, die vielen neuen Leute und Eindrücke und natürlich Darragh. Seine Wärme, sein verschmitztes Lachen, seine Hände – überall auf meinem Körper.

Schlagartig breitete sich Hitze in meinem Gesicht aus – die sich auf der Stelle ins Gegenteil verkehrte, als mir Darraghs Verdacht wieder in den Sinn kam. Und dass er meine Hilft dafür benötigte.

Ich musste mich ablenken und erden, wenn ich heute Nacht auch nur ein Auge zudrücken wollte!

Mucksmäuschenstill schlich ich mich daher aus dem Bett und die Treppe herunter, nur um mitten im Wohnzimmer erneut stehen zu bleiben. Normalerweise wusste ich immer, was ich zu tun hatte. Ich musste mich wohl daran gewöhnen, dass ich erst mal keine Routine haben würde. »Nervt mich jetzt schon.«

Ich könnte die Zeit nutzen, um weitere Kartons auszupacken oder mein Internet einzurichten oder meiner Familie eine Nachricht zu schicken. Wobei, Letzteres wäre um diese Uhrzeit wohl irgendwie merkwürdig. Der Gedanke an Gran erinnerte mich allerdings an etwas, das ich total vergessen hatte. Etwas sehr Wichtiges. Hektisch rannte ich zu meinem Rucksack, der nach wie vor neben der Tür stand, wo ich ihn abgestellt hatte.

Um meine Zimmerpflanzen hatte ich mich bereits gekümmert, doch es gab noch eine Pflanze, die in den Garten musste. Der kleine Setzling saß mit einem Zauber geschützt sicher in einer Seitentasche geborgen. Behutsam nahm ich ihn heraus und machte mich auf die Suche nach dem richtigen Platz.

Ich ließ die Haustür offen stehen, als ich in den kleinen Vorgarten trat. Noch gab es hier nichts als wild wachsende Wiese und einige Rosensträucher, die dringend mal beschnitten werden mussten.

Ich betrachtete die Schlüsselblume in meinen Händen, die aus nicht viel mehr bestand als ein paar länglichen Blättern und einem kurzen Stängel. Sie diente dem Schutz des Hauses und brachte Glück. Schließlich entschied ich mich für ein Stück Erde rechts von der Tür. Mondlicht beschien die Stelle, so als würde Hekate selbst sie mir zeigen. »Bitte wache über dieses Haus, seine Bewohner und alle Besucher.«

Mit einer kleinen Handbewegung ließ ich ein Loch in der Erde entstehen, in das ich die Pflanzen setzte. Nach einem Funken meiner Magie schoss die Blume in die Höhe, bis sich die gelben Blüten zeigten.

Zufrieden stand ich auf und betrachtete mein Werk. Die erste Pflanze in meinem neuen Garten wuchs, der Rest würde sehr bald folgen.

SOLANUM LYCOPERSICUM
TOMATE

Am nächsten Morgen entführte Darragh mich ins Dorf, um mir »tolle Cafés mit noch besserem Kaffee« zu zeigen. Tatsächlich hatte mich die nächtliche Schlüsselblumenaktion geerdet, sodass ich die restlichen Stunden eng an Darragh gekuschelt schlafen konnte. Es gab zwar immer noch sehr viel zu verarbeiten, trotzdem fühlte sich mein Kopf heute um einiges leichter an.

Darragh steuerte mit der einen Hand das Lenkrad, in der anderen hielt er meine. Ein wohliges Gefühl ging von der Stelle aus, an der wir uns berührten. Ich hatte immer noch keine Ahnung, wie sich das zwischen uns weiterentwickeln würde, aber gerade war es mir egal.

Die Sonne schien, Wolken wie kleine Schäfchen wurden über den blauen Himmel getrieben. Mein Körper vibrierte noch von der letzten Nacht und ich konnte es kaum erwarten, die Insel zu erkunden. Ja, das Leben war schön.

Zu blöd, dass mir Darraghs Verdacht nicht aus dem Kopf ging, dass Dalia oder ihr Clan hinter seiner Vergiftung steckten. Und seine Bitte, ihm dabei zu helfen, die Wahrheit ans Licht zu bringen.

»Über was denkst du nach?«, fragte er irgendwann und drehte die Musik leiser.

Ich hatte nicht einmal bemerkt, dass ich abwesend mit

seinen Fingern gespielt hatte. »Ich grüble nur über das, was du mir letzte Nacht anvertraut hast.«

Er sagte nichts, ließ mich meine Gedanken und Worte in Ruhe sortieren. Leider kam ich während der kurzen Autofahrt nicht zu einer vernünftigen Lösung. »Ich brauche noch etwas mehr Zeit. Um meine Unterlagen noch einmal durchzugehen und einfach mehr nachzudenken.«

Verstehend nickte er. »Ich hätte damit warten sollen, bis du vollständig angekommen bist.«

»Nein, hättest du nicht. Ich bin froh, dass du so ehrlich zu mir warst. Vor allem, weil ich nach dem Zusammentreffen mit Dalia eine ganze Menge Fragen hatte.« In diesem Moment meldete sich mein Bauchgefühl, laut und klar. »Ich helfe dir auf jeden Fall, mehr über das Gift herauszufinden. Aber sollte sich der Verdacht gegen den Oirth-Clan bestärken, dann müssen wir deinen Bruder einweihen.«

Kurz wandte Darragh den Blick von der Straße ab, um mir direkt in die Augen zu schauen. »Versprochen.«

Ich drückte seine Hand. Ein angenehmes Schweigen senkte sich über uns, was jedoch nicht lange anhielt, denn wir hatten den Marktplatz erreicht.

»Mein Lieblingscafé ist dort vorne.« Er deutete in die Richtung. »Der große Supermarkt ist eine Straße weiter. Eigentlich kannst du ihn nicht verfehlen, aber ich bin mir sicher, dass dir jemand helfen kann.«

Langsam löste ich meine Finger aus seinem Griff. Ich wollte nicht gehen, wollte seine warme und sichere Präsenz nicht verlassen. Aber Darragh musste seinen Verpflichtungen nachkommen und ich hatte ebenfalls genug zu tun.

Einige Augenblicke saßen wir einfach nur da und grinsten uns an. Dann riss ich mich endlich zusammen, um mich zu verabschieden. »Bis heute Abend?« Unsicher schielte ich zu ihm.

»Bis heute Abend«, bestätigte er meine Aussage und mein Magen schlug Purzelbäume.

Da ich es nicht riskieren wollte, durch einen echten Kuss verführt zu werden, drückte ich ihm lediglich ein Küsschen auf die Wange, ehe ich regelrecht aus dem Wagen floh.

Mein Herz pochte wild, als ich Darragh beim Wegfahren zuschaute. Eine seltsame Sicherheit hatte sich in meinem Bauch eingenistet. Ich war bis über beide Ohren in Darragh verknallt. Es war das erste Mal seit Jahren, dass ich mich so fühlte. Wie Sonnenschein und Schmetterlinge, Kirschblütenblätter im Wind und Karamellkaffee.

Ich hüpfte beinahe über den Marktplatz zum Café, meine Bestellung bereits auf den Lippen. Es war ein niedlicher Laden, mit mehreren Tischen davor, eingerahmt von Blumentöpfen. Im Inneren empfing mich der Duft von frisch gemahlenem Kaffee und noch frischerem Gebäck. Alles war in hellen Pastelltönen gehalten und die Wände mit Zeichnungen von der Insel geschmückt.

Vor mir waren einige andere Kunden dran, also hatte ich genug Zeit, das Angebot zu studieren. Mehrmals wurde ich unterbrochen, als mich jemand auf dem Weg nach draußen grüßte. Was seltsam war, da ich bisher die Anonymität einer Großstadt gewöhnt war. Aber ich lächelte und grüßte und tat mein Bestes, mir die Gesichter irgendwie einzuprägen.

Als ich endlich dran war, hatte sich mein Magen bereits mehrmals gemeldet. Die junge Frau hinter der Theke konnte nicht älter als zwanzig sein, mit kurzen zuckerwatterosa Haaren und einer Reihe von Piercings in beiden Ohren. Ihr

Lächeln wurde noch ein gutes Stück breiter, als sie mich erblickte.

»Du musst Briar sein! Ich freu mich ja so, dass du hier bist!« Sie hüpfte sogar ein wenig auf und ab. »Ich bin Keyle.«

»Freut mich, Keyle.« Panisch durchsuchte ich meine Erinnerungen der letzten Nacht nach ihrem Gesicht, aber ich war mir sicher, dass ich ihr noch nicht begegnet war.

»Was kann es für dich sein?« Keyle schien meine Grübelei gar nicht zu bemerken.

Sie machte sich sofort an meine Bestellung und plapperte dabei fröhlich weiter. »Leider konnte ich gestern Abend nicht mit auf die Feier. Meine Eltern haben mich gebeten, auf meine Geschwister aufzupassen, damit sie hingehen können. Irgendwie unfair, aber na ja. Ich war mir ziemlich sicher, dass du früher oder später hier auftauchen würdest. Jeder taucht früher oder später hier auf.« Sie lachte und krönte meinen Kaffee mit einem Kringel aus Karamell.

Zusammen mit einem Sandwich und einem Erdbeertörtchen platzierte sie ihn auf einem Tablett, das sie mir zuschob. »Neben der großen Hochzeit bist du wohl das Aufregendste, was in meinem Leben hier passiert ist. Ein Clanmitglied auf Zeit.«

Da hinter mir bereits die nächsten durstigen Kunden warteten und mir darauf keine gute Antwort einfiel, dankte ich ihr schnell, um mir dann einen Tisch im warmen Sonnenlicht zu suchen. Während ich meinen absolut vorzüglichen Kaffee schlürfte, beobachtete ich das Geschehen um mich herum.

Kinloch war genauso bunt zusammengewürfelt wie seine Bewohner. In diesem Moment rauschte eine ganze Schar Drachen über meinen Kopf hinweg, sodass sich die Sonne kurz verdunkelte. Das war definitiv eine Sache, an die ich mich gewöhnen musste. Ich zuckte bei dem Anblick jedes Mal zusammen.

Als nur noch ein paar Schlucke in meiner Tasse übrig waren, holte ich mein Handy hervor, um etwas zu recherchieren. Schon am vorigen Abend hatte etwas in meinem Hinterkopf geklingelt, als es um den Oirth-Clan ging. An etwas Genaues konnte ich mich jedoch nicht erinnern.

Zuerst stieß ich lediglich auf einige Artikel, die von Dalias Übernahme des Clans vor ein paar Jahren berichteten, und wie sie es seitdem geschafft hatte, ihren Reichtum sogar noch zu vergrößern.

Deutlich informativer waren die Einträge in der *DD*. Mehr als zwei Dutzend Texte waren hinterlegt, von Tagebucheinträgen längst verstorbener Hexen bis hin zu Auszügen aus Covenchroniken.

Ich überflog die ersten Texte nur, dennoch ergab sich sehr schnell ein Bild. Der Oirth-Clan stach durch seine Grausamkeit heraus. Was ich las, kam den Geschichten, die Cleo mir erzählt hatte, sehr nah. Drachen, die Dörfer überfielen und unschuldige Hexen entführten. Tod und Verderben folgten, wo auch immer der Oirth-Clan unterwegs war.

Das passte allerdings so gar nicht zu der Dalia, die ich gestern kennengelernt hatte. Sie wirkte freundlich und offenherzig. Und schrecklich verliebt. Auch war ich mir sicher, dass Basil nichts von solchen Herangehensweisen hielt.

Ich blätterte weiter durch die *DD*, konzentrierte mich dabei auf die Kurzzusammenfassungen am Anfang. Alles ähnliche Beschreibungen, bis die Einträge vor rund einem Jahrhundert endeten. Zumindest die tödlichen Konflikte mit den Hexen hatten zu diesem Zeitpunkt aufgehört.

Doch Darraghs Worten nach hatte der Oirth-Clan nichts an seiner Ruchlosigkeit eingebüßt.

Seufzend schloss ich die App auf meinem Handy und trank den letzten Schluck Kaffee, ehe ich mich erhob.

Ich war definitiv nicht in der Position, etwas zur Drachenclan-Politik beizusteuern. Zuerst brauchte ich mehr Informationen. »Ich muss noch mal mit Darragh sprechen.«

Nachdem ich das Café verlassen und mich bei Keyle für den wohl leckersten Kaffee in ganz Schottland bedankt hatte, erkundete ich weiter die Stadt. Ich schaffte es ziemlich genau, an drei Geschäften vorbeizuschlendern – eine Apotheke, ein Schuhladen und ein Optiker –, bevor ich erneut stehen blieb. Der kleine Blumenladen verströmte einen altmodischen Charme, mit den großen bogenförmigen Glasfenstern eingefasst in dunkles Holz.

Die Schaufenster waren dekoriert mit allerlei Trockenblumen und Vintage-Dingen. Davor standen die Blumen so verteilt, dass man nicht anders konnte, als ihre Schönheit zu bestaunen. Mehrere Regale waren auf dem Platz vor dem Laden aufgebaut, darin Setzlinge für verschiedenes Obst und Gemüse.

Mein Herz schlug höher, als ich den Laden betrat. Ich hatte mein ganzes Leben umgeben von Pflanzen verbracht, und trotzdem freute ich mich wie ein Kleinkind im Spielzeugladen beim Anblick eines Blumengeschäfts. Das Retrothema setzte sich auch hier fort.

Scheinbar war ich allein im Laden. So wie es schien, vollkommen allein, denn ich konnte auch keinen Verkaufenden entdecken. Also nutzte ich meine Chance, um die verschiedenen Dekorationen zu betrachten und natürlich an den Duftkerzen zu riechen. Einige Kissenbezüge mit aufgestickten Strelitzien hatten es mir besonders angetan, die würden vielleicht mit mir nach Hause kommen.

»Oh, Kundschaft«, erklang eine glockenhelle Stimme hinter mir. Wer da sprach, konnte ich nicht sehen, ihr Gesicht war verdeckt von einem Rhododendronbusch. Als sie diesen mit einem Keuchen absetzte, kam dahinter das ätherisch schöne Gesicht einer Fae zum Vorschein.

Ihre Haut war von einem warmen Schokoladenbraun, genauso wie ihre Dreadlocks, deren Spitzen hellgrün gefärbt waren. Sie trug eine abgenutzte Latzhose über einem einfachen Shirt, in der Brusttasche steckten ein paar Gartenhandschuhe und eine Rosenschere. Es war nicht schwer, sie wiederzuerkennen, schon gestern Abend war sie mir aufgefallen, selbst wenn es sich nicht ergeben hatte, mit ihr zu sprechen. Auch an ihren Namen konnte ich mich nicht erinnern.

Als sie mich erblickte, leuchteten ihre Augen auf. »Hallo, Briar. Traust du dich also tatsächlich ins Land des Feindes?«

Einen Moment schauten wir uns ernst an, dann brachen wir in Gelächter aus.

Fae und Kräuterhexen hatten *eine* Sache gemeinsam: unsere Verbindung zur Flora. Eine Tatsache, die den Fae nicht immer gut gefallen hatte. Sie fühlten sich in ihrer Ehre angegriffen, dass Hexen genauso in der Lage waren, Pflanzen zu beherrschen. Daraus entwickelte sich eine Rivalität, die es sogar bis in die Moderne geschafft hatte.

»Ich muss mir doch mal anschauen, was die Konkurrenz so zu bieten hat«, scherzte ich. »Tut mir echt leid, aber mir ist dein Name entfallen.«

Die Fae winkte ab, ehe sie mir die Hand reichte. Unter ihren ansonsten perfekt gepflegten Nägeln steckte ein wenig

Erde und ich fühlte mich ihr augenblicklich noch mehr verbunden. »Ich bin Calypso. Mach dir keine Sorgen, dass du dir nicht jeden Namen merken kannst. Als ich hier ankam, habe ich fast ein halbes Jahr gebraucht, bis ich alle wichtigen Namen draufhatte.«

»Du bist auch eine Zugezogene?« Ja, eindeutig, ich mochte Calypso.

»Ich bin vor fünf Jahren hierhergezogen, um bei meiner Frau zu sein. Sie wollte nach dem Studium unbedingt zurück nach Rùm und ich wollte unbedingt bei ihr bleiben.« Sie lehnte sich mit der Hüfte gegen die Verkaufstheke.

All die neuen Informationen musste ich erst einmal verarbeiten.

»Oh, den Gesichtsausdruck kenne ich«, kicherte Calypso. »So viele Geheimnisse der Drachenwelt und so wenig Zeit, sie zu erkunden.«

»Dabei habe ich doch genug mit den Geheimnissen meiner eigenen Spezies zu tun.« Ich schüttelte ungläubig den Kopf. »Drachen gehen also auf ganz normale Unis? Oder warst du auf einer nur für Drachen?«

»Nein, ich hab an der University of London studiert, genau wie Claire. Aber es gibt wohl eine Drachenuni, irgendwo in Nordafrika.«

»Spannend.« Doch ich war mit den Gedanken ganz woanders. Hatte Darragh auch studiert? Und wenn ja, wo? Vielleicht hatten wir heute Abend dafür etwas mehr Zeit.

»Du solltest unbedingt mal zu einem unserer Treffen kommen«, riss Calypso mich aus meinen Überlegungen. »Jeden Donnerstag trifft sich der *Club der Fremdlinge* im Pub.«

»*Club der Fremdlinge?* Eine Selbsthilfegruppe für Zugezogene, oder was?«

»So etwas Ähnliches. Es ist oft nicht leicht, kein Drache zu sein. Wir helfen einander, quatschen und trinken. Es ist sogar noch lustiger, als es klingt.«

»Dann bin ich auf jeden Fall dabei.« Eine bessere Gelegenheit gab es wohl nicht, neue Kontakte zu knüpfen.

Calypso nahm den Rhododendronbusch wieder hoch und schleppte ihn hinaus vor den Laden. Ich folgte ihr, vorher strich ich jedoch noch einmal über die Zierkissen. »Eines Tages.«

Eigentlich wollte ich weiter mit Calypso reden, doch zwei Schatten, die langsam immer größer wurden, lenkten mich ab. Ein Drachenpaar landete geschmeidig auf dem Marktplatz, lediglich ein sanfter Luftzug kündigte sie an. Wo eben noch zwei riesige Reptilien gewesen waren, stand nun ein mittelaltes Pärchen, das Arm und Arm weiterschlenderte.

»Gewöhnt man sich je daran? Dass aus menschlichen Körpern Drachen werden und umgekehrt?« So ganz wollte mein Verstand es einfach nicht begreifen. Wie ein derart riesiges Wesen sich unter der gleichen Haut wie meiner verbarg.

»Also, mir persönlich ist es bisher nicht gelungen.« Calypso schob den Blumentopf über den Boden, bis sie mit der Position zufrieden war. »Es verwundert mich jedes Mal aufs Neue, wenn Claire sich transformiert.«

Wir tauschten ein verstehendes Lächeln. Es fühlte sich so gut an, mit jemandem zu reden, der sich in meine Lage hineinversetzen konnte. Und sich auch noch mit Pflanzen auskannte. Was mich zu einem anderen Punkt brachte: »Darragh meinte zu mir, dass es keine Heilenden auf der Insel gibt. Aber *du* bist hier.«

Abwehrend hob Calypso die Hände. »Weil ich ganz sicher

keine Heilerin bin. Das, was in meinem Laden einer Heilpflanze am nächsten kommt, ist wohl die Minze, die ich verkaufe.« Sie deutete auf das Regal voller Setzlinge. »Mein Herz gehört ganz und gar den Nutzpflanzen. Rùm hat großartige Erde, dem Vulkan sei Dank, was mir sehr dabei hilft, ein paar tolle Sachen zu züchten.«

»Obst und Gemüse also? Das gefällt mir.« Zu Hause hatten wir ebenfalls einen kleinen Gemüsegarten, der gerade so viel einbrachte, dass es für meine Gran und mich reichte. Vielleicht sollte ich mir einige Tomatensetzlinge mitnehmen. Aber erst, sobald ich mir einen Überblick über den Garten verschafft hatte. Was mich daran erinnerte, dass ich langsam weitersollte. Aber eine Frage hatte ich noch an Calypso. Meine bisher unentdeckte detektivische Spürnase meldete sich. »Ich habe gestern Abend Dalia kennengelernt. Basils Verlobte«, spezifizierte ich das Ganze.

Calypso zuckte mit den Schultern, die Fäuste in die Hüften gestemmt. »Seit der Verlobung ist sie ab und an mal hier. Oder Basil bei ihnen.«

»Kommt es eigentlich öfters vor, dass Clans sich so verbinden?« Ja, Darragh hatte mir bereits erklärt, dass die Verbindung die erste ihrer Art wäre. Aber irgendwo musste ich schließlich mit meiner Recherche beginnen. Dabei kam mir meine Herumfragerei plump und offensichtlich vor, doch Calypso schien nichts zu bemerken.

»Soweit ich informiert bin, nicht. Aber ich hab keinen Durchblick, was die politische Lage der Drachen angeht. Alles, was ich mitgekriegt habe, ist, dass viele Herzen gebrochen wurden. In beiden Clans.«

Überrascht hob ich die Augenbrauen. »Wie das?«

»Du kennst die Thompson-Brüder doch. Sie sind zwar

nicht mein Typ, aber das heißt nicht, dass ich sie nicht gerne anschaue.« Nun tanzten ihre Augenbrauen anzüglich. »Und Dalia ist definitiv mein Typ, also kann ich verstehen, wieso einige Leute traurig sind, dass sie nun weg vom Fenster ist.«

Eifersucht oder ein gebrochenes Herz waren wohl keine Gründe, jemanden zu vergiften oder einen ganzen Clan in Gefahr zu bringen. Trotzdem würde ich das im Hinterkopf behalten. »Aber ansonsten sind alle okay damit?«

So etwas wie Skepsis huschte durch ihre Augen, doch sie war genauso schnell verschwunden, wie sie aufgetaucht war. »Mir ist nichts anderes bekannt. Es ist eben eine ungewohnte Situation, aber es gab keinen Aufstand oder so was.«

Am liebsten hätte ich direkt noch mehr Fragen gestellt. Zum Beispiel, ob sie etwas über die Reaktion aus dem Oirth-Clan wusste. Allerdings war ich mir ziemlich sicher, dass Calypso nachfragen würde, nach welchen Antworten genau ich stocherte.

»Es war echt toll, dich kennengelernt zu haben«, sagte ich zum Abschied. »Und ich komme auf jeden Fall mal zu eurem Club.«

Calypso winkte mir hinterher, als ich in Richtung des Supermarkts schlenderte.

Nachdem ich meinen Einkauf zügig erledigt hatte, machte ich mich zu Fuß auf den Heimweg. Ich würde sicher eine halbe Stunde brauchen, wahrscheinlich länger, da ich mich noch nicht gut auskannte. Aber das machte nichts. Ich liebte Spaziergänge, sei es durch die Straßen einer Stadt oder in der Natur. Es gab mir die Möglichkeit, einfach nur zu sein und etwas von der Energie abzulassen, die sich den Tag über angestaut hatte.

Alte hochgewachsene Bäume säumten die Straße, an der es einen breiten Fußweg gab und kein einziges Schlagloch. Die umliegenden Gärten waren verborgen hinter gestutzten Hecken, aber dazwischen erstreckten sich immer wieder frei wachsende Wiesen oder große Felder. Über allem schwebten die Berge der Insel, wobei ich inzwischen wusste, dass mindestens einer davon ein Vulkan war.

Vulkanasche und Steine waren begehrte Zutaten für so manche Heiltränke. Außerdem sorgten sie dafür, dass bestimmte Pflanzen sich besser oder anders entwickelten. Irgendwann würde ich mich diesen Vulkan hinauftrauen und schauen, was es dort zu finden gab.

Ich musste stehen bleiben, als ein unerwartetes Hindernis die Straße versperrte. Eine ganze Herde Highlandrinder schlenderte gemütlich von der einen Weide auf die nächste, ohne sich dabei den geringsten Gedanken um ihre Umgebung zu machen. Mich störte diese kleine Unterbrechung so gar nicht. Die Tiere waren wunderschön, mit ihrem kaffeefarbenen Fell, das über ihre Gesichter hing. Zwei lange Hörner krönten ihr flauschiges Haupt, das ich nur zu gerne mal geknufft hätte.

Nachdem die Herde weitergezogen war, setzte auch ich meinen Weg fort. Weit konnte es nicht mehr sein, zumindest nahm ich das an. Wenigstens konnte ich mich nicht verlaufen, da von der Straße lediglich die Einfahrten abgingen.

Die Sonne hatte den Zenit bereits überschritten, als ich zu Hause ankam. Nachdem ich die Einkäufe verstaut und meinen Durst gestillt hatte, wandte ich mich meiner Hauptaufgabe zu. Dem Garten.

LEMNOIDEAE
ENTENGRÜTZE

Hohe Tannen schlossen den Garten ein und tauchten die umliegenden Flächen in tiefe Schatten. Doch gab es auch einiges an freier Wiese in der Sonne, durchzogen von überwucherten Beeten, deren Form und Größe in diesem Zustand nicht auszumachen war.

Das Gewächshaus sparte ich mir bis zum Ende auf. Zuerst einmal wanderte ich den Rest des Geländes ab. Die Obstbäume würde ich auf jeden Fall behalten, auch wenn sie dringend zurückgeschnitten werden mussten. Ebenso würden einige der größeren Büsche bleiben.

Besonders hatten es mir die Brombeersträucher angetan, die im Westen die Grenze meines Gartens bildeten. Sie wuchsen wild und voller Dornen an einem Gitter empor, so dicht, dass man nicht erkannte, was dahinter lag. Die ersten kleinen Blüten zeigten sich bereits, doch es würde noch lange dauern, bis ich die Beeren naschen konnte.

Gegenüber lag ein kleines Wäldchen aus alten Rhododendronsträuchern. Ihre knochigen Stämme wanden sich zu wilden Formen, die ersten Blüten hatten sich bereits geöffnet. Kräftiges Lila, helles Rosa und lebendiges Rot zeigten sich. Dahinter erstreckte sich ein freies Feld. Kein Zaun, keine Mauer, nur die Bäume, die das Grundstück absteckten.

Wie auch ich streifte meine Magie durch den Garten,

zwischen Blättern hindurch, an Stämmen herab, bis zu den Wurzeln. Durch die kleinsten Ritzen, in die Tiefen der Erde.

Ja, unter all dem Wildwuchs verbarg sich eine Perle, die lediglich ein wenig Liebe benötigte. Es würde mich einige Tage kosten, alles Unkraut zu entfernen, dann konnte ich alles stutzen, ehe Plätze für neue Pflanzen auserkoren wurden.

Rechts von der Terrasse lag ein kleiner Teich. Oder zumindest vermutete ich, dass es ein Teich war. Unter der ganzen Entengrütze, dem Schilf und anderen Feuchtpflanzen war das Wasser selbst kaum ersichtlich.

Mein Wissen, was Wasserpflanzen und das dazugehörige Ökosystem anging, war nicht wirklich vorhanden. Aber das war nichts, was eine kleine Rechercherunde nicht hinkriegen würde. Wer weiß, vielleicht würde ich mir sogar ein paar Goldfische zulegen.

Nun war ich endlich bereit – besser gesagt konnte ich es nicht mehr erwarten –, mich dem Gewächshaus zuzuwenden. Die beiden Flügeltüren waren verziert mit Schnörkeln aus Metall, die blumenähnliche Formen bildeten. Langsam drückte ich die von der Sonne gewärmte Klinke herunter und trat ein.

Die Luft im Inneren war stickig und heiß, es roch nach trockener Erde und toten Pflanzen. Ich hatte den Garten in wildem Leben vorgefunden, doch hier war alles Lebende bereits lange vergangen.

Trotzdem waren die verschiedenen Hochbeete gut erhalten, auch wenn das alte Holz ein wenig Liebe und einen neuen Anstrich vertragen könnte. In ihnen allen befand sich Erde, welche seit Jahren kein Wasser mehr gespürt hatte.

Ich wanderte das Haus ab, das von innen so viel größer wirkte. In der hintersten Ecke entdeckte ich ein überraschend modernes Bewässerungssystem, das mit etwas Glück sogar noch funktionierte.

»Ich muss die Fenster putzen, hier mal ordentlich durchfegen und neue Erde besorgen, aber ansonsten ist alles einsatzbereit«, stellte ich zufrieden fest.

»Quak«, ertönte die Antwort hinter mir.

Ich wirbelte herum und fand mich Auge in Auge mit einer Ente wieder, welche die Tür versperrte. Wir beide schauten uns an, die Köpfe zur Seite gelegt. Dann plusterte der Vogel sich auf und trottete mit einem weiteren »Quak« herein, so als wäre das etwas vollkommen Normales.

Es war ein wunderschönes Tier, mit schwarzen Federn, die im Licht grün und blau schimmerten. In den dunklen Tiefen ihrer kleinen Knopfaugen blitzte eine Intelligenz, die man nicht von einem Tier erwarten würde. Magie knisterte wie kleine Funken über ihren Körper, nahm ihr auch noch das letzte Tierische und zeigte mir deutlich, was unter der Oberfläche schlummerte.

»Oh.« Endlich fiel bei mir der Groschen. Das hier war nicht einfach nur eine Ente, die sich darüber beschwerte, dass ich in ihre Domäne eingebrochen war, das hier war ein Vertrautes.

Vertraute Geister, oder einfach *Vertraute*, gehörten zu Hexen wie Sprüche und Kessel. Sie halfen uns, die Magie zu fokussieren, und bestärkten unsere Bindung mit Hekate.

In diesem Moment musste ich an die Goldmünze denken, die sicher verstaut in meinem Schlafzimmer lag. Die Bezahlung meiner Göttin, mit der Prägung einer Ente. Kam diese Ente vielleicht direkt von ihr?

Denn die Sache mit Vertrauten war, dass man sie sich nicht einfach im Laden kaufen konnte. Diese Wesen, die Teil dieser Welt und Teil der Anderwelt waren, tauchten einfach so auf und verbanden sich mit einer Hexe, oder auch schon mal einer ganzen Familie.

So wie Apollo, der länger über die Delga-Familie wachte, als unser Haus stand. Meistens war er nichts weiter als ein pummeliger, flauschiger Kater, der gerne auf frisch gewaschener Kleidung lag und Salami liebte. Doch jedes Mal, wenn ich über sein grau getigertes Fell strich, spürte ich die darunter verborgene Magie.

Vorsichtig streckte ich meine Hand nach der Ente aus. Ich kannte das erste Aufeinandertreffen einer Hexe und eines Vertrauten lediglich aus Büchern, also wusste ich in der Theorie, was zu tun war.

Die Ente trottete auf mich zu, wobei sie leise vor sich hin schnatterte. Direkt vor meiner Hand blieb sie stehen und blickte mich abwartend an. Ich beschwor meine Magie herauf, bis sie sich in einem kleinen Funken manifestierte. Dann wartete ich.

Einige Herzschläge betrachtete die Ente meine Darbietung, ehe ihr Kopf nach vorne schoss und sie die Magie verschlang, als wäre sie ein Leckerli. Anschließend gab sie ein zufriedenes »Quak« von sich und watschelte aus dem Gewächshaus. Ich folgte ihr, total aufgekratzt. Wenn dieser Tag noch mehr Überraschungen für mich bereithielt, brauchte ich bald einen Drink.

Die Ente war inzwischen zum Teich gelaufen, neben dem sie nun stand und mich entrüstet anstarrte, so als wäre ich persönlich für die Überwucherung des Gewässers verantwortlich.

»Dann sollte ich das wohl zuerst angehen.« Mein Gewächshaus musste leider erst mal warten.

Ich kniete mich neben den Teich in die Gräser – der Matsch war mir egal. Dann grub ich meine Finger in die feuchte Erde und richtete meine ganze Konzentration auf die umliegenden Pflanzen.

Sobald man den Dreh raushatte, war es ein Leichtes, Pflanzen wachsen zu lassen. Sogar in welcher Form sie gedeihten. Deutlich komplizierter gestaltete es sich hingegen, das Wachstum rückgängig zu machen. Zellen verschwinden zu lassen, das konnte auch Magie nicht so einfach bewältigen.

Allerdings konnte ich dafür sorgen, dass bestimmte Teile einer Pflanze schneller abstarben. Es war anspruchsvoll und auch nicht sonderlich angenehm – die Vorstellung, etwas zu töten, erschien mir grausam –, aber es war möglich.

Mit meinen in die Erde gekrallten Fingern zog ich die Lebensenergie Stück für Stück aus den umliegenden Gräsern. Ich musste die Augen nicht öffnen, um zu sehen, wie die grünen Stängel langsam abknickten, ehe sie braun wurden.

Neben mir war ein wohliges Quaken zu hören. Nun schaffte meine kleine Ente es wenigstens wieder aufs Wasser. Eine ausladende Bewegung meiner mit Matsch verschmierten Hände sammelte das nun tote Gestrüpp ein, um es auf einem Haufen neben dem Teich aufzuschichten.

Glücklich blickte ich mich um. Nun konnte ich obendrein besser sehen, womit ich es zu tun hatte. Das Gewässer war größer, als ich es auf den ersten Blick erwartet hatte, und die dunklen Schatten ließen vermuten, dass es ebenfalls tiefer war.

Ausgelassen schwamm die Ente ihre Runden, wobei sie mich im Auge behielt. »Es wird ein bisschen dauern, bis hier alles bereit ist«, erklärte ich ihr, nachdem ich mich erhoben hatte. »Bis dahin sollte ich wohl einen Namen für dich finden.« Ich wischte meine Hände, so gut ich konnte, an meinem Rock ab. Der musste ohnehin gewaschen werden, so dreckig wie er war. »Was sind typische Entennamen?«

Vertraute nahmen häufig die Form von Katzen an – irgendwoher musste das Klischee ja kommen. Hunde oder Papageien waren ebenfalls sehr beliebt. Ab und an auch mal eine Schlange oder Spinne. Doch von einer Ente hatte ich bisher noch nie gehört.

Vielleicht war es besser so. Immerhin brauchte ich keine Angst zu haben, einen falschen Namen auszuwählen. Oder eher einen vorzuschlagen, immerhin hatte Ente auch ein Wörtchen mitzureden.

»Was hältst du von Shadow?«, fuhr ich mit meiner Fragerunde fort. Da ich keinerlei Reaktion erhielt, machte ich weiter: »Onyx vielleicht? Deine Federn erinnern mich daran.« Ein missmutiges »Quak« folgte. »Okay, vielleicht nichts Düsteres. Doch eher etwas, was besser zu mir passt.« Ein Name blitzte in meinem Kopf auf, so als hätte er im Wind gelegen. »Flora.«

Meine Vertraute plusterte sich auf und zeigte zustimmend ihre wunderschönen Federn.

»Flora ist es also. Es freut mich sehr, dass du mich gefunden hast. Auch wenn du dich möglicherweise fragst, wie ich überhaupt hierhergekommen bin.« Während ich arbeitete, berichtete ich Flora, wie genau ich auf Rùm gelandet war.

Die Welt um mich herum verschwand schon bald, als ich mich vollkommen in meiner Aufgabe verlor. In meinem Kopf entstand langsam ein Bild, wie dieser Garten aussehen konnte. Ein buntes Chaos aus Blumen und Sträuchern, voller kleiner Geheimnisse, die man mit der Zeit erkunden wollte. Besonders freute ich mich auf die Gartenlaube, unter der man sicherlich großartig entspannen konnte.

Ich schrak aus meiner Trance, als Flora ein aufgeregtes Quaken von sich gab. Hektisch zuckte mein Kopf herum, auf der Suche nach einer möglichen Gefahr, bis ich Darragh entdeckte, der auf der Terrasse stand und mich mit einer Mischung aus Belustigung und Sorge betrachtete.

Es dauerte einen Moment, bis ich aus dem Beet geklettert war, in dem ich mich gerade befand. Ich konnte mir grob vorstellen, wie ich aussah. Erde und Matsch überall auf meinem Körper und meiner Kleidung, mehrere Kratzer auf Gesicht und Armen, Blätter und Zweige, die in meinen Haaren steckten.

Doch Darragh war abgelenkt, als mit einem Mal Flora aus ihrem Teich hüpfte, um laut schnatternd auf ihn zuzulaufen. Es war ein durchaus amüsanter Anblick, einen Mann seiner Größe vor einer Ente zurückweichen zu sehen. Nicht dass ich es ihm verübeln würde, ich hatte selbst Respekt vor einem Schnabel.

Doch Flora griff nicht an. Stattdessen umrundete sie Darragh mehrmals, ihr Gefieder aufgeplustert. Dann endlich war sie davon überzeugt, dass es sich bei ihm um keine direkte Gefahr handelte, und gesellte sich an meine Seite.

»Das ist der Drache, von dem ich dir erzählt habe«, klärte ich sie auf. Trotzdem betrachtete Flora ihn weiterhin skeptisch. Witzigerweise schaute Darragh in etwa genauso drein.

»Ich sehe, du hast eine neue Bekanntschaft geschlossen.«

»Sogar noch besser als eine Bekanntschaft. Darf ich dir vorstellen, das ist Flora. Meine Vertraute.« Stolz schwang in meiner Stimme mit.

»Aha.« Er betrachtete Flora weiter, die inzwischen wieder ihre Runden auf dem Teich drehte. »Was genau bedeutet das?«

»Sie ist keine Ente, sondern ein vertrauter Geist. Ein übernatürliches Wesen, das zufällig aussieht wie ein Wasservogel. Sie soll mich begleiten und schützen und lenken«, erklärte ich, beinahe wortgleich mit einem Text aus einem alten Lehrbuch.

»Okay.« Er nickte, aber ich konnte ihm ansehen, dass er noch nicht so ganz verstand, was ich eben gesagt hatte. »Also wohnt sie jetzt mit dir hier?«

Nun war es an mir zu nicken. Inzwischen war ich selbst auf der Terrasse angelangt, hielt aber Abstand zu Darragh, da ich nicht nur dreckig war, sondern sicher auch nach Matsch und Schweiß roch. Wenn dem so war, schien er sich daran nicht zu stören. Er überbrückte die Distanz zwischen uns, um mich in seine Arme zu ziehen. Sein warmer Kuss sandte Funken durch meinen ganzen Körper und ich schmiegte mich wohlig seufzend enger an ihn.

Wäre ich mir nicht so eklig vorgekommen, hätte ich den Kuss vertieft, aber so löste ich mich von ihm. »Ist es schon so spät, dass du Feierabend hast?« Mein Handy lag drinnen, irgendwo auf der Küchenzeile. Ich hatte es total vergessen.

»Noch nicht ganz.« Behutsam zupfte Darragh einen Zweig aus meinen Haaren. »Ich hatte versucht, dich zu erreichen, aber du bist nicht rangegangen. Also hab ich etwas früher Schluss gemacht, falls irgendwas los sein sollte.«

Schuldgefühle kribbelten in meinem Magen. »Oh, Mist. Das tut mir leid. Ich hab mich irgendwie im Garten verloren.«

»Alles gut.« Er grinste mich breit an. »Lieber verlierst du dich in deinem eigenen Zuhause als irgendwo sonst auf der Insel. Ich hatte schon Angst, ich müsste dich von einem der Berge zupfen.«

»Nein, keine Sorge. Ich bin auf direktem Weg nach Hause gegangen.« Ich schlenderte ins Haus, Darraghs Schritte hinter mir.

Jetzt, wo ich wieder zwischen den Blättern aufgetaucht war, meldete sich mein Körper zu Wort. Meine Kehle brannte und mein Magen knurrte unzufrieden. Irgendwie war mir das Mittagessen entfallen.

Mein Handy zeigte nicht nur einige Nachrichten und entgangene Anrufe an, sondern auch, dass es dringend Strom benötigte. Daneben lag mein Haustürschlüssel. Ich wandte mich zu Darragh um: »Wie bist du eigentlich in den Garten gekommen?« Es wäre mir sicher aufgefallen, wenn ein Drache hinter mir gelandet wäre.

»Ich bin einfach außenrum.« Er deutete zur Seite des Hauses. »Es gibt keine wirkliche Trennung zwischen Vorgarten und hinten. Ich versichere dir, dass ich nicht einfach das Grundstück anderer Leute betrete, aber du hast nicht reagiert.«

»Schon okay«, winkte ich ab. Ich war mehr verunsichert von der Tatsache, dass es keinerlei Sicherheit um mein Haus gab. Zwar hatte ich außer ein paar Hecken keine weiteren Zäune oder so gesehen, aber mir war nicht wohl dabei, derart ungeschützt zu sein. Auch wenn Darragh persönlich für die Sicherheit der Insel verantwortlich war. Ich musste Gran dringend nach dem Schutzzauber fragen, den wir für unser Grundstück benutzten.

Unbewusst hatte ich angefangen, an meinen Nägeln herumzuknibbeln, was mich daran erinnerte, dass ich wohl immer noch aussah wie ein Sumpfmonster. »Ich muss, glaube ich, dringend duschen.«

Darragh grinste mich an. »Ich finde es irgendwie niedlich.«

Zwar verdrehte ich die Augen, konnte mein Grinsen aber nicht unterdrücken. Als ich die Treppe schon halb oben war, rief er mir hinterher: »Ich hole solange mal die Einkäufe rein.«

Ich pfefferte meine dreckigen Klamotten in eine Ecke, ehe ich einen kurzen Stopp vor dem Spiegel machte, um so viel Geäst wie möglich aus meinen Haaren zu entfernen. Danach band ich sie zu einem lockeren Dutt zusammen.

»Göttin! Ich liebe diese Dusche.« Heißes Wasser prasselte auf mich herab, mit genau der richtigen Härte. Wer auch immer dieses Haus renoviert hatte, er wusste Regenduschen genauso zu schätzen wie ich.

Nach einigen Augenblicken war das Wasser nicht mehr dunkelbraun, trotzdem blieb ich weiterhin unter dem warmen Strahl, zu glücklich, um mich zu bewegen.

Durch den Wasserdampf bemerkte ich meinen Besucher erst, als sich große Hände von hinten um meine Brüste legten. Meine Glückseligkeit steigerte sich, als Darragh sich an meinen Rücken schmiegte.

»Tüten reintragen bringt einen wohl ganz schön ins Schwitzen«, murmelte ich und ließ den Kopf zur Seite sinken, als er seine Lippen auf meinen Hals drückte.

»Und wie«, brummte er gegen meine Haut.

Ich schlang meine Arme um seinen Hals und vergrub die Finger in seinen Haaren. Seine eine Hand ging auf Wanderschaft, meinen Bauch herunter bis zwischen meine Beine, während er mit der anderen meinen Nippel zwischen den Fingern rollte.

»Ich konnte mich den ganzen Tag nicht konzentrieren.« Seine Worte streiften über meine Haut, als er langsam begann, über meine empfindlichste Stelle zu reiben. »Wie du schmeckst, wie du klingst, wenn du kommst, wie du lachst.«

Ein Schauer durchlief meinen ganzen Körper und raubte mir den Atem.

»Selbst wenn du mich nicht zum Essen eingeladen hättest, wäre mir irgendein Grund eingefallen, heute Abend bei dir zu sein.«

Ruckartig zog ich ihn zu einem Kuss herunter. Seine festen Lippen und geschickten Finger zusammen mit dem heißen Wasser ließen mich ganz schwindelig werden. Aber selbst kurz vor einer Ohnmacht hätte ich den Kuss nicht unterbrochen.

Darraghs Härte presste sich in meinen unteren Rücken. Ein Wimmern entfuhr mir und ich drückte mich enger an ihn. Wenn er so weitermachte, würde ich kommen, bevor der Spaß richtig angefangen hatte.

Endlich erlöste er mich aus meinem fiebrigen Verlangen und ich mich von seinen Lippen, als er in mich eindrang. Mit einem Stoß versenkte Darragh sich in mir und unser gemeinsames Stöhnen erfüllte die Dusche. Mit den Unterarmen stützte ich mich an den kühlen Fliesen ab. Seine Finger gruben sich in meine Hüften, so als wollte er sichergehen, dass ich ihm nicht entfliehen konnte. Als würde ich überhaupt auf die Idee kommen, mich jetzt von ihm zu lösen.

Meine eigenen Finger wanderten zwischen meine Beine, um seine Arbeit von zuvor wieder aufzunehmen. Ich war bereits so nah am Abgrund, dass es nur wenige Kreise brauchte, bis mein Orgasmus mich mit sich riss.

Die Welt verschwamm um mich herum, das Rauschen der Dusche wurde überlagert von meinem Herzschlag. Ich sackte noch ein Stück nach vorne, alle Kraft hatte meinen Körper verlassen. Trotzdem genoss ich das Gefühl, als Darragh immer härter in mich stieß, bis sein erlöstes Stöhnen sogar das Wasser übertönte.

Seine Stirn landete auf meiner Schulter, sodass seine Brust sich an meinen Rücken schmiegte. Ich spürte, wie sein Herz wild schlug, fast im gleichen Tempo wie meines.

Irgendwann löste er sich von mir, nach einem festen Kuss auf meine Schulter. Ich schwebte immer noch zwischen dem Hier und dem Paradies, sodass ich nicht weiter protestierte, als er mich zu sich umdrehte. Der Wasserstrahl veränderte sich, prasselte nun nicht mehr direkt auf mich nieder.

Dann begann Darragh mich zu waschen, was mich aus meinem Traumzustand riss. Seine Hände strichen behutsam über meine Arme, meinen Rücken, Po und Oberschenkel. Obwohl ich gerade erst gekommen war, erwachte mein Verlangen für ihn erneut. Und wenn ich nicht für den Rest des Tages unter der Dusche stehen wollte, musste ich mich ablenken.

Also tat ich es ihm gleich und machte mich daran, ihn abzuschrubben. Dabei versuchte ich nicht auf seine Muskeln unter meinen Fingern zu achten, oder auf die wundervolle Hitze, die von ihm ausging. Gut, dass er nun nach meinem tropischen Duschgel roch und nicht wie sonst.

Wir stolperten erst aus der Dusche, als das Wasser nicht mehr brühend heiß war. »Eine halbe Stunde zu zweit duschen, braucht also meinen Vorrat auf«, bemerkte ich schmunzelnd.

»Keine Sorge, falls es doch mal länger dauert, kann ich das Wasser für uns aufheizen«, versprach Darragh und drückte mir einen Kuss auf die Nasenspitze. Dann wickelte er mich in ein flauschiges Handtuch. »Lass uns was kochen. Ich bin am Verhungern.«

HYPOESTES
PUNKTBLUME

Die nächste Woche hatte ihren Rhythmus gefunden. Ich erwachte jeden Morgen in Darraghs Armen, vollkommen ausgeschlafen und mit dem wundervollen Muskelkater nach einer langen Nacht voller Sex. Wir frühstückten zusammen, redeten über unser Leben, ehe Darragh sich zur Arbeit aufmachte, nur um am Abend wieder zu mir zurückzukehren. Wir kochten, schauten Filme zusammen, lernten einander besser kennen. Ohne jedoch auch nur ein Mal über den Elefanten – oder eher vergifteten Drachen – im Raum zu sprechen.

Den Tag über war ich meist allein, auch wenn ich ab und an in die Stadt ging. Zusammen mit Flora stürzte ich mich auf den Garten, und obwohl ich mir vorgenommen hatte, mit dem Gewächshaus anzufangen, nahmen die Beete den Großteil meiner Zeit in Anspruch. Was wohl auch daran lag, dass die von mir bestellte Erde und andere Rohstoffe noch nicht eingetroffen waren.

Also zupfte ich Unkraut, lockerte Erde auf und arbeitete meinen Plan für den Garten weiter aus. Inzwischen hatte ich eine extrem lange Liste an Setzlingen und Samen, die ich besorgen musste.

Flora begleitete mich auf Schritt und Tritt, genauso wie ihr Schnattern, das lauter war als die restlichen Geräusche der Natur. Aber mich störte es nicht weiter, tatsächlich gefiel es mir sehr, mich mit ihr zu unterhalten. Es gab mir die Möglichkeit, meinen Kopf zu klären und meine Gedanken zu sortieren.

Ein Gedanke, der sich zunehmend mehr manifestiert hatte, war Darraghs Verdacht, wer hinter seiner Vergiftung stecken könnte. Ich hatte es inzwischen von allen Seiten betrachtet, war meine alten Notizen durchgegangen und hatte ein wenig mehr recherchiert, ein klares Bild erschloss sich mir allerdings immer noch nicht.

Woran ich hauptsächlich scheiterte, war der Fluch, der eine große Rolle gespielt hatte. Einen solchen zu identifizieren, war schon im Normalfall nicht einfach, und es war auch nicht meine Stärke. Allerdings brachte es uns doch einen großen Schritt weiter. Wer auch immer dahintersteckte, musste sich entweder selbst mit Flüchen auskennen oder gute Verbindungen in Hexenkreise haben.

»Sprüche und Zauber sind an und für sich nichts Besonderes. Mal ganz abgesehen davon, dass es definitiv magisches Blut im Drachenclan gibt, das anscheinend auch genutzt wird. Siehe den Schutzzauber über der Höhle«, teilte ich meine Gedanken mit Flora, als wir eine kurze Pause einlegten. Sie machte sich nebenbei über eine Schale Salat her, während ich an einer Tasse kaltem Minztee nippte. »Es gibt genug Orte, um einen in Auftrag zu geben. Aber Flüche, das ist wieder was ganz anderes. Es gibt nur eine Handvoll Hexen im Vereinigten Königreich, die eine Lizenz dafür haben, und die werden natürlich regelmäßig kontrolliert. Doch unter der Hand ...« Ich hatte schon so einige Fälle von illegalen Flüchen behandelt, aber noch nie war mir ein derartiger untergekommen. »Es ist zu spezifisch, als dass er nicht von jemandem stammt, der sich mit Drachen auskennt. Damit hatte Darragh also schon mal recht.« Was Dalia weder entlastete noch den Verdacht gegen sie erhärtete. Ich hatte einfach zu wenig Informationen. Frustriert rieb ich mir über die Stirn, ehe ich meine Tasse in einem Zug leerte.

Mein Handy gab ein *Ping* von sich. Als ich Darraghs Namen las, musste ich grinsen.

Guten Morgen, Kleines. Die Lieferung mit deiner Erde kommt morgen. Brauchst du Hilfe beim Tragen?

Grinsend tippte ich eine Antwort. *Klar. Willst du mir vorher noch mit was anderem helfen? Ich würde mich gerne mal in den Wäldern hier umsehen.*

Die Antwort kam sofort. *Ich hab definitiv Lust auf eine Wanderung. Hab noch etwas zu erledigen, melde mich, sobald ich wieder auf der Insel bin.*

Einige Augenblicke starrte ich auf seine letzte Nachricht. Darragh war gerade gar nicht auf Rùm? Vielleicht sollte mich das nicht wundern, immerhin brauchte er kein Boot, um von der Insel zu gelangen.

Nachdem ich ihm noch ein *Bis später* geschickt hatte, legte ich das Handy zur Seite. Irgendwie störte es mich, dass Darragh mir nicht Bescheid gesagt hatte. Was mich daran erinnerte, dass ich kaum etwas über seine Aufgaben im Clan wusste. Bisher hatten sich unsere Gespräche nicht wirklich damit beschäftigt. Vielleicht war es an der Zeit, das zu ändern.

Kurz entschlossen sprang ich auf, um mich umzuziehen. Ich tauschte meine von der Gartenarbeit gezeichneten Klamotten gegen eine bequeme Jeans und ein einfaches Shirt, über das ich eine alte Regenjacke zog, die ich vor Jahren aus dem Kleiderschrank meiner Mutter geklaut hatte.

Das schöne Wetter der letzten Tage war leider einer grauen Wolkenwand gewichen, die von einem scharfen Wind über den Himmel getrieben wurde. Noch hatte es nicht geregnet, aber es lag in der Luft. Darüber würde der Garten sich sicher freuen, und etwas Wasser von oben hielt mich noch lange nicht davon ab, nach draußen zu gehen.

Vor ein paar Tagen war Calypso so nett gewesen, mir ein Fahrrad zu leihen, bis ich endlich selbst eins hatte. Das machte es deutlich einfacher. Ich verabschiedete mich von Flora, ehe ich in die Pedale trat. Bisher hatte sie das Grundstück nicht verlassen, was nicht untypisch für Vertraute war. Sie hüpfte einfach auf den Teich und drehte ihre Runden, bis ich zurück war.

Ich radelte vorbei an den mir inzwischen bekannten Feldern und Weiden, bis in die Stadt hinein und dann in Richtung des Schlosses. Allein hatte ich mich noch nicht hierhergewagt. Es war jedenfalls nicht schwer zu finden, obwohl es keine Straßenschilder gab.

Im Rest der Welt führten wohl alle Straßen nach Rom, aber hier auf Rùm führten sie alle zu Castle Kinloch.

Schon bald erhob es sich vor dem Hintergrund der Wolken. Gleichzeitig spürte ich die frische Meeresluft in meinen Haaren. An jedem anderen Tag hätte ich vielleicht einen Abstecher in Richtung Ozean gemacht, aber ich war kein Fan von Strand bei schlechtem Wetter.

Ich fuhr vorbei an dem kleinen Parkplatz und dem Haupteingang, halb um das Schloss herum. Dort stand zwischen einigen knorrigen Eichen der ehemalige Stall, in dem Darragh wohnte und arbeitete.

Ich stellte mein Fahrrad am Rand des Weges ab und machte mir nicht einmal die Mühe, es abzuschließen. Die

Verbrechensrate auf der Insel war lachhaft. Die schlimmsten Diebe hier waren wohl die Möwen, die an alles Essbare heranzukommen versuchten.

Die großen Tore des Stalls standen ein Stück offen, trotzdem klopfte ich gegen das alte, jedoch gut gepflegte Holz. »Aye!«, ertönte es kurz darauf von innen.

Das Gebäude bestand aus einem einzigen großen Raum, der durch Holzstützen in verschiedene Bereiche unterteilt war und von mehreren Dachfenstern erhellt wurde. Den größten Teil bildete eine Art Einsatzzentrale, mit mehreren Schreibtischen voller Computer. An einem davon saß Jamie, in der Hand eine Take-out-Verpackung.

»Briar!«, rief er erfreut aus. »Was führt dich hierher?«

Auf einmal kam ich mir seltsam dabei vor, aus dem Nichts hier aufgetaucht zu sein. Bloß weil es mir nicht gefiel, dass Darragh die Insel verließ. Offiziell hatte ich keinerlei Anspruch auf eine Erklärung, auch wenn er die komplette letzte Woche bei mir geschlafen hatte.

»Ich wollte mir endlich mal anschauen, wo Darragh arbeitet«, antwortete ich wahrheitsgemäß.

Jamie schien das nicht infrage zu stellen. »Du kannst dich hier gerne umsehen, aber Darragh ist gerade mit einigen der anderen unterwegs.« In diesem Moment gab Jamies PC ein Piepsen von sich.

Ich lugte über seine Schulter und versuchte aus der Karte, die darauf zu sehen war, schlau zu werden. Sie zeigte ganz klar Rùm und das umliegende Meer. Einige große blinkende Punkte bewegten sich auf die Insel zu. »Ist das ein Sonar?«

Jamie nickte. »So überprüfen wir, wer sich uns nähert. Darragh und die anderen sind auf dem Weg hierher.«

Nachdenklich nickte ich. Rùm hatte einen altertümlichen,

fast schon zeitlosen Charme, da passte moderne Überwachungstechnik nicht ganz rein. Allerdings waren Drachen für ihr territoriales Verhalten bekannt, weshalb es mich eigentlich nicht wundern sollte.

»Das macht ihr also den ganzen Tag? Den Flugraum um die Insel überprüfen?«, fragte ich, während ich mich umschaute.

Weiter hinten schirmten mehrere Vorhänge einen Teil des Stalls ab. Sofort meldete sich meine Neugierde, zusammen mit der Gewissheit, dass sich dahinter Darraghs privates Reich befand.

»Nicht ganz. Früher haben wir die Grenzen unserer Domäne abgeflogen, um nach möglichen Feinden Ausschau zu halten. Das machen wir immer noch ab und an. Ansonsten sind wir viel mit Internetsecurity beschäftigt«, erklärte Jamie, aber ich hörte ihm nur halb zu.

Ich lugte zwischen den Vorhängen hindurch, doch was ich dahinter sah, war enttäuschend. Ein einfaches Bett stand an der gegenüberliegenden Wand, daneben ein Beistelltisch und ein Kleiderschrank, das waren die einzigen Möbel in Darraghs Zimmer. Keine Bilder, keine Dekoration, nicht einmal eine einsame Topfpflanze, die gerade so am Leben blieb.

Das einzig Persönliche waren einige Bücher, die überall in kleinen Stapeln herumlagen. »Für ein richtiges Regal reicht die Liebe wohl nicht.«

Irgendwie erschien mir dieses ganze Zimmer – wenn man es überhaupt so nennen konnte – falsch. Es passte nicht zu der Version von Darragh, die ich kennengelernt hatte. Es war zu kalt, zu kahl.

Ich ließ den Vorhang wieder zufallen. Hier gab es nichts für mich zu entdecken. Stattdessen wanderte ich zurück zu den Schreibtischen, bis ich den von Darragh fand. Er war leicht zu erspähen, denn darauf stand ein Foto der ganzen Thompson-Familie.

Darragh und Basil sahen ihrem Vater ähnlich, dieselbe hochgewachsene Gestalt, die breiten Schultern, das kantige Kinn. Aber die Augen und Haare hatten sie von ihrer Mutter, die ein wenig kleiner war als die Männer in ihrer Familie. Und sie lächelte wie Darragh, was mein Herz sofort schneller schlagen ließ.

Mehr Persönliches fand sich allerdings auch nicht an seinem Arbeitsplatz. Die kühle Ordnung seines Schlafbereichs setzte sich hier fort. Alles war in dunklen Grautönen gehalten und von geraden Linien dominiert.

Wenigstens gab es hier eine Pflanze. Eine dunkelrote Höllenklaue saß in einem kleinen schwarzen Topf. Allgemein wirkte sie so, als würde man sich gut um sie kümmern, aber ich konnte mich nicht zurückhalten und schickte einen Funken Magie in die Pflanze. Sofort wuchs sie ein Stück und zeigte einige ihrer hübschen weißen Blüten. »So mag ich das.«

Große Schatten schossen über unsere Köpfe hinweg, gefolgt von dem Aufprall mehrerer schwerer Körper auf der Erde. Stimmen drangen durch das offen stehende Tor zu uns, und kurz darauf drängten sich die von ihrer Aufgabe zurückgekehrten Drachen in den Stall.

Als sie mich erblickten, wie ich mitten in ihrem Reich herumstand, wirkten sie nicht einmal überrascht. Ich wurde freundlich begrüßt, auch wenn ich Probleme hatte, mich an alle Namen zu erinnern. Darraghs Team bestand aus fünf Männern und fünf Frauen, alle in verschiedenem Alter. Doch Darragh war nicht unter ihnen.

Mein Handy vibrierte in meiner Hosentasche. Ich hatte es eben herausgezogen, als eine bekannte Gestalt den Stalleingang verdunkelte. Die Nachricht war kurz, aber süß.

Ich bin wieder da, wenn du willst, kann ich dich abholen kommen. Freue mich schon.

Im selben Moment, als ich die Nachrichtenapp wieder schloss, stand Darragh vor mir, ein freudiges, aber auch leicht verwirrtes Lächeln auf den Lippen. »Kleines, konntest du es nicht erwarten, mich zu sehen?«

Ich spürte, wie die Röte sich meinen Hals hinaufarbeitete, da seine Worte ziemlich klarmachten, dass wir viel Zeit miteinander verbrachten. Und noch hatten wir nicht geklärt, was genau da eigentlich zwischen uns lief. Auch wenn die Leute um uns herum mit ihren eigenen Sachen beschäftigt waren, konnte ich spüren, dass sie uns beobachteten.

Aber ich war niemand, der sich von einem Publikum einschüchtern ließ. Darragh freute sich über meinen Besuch, und nur das zählte. »Ich wollte mal schauen, wo du eigentlich arbeitest. Und wohnst.«

»Nur zu gerne, sonderlich aufregend ist es allerdings nicht.« Mit der Hand auf meinem unteren Rücken führte er mich zurück zu seinem Schreibtisch. Wie der Gentleman, der er war, bot er mir den Stuhl an, aber ich lehnte mich lieber an die Schreibtischplatte.

»Ich muss nur noch kurz eine Mail verschicken, dann können wir los in den Wald.« Er fuhr sich durch die Haare, während der PC startete. Für eine Sekunde konnte ich den Hintergrund sehen – eine Luftaufnahme von Rùm –, ehe sich das Mailprogramm öffnete und ich schnell den Kopf abwandte. So neugierig war ich dann doch nicht.

Dabei fiel mir auf, dass unter all den Gesichtern eines fehlte. »Wo versteckt Lennox sich vor mir?«

»Er ist aktuell beim Oirth-Clan, um ein paar Sachen zu klären«, brummte Darragh abwesend. Weiter ging er nicht auf die Sache ein und ich würde nicht nachfragen. *Noch* nicht. Seine Finger flogen über die Tastatur und schon fuhr er seinen Computer wieder herunter.

»Sollte was sein, weißt du, wie du mich erreichst«, erinnerte er Jamie, dann ergriff er meine Hand und wir verließen die Einsatzzentrale.

Sobald sich die Tür hinter uns geschlossen hatte, zog Darragh mich zu einem Kuss heran, den ich nur zu gerne erwiderte. Mit jedem Tag, den er zur Arbeit ging, vermisste ich ihn mehr, ein Gefühl, das genauso schön wie erschreckend war.

Als wir uns voneinander lösten, hatte ich kurz vergessen, wo wir uns befanden. Selig grinsend blickte ich zu ihm auf. »Ich konnte es wirklich nicht erwarten, dich zu sehen.«

»Um mich in einen Wald zu entführen«, neckte er mich. »Wir sollten auch direkt los, wenn wir nicht im Regen landen wollen.«

Zustimmend nickte ich, und gerade als ich mich in Richtung des Parkplatzes umwandte, hielt Darragh mich zurück. »Es gibt einen schnelleren Weg in die Berge.«

Fragend hob ich die Augenbraue. »Und der wäre?«

»Wir fliegen.«

Sofort schüttelte ich den Kopf. »Nein, ganz sicher nicht.«

Amüsiert hob er die Augenbraue. »Wieso nicht? Es ist die schnellste und sicherste Art zu reisen.«

Schnellste vielleicht, über *sicher* ließ sich hingegen diskutieren. »Wieso fliegen, wenn wir auch bequem in einem

Auto sitzen können? Mit Klimaanlage und Radio.« Alle vier Räder fest auf dem Boden, wo sie hingehörten.

Ich erinnerte mich nur noch vage an meinen allerersten unfreiwilligen Flug, aber die Sekunden, nachdem ich in die Luft gehoben wurde, waren mir auf keine sonderlich gute Art im Gedächtnis geblieben. Natürlich würde es mit Darragh etwas anderes sein, trotzdem hatte ich Bedenken.

Die Hände hinter dem Rücken verschränkt schlenderte er auf mich zu. »Du hast doch wohl nicht etwa Angst vorm Fliegen, oder?«

Sofort schüttelte ich den Kopf, vielleicht etwas zu vehement. »Natürlich nicht, ich bin schon oft geflogen.« Ich war nicht bereit, mich von meiner Angst definieren zu lassen.

»Dann spricht doch nichts dagegen. Alle coolen Leute fliegen.«

Ich verdrehte die Augen. »Das ist deine Strategie? Gruppenzwang? Ich hatte Besseres erwartet.«

Nun stand er direkt vor mir, sodass unsere Nasenspitzen sich beinahe berührten. »Eigentlich ist meine Strategie, darauf hinzuweisen, dass du Angst hast.«

Mir lag bereits ein Fluch auf den Lippen, weil er mich so leicht durchschaut hatte. »Ich hab keine Angst! Bloß keine Lust«, korrigierte ich in dem Versuch, einen kühlen Kopf zu bewahren.

»Aber selbstverständlich«, stimmte er zu. »Es kann ja nicht sein, dass Briar Delga, eine der fähigsten Kräuterhexen, Angst vor einem kurzen Flug auf einem Drachen hat.«

»Es ist keine Angst, es ist Respekt. Immerhin gibt es keine Sicherheitsgurte oder richtigen Sitzplätze. Geschweige denn irgendeinen Schutz gegen die Elemente. Es ist nicht so, als würde mich der Gedanke nicht reizen, aber selbst meine Fähigkeiten reichen nicht, um jemanden zu retten, der aus Hunderten von Metern auf die Erde knallt.«

»Du hast also Sorge, dass ich dich fallen lassen könnte?« Mit einem Mal war Darragh ernst geworden.

Sofort schüttelte ich den Kopf. »Nein, eher von deinem Rücken zu rutschen«, gestand ich schließlich. »Bisher habe ich nicht mal ein Pferd geritten, da erscheint mir ein Drache ein sehr großer Sprung.«

Darraghs Hand schlich sich in meinen Nacken. »Ich habe volles Vertrauen in deine Fähigkeiten. Ist die Frage, ob du auch mir vertraust.«

Ich schluckte trocken. Hierbei ging es um mehr als nur das Fliegen auf einem Drachen. Und wenn ich in mich hineinhorchte, kannte ich die Antwort. Es war ein lautes, deutliches Ja – ich vertraute ihm. Was mich doch tatsächlich meine nächsten Worte aussprechen ließ: »Na gut. Aber wenn du mich fallen lässt, wird das ein Nachspiel haben.«

Der Triumph in Darraghs Augen wurde beinahe übertönt von seinem verschmitzten Lächeln. »Du wirst es nicht bereuen.«

Umgehend machte er ein paar Schritte nach hinten und verwandelte sich direkt vor meinen Augen. Es war seltsam, obwohl ich nicht blinzelte, kam es mir so vor, als hätte ich einen wichtigen Augenblick verpasst. In einem Moment stand da der hochgewachsene Mann, den ich so gut kannte. Und keine Sekunde später befand sich der gigantische Drache vor mir, mit dem ich vor all den Wochen in der Höhle eingesperrt gewesen war. Er war immer noch beeindruckend, die massiven Muskeln unter den grünen Schuppen, die riesigen Flügel, aber nun war er kein fremdes Wesen mehr. Auch wenn es mir nach wie vor schwerfiel, den Drachen mit dem Mann zu vereinen.

»Bist du bereit?«, dröhnte Darraghs tiefe Drachenstimme. Gleichzeitig senkte er seinen Flügel, bis er eine Art Treppe bildete, die es mir einfacher machte, auf seinen Rücken zu klettern.

Ich zögerte kurz, meine Beine brauchten noch etwas Überredung, um sich endlich in Bewegung zu setzen. Bisher hatte ich unter keinerlei Flugangst gelitten und ich hatte auch keine Probleme mit Freefalltower und Achterbahnen. Und ich war niemand, der sich von seinen Ängsten regieren ließ.

Also kletterte ich den Flügel hoch, stets darauf bedacht, Darragh dabei nicht wehzutun. Der größte Teil seines Körpers war zwar geschützt, aber die dünne Lederhaut seiner Flügel kam mir leicht verletzbar vor.

Oben angekommen schwang ich ein Bein über seinen Rücken und rutschte sofort in die Kuhle zwischen seinen Schultern, sicher geborgen hinter seinem Hals. Es war kein sonderlich bequemer Sitz, doch zumindest hatte ich nicht das Gefühl, gleich wieder herunterzurutschen. Ich konnte mich sogar an den Stacheln festhalten.

»Alles bereit da oben?« Jedes von Darraghs Worten jagte mir Vibrationen durch den Körper. Mein Herz klopfte automatisch schneller.

»Ja, ich denke —« Und noch bevor ich meinen Satz beendet hatte, setzte er sich in Bewegung. Wie ein solch riesiges Wesen vom Boden abheben konnte, war mir unbegreiflich. Darragh spannte seine Muskeln an, nahm die Flügel hoch und mit einem Mal waren wir in der Luft.

Ich schrie, klammerte mich an seinem Hals fest und betete, schloss dabei aber nicht die Augen. Mein Magen war irgendwo auf der Erde zurückgeblieben, die sich zunehmend weiter von uns entfernte. Ein scharfer Wind riss an meinen Haaren, trotzdem war mir nicht kalt.

Und dann verwandelte mein Schrei sich in ein aufgeregtes Lachen. Ich flog in der freien Luft. Ohne Sicherheitsbügel, ohne Tonnen von Stahl um mich herum. Nur ein Drache unter mir, der sogar noch an Tempo zulegte.

Unter uns zog die Insel vorbei. Darragh drehte eine Runde über dem Schloss, ehe er einen Abstecher über das graue Meer machte. Dann flog er in einer Kurve zurück zur Insel, hinweg über das Dorf und hinauf zum Vulkan.

Einige andere Drachen kreuzten unseren Weg, genauso wie Schwärme von Gänsen. Die sonst so imposanten Highlandrinder waren nichts weiter als kleine braune Flecken, die über das grüne Gras tollten.

Dann ließen wir das Flachland hinter uns. Rùm hatte einige kleine Wälder, aber das meiste der Insel war gezeichnet von Graslandschaften und grauem Gestein. Auf ebenso eine Wiese unweit eines kleinen Wäldchens steuerte Darragh nun zu und machte sich zur Landung bereit. Ich rechnete schon damit, gleich unsanft durchgerüttelt zu werden, doch wieder einmal wurde ich von dem Drachen überrascht: Wir kamen weich wie eine Feder auf dem Boden auf – ganz im Gegensatz zu mir. Wie ein nasser Sack plumpste ich vom Flügel herunter und lag wie ein Käfer auf dem Rücken da, während ein Lachen über meine Lippen perlte.

»So schlimm war es doch gar nicht.« Vor lauter Lachen war mir sogar Darraghs Verwandlung entgangen. In seiner menschlichen Gestalt stand er über mir und reichte mir die Hand zum Aufstehen. »Was genau führt uns eigentlich hierher?«

Mit beiden Beinen fest auf dem Boden atmete ich ein paarmal tief durch. Dann klopfte ich mir einige Grashalme vom Hintern. »Wir suchen nach Moos.«

BRYOPHYTA

MOOS

Ich konnte Darragh ansehen, dass er verwirrt war, aber er fragte nicht nach. Stattdessen ergriff er meine Hand und wir machten uns auf zum Wäldchen. Hier oben, weit entfernt von jeder anderen lebenden Seele, war es wundervoll ruhig. Die einzigen Geräusche waren der Wind über und unsere Schritte auf dem Gras unter uns.

»Wieso genau musstest du Rùm eigentlich heute verlassen?«, stellte ich die Frage, die mir schon die ganze Zeit auf der Seele brannte.

»Ein paar Jungdrachen haben die Grenze unserer Domäne überschritten und ich musste herausfinden, was genau sie dazu veranlasst hat«, erklärte er, ohne zu zögern.

»Und was wollten sie hier?« Irgendwie machte mich der Gedanke, dass fremde Drachen hier auftauchten, sehr nervös.

»Es waren bloß ein paar Teenager von einem Clan auf dem Festland, die Blödsinn gemacht haben. Eine Mutprobe, wer sich am weitesten in eine fremde Domäne traut.« Er schüttelte den Kopf, aber ein schmales Grinsen zeigte sich auf seinen Lippen. »Wir haben ihnen einen ganz schönen Schrecken eingejagt, als wir mit der ganzen Flotte aufgetaucht sind. Hoffentlich genug, damit sie so etwas nicht noch mal wagen.«

Etwas an seinem Tonfall ließ mich stutzig werden. »Kennst du dich mit solchen Mutproben aus?«

Darragh biss die Zähne zusammen, bis sein Kiefer scharf hervortrat. Irgendwie hatte ich es geschafft, einen wunden Punkt zu finden, auch wenn ich mir nicht erklären konnte, was genau es war.

Aber so schnell der Schatten auf Darraghs Gesicht aufgetaucht war, so schnell war er auch wieder verschwunden. »Wir waren alle mal jung. Und wenn man Flügel hat und die feste Ansicht, dass niemand einem schaden kann, dann macht man manchmal unüberlegte Dinge. Mich hat es mehr als nur einmal auf das Gebiet eines anderen Clans verschlagen und ich hab dafür Rüffel kassiert.«

Trotz seiner amüsiert klingenden Stimme entging mir der dunkle Unterton nicht. Die fröhliche Hochstimmung von eben war wie vom Wind davongetragen. Das wenige Tageslicht, das von den tristen Wolken hindurchgelassen wurde, verschwand beinahe vollkommen, als wir unter das dichte Blätterdach des Wäldchens traten.

Das düstere Zwielicht bot die passende Atmosphäre für das Gespräch, das ich mit einem Mal führen wollte. Ich hielt den Blick auf den Boden gerichtet, auf der Suche nach Moos, als ich sprach: »Wieso misstraust du Dalia und ihrem Clan so sehr?«

Darragh schwieg, seine Augenbrauen konzentriert zusammengezogen. Ich kannte diesen Gesichtsausdruck, die Suche nach den richtigen Worten, nach einer Erklärung, die auch für jemand anderen Sinn machte.

Seine Worte kamen langsam, wohlüberlegt: »Es hat vieles mit unseren Instinkten als Drachen zu tun. Wir sind eine loyale Spezies, aber vor allem sind wir territorial. Wir würden alles für Mitglieder unserer Clans tun, begegnen Außenstehenden immer mit Misstrauen. Es ist in unserer DNA verankert, und vor langer Zeit war es verantwortlich für schreckliche Kriege.«

Wir hatten in der Schule über diese Konflikte gesprochen. Städte verschlungen von Drachenfeuer, Zehntausende Leben auf grauenhafte Art und Weise beendet. Und das alles nur, weil ein Clan sein Territorium vergrößern wollte.

»Wir haben über die Jahre dazugelernt, zum Glück. Niemand will die Kriege dieser dunklen Jahre wiederholen, weshalb die Chiefs sich zusammengeschlossen haben, um Konflikte auszudiskutieren. Aber dieser oberflächliche Anstand funktioniert nicht immer.«

Wir wanderten zwischen Waldbeersträuchern und Wurzeln umher. Inzwischen hatte es zu regnen begonnen. Ich hörte, wie die Tropfen auf die Blätter trafen, aber die Bäume standen eng genug, sodass wir trocken blieben.

Ich ließ Darragh Zeit, seine Gedanken zu formulieren. Irgendwann sprach er weiter. »Der Oirth-Clan ist berüchtigt dafür, sein Gebiet stetig weiter auszubauen. Ohne dabei jedoch eine unserer Regeln zu brechen. Früher gab es oft arrangierte Ehen zwischen ihnen und anderen Clans, allerdings nie zwischen Chiefs. Dadurch haben sich ihre Clanmitglieder verdoppelt. Vor etwa hundert Jahren gab es eine ganze Welle von Hexen und Magiern, die in den Clan eingeheiratet haben. Darunter war auch Dalias Urgroßmutter.«

»Oh.« Das stimmte mit den Berichten aus der *DD* überein, die ich gelesen hatte. Also gab es in diesem Clan genug Mitglieder mit magischen Fähigkeiten, um einen solchen Zauber, wie er Darragh getroffen hatte, zu wirken. Das war natürlich ein starkes Indiz.

»Dalia selbst hat bisher keinen Versuch unternommen, den Einfluss ihres Clans zu vergrößern, seitdem sie als Chief übernommen hat. Stattdessen konzentriert sie sich darauf, das Image ihrer Leute zu verbessern und das Clanvermögen auszubauen. Wofür ich sie durchaus schätze. Jahrhundertealte Traditionen zu brechen, ist nicht einfach. Auch wenn die Skrupellosigkeit ihrer Familie wie ein Schatten an ihr haftet.«

»Aber du hast auch den Verdacht, dass das alles nur eine Strategie ist.«

»So in etwa, ja. Es geht mir einfach alles zu schnell. Die beiden sind erst ein Jahr zusammen, wovon sie die meiste Zeit getrennt voneinander verbracht haben.«

Ein logisches Bedenken, aber dennoch. »Es gibt immer wieder Paare, die sich nur kurz kennen und trotzdem ihr ganzes Leben miteinander verbringen wollen. Schau mich an, ich bin umgezogen, nur um dir eine Chance zu geben.« Es war seltsam, es so laut zuzugeben, aber es stimmte.

»Sosehr mir das auch schmeicheln mag, bist du nicht wegen mir hierhergezogen. Ich war nur ein kleiner Teil, der deine Entscheidung beeinflusst hat«, erinnerte er mich.

Ich stieg über einen umgefallenen Baumstamm hinweg. »Ja, schon. Aber das eine schließt das andere nicht automatisch aus. Vielleicht geht es Dalia darum, den Einfluss ihres Clans zu vergrößern, und gleichzeitig liebt sie Basil. Zumindest wirkten die beiden sehr verliebt, als ich sie zusammen gesehen habe.«

Abwertend schnaubte Darragh. »Mein Bruder, von Liebe verblendet. Eigentlich eine lachhafte Vorstellung. Er ist immer so rational, fast schon kalt.«

Erneut hatte ich das Gefühl, dass noch etwas anderes

zwischen den Brüdern stand. Etwas, was schon länger vor sich hin gärte und eigentlich gar nichts mit Dalia zu tun hatte.

»Ist es dann nicht etwas Gutes, dass er jemanden gefunden hat, der ihn aus seiner kalten Schale befreit?«, fragte ich vorsichtig.

»Kann sein. Aber wenn er sich damit ins Unglück stürzt, ist es meine Aufgabe, ihn davor zu bewahren.«

Nachdenklich spielte ich mit einer Haarsträhne, die inzwischen ein wenig feucht geworden war. »Lass uns das Ganze mal von einem anderen Blickwinkel aus betrachten. Welche weiteren Verdächtigen gibt es denn? Deine Vergiftung war ganz sicher kein Unfall. Hat sonst jemand ein Problem mit dir oder deinem Bruder?«

Es wäre beim besten Willen nicht das erste Mal, dass jemand seinem Ärger mithilfe von Magie Luft machte. Ich selbst musste einige Male eingreifen, als Junghexen sich gegenseitig vergiftet hatten, und das nur wegen kindischer Streitereien.

Allerdings war das, was Darragh passiert war, ganz klar ein Mordversuch. Wäre ich nicht in der Lage gewesen, ihn zu retten, dann würde er nun nicht mehr unter uns weilen. Der Gedanke jagte einen Schauer durch meinen Körper und ich musste mich schütteln.

Darragh legte den Arm um meine Schulter und zog mich an seine Seite. Sofort drang seine Hitze durch meine klamme Kleidung. Zufrieden seufzend schmiegte ich mich näher an ihn. Derart verschlungen war es ein wenig schwerer, durch den Wald zu stapfen, aber irgendwie schafften wir es.

»Glaub mir, darüber habe ich mir auch schon unzählige Male den Kopf zerbrochen. Natürlich bin ich in meinem Leben einigen Leuten auf die Füße getreten, das bringt mein Job nun mal mit sich. Doch die wenigen Male, in denen ich außerhalb des Clans gehandelt habe, war ich nichts weiter als eine Hilfe. Und die Vorstellung, dass es jemand aus unseren eigenen Reihen war ...« Darragh schüttelte den Kopf.

»Aber könnte es so jemanden geben?« Ich musste nachhaken, alles andere wäre nicht fair.

»Unsere Insel ist nicht perfekt. Obwohl wir alle zu einem Clan gehören, gibt es genug Konflikte. Über die Jahre habe ich den einen oder anderen Einbruch aufgeklärt, Leute für Schlägereien hinter Gitter gebracht und leider auch einen Mord aufgeklärt.«

»Ein Mord?« Mit dieser Enthüllung hätte ich niemals gerechnet. Es schien so gar nicht zu dem Gemeinschaftsgefühl eines Drachenclans zu passen.

»Aber die Person sitzt immer noch ihre Strafe ab«, fuhr Darragh fort. »Und klar, auch Basil hat sich als Chief ein paar mehr Feinde gemacht. Zu seinen Aufgaben gehört es leider auch, Individuen aus dem Clan zu verbannen. Oder manchen den Zutritt zu verweigern. Aber ich habe jede dieser Personen überprüft, alle haben ein Alibi und keine Verbindungen, um an solche Zauber heranzukommen.«

Ohne dass ich es bemerkt hatte, waren wir stehen geblieben. Es regnete immer stärker, das Blätterdach ließ zunehmend mehr Tropfen hindurch. Aber ich war nicht aus Zucker, ein wenig Wasser von oben brachte mich nicht aus der Ruhe.

»Ich kann mich umhören, ob jemand die für den Fluch benutzten Pflanzen verkauft hat«, schlug ich vor. »Immerhin ist es eine sehr spezifische Mischung. Wenn ich noch ein paar andere Pflanzen einstreue, dann kann ich auch verbergen, wonach wir genau suchen. Vielleicht können meine Hexenkontakte dadurch herausfinden, ob jemand einen solchen Zauber erschaffen hat, aber der Schwarzmarkt boomt.«

Darraghs hochgezogene Augenbrauen verrieten mir, dass ich weitersprechen sollte: »Es gibt eine Menge Zauber und Magie, die verboten sind. So was Übliches wie Nekromantie oder auch einige wirklich grausame Flüche. Natürlich kann man die trotzdem besorgen, auf dem Schwarzmarkt eben. Es gibt außerdem Pflanzen, die nicht jeder anbauen darf, die man ebenfalls dort erhält. Wenn man die richtigen Leute kennt, die wiederum die richtigen Leute kennen, kommt man an so manche Information ran.«

»Einen Versuch ist es wert.« Doch auch Darragh wirkte nicht sonderlich hoffnungsvoll, dass uns das irgendwie weiterhalf.

Nachdenklich ließ ich meinen Blick schweifen, bis ich genau an der Sache hängen blieb, die uns an diesem Tag in den Wald getrieben hatte. Ich löste mich von Darragh und seiner wundervollen Wärme, um über einige Wurzeln hinwegzusteigen. In einer kleinen Kuhle wuchs das perfekte Moos. Dunkel, feucht und so dicht, dass ich es in einem großen Stück vom Boden ablösen konnte.

Zuerst jedoch holte ich die Plastiktüte aus meinem Rucksack und reichte sie an Darragh weiter. Der schaute zwar etwas skeptisch, hielt sie aber für mich offen.

»Premium-Moos«, erklärte ich grinsend, als ich meinen Schatz einpackte. »Das sollte erst mal reichen.« Ich wischte meine dreckigen Finger an meiner Hose ab. »Ansonsten kommen wir einfach wieder.«

Darragh schlang sich die Tüte auf die Schulter. »Wollen wir dann langsam zurück? Fliegen in strömendem Regen ist nicht unbedingt zu empfehlen.«

Zustimmend nickte ich. Da ich absolut keine Orientierung hatte, folgte ich Darragh, während ich meinen eigenen Gedanken nachhing. Wir hatten immer noch keinen konkreten Hinweis, der uns zu dem Täter oder der Täterin hinter dem Giftanschlag führte. Wenigstens verstand ich nun etwas besser, wieso Darragh so überzeugt von seiner Theorie war. Aber sein Instinkt war nun mal kein stichhaltiger Beweis. Seufzend fuhr ich mir durch die Haare, die inzwischen feucht an meiner Stirn klebten.

»Ich wünschte, ich könnte dir ein klareres Bild von der Situation geben.« Darragh schien mir die Gedanken vom Gesicht ablesen zu können. »Aber Dalia und ihr Clan sind die einzigen Verdächtigen, die wir haben. Jeden anderen Hinweis haben wir bereits verfolgt.«

»Aber du kannst trotzdem nicht zu Basil gehen, weil er dir ohne echte Beweise nicht glauben wird«, schlussfolgerte ich. Keine sonderlich angenehme Situation.

»Nicht noch einmal, nein.« Auf meinen fragenden Blick hin fuhr er fort: »Ich habe meine Bedenken schon einmal vorgebracht, kurz nachdem die beiden ihre Beziehung öffentlich gemacht haben. Basil hat mir nicht geglaubt und klargestellt, dass er davon nichts mehr hören will. Genauer gesagt, hat er befohlen, dass ich nie wieder auch nur ein Wort darüber verliere.«

»Oh.« Die Situation wurde zunehmend vertrackter. »Und dann?«

Sein Kiefer spannte sich an. »Dann sollte ich nach anderen Feinden des Clans suchen, was ich auch gemacht habe.

Alle Nachforschungen zum Oirth-Clan erledige ich im Geheimen. Nicht einmal mein Team weiß davon.«

»Darragh, stellst du dich damit nicht gegen die Anweisungen deines Chiefs? Ich dachte, das ist verboten.« Ich hatte geglaubt, es gäbe eine Art magische Loyalität, die die Clanmitglieder dazu zwingt, zu folgen.

»Du hast recht.« Seine Miene wurde hart. »Wer sich gegen den Chief stellt, kann des Clans verwiesen werden und damit ein Ausgestoßener werden. Ein Chief trifft Entscheidungen zum Wohle des Clans, um alle zu beschützen. Aber wer beschützt ihn vor seinen eigenen Fehlern?«

Die Überzeugung, dass dies seine Aufgabe war, hing unausgesprochen zwischen uns in der Luft. Welche Komplikationen auch immer die Beziehung der Brüder belasteten, es war klar, dass sie einander liebten.

»Deshalb brauche ich Beweise«, stellte Darragh mit stahlharter Stimme klar.

»Und die bekommst du wahrscheinlich nur auf dem Gebiet der Oirths. Ist Lennox deshalb dort?« Sofort korrigierte ich mich: »Nein, du meintest ja, niemand außer uns weiß Bescheid.«

»Lennox fungiert als meine Vertretung. Nachdem ich meine Zweifel gegenüber Dalia angebracht hatte, hielt Basil es für das Beste, keinen direkten Kontakt mit den anderen Clanleuten zu haben. Leider kennt er mich zu gut und wusste, dass ich meine Nase in Dinge stecken würde, die mich seiner Meinung nach nichts angehen.«

Ich musste wohl nicht sagen, dass wir beide genau das taten. Doch gerade war es wichtiger, dass wir eine praktische Lösung fanden. »Sich heimlich auf die Insel zu schleichen, um sich mal umzusehen, ist wohl auch raus.«

Darragh schüttelte den Kopf. »Wie gesagt, Basil kennt mich gut und hat Dalia informiert, dass ich ihr nicht vertraue.«

»Wow.« Das Gespräch hörte sich nicht gerade nach einem Kaffeekränzchen an. Keine Ahnung, wie ich in so einer Situation reagiert hätte. »*Mein kleiner Bruder misstraut dir, deshalb soll er dein Clangebiet nicht betreten. Aber wir werden sicher mal eine große glückliche Familie werden.*« Ich gab mein Bestes, meine Stimme wie die von Basil klingen zu lassen, versagte aber kläglich.

Darragh verzog einen Mundwinkel. »Na ja, ganz so nett hat Basil sich nicht ausgedrückt.« Wir waren inzwischen am Waldrand angekommen. Vor uns erstreckten sich die Felder und Wiesen den Vulkan hinauf, verschleiert von den Regenschwaden. Es war ein beinahe spiritueller Anblick, die Schönheit der Natur und ihre Symphonie, und passte so gar nicht zu unserem Gespräch über Vergiftungen und mögliche Kriege.

»Lass mich meine eigenen Nachforschungen anstellen«, murmelte ich nach einigen Atemzügen. »Die Lösung dieses Rätsels liegt in der Magie. Hinter deiner Vergiftung steckt ein komplexer Zauber, für den es eine ganze Menge Wissen braucht.«

Darraghs Stimme wurde eindringlich. »Ich habe dich zwar in diese ganze Sache mit reingezogen, aber es liegt nicht in deiner Verantwortung, eine Lösung zu finden. Und noch weniger, dich in Gefahr zu bringen.«

Ich stupste ihn mit meinem Ellbogen in die Seite. »Ich habe einen wütenden Drachen überlebt, da schaffe ich sicher auch eine kleine Internetrecherche.«

Zur Antwort legte Darragh die Arme um mich und zog

mich an seine Brust. »Ich hätte mich eher als *wahnsinnig* anstatt *wütend* bezeichnet.«

»Es geht nicht immer um dich«, ärgerte ich ihn weiter. »Ich habe von Basil gesprochen.«

Sein Lachen vertrieb die Wolken, die sich über unser Gespräch gelegt hatten, und auch der Himmel klärte sich langsam wieder.

»Ich wollte dich noch etwas anderes fragen«, murmelte Darragh nah an meinem Ohr. Sein heißer Atem auf meiner Haut beschwor eine Gänsehaut auf meinem ganzen Körper.

»Ach ja?« Ich legte den Kopf in den Nacken, sodass ich zu ihm aufschauen konnte.

»Falls du morgen Abend noch keine anderen Pläne hast, wollen wir zusammen in den Pub gehen?«

»Ein Date?«, hakte ich zur Sicherheit nach.

»Ja, ein Date. Nur du und ich. Und der halbe Clan, der ebenfalls dort rumhängt.«

»Klingt gut.« Ich behielt für mich, wie sehr es mich freute, dass er ein öffentliches Date vorschlug. »Wollen wir wieder zurück? Ich brauche dringend eine heiße Dusche.« Die ich hoffentlich nicht allein nehmen musste. Und diesmal zögerte ich nicht, auf den Rücken eines Drachen zu klettern.

Als wir abhoben, flatterte mein Magen wegen der Mischung aus Vorfreude auf morgen und der Sorge, was ich bei meinen Nachforschungen finden würde.

HUMULUS
HOPFEN

»Ich fasse es nicht, dass du auf einem Drachen geritten bist!«
Cleos aufgeregter Schrei schreckte Flora auf, die bisher ruhig neben mir auf dem Tisch gesessen hatte.

Ich blickte ihr hinterher, als sie entrüstet quakend aus dem Haus in ihren Teich flüchtete. Dann wandte ich mich wieder meinem Handy zu, aus dem mir Cleos Gesicht entgegenschaute.

Nach dem Gespräch gestern wollte ich den heutigen Tag für meine Recherche nutzen, ehe Darragh mich für unser Date abholte. Da Cleo meine beste Verbindung zu den Coven war – immerhin war sie Teil von einem und hatte damit Zugang zu Konflikten zwischen Hexen und Drachen –, hatte ich mich an sie gewandt. Und obendrein wollte ich natürlich wissen, wie es bei ihr und Gran lief.

»Es war echt cool«, antwortete ich ihr. »Fliegen ist ein unbeschreibliches Gefühl.« Leider beruhte das Klischee, dass Hexen auf Besen reiten konnten, nicht auf der Wahrheit. Zwar gab es eine Technik, durch die man schweben konnte, aber die eignete sich eher, um an hohe Regale heranzukommen.

»Da bin ich ja fast ein wenig neidisch«, grummelte Cleo. »Obwohl ... auch mit der Aussicht würde ich mich keinem Drachen nähern.«

Vielleicht würde sie ihre Meinung ändern, wenn sie ihr Geheimnis kannte, aber so musste ich Cleos Skepsis einfach hinnehmen. Wenigstens konnte ich noch von Darragh schwärmen. »Wir gehen heute Abend zusammen in den Pub. Unser erstes richtiges Date.«

»Er ist schon echt heiß«, murmelte Cleo abwesend. »Und er hat keine Schuppen, was ein riesiger Vorteil ist«, fügte sie kichernd hinzu.

Ich biss mir auf die Zunge, um mir einen Kommentar zu verkneifen. Zu meiner Erleichterung gesellte sich in diesem Moment Gran zu unserem FaceCall.

Sie nahm in ihrem üblichen Sessel im Wohnzimmer Platz, den ich im Hintergrund sehen konnte. Anscheinend kamen sie und Cleo sehr gut aus, denn sie wirkte vollkommen entspannt.

»Hey, Gran. Wie geht's so?«, machte ich mich bemerkbar.

»Briar, mein Schatz. Was gibt es Neues auf deiner Insel?« Meine Großmutter nahm ihr Kreuzworträtselbuch zur Hand, doch ich wusste, dass sie mir weiter aufmerksam zuhörte.

»Ich habe den Garten endlich in den Griff bekommen, und das Gewächshaus ist beinahe bereit.« Nach nicht einmal zwei Wochen war das ein ordentlicher Fortschritt. »Außerdem bin ich gerade dabei, die gemeinsame Geschichte zwischen Drachen und Hexen zu erforschen«, lenkte ich unser Gespräch auf das eigentliche Thema. *Na ja, fast …*

Ich konnte Gran und Cleo keine Details erzählen, immerhin hatte ich Darragh mein Schweigen versprochen. Außerdem war das Risiko zu groß, ich durfte meine Familie nicht in Gefahr bringen. Also hatte ich auf die uns Hexen angeborene Neugierde gesetzt und kurzerhand eine etwas andere Recherche erfunden.

Gran warf mir einen Blick über den Brillenrand zu. »Nun, welche Geheimnisse hast du bereits aufgedeckt?«

Seufzend blätterte ich durch meine Notizen. »Drachen und Hexen verbindet eine lange und blutige Geschichte. So viel ist klar. Trotzdem gibt es Hexen und magisch begabte Individuen in den Clans. Aber diese haben keinen Kontakt nach außen. Und Magie zeigt bei den Drachen Wirkung. Wie wir ja an meinem Patienten gesehen haben.«

Diesen kleinen Funken Wahrheit hatte ich neben meiner Gran auch Cleo mitgeteilt. Immerhin musste mein Kontakt zu den Drachen ja von irgendwo herrühren. Also hatte ich ihr gestanden, einen ebensolchen geheilt zu haben.

»Es ist einfach so spannend, dass es wirklich möglich ist, einen Drachen zu verzaubern. Ihn anzugreifen, krank zu machen.«

Ein fast schon beeindruckter Ausdruck trat in Cleos Augen.

Erneut kaute ich auf meiner Unterlippe, um nichts Falsches zu sagen. Es war um weit mehr gegangen als nur darum, Darragh *krank* zu machen. Um einen Drachen in eine seiner Gestalten zu sperren, musste man zunächst wissen, dass sie diese überhaupt wechseln konnten – und auch genau die Stelle kennen, an der sie verwundbar waren und Darragh getroffen wurde. Bisher hatte ich immer geglaubt, Drachen seien unverletzlich.

»Weißt du denn irgendetwas bezüglich eines Konflikts zwischen einem Coven und dem Clan?«, kam ich auf das eigentliche Thema zurück.

Nachdenklich starrte Cleo ins Nichts.

Stattdessen meldete Gran sich zu Wort. »Der nächstgelegene Coven untersteht Amanda Clarke. Ich kenne sie gut und sie hegt keinerlei Konflikte mit irgendwem. Dafür sind sie und ihre Hexen zu weich.«

»Gran«, schalt ich sie liebevoll.

Sie kritzelte weiter in ihrem Kreuzworträtsel herum.

»Es gibt allein in Schottland mehr als ein Dutzend Coven.« Cleo war aus ihren Grübeleien wieder aufgetaucht. »Über die Jahrhunderte gab es da sicher ein paar Fehden.«

»Glaubst du, du kannst mehr für mich herausfinden?«

Aufgeregt nickte Cleo. »Na klar, ich habe einige Verwandte in anderen Clans, die können uns sicher helfen. Oh, meine Tante hatte mal ein Date mit einem Hexer aus einem schottischen Coven ...«

Ich hörte ihr nur mit halbem Ohr zu, wie sie davon berichtete, dass ihre Tante einmal mit einem Zauberer ausgegangen war, der anscheinend großes Interesse an Frauenschuhen gehabt hatte. Auf meinem Handy war die Nachricht einer unbekannten Nummer eingegangen.

Hey Briar,
ich hoffe, es war okay, dass ich mir deine Nummer besorgt habe. Leider hatten wir bei der Feier nicht wirklich Zeit, uns besser kennenzulernen. Das würde ich gerne nachholen. Ich bin nächstes Wochenende wieder auf Rùm, vielleicht hast du Zeit und Lust, einen Kaffee trinken zu gehen?
Liebe Grüße
Dalia

Ich starrte den Text an, als würde er eine geheime Botschaft enthüllen, wenn ich mich nur genug konzentrierte. In den letzten Tagen hatte ich so viel über Dalia und ihren Clan nachgedacht, aber nie über die Chief selbst. Irgendwie hatte ich vergessen, dass sie ein fühlendes Wesen war und nicht nur der potenzielle Bösewicht.

Wir hatten bereits bei dem Fest über Kaffee gesprochen, aber ich hatte es nicht ernsthaft in Erwägung gezogen. Doch vielleicht war es gar keine schlechte Idee, um mehr über sie und ihre Absichten in Erfahrung zu bringen. Möglicherweise hatte sie auch gar nichts mit dem Ganzen zu tun. Den Artikeln zufolge war sie eine sehr beeindruckende Frau.

Dreimal tippte ich meine Antwort, nur um sie sofort wieder zu löschen. Irgendwie fand ich nicht den richtigen Ton. Ich wollte nicht überfreundlich erscheinen, oder zu kalt.

Am Ende gab ich mich mit einer kurzen Nachricht zufrieden, in der ich den nächsten Samstag vorschlug. Der Drang, so lange auf mein Handy zu starren, bis eine Erwiderung aufpoppte, war derart stark, dass ich das Gerät lieber zur Seite legte.

»Auf jeden Fall hat meine Tante so ihren Mann kennengelernt«, beendete Cleo ihre Erzählung, gerade als ich mich wieder auf das Gespräch besann.

Anscheinend hatte ich einiges verpasst, aber ich war definitiv nicht dazu bereit, nachzufragen, ob ihre Tante jetzt mit einem Fußfetischisten verheiratet war. Zu meinem Glück erwartete Cleo keine Antwort, denn sie fuhr augenblicklich fort: »Fia und ich können heute Abend direkt mal nach Infos fragen.«

»Wieso heute Abend?« Flora war inzwischen wieder hereingekommen, hielt aber Abstand zu mir und dem Telefon. Stattdessen machte sie es sich auf einem Kissen am Fenster gemütlich.

»Fia nimmt mich mit zu ihrem Rummikub-Spiel.«

»Gran!« Diesmal war ich es, die Flora aufscheuchte. Sie

quakte entrüstet, als hätte ich ihr eine Schwanzfeder ausgerupft, dann machte sie sich abermals davon.

Ich musste mich später dringend bei ihr entschuldigen.

Doch zurück zu dem anderen Wesen, das ich vor Schaden bewahren musste. Grans Rummikub-Runde war berüchtigt, dort wurde um so ziemlich alles gespielt: Geld, Zaubertränke, magische Gegenstände und nicht zuletzt die Ehre.

Einmal hatte ich Gran begleitet und war dabei so über den Tisch gezogen worden, dass mir der Angstschweiß den Rücken herunterlief, wenn ich nur daran dachte.

»Die werden Cleo bei lebendigem Leib fressen.« Kopfschüttelnd schaute ich meine Großmutter an.

Diese winkte nur ab, eine Augenbraue hochgezogen. »Cleo ist ein cleveres Mädchen. Sie wird das schon meistern. Außerdem brauchen wir mal etwas Frischfleisch.«

Es machte keinen Sinn, auf Gran einzureden, sobald sie einen Entschluss gefasst hatte. Mir blieb nur, die arme Cleo zu warnen, in der Hoffnung, dass sie den Abend überstehen würde.

»Lass dich auf nichts ein«, wies ich sie an. »Schließ keine Wetten ab und behalte die Steine im Auge. Oh, und wenn du kannst, dann mische selbst!«

»Ich pack das schon.« Sie zeigte mir ihre zwei erhobenen Daumen. »Mach dir mal keinen Kopf.«

Das war einfacher gesagt als getan. Immerhin zog ich sie in einen möglichen Konflikt zwischen Hexen und Drachen hinein, da wollte ich sie wenigstens davor beschützen, ihr Erspartes an irgendwelche Fremde zu verlieren.

Mein Handy surrte, doch es war keine Antwort von Dalia, sondern Darragh, der mich informierte, dass er losfuhr. Also hatte ich noch fünfzehn Minuten, um mich fertig zu machen. *Spitze!* Vor allem weil ich auch noch Flora um Verzeihung bitten musste, nachdem ich das Telefonat beendet hatte. Zu meinem Glück war sie ein großer Fan von Essen, hauptsächlich menschlichem Essen. Da es beinahe unmöglich war, einen Vertrauten zu töten, musste ich mir keine Sorgen machen, sie aus Versehen zu vergiften.

Also bediente ich mich an den Törtchen, die ich vom Bäcker mitgebracht hatte, und stellte eines als Friedensangebot auf die Terrasse. Es war verschwunden, als ich kurz darauf fertig umgezogen nach unten kam. Flora ließ sich sogar wieder von mir streicheln.

Es war erschreckend, wie schnell sich meine Gewohnheiten änderten. Nach so kurzer Zeit auf Rùm hatte ich bereits aufgehört, meine Haustür abzuschließen. Immerhin konnten keine ungebetenen Gäste die Insel betreten und kaum ein Bewohner würde es wagen, ein Gesetz zu brechen. Zumindest hatte Darragh es mir so erklärt.

Dieser kam gerade durch die Tür, als ich mein Handy in die Handtasche stopfte. Sofort war alles andere vergessen, so stark war meine Freude, ihn zu sehen. Ohne zu zögern, warf ich mich in seine Arme, um ihn zu küssen, bevor er auch nur Hallo sagen konnte.

»Hey, Kleines«, murmelte er nah an meinen Lippen, als ich mich von ihm löste. »Ich hab dich auch vermisst.« Dann machte er einen Schritt nach hinten, um mich intensiv zu betrachten. »Du siehst umwerfend aus.«

»Nicht zu viel für den Pub?« Ich spielte mit dem Rock meines weinroten Kleides, das schlicht war, aber mit dem tiefen Rückenausschnitt alle Blicke auf sich zog. Trotz der wenigen Zeit, die ich hatte, fand ich meinen Look für den Abend sehr gelungen.

»Absolut perfekt.« Und die Schmetterlinge in meinem Bauch tanzten Tango.

Während der kurzen Fahrt in die Stadt berichtete ich Darragh von meinem Gespräch mit Gran und Cleo. Mehr als die Tatsache, dass die beiden Nachforschungen anstellen würden, begeisterte ihn Grans Spielrunde.

»Sie würde sich sicher gut bei einem unserer Pokerturniere machen.« Im sanften Licht des Armaturenbretts bemerkte ich sein Grinsen.

»Wenn ihr euer Drachengold innerhalb einer Nacht loswerden wollt, dann sicher. Aber das kann ich nicht verantworten.«

Darragh parkte am Straßenrand, da es hier nicht einmal richtige Parkplätze gab – was niemanden wirklich störte. Auf dem Marktplatz war einiges los, die Restaurants waren gut besucht, Musik und Lachen erfüllte die Luft.

Bisher hatte ich den Pub – das Zentrum des Clanlebens, wie ich nun erfuhr –, nur bei Tage gesehen. Darragh übersetzte mir den gälischen Namen, *Zur fliegenden Asche*. Das Haus war erleuchtet von warmem Licht, das bis auf die Straße hinausströmte. Die Tür stand einen Spaltbreit offen, durch den andauernden Strom an Gästen, die ein und aus gingen.

Eine Gruppe Clanleute hockte auf dem Bürgersteig daneben. Als wir näher kamen, riefen sie Darraghs und meinen Namen zur Begrüßung. Ein seltsames, aber freudiges Gefühl durchströmte mich – fast so, als würde ich hierhergehören. Und das, obwohl ich erst seit kurzer Zeit auf der Insel war. Einige der Gesichter kamen mir vage bekannt vor, doch ihre Namen waren mir entfallen.

Im Inneren war es warm, was zum einen an den vielen Gästen lag, zum anderen an dem Kamin, in dem tatsächlich ein Feuer brannte. Drachen machte Hitze einfach nichts aus, ich war auf jeden Fall froh, dass mein Kleid kurze Ärmel besaß.

Neben der Bar gab es mehrere lange Tische, die mich an Tafeln erinnerten. Jeder davon war besetzt, doch Darragh führte mich zu einem weiter hinten, bei dem an der Seite noch zwei Stühle frei waren. Er fragte nicht einmal, ob wir uns dazusetzen konnten. Anscheinend war das im Clan vollkommen normal.

»Was willst du trinken?« Aufgrund des Lärmpegels musste Darragh direkt an meinem Ohr sprechen.

»Was auch immer du trinkst.« Ich wollte nicht irgendeinen Fauxpas begehen, indem ich einen Cocktail bestellte, von dem man hier noch nie gehört hatte. Der Pub war so urig, dass es mich kaum überrascht hätte, wäre Bier hier das Einzige auf der Karte gewesen.

Ich beobachtete, wie Darragh sich durch die Gäste schlängelte, wobei er immer wieder aufgehalten wurde, weil ihn jemand begrüßte. Er war in seinem Element, mitten unter den Leuten, die ihm so viel bedeuteten.

Gleichzeitig rief es mir ins Gedächtnis, dass ich eine Außenstehende war, obwohl ich nun zum Clan gehörte. Zwar bekam ich einige Kopfnicker ab, sogar ein Hallo hier und da, aber niemand machte einen Schritt auf mich zu.

Darragh kehrte nach wenigen Minuten zurück, zwei Biergläser in der Hand. Die Flüssigkeit darin war von einem hellen Rot, das im Licht des Kamins wie Lava erschien.

»Bitte schön. Mein Lieblingsbier.« Darragh schob mir

eines der Gläser zu, ehe er neben mir Platz nahm und den Arm auf die Lehne meines Stuhles legte.

Etwas misstrauisch beäugte ich das Bier. Doch als Darragh den ersten Schluck nahm, tat ich es ihm gleich, nur um es sofort zu bereuen.

Irgendwie schaffte ich es, den Schluck herunterzuwürgen, nur um kurz darauf zu husten. »Ganz schön stark.« Klar schmeckte Bier nach Alkohol, aber das hier glich eher einem Shot.

Darragh schien davon nichts zu spüren. Er setzte sein bereits halb leeres Glas auf dem Tisch ab. »Unsere Körper verbrennen Alkohol extrem schnell, deshalb sind unsere Getränke alle etwas stärker.«

»Etwas?« Immer noch kratzte meine Kehle.

»Du musst es nicht trinken, wenn es dir nicht schmeckt. Es gibt hier auch genug andere Sachen. Menschenbier, Elfenwein, normaler Wein ...«

Ich schüttelte den Kopf und nippte ein weiteres Mal an meinem Bier. Es war schon deutlich erträglicher. So gut wie jeder andere im Pub trank dieses Gebräu, und vielleicht war es nicht die beste Idee, aber ich wollte dazugehören. »Ich muss mich nur an den Geschmack gewöhnen.«

Darragh verbarg sein Grinsen kein Stück. »So ging es mir beim ersten Probieren auch. Mein Vater hat mich zu meinem sechzehnten Geburtstag hierher mitgeschleppt. Eine ehrenwerte Tradition auf der Insel. Ich war so aufgeregt und so bereit, endlich Alkohol zu testen, dass ich mein Glas in einem Zug leeren wollte.« Er zuckte mit den Schultern. »Die nächste halbe Stunde habe ich hustend verbracht.«

»Oh nein«, schlug ich mir kichernd die Hand vor den Mund. Der Alkohol zeigte bereits Wirkung. Ein angenehmes Summen breitete sich in meinem Körper aus – was es deutlich einfacher machte, weiterzutrinken. »Ich weiß noch, dass Gran mich bei meinem ersten Kater gezwungen hat, einen Anti-Kater-Trank selber zu brauen. Damit wollte sie mir beibringen, immer vorbereitet zu sein.«

»Autsch. Eine harte Lektion.«

»Aber die hat sich bewährt. Seither hab ich immer welche auf Lager ...«

Mit einem Mal brach lauter Jubel im Pub aus. Es dauerte einen Moment, bis ich die Quelle der plötzlichen Freude ausmachen konnte: Jemand hatte mehrere Dartbretter aufgehängt und es bildeten sich bereits Schlangen.

»Hast du schon mal gespielt?«, fragte Darragh mich.

»Schon ein- oder zweimal.« Möglichst unschuldig blickte ich zu ihm auf. »Aber sicher kannst du es mir noch mal zeigen.«

Es war seltsam, meine Sachen und vor allem mein Getränk einfach stehen zu lassen, aber so war es hier nun einmal. Es dauerte nicht lange, bis wir an der Reihe waren.

Ich ließ Darragh den Vortritt – und hatte ordentlich Spaß daran, ihn zu beobachten. Das Spiel seiner Muskeln unter dem dünnen Shirt, der konzentrierte Blick, seine leicht zusammengezogenen Brauen. Innerhalb weniger Augenblicke feuerte er drei Pfeile auf das Brett und ich musste zugeben, dass er nicht schlecht war.

Nachdem er die Pfeile zurückgeholt hatte, überreichte er sie mir. »Du packst das.«

Wortlos nahm ich ihm die Pfeile ab und bezog Stellung. Mein Nacken begann zu kribbeln, als sich die Aufmerksamkeit auf mich richtete. Schmunzelnd warf ich die Haare über die Schulter, ehe ich meinen ersten Pfeil warf.

Er landete mit einem befriedigenden Plopp im Single Bull. Genauso wie der zweite. Der dritte traf direkt ins Bull's Eye.

Für einen Moment herrschte Schweigen im Pub, dann brachen die Clanmitglieder in lauten Jubel aus.

»Kleines!« Voller Begeisterung zog Darragh mich in seine Arme. Ich schmeckte Bier und Hitze auf seinen Lippen, als er mich vor den Augen seiner Clanleute küsste.

Damit war wohl klar, dass er unsere Beziehung nicht geheim hielt. Doch ich hatte nur wenig Zeit, mich darüber zu freuen, denn jemand drückte uns einen Shot in die Hand.

»Bull's Eye«, dröhnte es durch den Pub und mir blieb nichts anderes übrig, als den Kopf nach hinten zu kippen, damit der Alkohol meine Kehle herabbrennen konnte. Was ich sofort bereute.

»Wieso ist das so scharf?«, brachte ich zwischen hektischem Husten hervor.

Darragh rieb beruhigend über meinen Rücken. »Chili-Schnaps, Clantradition.«

NEOBOLETUS ERYTHROPUS
HEXENRÖHRLING

Irgendetwas stimmte nicht. Eine Gänsehaut hatte sich über meinen ganzen Körper ausgebreitet, obwohl ich sicher unter der warmen Decke lag. Ich war wach, so viel war sicher, aber ich schaffte es einfach nicht, die Augen zu öffnen.

Dieses Gefühl erinnerte stark an den Kater nach unserem Pubbesuch, doch der war inzwischen zwei Abende her, das konnte es also nicht sein.

Trotzdem war das gerade nicht die allbekannte Morgenmuffeligkeit, die es einem schwer machte, aus dem Bett zu kommen. Selbst als ich mich darauf konzentrierte, wollten meine Augen mir einfach nicht gehorchen.

Etwas Schweres landete auf mir. Kurz darauf schoss ein heißer Schmerz von meiner Hand in jedes meiner Glieder und ich schaffte es tatsächlich, mich aufzurichten.

Flora löste gerade ihren Schnabel von meinen Fingern und quakte mich dann wie wild an. Sie war zu ihrer dreifachen Größe angewachsen, etwas, das ich von Vertrauten kannte, die ihr Zuhause verteidigten.

Dann sah ich es: Maden.

Dutzende kleine, sich windende Viecher, die über meine Bettdecke krochen.

Direkt vor meiner Nase fiel eine von der Zimmerdecke,

nur um sich erschreckend schnell in meine Richtung zu winden.

Endlich erhielt ich die Kontrolle über meinen Körper zurück, sodass ich panisch aus dem Bett stürmte. Ein Schrei löste sich aus meiner Kehle, so schrill, dass ich kaum glauben konnte, dass er von mir stammte.

Ich versuchte zu fliehen, irgendwie wegzukommen, doch die Maden waren überall. Sie schwappten wie eine Flutwelle über die Zimmerdecke, immer und immer wieder stürzte eine von ihnen herab aufs Bett.

Und auf Darragh, der nach wie vor friedlich schlief.

Auch wenn alles in mir drängte, mich in Sicherheit zu bringen, hüpfte ich todesmutig aufs Bett. Eine Made landete dabei auf meinem Kopf, und es dauerte einen Moment, doch endlich bekam ich ihn wach gerüttelt.

Als er die Augen öffnete, begriff er nach nur einer Sekunde, was hier vor sich ging. Oder zumindest, dass Gefahr herrschte. Übernatürlich schnell sprang er aus dem Bett und zog mich an meinem Arm mit sich. Gemeinsam stolperten wir die Treppe hinunter und auf die Terrasse hinaus.

In scheinbarer Sicherheit erstarrte ich zu Stein. Es war ein wenig so, als setzte die Panik zeitversetzt ein, als müsste sie mir erst hinterherlaufen. Doch als sie mich erreichte, riss sie mich von den Füßen.

Ich sackte auf dem kalten Holz der Terrasse zusammen. »Maden, so viele Maden. Überall.« Plötzlich erinnerte ich mich daran, dass eines der Viecher ja noch auf mir war. »Oh Göttin, mach es weg. Mach es weg!« Hysterisch fuhr ich mir durch die Haare, zerrte an den vom Schlaf verknoteten Strähnen.

»Briar, Kleines, da ist nichts.« Warme Hände umfingen meine Handgelenke, bis ich aufhörte, meine Haare zu malträtieren.

Langsam klärte sich meine Sicht, sodass ich Darragh erkennen konnte, der vor mir kniete. Er trug nichts weiter als eine Schlafhose, doch gerade begeisterte mich nicht einmal der Anblick seines nackten Oberkörpers.

»Was ist passiert?« Er klang vollkommen ruhig und gefasst, als wären wir nicht eben aus dem Haus geflohen.

Er legte die Hände um mein Gesicht und konzentrierte sich ganz auf meine Augen. »Einatmen, ausatmen. Ein und aus. Ein, aus.« Ich sprach mit mir selbst, doch Darragh führte die Atemübung mit mir gemeinsam durch.

Als der Schock meinen Körper endlich verlassen hatte, konnte ich wieder halbwegs klar denken. »Das ist eine Warnung ...«

»Eine Warnung? Wie kann ein plötzlicher Madenbefall eine Warnung sein?« Er stockte kurz, ehe er fortfuhr: »Weil es Magie ist.«

»Ein Fluch.« Ich kämpfte mich auf die Beine, auf einmal peinlich berührt von meiner kopflosen Panik. »Ich war einfach nur so überrascht, weil ich es nicht gleich bemerkt habe.«

»Also sind die Maden nicht echt.« Er hielt mich weiterhin an den Handgelenken fest, so als könnte ich jederzeit wieder zu Boden gehen.

»Oh, die sind echt. Definitiv echt.« Bei dem Gedanken schüttelte es mich. »Irgendeine Hexe hat sie mir geschickt.« Ich wandte mich dem Haus zu, hinter dessen Fenstern eine riesige Gestalt hin und her huschte.

»Was ist das?« Darragh klang mit einem Mal alarmiert

und schob mich hinter sich. Bereit zum Angriff. »Hat diese Hexe mehr als nur Maden geschickt?«

»Das ist Flora«, beruhigte ich ihn. »Sie kümmert sich um die Viecher. Das ist ihre Aufgabe als Vertraute.«

Darraghs Anspannung ließ mit einem Mal nach. Kopfschüttelnd zog er mich an seine Seite. »Und was meintest du mit Fluch ... Was für einer ist das?«

»Eigentlich kein besonderer. Er wird häufig als Scherz benutzt. Die Maden selbst tun nichts und sie sind relativ schnell wieder loszuwerden. Aber der Schock, so was im eigenen Haus zu finden ...« Ich erstarrte, als mir etwas klar wurde. »Um diesen Fluch zu wirken, muss man genau wissen, wo das Opfer wohnt.« Auf Darraghs fragenden Blick hin fuhr ich fort: »Es gibt allgemeine Flüche, wie der, der dich erwischt hat. Dann gibt es solche, die auf bestimmte Personen zugeschnitten sind – dafür braucht man etwas, das der Person gehört. Haare, Blut oder Ähnliches. Und dann gibt es die, die sich auf einen bestimmten Ort beziehen. Dabei muss man haargenau wissen, wo er liegt. Wer auch immer diesen Fluch gesprochen hat, weiß, wie es auf der Insel aussieht.«

Verständnis zeichnete sich in Darraghs Gesicht ab. »Also, wer auch immer das Haus verflucht hat, war schon einmal auf Rùm.«

Das sollte die möglichen Verdächtigen deutlich einschränken. Doch bevor wir weiterreden konnten, tauchte Flora in der Tür auf. Nach einem zufriedenen Bäuerchen schrumpfte sie zu ihrer üblichen Größe zusammen.

»Wir können reingehen«, erklärte ich Darragh. Was ich sehr begrüßte, denn langsam wurde mir in meinem Schlafshirt kalt.

Das Innere meines Hauses sah genauso aus wie vorher.

Keine Spur mehr von den schrecklichen Insekten. Trotzdem nahm ich mir vor durchzuwischen, mein Bett neu zu beziehen und Salbei zu verbrennen. »Dann kann ich vielleicht wieder schlafen«, sprach ich mir Hoffnung zu.

Nachdem ich mir eine Jogginghose angezogen hatte, schaute ich erst einmal, wie spät es war. Es war noch nicht einmal sechs Uhr morgens und ich hatte bereits das Gefühl, stundenlang wach zu sein.

»Kann der Fluch eigentlich zurückkehren?«, fragte Darragh, während er sich an der Kaffeemaschine zu schaffen machte.

»Theoretisch ja, aber das werde ich verhindern.« Aus der Küche holte ich ein scharfes Messer, bevor ich schnurstracks zurück in den Garten marschierte.

Am Rande des Grundstücks setzte ich die Messerklinge an meine Handfläche, kniff die Augen zusammen und machte einen Schnitt. Ein dünnes Rinnsal Blut tropfte auf das von Morgentau benetzte Gras.

Ich presste meine blutende Hand auf die Erde und rief in den Tiefen nach der Magie, die mir helfen konnte.

»Was genau machst du da?« Darragh gesellte sich mit einem dampfenden Kaffee in der Hand genau in dem Moment zu mir, in dem ein Pilz nach dem anderen aus dem Boden schoss. Schon bald würden sie das ganze Grundstück säumen.

»Das sind Hexen-Röhrlinge. Sie sind in der Lage, fremde Magie abzuhalten.« Ich hielt meine von Blut und Erde verschmutzte Hand hoch.

Darragh zauberte ein sauberes Küchentuch hervor und hielt es mir hin. »Also nicht noch mehr Maden?«

Sorgsam wischte ich meine Hand sauber. »Nein, kein

Fluch kann diese Grenze überschreiten. Solange ich die Röhrlinge regelmäßig mit Blut versorge.«

»Blut trinkende Pilze, jetzt habe ich wohl alles gesehen ...«

»Nicht mal annähernd. Aber jetzt haben wir wenigstens ein paar Tage Ruhe.«

»Wieso kannst du keinen solchen Schutzzauber wie den deiner Familie wirken?« Sein Blick glitt über den Garten. Immer der wachsame Beschützer.

»So ein Zauber ist nicht einfach. Es braucht eine Unmenge an Magie, um ihn am Laufen zu halten. Auf unserem Grundstück liegen Generationen von Delga-Hexen begraben, unsere Magie reicht inzwischen sicher bis zum Erdkern«, führte ich aus.

»Deine Familie liegt in eurem Garten begraben?«

»Die Gebeine von Hexen sind sehr mächtig. Wir müssen sie im Blick behalten, ansonsten werden sie, na ja, gestohlen.«

Ich konnte den Schock in Darraghs Augen sehen, auch wenn er versuchte, ihn hinter seiner Kaffeetasse zu verbergen. Doch statt ihn weiter mit Hexentraditionen zu überrumpeln, wandte ich mich wieder dem Ernst der Lage zu. »Wer auch immer diesen Fluch gewirkt hat, weiß ganz genau, wo dieses Haus steht – und dass *ich* darin wohne.«

»Es ist niemand aus dem Clan.« Darragh schüttelte den Kopf, so als müsste er sich selbst überzeugen. »Das würde auch gar keinen Sinn machen. Wenn mich jemand hätte einschüchtern wollen, hätte dieser jemand es sicher schon viel früher getan.« Nachdenklich rührte ich in meinem Kaffee herum. »Also, wieso jetzt?«

»Die Nachforschungen«, sagten Darragh und ich wie aus einem Mund. Es war erst wenige Tage her, dass ich Gran und Cleo mit einbezogen hatte, inzwischen hatten die beiden sicher ihre Runden gemacht – scheinbar nicht unbemerkt. Und das, obwohl ich Cleo nach unserem Videotelefonat eine Sprachnachricht hinterhergeschickt hatte, mit der Bitte, bei ihren Recherchen dezent vorzugehen. Trotzdem schien irgendwer eins und eins zusammengezählt zu haben. *Verflucht ...*

»Dalia ist oft auf der Insel, oder?« Die Frage schmeckte fahl auf meiner Zunge.

»Schon, ja.« Verständlicherweise wirkte Darragh nicht sonderlich begeistert von seiner Antwort.

»Ihre Clanleute auch?« Ich wollte nicht, dass der Verdacht einzig auf Dalia fiel.

»Der eine oder andere. Die Vereinigung der Clans steht bevor – da gibt es häufiger Besuche.«

Somit könnte jemand aus dem Oirth-Clan wissen, wo mein Haus stand. Eine Idee ploppte in meinem Kopf auf. Keine gute, aber wenigstens irgendeine. »Glaubst du, Dalia hat jemandem davon erzählt, dass du ihr Clangebiet nicht betreten darfst?«

Nachdenklich legte Darragh den Kopf schräg. »Ich denke nicht. Das wäre für die Zusammenführung der Clans nicht sonderlich hilfreich.«

»Also könntest du dich umschauen, wenn Dalia nicht da ist. Bei ihr nach Giftpflanzen suchen, oder einem Grimoire. Einfach irgendeinen Anhaltspunkt. Und wenn dich jemand entdeckt, behauptest du einfach, in offizieller Angelegenheit da zu sein.« Fragend schaute ich ihn an.

Leider wirkte er wenig überzeugt von meiner Idee. »Da

ist definitiv ein Risiko mit verbunden.« Nachdenklich wanderte sein Blick in die Ferne.

Ich schüttelte den Kopf. »Du hast recht, es war auch einfach nur eine Idee.«

Er schwieg so lange, dass ich mich fragte, ob ich eine Grenze überschritten hatte. Bis er plötzlich sagte: »Vor ein paar Wochen haben wir Sicherheitsinformationen ausgetauscht. Oder eher Lennox hat sich mit dem Sicherheitschef des Oirth-Clans besprochen. Mit diesen Informationen sollte es möglich sein, mich an den Grenzpatrouillen vorbeizuschleusen. Aber es gibt noch ein anderes Problem.«

Gespannt schaute ich ihn an.

»Immer wenn Dalia hier ist, sind Basil und sie unzertrennlich. Mein Bruderherz teilt mir dann immer die abstrusesten Aufgaben zu, nur damit ich beschäftigt bin und mich nicht einmischen kann – und zwar in seiner Nähe, um ein Auge auf mich zu haben.«

Meine Göttin. Wenn die Brüder genauso viel miteinander redeten wie übereinander, dann wäre das noch unbekannte Problem vielleicht gelöst. Aber zurück zum Thema: »Dalia hat mir neulich eine Nachricht geschrieben, ob wir nicht mal Kaffee trinken wollen«, setzte ich vorsichtig an. Ich hatte keine Ahnung, wie er auf diese Information reagieren würde. »Wir treffen uns am Samstag. Ich wollte sie sowieso ein wenig ausfragen, um mir einen Eindruck von ihr zu machen. In der Zeit könntest du dich umschauen.«

Ein Kaffeekränzchen mit seiner Schwägerin in spe löste nicht unbedingt Begeisterungsstürme aus. Trotzdem schien es ihn nicht zu stören. »Das wäre natürlich eine Chance, allerdings ist da immer noch Basil.«

»Und wenn du etwas für mich erledigen würdest? Ein

paar wertvolle Pflanzen abholen, zum Beispiel?«, schlug ich vor. Vielleicht sollte es mich beunruhigen, dass ich keinerlei Probleme damit hatte, mir einen solchen Plan zu überlegen und mich damit gegen den Chief zu stellen. Allerdings hatte Basil ja nicht *mir* verboten, Ausschau nach dem Giftmischer zu halten. Und da wir niemanden damit verletzten, konnte ich mein schlechtes Gewissen wenigstens ein Stück weit beruhigen.

Behutsam fasste Darragh mich an der Schulter und drehte mich zu ihm. »Dir ist bewusst, dass du damit zu meiner Mitverschwörerin wirst, oder? Selbst wenn ich etwas entdecke oder entdeckt werde, Basil wird fuchsteufelswild sein. Er könnte mich des Clans verweisen. Es wird nicht lange dauern, bis er merkt, dass du mir geholfen hast.«

Ich bewunderte Darragh dafür, dass er alles tat, um seinen Bruder zu beschützen – er nahm sogar in Kauf, ausgestoßen zu werden und seine Familie zu verlassen.

Ich hielt seinen Blick fest. »Du bist dir absolut sicher, dass Dalia oder ihr Clan etwas damit zu tun haben?«

Darragh nickte ernst.

»Dann bin ich nur zu gerne deine Mitverschwörerin.«

OXALIS TETRAPHYLLA
GLÜCKSKLEE

Am Samstagmorgen erwachte ich bereits mit der Sonne. Neben mir schlief Darragh tief und fest. Die dünne Decke war so weit heruntergerutscht, dass sein Oberkörper freilag. Selbst im Zwielicht des frühen Morgens blendete mich seine Schönheit.

Vorsichtig beugte ich mich vor, um ihm einen Kuss auf die Lippen zu hauchen, ehe ich mich aus dem Bett schlich. Eigentlich hätte ich genug Zeit gehabt, mich noch einmal an ihn zu kuscheln und die Augen zu schließen, aber die Nervosität machte mich hibbelig.

Nachdem ich mich angezogen hatte, öffnete ich als Erstes die Terrassentür, um Flora einen guten Morgen zu wünschen. Sie watschelte herein, während ich die Kaffeemaschine anschaltete. Schon bald erfüllte der Duft meines Lebenselixiers das Haus.

Mit der Tasse bewaffnet, setzte ich mich auf den Hocker vor meiner Leinwand. Man konnte gerade so erkennen, was ich dort zu Papier brachte. Die grobe Form eines Drachen war zu sehen, dahinter die Umrisse des Vulkans.

Darraghs Anblick, im Regen vor der Kulisse der Insel, hatte sich in meinen Verstand gebrannt. Ich konnte dem Drang, das Bild auf meine Weise festzuhalten, nicht widerstehen, und verbrachte nun jede freie Minute mit dem Malen.

Es war eine schöne Abwechslung zu den wissenschaftlichen Pflanzenzeichnungen, die ich sonst anfertigte. Diese entstanden nebenbei, um das Herbarium zu meinem neuen Garten zu füllen und den Überblick zu behalten.

Ich schaute hinaus durch die Terrassentür. Die ersten warmen Sonnenstrahlen ergossen sich wie Gold über die Bäume und Büsche. Der Morgentau glitzerte wie winzige Diamanten auf der wild wachsenden Wiese. Dahinter lag das Gewächshaus noch im Schatten.

So langsam schlägt mein Garten Wurzeln, genau wie ich.

Bei diesem etwas kitschigen Gedanken schüttelte ich den Kopf. Flora hatte inzwischen ihren Platz direkt unter meiner Staffelei eingenommen, von wo aus sie mich und die Umgebung gut im Visier hatte.

Die Röhrlinge stachen hervor, aber ihre Sicherheit beruhigte mich. Zwar hatte es keine weiteren Vorfälle gegeben, trotzdem war ich noch nicht bereit, mich zu entspannen.

Am Tag zuvor hatte ich Cleo zurückgerufen, die schon fast enttäuscht gewesen war, dass ich keine weiteren Nachforschungen anstellen wollte.

Anscheinend waren wir auf eine Goldmine gestoßen, denn es gab Dutzende von Vorfällen zwischen Hexen und Drachen in England und Schottland. Der Oirth-Clan wurde immer wieder genannt, aber das erklärte noch lange nicht, wieso jemand Darragh oder Basil verfluchen sollte.

Ich hatte Cleo verschwiegen, was vorgefallen war, um sie und Gran nicht zu beunruhigen. Wer weiß, heute Abend war alles vielleicht schon vorbei und ich musste mir keine Sorgen mehr machen. Nicht um mich oder meine Familie oder Darragh.

Kopfschüttelnd kehrte ich in die Gegenwart zurück. Ich

versank in meiner Arbeit. In den intensiven Farben und den feinen Pinselstrichen. Mit jedem wurde das Bild des grünen Drachen klarer.

»So sehe ich also von Weitem aus«, brummte eine vom Schlaf tiefe Stimme direkt neben meinem Ohr.

Erschrocken zuckte ich zusammen, froh, dass ich in diesem Moment keine Farbe auf meinem Pinsel hatte. »Es ist wirklich unmöglich, wie leise du dich bewegen kannst.«

Darragh küsste mich kurz, ehe er grinsend nach meiner Kaffeetasse griff und einen Schluck nahm. Angewidert verzog er das Gesicht. »Ich vergesse immer, dass dein Kaffee eigentlich ein Milchshake ist.«

»Ich verstehe nicht, wie man Kaffee ohne Zucker und mit wenig Milch trinken kann«, gab ich zurück.

»Vielleicht bin ich auch einfach schon süß genug.« Er zwinkerte mir zu, nur um dann lässig in die Küche zu schlendern. Fasziniert beobachtete ich, wie vertraut er sich in meinem Raum bewegte und was für ein wohliges Gefühl seine Anwesenheit in mir auslöste. Und das kam nicht nur dadurch, dass er kein Shirt trug. Darragh hatte es sich nämlich angewöhnt, lediglich in einer tief sitzenden Jogginghose herumzurennen, wenn wir alleine waren.

Aktmalerei war definitiv nicht meine Stärke, aber vielleicht sollte ich es einmal versuchen. Nur so zum Spaß.

Ich machte mich daran, meine Malsachen wegzuräumen. Mit den schmutzigen Pinseln in der Hand gesellte ich mich in die Küche, um diese sorgsam auszuwaschen. Darragh war gerade dabei, Eier in eine Pfanne zu geben, in einer anderen brutzelte Bacon. Auf seinem Weg zum Kühlschrank drückte er mir einen Kuss auf die Schläfe.

Während er das Omelett fertig briet, deckte ich den Tisch

und bereitete danach Floras Frühstück zu. Sie nahm ihres auf der Terrasse ein und flog danach eine kurze Runde über das Haus.

Darragh präsentierte zwei perfekt goldgelbe Omeletts auf dem Tisch. Mir war ziemlich schnell bewusst geworden, dass er ein großartiger Koch war. Wahrscheinlich sogar besser als ich. Was so gar nicht zu dem Bild passte, welches ich von seiner Wohnung hatte. Dort gab es nicht mal eine richtige Küche, lediglich eine kleine Kochnische mit Mikrowelle.

Vor ein paar Tagen hatte ich abermals in Darraghs Zentrale vorbeigeschaut, um unseren Plan in die Tat umzusetzen. Vor versammelter Mannschaft hatte ich ihn gebeten, an diesem Samstag einige wertvolle Pflanzen in London abzuholen. Niemand von den anwesenden Drachen schien dabei wirklich auf uns zu achten, aber nun wussten ein paar Clanmitglieder Bescheid.

Nervosität ging wie in Wellen von mir aus, was Darragh natürlich bemerkte. Er legte seine Hand auf meine, sodass ich ihn anschaute. »Wir können immer noch einen Rückzieher machen.«

Ich schüttelte den Kopf. »Das ist vielleicht die einzige Chance, die wir haben. Ich bin nur keine sonderlich gute Schauspielerin, aber das wird schon.« Irgendwie versuchte ich mehr, mich zu bestärken als ihn.

Das mit Käse und Kräutern verfeinerte Omelett schmeckte unglaublich, trotzdem bekam ich nicht einmal die Hälfte herunter. Die zweite Tasse Kaffee tat ihr Übriges – Koffein auf fast leeren Magen war keine gute Idee.

Es war eindeutig: Was ich jetzt brauchte, war frische Luft.

Während Darragh sich also für unser Vorhaben fertig machte, war ich nach draußen in den Garten gegangen, um mich zu erden. Ich musste meine aufgeregten Gedanken beruhigen – seit jeher waren Pflanzen, Kräuter und Natur das beste Rezept dafür. Und es schlug sofort an.

Flora war von ihrem Flug zurückgekehrt und drehte nun ihre Runden auf dem Teich. Mein Auftauchen in ihrem Reich kommentierte sie mit einem Quaken, dennoch folgte sie mir nicht, als ich ins Gewächshaus trat.

Trotz der Morgenstunden war es im Inneren bereits warm. Der wunderbare Geruch von feuchter Erde lag in der Luft und ich atmete mehrmals tief ein. Inzwischen waren die verschiedenen Hochbeete überwuchert mit meinen Heilkräutern.

Salbei, Lavendel, Kamille, Rosmarin, Basilikum und so viel mehr wuchs fröhlich vor sich hin, genährt von meiner Magie. Schon bald konnte ich anfangen, die Pflanzen zu ernten und zu trocknen. Am Ende des Sommers sollte meine eigene Apotheke bereitstehen.

Weiter hinten hatte ich ein einzelnes Beet für etwas anderes benutzt. In vielen kleinen Töpfen standen dort die Ableger meiner liebsten Pflanzen. Diese würde ich sehr bald verkaufen können.

»Hier bist du.« Darragh trat hinter mir ins Gewächshaus, und sofort fühlte der enge Raum sich noch kleiner an.

Allerdings war es kein unangenehmes Gefühl. Tatsächlich mochte ich es sehr gerne, es gefiel mir sogar noch besser, als er sich zu mir gesellte und die Arme von hinten um mich legte.

»Wie machen sich deine Babys?« Sein heißer Atem kitzelte mein Ohr.

»Sehr gut«, gab ich zurück und lehnte den Kopf gegen seine Schulter, um ihm in die Augen zu schauen.

Es dauerte nicht lange, bis er meinem unausgesprochenen Wunsch nachkam und mich küsste. Sofort schlang ich die Arme um seinen Hals und sein Griff um meine Taille verstärkte sich.

Das sanfte Spiel unserer Lippen wurde schon bald intensiver, heißer, tiefer. sinnlicher. Ich wand mich in seinen Armen, bis ich meine Brüste eng an seinen Oberkörper drücken konnte.

Es war seltsam, ganz egal wie viel Sex wir hatten, ganz egal wie oft ich mich in seinen Armen wiederfand, ich bekam einfach nie genug.

Darragh schien es ähnlich zu ergehen, denn er schob mich nach hinten, bis ich gegen den Arbeitstisch stieß. Seine Hände wanderten tiefer über meinen Hintern zu meinen Oberschenkeln. Mit einem Ruck hob er mich hoch und setzte mich auf der Arbeitsplatte ab.

Das leichte Sommerkleid ließ zu, dass Darraghs Hände mühelos über meine nackte Haut gleiten konnten. Gegen die Kälte des Morgens half definitiv seine Nähe.

Langsam schob er den Rock meines Kleides höher, seine rauen Finger liebkosten weiterhin meine Haut. Seufzend drängte ich mich seiner Berührung entgegen, als ich meine Lippen von seinen löste, um stattdessen seinen Kiefer mit Küssen zu übersäen.

Seine Jogginghose hatte er gegen eine Jeans getauscht, doch es dauerte nicht lange, bis ich diese geöffnet hatte und seine Härte mit den Fingern umfasste. Er stöhnte, während seine Hände gleichzeitig ihr Ziel erreichten.

Nun war es an mir zu stöhnen, als er zielsicher meine empfindlichste Stelle fand. Ich wiederum massierte die seine und nahm unseren Kuss wieder auf. Die feuchte Hitze im

Gewächshaus lag wie Nebel zwischen uns, währenddessen brannte ich beinahe unter meiner Kleidung.

Aber mir stand nicht der Sinn danach, das hier zu unterbrechen, nur um ins Haus zurückzugehen. Ich war ungeduldig. Erregung raste durch meine Adern. Ich wollte Darragh in mir spüren, und zwar jetzt.

»Hör auf, mich zu reizen«, wies ich ihn mit rauer Stimme an.

Darragh lachte leise und selbstzufrieden und folgte meinem Befehl. Langsam drang er in mich ein, wobei seine Finger sich in meine Oberschenkel gruben.

Zufrieden seufzend ließ ich den Kopf in den Nacken sinken, nur um mich bei seinen nächsten Worten sogleich wieder aufzurichten: »Schau mich an.«

Seine Stirn an meine gelehnt stieß er in mich, wobei er immer wieder den Punkt in meinem Inneren traf, der mich Sterne sehen ließ. Es kostete mich alle Konzentration, die ich noch hatte, nicht die Augen zu schließen, aber ich hielt seinem Blick stand.

Ich krallte mich in das Holz unter mir, als ich kam, schnell und hart. Irgendwie musste ich meine Augen doch geschlossen haben, denn als ich sie wieder öffnete und ins Hier und Jetzt zurückkehrte, stöhnte Darragh auf. Ich war gegen seine Brust gesunken und er schlang die Arme um mich.

Das Sonnenlicht brach sich matt durch die Scheiben und über allem lag ein beinahe magischer Schleier. Leider konnten wir nicht für immer in diesem wundervollen Moment verharren.

Mit einem Cardigan und dem Glücksklee bewaffnet machte ich mich auf zum Marktplatz. Dalia war noch nicht vor dem

Café aufgetaucht, also schlüpfte ich kurz hinein, um mit Keyle zu quatschen und ihr einen Tee zu bringen, der gegen ihre Migräne half.

»Hey, Briar!«, begrüßte sie mich mit ihrer üblichen herzlichen Art. Bei dem schönen Wetter war einiges los, aber sie hatte trotzdem ein paar Augenblicke für mich Zeit. »Gut siehst du heute aus. Dein Gesicht leuchtet richtig!«

Ich konnte mein Grinsen nicht unterdrücken. »Ich hatte einen sehr schönen Morgen.«

»Du Glückliche. Hier herrschte heute Morgen schon pures Chaos.« Während sie sprach, machte sie eine Bestellung fertig. »Gestern sollte eigentlich unsere Kaffeebohnen-Lieferung eintreffen, aber irgendwie ist nichts angekommen. Also musste der Chef in der Nacht noch schnell zur großen Insel, um welche zu besorgen.«

»Dafür sind wir ihm alle sehr dankbar«, zwinkerte ich ihr zu. Ich hatte schnell gemerkt, dass Drachen Kaffee liebten. Beinahe noch mehr als Hexen.

Aus dem Augenwinkel sah ich, dass ein neuer Gast das Café betrat. Als ich mich umdrehte, entdeckte ich Dalia. Sie trug ein geblümtes, bodenlanges Sommerkleid, das ihre Haarfarbe betonte und sie beinahe königlich erscheinen ließ. Ich bemerkte sie zuerst, was mir die perfekte Gelegenheit gab, sie zu studieren.

Sie schlenderte mit hoch erhobenem Kinn durch die Menge, ihren Blick auf ihr Ziel gerichtet. Ab und an blieb sie stehen, um jemanden zu begrüßen oder ein kurzes Gespräch zu führen. Sie war zwar noch kein Teil dieses Clans, aber scheinbar gab sie sich große Mühe, freundlich und offen zu sein.

Eigentlich sollte mich das freuen. Es war immerhin etwas

Gutes, wenn sie sich um ihre neuen Schutzbefohlenen be-
mühte. Aber die Geschichte des Oirth-Clans klang in meinem Kopf nach und ich musste mich fragen, ob diese Freund-
lichkeit nicht bloß Strategie war.

Bevor ich mich vollkommen in meinen Verschwörungs-
theorien verlor, verabschiedete ich mich von Keyle, um Dalia
entgegenzugehen.

»Briar!« Sie begrüßte mich mit einem breiten Grinsen und
einer kurzen Umarmung, die ich etwas steif erwiderte. »Es
freut mich so, dass es heute klappt.«

Kurz darauf machten wir uns mit Kaffee und Kuchen bewaffnet auf die Suche nach einem Platz im Freien.

Wir fanden einen Tisch abseits im Schatten der hohen
Häuser. Nachdem wir uns gesetzt hatten, schob ich ihr etwas unbeholfen den Glücksklee entgegen.

Obwohl es nur eine einfache Zimmerpflanze war, freute
Dalia sich, als hätte ich ihr ein Diamantarmband geschenkt.
»Oh, die ist aber schön. Ich liebe die Farbe. Aber ich muss
gestehen, dass ich keinen grünen Daumen habe.« Entschuldigend lächelte sie mich an.

»Gar kein Problem. Diese Blume übersteht so einiges«,
beruhigte ich sie. Meiner Erfahrung nach war es nie ver-
kehrt, Pflanzen zu verschenken, auf denen ein kleiner
Schutzzauber lag. Meine Zauber lösten sich über die Zeit
auf, dann waren die meisten Besitzer in der Lage, sich zu
kümmern.

»Hast du dich schon auf Rùm eingelebt?«, fragte Dalia.

Ich rührte in meinem Karamell-Latte, um meine Finger
zu beschäftigen. »Ja, sehr gut sogar. Das Haus ist wundervoll und alle hier sind sehr nett. Aber es ist so ganz anders
als Edinburgh.«

»Du hast recht, das Clanleben hat rein gar nichts mit der Großstadt gemein«, stimmte sie mir lachend zu.

»Kennst du dich mit dem Großstadtleben denn aus?«

»Ich hab in London studiert und dort beinahe vier Jahre gewohnt«, erzählte sie. »Danach nach Oirth zurückzukehren, war wie ein Kulturschock. Manchmal vermisse ich das Chaos der Stadt, aber dafür habe ich im Clan meine Familie.«

Dalia quatschte mit mir, als wären wir alte Freundinnen, und so langsam entspannte ich mich. Sollte Darragh falschliegen und sie unschuldig sein, dann könnte ich sie mir sogar als Freundin vorstellen.

»Was studiert man denn als angehende Chief so?«, fragte ich neugierig.

»Ich habe Agrarwirtschaft studiert. Unsere Domäne hat sehr viel Land, das nicht effizient genutzt wird. Das will ich ändern. Deshalb war ich auch so aufgeregt, als Basil mir erzählt hat, dass eine echte Kräuterhexe in den Clan kommt. Von wem könnte ich besser lernen als von dir?«

»Das ehrt mich«, antwortete ich ihr. »Aber was ist mit deinem nicht vorhandenen grünen Daumen?« Ich konnte ein Lachen nicht unterdrücken. »Passt das zusammen?«

Daraufhin musste sie ebenfalls lachen. »Agrarwirtschaft ist mehr Schreibtisch als Gartenbeet. Der grüne Daumen ist da höchstens ein Bonus.«

»Okay, alles klar.« Das machte Sinn. »Auch wenn ich nicht genau weiß, wie viel ich dir helfen kann, aber ich werde mein Bestes versuchen. Zumindest bin ich in der Lage, Erde sehr fruchtbar zu machen. Du solltest auch mal mit Calypso sprechen, ihr grüner Daumen ist sogar magisch, was Nutzpflanzen angeht.«

»Das werde ich auf jeden Fall tun, danke für den Tipp«,

grinste sie. »Darf ich dich etwas fragen, was vielleicht ein wenig persönlich ist?«

»Natürlich.« Sofort war meine Neugierde geweckt und ich schob mir schnell eine Gabel voll Kuchen in den Mund, um diese zu verstecken.

»Basil meinte, dass du nicht sonderlich beeindruckt davon warst, von einem Drachen entführt zu werden. Du warst wohl weniger ängstlich als viel mehr wütend.«

Okay, das war ein abrupter Themenwechsel. Wobei mir Basils Beschreibung zugegebenermaßen schmeichelte. Und auch wenn es zutraf, konnte ich mich noch sehr gut an die Panik erinnern, die ich zuallererst in der Höhle empfunden hatte. »Das ist allerdings keine Frage«, stelle ich fest.

Dalia lachte, ein luftiges und helles Geräusch. »Da hast du recht. Meine Frage lautet: Was hast du in dem Moment gefühlt? Wie hast du es geschafft, nicht vor Angst vollkommen zu zerfallen?«

Die Frage war tatsächlich sehr persönlich, trotzdem antwortete ich ihr: »Ich war, glaube ich, einfach zu wütend, um die Angst an mich heranzulassen. Die ganze Situation war derart unwirklich, dass ich zuerst gar nicht richtig verstanden habe, in welcher Gefahr ich eigentlich stecke. Und, na ja, nach der Wut wollte ich Darragh einfach nur helfen.«

»Sehr beeindruckend auf jeden Fall. Ich kenne nur wenige, die mutig genug sind, um sich einem wütenden Drachen entgegenzustellen.«

Ihr Lob war mir beinahe unangenehm. Vor allem weil wir vermuteten, dass sie für den Fluch und den damit verbundenen Wahnsinn Darraghs verantwortlich gewesen war. Von daher war es umso interessanter, dass sie mich ausgerechnet danach fragte. Ich erwartete schon, dass sie wissen wollte, wie genau ich seine Heilung vollbracht hatte, doch nichts dergleichen kam. Stattdessen überraschten mich ihre nächsten Worte.

»Aber bitte versprich mir, dass du so etwas nicht noch einmal tust.« Ihr Ton war beinahe mütterlich. »Ich beobachte das leider immer wieder bei Neuankömmlingen im Clan. Wir sind vielleicht menschenähnlich, aber trotzdem gefährlich. Das hat leider zu so manchen Unfällen geführt.«

Ich ließ meinen Blick über die Frau mir gegenüber gleiten. Ihre Worte trafen etwas in meinem Inneren. Es fiel mir nach wie vor schwer, die Leute auf der Insel mit ihrer Drachengestalt gleichzusetzen, auch wenn ich die fliegenden Wesen jeden Tag sah.

Meine Hand wanderte zu der Stelle, an der ich von Drachenfeuer gestreift worden war. Inzwischen war nichts mehr zu sehen, trotzdem erinnerte ich mich noch zu gut an den Schmerz dieser Nacht. Ja, die Gefahr war leicht zu vergessen.

»Hey«, riss Dalia mich aus meinen Grübeleien. »Ich wollte dir keine Angst machen. Nur sichergehen, dass du vorsichtig bist. Diese Ansprache halte ich sehr oft. Da kommt sie irgendwie automatisch.«

Ich winkte ab und suchte nach einem neuen Thema. »Darf ich dich auch etwas Persönliches fragen?«

»Aber natürlich!«

»Wie laufen die Hochzeitsvorbereitungen so?«

»Oh Gott.« Kurz barg Dalia das Gesicht in ihren Händen. »Ich wusste ja, dass es nicht einfach sein würde, eine Hochzeit zu planen, aber so langsam wächst mir alles über den Kopf.«

»Oh.«

»Alleine ein Kleid zu finden, war beinahe unmöglich. Wir haben vier Tage dafür gebraucht. Vier. Ich war kurz davor, aufzugeben und mit Basil durchzubrennen. Für ein paar Tage nach Las Vegas, so richtig klischeehaft.« Grinsend schüttelte sie den Kopf.

»Wenn das alles so stressig ist, wieso macht ihr es dann nicht einfach?« Meine Erfahrungen mit Hochzeiten hielten sich in Grenzen, ich war lediglich ein paarmal Gast gewesen.

»Weil wir es richtig machen wollen. Für unsere Familien, für unsere Clanleute. Außerdem habe ich mir immer eine große Hochzeit gewünscht.« Dalias Wangen wurden rosa. »Mit der Knotenzeremonie und dem ersten Flug, ein riesiges Festmahl für alle, so viel Kuchen wie man nur essen kann. Und alle Leute, die mir etwas bedeuten, sind da.«

»Ich bin sicher, es wird wundervoll.«

»Das denke ich auch. Wir haben inzwischen sogar einen Termin. Den fünfundzwanzigsten August.«

»In drei Monaten schon?« Sofort ruderte ich zurück. »Tut mir leid. Es geht mich überhaupt nichts an.«

»Ach, alles gut.« Dalia winkte ab. »Du bist nicht die Erste, die das anbringt. Aber ich arbeite sehr gut unter Druck. Dann habe ich gar nicht erst die Zeit, darüber nachzudenken, was andere wollen, oder mich umzuentscheiden.«

Ich versuchte, ihr zuzuhören, aber etwas erregte meine Aufmerksamkeit. Nicht weit von uns entfernt landete in diesem Moment Flora auf dem Marktplatz. Da sie unseren Garten bisher noch nicht ein einziges Mal verlassen hatte, war ich mir erst nicht sicher, ob wirklich sie es war. Aber als sie zielsicher auf mich zuwatschelte, wusste ich es.

Gleichzeitig klingelte ein Handy. Es war Dalias. »Joseph? Was ist los?«, meldete sie sich gelassen.

Noch bevor ihre bisher entspannte Miene ernst wurde, war mir klar, dass wir aufgeflogen waren. Flora quakte aufgeregt und flatterte mit den Flügeln, aber ihre Warnung kam zu spät.

Dalia legte auf und durchbohrte mich mit ihrem Blick. »Was habt ihr getan?«

CALLUNA VULGARIS
HEIDEKRAUT

Dalia gab mir nicht einmal die Chance zu antworten, sondern sprang sofort auf. Für einen Moment war ich wie festgefroren, unsicher, was ich tun sollte. Was ich überhaupt tun konnte.

Ich hatte keine Ahnung, was genau geschehen war. Wo Darragh sich gerade befand, ob es ihm gut ging. Was die Tatsache, dass wir erwischt wurden, nun für uns bedeuten würde.

Es war Flora, die mich aufscheuchte.

Sie packte den Saum meines Sommerkleides mit ihrem Schnabel und zog so lange daran, bis ich endlich aufstand. Die Schuldgefühle, weil ich einen unaufgeräumten Tisch zurückließ, wurden schnell von meiner Sorge davongespült.

Ich hatte es gerade mal über den halben Marktplatz geschafft, als vor mir ein goldener Drache abhob und gen Himmel schoss. Dalia hatte nun einen ordentlichen Vorsprung. Ihr Anblick war atemberaubend, doch davon durfte ich mich jetzt nicht ablenken lassen.

Es kostete mich wertvolle Zeit, auf mein Fahrrad zu kommen, da mein Kleid andauernd im Weg war. Dann trat ich mit aller Kraft in die Pedale, während auch meine Gedanken rasten.

Was war passiert? Jemand musste Darragh entdeckt haben, so viel war klar. Zumindest dieser Joseph wusste Bescheid.

Schloss Kinloch kam in Sicht und mit ihm eine Handvoll Drachen, die ebenfalls darauf zuhielten – einer davon mit dunkelgrünen Schuppen, die ich inzwischen so gut kannte. Dann verschwanden sie aus meinem Blickfeld und ich trat noch fester in die Pedale.

Das Fahrrad ließ ich einfach ins Gras fallen, dann stürmte ich die Treppe hoch hinein ins Schloss. Aufgebrachte Stimmen waren zu hören, denen ich in den Innenhof folgte. Niemand bemerkte mich, als ich hinausschlüpfte, was mir die Gelegenheit gab, die Szene zu beobachten.

Auf der einen Seite stand Darragh, die Arme vor der Brust verschränkt, sein Gesicht wutverzerrt. Ihm gegenüber Basil, mit beinahe derselben Körperhaltung, was die Ähnlichkeiten der Brüder nur noch verstärkte. Jedoch war Basil nicht wütend, sondern fassungslos.

Dalia und ihre Leute vollendeten das Dreieck. Ihre Züge gaben nichts preis, allerdings konnte ich sehen, wie ihr Zeigefinger nervös gegen ihren Oberschenkel klopfte. Neben ihr stand ein Mann, etwa in ihrem Alter, mit braunen Haaren und empörter Miene. Zwei weitere Clanleute standen einen Schritt hinter ihnen.

»Was hast du dir nur dabei gedacht?«, fragte Basil seinen Bruder.

Dieser löste seinen Blick nicht von Dalia. »Ich habe getan, was ich für richtig hielt. Wir müssen sicher sein, dass sie nicht vorhat, dir und unserem Clan zu schaden!«

Dalia warf die Hände in die Luft. »Was habe ich jemals getan, damit du glaubst, ich würde Basil umbringen wollen? Was in drei Teufels Namen ist dein Problem mit mir, Darragh?«

Vorsichtig schlich ich mich tiefer in den Innenhof, aber selbst wenn jemand mich bemerkt hatte, reagierte niemand.

»Es kann doch kein Zufall sein, dass ich vergiftet werde, kurz nachdem ihr eure Verlobung bekannt gegeben habt!«, verteidigte Darragh sich. »Die Einzigen, die einen Grund für einen solchen Giftanschlag hätten, seid ihr.«

Wenigstens nannte er nicht direkt Dalia als Täterin. Dennoch kamen seine Anschuldigungen nicht sonderlich gut an.

»Vielleicht hat jemand genug von einem grenzüberschreitenden Arschloch wie dir und wollte dich loswerden«, meldete sich nun der Mann neben Dalia zu Wort. Er war hochgewachsen und schmal gebaut. Sein Unmut zeigte sich deutlich in den tiefen Falten, die sich auf seinem Gesicht abzeichneten. Sein Haar war von demselben dunklen Blond wie sein kurzer Bart. »Schade, dass es nicht geglückt ist!«

»Joseph!«, rief Dalia empört aus.

Nun hatte ich also ein Gesicht zu dem Namen, und er landete sofort auf meiner schwarzen Liste. Manche Leute schafften es einfach, vom ersten Moment an unsympathisch zu sein.

»Es reicht«, beendete Basil das aufkommende Wortgefecht. Seine Stimme donnerte über den Innenhof und ich konnte nicht anders, als zusammenzuzucken. »Anschuldigungen bringen uns nicht weiter. Diese Situation ist eine Claninterna und ich werde mich darum kümmern.«

»Als würdest du deinen Bruder wirklich zur Verantwortung ziehen«, spuckte Joseph ihm entgegen.

Ich musste es Basil zugutehalten, an seiner Stelle wäre

ich diesem Kerl bereits an die Kehle gesprungen. Doch Basil war ganz der rationale Chief und ignorierte den Einwurf schlichtweg. »Ich werde das klären.«

»Dass ich nicht lache, das wird Folgen –«

»Joseph, es reicht«, schnitt Dalia ihm das Wort ab. »Du hast gehört, was der Chief des Askari-Clans angeordnet hat. Ich dulde keinen weiteren Widerspruch.«

Es war Darragh, der als Nächstes das Wort ergriff und es an Basil richtete. »Ich habe getan, was nötig war, um dich und uns zu beschützen. Ich stehe dazu.«

Basil hob die Hand, um ihn zu stoppen. »Ich habe nicht um deinen Schutz gebeten. Meine Anweisungen waren klar, und du hast dich dazu entschieden, diese zu missachten.«

Wut und Enttäuschung zuckten wie Blitze zwischen den Brüdern. »Basil –«, setzte Darragh an, doch dieser schnitt ihm das Wort ab.

»Ich will es nicht hören und gerade kann ich dich nicht einmal ansehen. Verschwinde, bevor ich noch etwas tue, was ich später bereuen werde.«

Für einen Moment sah es wirklich so aus, als würden sie aufeinander losgehen, doch dann stürmte Darragh an seinem Chief vorbei in meine Richtung.

Ich schaffte es nicht einmal, den Mund zu öffnen, da war er bereits an mir vorbeigeeilt. Scheinbar hatte er meine Anwesenheit nicht bemerkt.

»Du kannst diese Verlobung immer noch lösen«, hörte ich Joseph laut sagen, aber ich schaute weiterhin Darragh hinterher. Es lag an Basil, sich um diese Einmischung zu kümmern, ich würde meinem eigenen Drachen folgen.

Vor dem Schloss fehlte jede Spur von Darragh. Neben meinem Fahrrad hockte Flora und quakte aufgeregt vor sich hin. Unmittelbar darauf erhob sie sich in die Lüfte und flog davon – nur um wenig später zurückzukehren, um mich erneut anzuschnattern.

Damit war klar, dass ich ihr folgen sollte. Ich stieg auf mein Gefährt und radelte weg vom Schloss, einen holprigen Pfad entlang in Richtung Meer und kurz darauf zu den Klippen hinauf. Schon bald war ich umgeben von Heidekraut und kam mit dem Fahrrad nicht mehr weiter. Also lehnte ich es an einen großen Stein, um den Rest des Weges zu Fuß zurückzulegen.

Ich konnte Darragh bereits aus der Ferne sehen. Er saß am Rand einer der Klippen, die Beine über dem Abgrund. Ich kämpfte mich den Rest des Weges zu ihm hoch, so gut das mit einem Kleid eben ging.

Darragh schaute nicht einmal auf, als ich mich umständlich neben ihn an die Klippe setzte. Weit unter uns schlugen große Wellen gegen das Gestein, und mein Magen sank ein wenig bei der Vorstellung hinunterzufallen. Aber ich wusste, dass Darragh das niemals zulassen würde.

Er hielt seine Hände ineinander verschränkt auf dem Schoß, behutsam löste ich sie und verwob seine Finger mit meinen. Dann wartete ich, den Blick hinaus auf den Ozean gerichtet.

Die Zeit verging, der Wind ließ meine Haare tanzen. Die Stille zwischen uns war schwer von dem, was geschehen war. Doch ich war bereit zu warten, sogar bis die Sonne unterging, nur damit Darragh wusste, dass er nicht allein war.

»Joseph hat mich genau im falschen Moment erwischt – gerade als ich Dalias Haus verlassen wollte. Was er dort zu suchen hatte, ist mir ein Rätsel.« Darraghs Stimme war rau, fast wie ein Grollen aus den Tiefen einer Höhle. »Er ist völlig ausgerastet, hat geschrien wie ein Wahnsinniger, bis andere dazugekommen sind. Ich bin sofort zurückgeflogen, aber da war es schon zu spät.«

Ich verstärkte meinen Griff um seine Finger, als diese anfingen zu zittern. Ich konnte nicht sagen, ob aus Wut oder Verzweiflung. Unter uns schlugen die Wellen weiter gegen die Klippen, eine einsame Möwe flog über unsere Köpfe hinweg.

»Ich habe Basil einmal beinahe umgebracht.« Darraghs Worte waren so leise, dass sie sogleich vom Wind davongetragen wurden.

Eigentlich hatte ich nicht reagieren wollen, aber mein Kopf zuckte in seine Richtung. Seine Worte ergaben keinen Sinn, trotzdem ließ ich ihm Zeit, drängte ihn nicht weiterzusprechen, auch wenn es mir schwerfiel.

»Ich habe dir erzählt, dass ich ein Draufgänger war«, fuhr er nach einer kurzen Pause fort. »Kaum dass ich fliegen konnte, war ich ständig unterwegs, zusammen mit Freunden. Wir haben uns von Klippen gestürzt, sind über fremde Territorien geflogen und haben uns im Vulkan vergnügt.« Das klang ziemlich heiß, war aber scheinbar normal für Drachen. Ich schaute über meine Schulter, die Berge hinauf, die in den Wolken verschwanden. Gerade war kein Rauch zu entdecken, den ich ab und an von meinem Garten aus sehen konnte.

»Ich hatte eine tolle Kindheit. Meine Eltern haben alles für uns getan, aber da Basil der Erbe war, hat er mehr Aufmerksamkeit erhalten. Er war immer an der Seite meines Vaters, während ich die meiste Zeit das gemacht habe, wonach mir der Sinn stand. Als Kind war mir nicht klar, wie dankbar ich für diese Freiheit sein konnte.

Je älter ich wurde, desto eifersüchtiger wurde ich auf meinen Bruder. Obwohl er nur ein wenig älter war als ich, haben alle Clanmitglieder zu ihm aufgesehen. Inzwischen weiß ich, welche Last auf Basils Schultern ruht, aber damals habe ich es nicht verstanden.«

Darragh schaute hinaus aufs Meer, die Augenbrauen nachdenklich zusammengezogen. Die Schatten der Vergangenheit schimmerten in seinen Augen und mir lagen bereits hohle Worte des Trostes auf der Zunge, die nichts bringen würden.

»Der Vulkan ist durchzogen von einem Höhlensystem, das so alt ist wie die Insel selbst. Manche Tunnel sind derart schmal, dass ein erwachsener Mann kaum hindurchpasst. Wir sollten uns davon fernhalten, was ich natürlich nicht getan habe.« Ein trauriges Lächeln zeigte sich auf seinem Gesicht. »Wir haben uns in den Höhlen versteckt. Die Gefahr durch den aktiven Vulkan hat alles nur noch aufregender gemacht. Mein Vater hat es mir so oft verboten, aber ich habe nicht auf ihn gehört. Für mich hat es keinen Sinn gemacht, Basil durfte ihn zu Treffen der Chiefs begleiten und alle möglichen anderen Dinge tun, aber ich durfte nicht mit meinen Freunden auf unserem eigenen Territorium spielen.«

So langsam wurde mir klar, in welche Richtung sich das Ganze entwickelte, aber ich verstand immer noch nicht, wie Darragh seinen Bruder beinahe umgebracht haben könnte.

»Ab und zu rührt sich der Vulkan. Manchmal registriert man es gar nicht, andere Male bebt die ganze Insel. An diesem Tag hat man den Vulkan gespürt, wenn auch nur schwach. Sicher wäre es nicht einmal aufgefallen, wenn wir nicht zufällig gerade in den Höhlen gewesen wären.«

Ich schloss die Augen, als Darragh fortfuhr.

»Als die Erde zu beben anfing, sind einige unserer Gruppe herausgekommen und haben sofort Hilfe geholt. Der Rest von uns steckte in einer der größeren Höhlen fest. Mein Vater war gerade nicht auf der Insel, sondern bei einem Clantreffen, daher kam Basil herbeigeeilt.

In unserer Drachengestalt kann uns kaum etwas verletzen. Unser einziger Schwachpunkt sind die Flügel. Sie bestehen aus vielen filigranen Knochen und zarter Haut. Verletzte Flügel sind nicht so einfach zu heilen, auch nicht mit der Hilfe einer herausragenden Kräuterhexe.«

Kurz lächelte er mich an, warm und voller Zuneigung. Bestätigend drückte ich seine Hand, um ihn daran zu erinnern, dass ich an seiner Seite war.

»Basil und ich waren die Letzten, die herauskamen. Wie gesagt, die Tunnel waren schmal, für einen Jungdrachen kein Problem. Aber Basil war bereits ausgewachsen. Die Höhlenwände bebten mit einem Mal, ich erinnere mich noch an den Steinregen, der auf uns niederprasselte.«

Darraghs Stimme brach. Der Schmerz der Erinnerung zeichnete sich klar in seinem Gesicht ab.

»Basil hat mich aus dem Weg geschubst, bevor ich von einem Felsen getroffen wurde. Da habe ich es gehört. Ein Geräusch wie reißender Stoff. Allerdings wurde mir erst klar, was geschehen ist, als ich aus der Höhle geflogen bin, er mir aber nicht gefolgt ist.

Ich bin natürlich sofort zurück, doch ich war zu schwach, um ihm zu helfen. Und plötzlich tauchte mein Vater auf, um Basil aus dem Vulkan zu schleppen. Im Tageslicht konnten wir das Ausmaß seiner Verletzung erst richtig sehen. Sein linker Flügel war eingerissen, dort war ein Loch, wo eigentlich hätte Haut sein sollen. Und so viel Blut.«

Ich konnte mich nicht länger zurückhalten und schlang die Arme um Darraghs Hals. Er sackte gegen mich und ein tiefer Seufzer löste sich aus seiner Brust. Das Gesicht an meinem Hals verborgen sprach er weiter.

»Eine solche Verletzung heilt nicht problemlos. Wir waren bei Heilern und Spezialisten, die Basil nur eine winzige Chance ausrechneten, dass er jemals wieder fliegen könnte. Aber ein Drache, der nicht fliegen kann, ist nicht zum Chief geeignet.

Mit einem Mal standen unsere Leben kopf. Die ganze Verantwortung und all die Erwartungen lagen nun auf mir. Ich habe schnell erkannt, dass meine Eifersucht sinnlos war.«

Er löste sich von mir, um mich stattdessen in seine Arme zu ziehen. Ich gab mich nur zu gerne seiner Wärme hin. Die Kälte des scharfen Windes hatte es unter meine Kleidung geschafft, was mir bisher nicht einmal aufgefallen war. Zu sehr war ich gebannt von Darraghs Erzählung.

»Als Kind hatte ich andauernd bloß die positiven Seiten dieses Titels im Auge. Die Aufmerksamkeit, der Respekt, die scheinbar unendlichen Möglichkeiten. Dass darauf eine zentnerschwere Last liegt, die einen langsam zerquetscht, wurde mir erst bewusst, als diese auf meinen Schultern ruhte.

Aber ich durfte mich nicht beschweren – *konnte* mich nicht beschweren –, denn es war meine Schuld, dass Basil seine Position nicht länger einnehmen konnte. Also habe ich die Zähne zusammengebissen und versucht, mein Bruder zu sein. Auch wenn ich es mit jedem Tag mehr gehasst habe.«

Ich rieb mit beiden Händen in großen Kreisen über seinen Rücken. Zum einen, um Darragh Beistand zu leisten, zum anderen, um mich zu beschäftigen. Denn obwohl ich wusste, wie es ausgehen würde, war ich nervös, wegen dem, was noch kam.

»Alle hielten es für ein Wunder, als Basils Flügel vollständig heilte. Ich bin der festen Überzeugung, dass es an seiner Willenskraft lag. Er hat seinem Flügel befohlen zu heilen, also hat dieser es getan.« Darragh lachte, ein Geräusch voller Schmerz und Bewunderung und Zuneigung. »Eines Tages ist er einfach vom Boden abgehoben und hat seine Kreise über der Insel gezogen. Die Welt schien stillzustehen, während alle in den Himmel starrten, vollkommen eingenommen von seiner Kraft. Nach und nach erhoben sich auch alle anderen Drachen in die Lüfte, um an der Seite ihres Chiefs zu fliegen. Ich bin auf der Erde geblieben, wie versteinert von meiner Scham.«

»Oh, Darragh.« Ich verstärkte meine Umarmung, in der Hoffnung, auf diese Weise auch den Teenager in seinem Inneren zu erreichen.

»In diesen wenigen Monaten, in denen der Fortbestand des Clans in meinen Händen lag, war mir klar geworden, dass ich niemals Chief sein konnte. Mir fehlte etwas, was Teil von Basils Seele ist. Bis heute kann ich nicht genau sagen, was es eigentlich ist.«

Ich schielte zu ihm hoch, betrachtete sein kantiges Gesicht und diese warmen Augen, in denen ich nur zu gerne versank. Darragh und Basil sahen sich so ähnlich. Und doch waren sie so unglaublich verschieden, dass man leicht vergessen konnte, dass sie verwandt waren.

»Ich bin vielleicht nicht zum Chief geeignet, aber ich wollte trotzdem meinem Clan dienen. Und vor allem wollte ich wiedergutmachen, was ich meinem Bruder angetan hatte. Deshalb habe ich seitdem alles darangesetzt, um meiner Position als Stellvertreter gerecht zu werden.

Was bisher einfach war, denn Basil ist zu klug und überlegt, um sich in irgendwelche Gefahren zu bringen. Bis Dalia kam. Und sosehr ich mir auch wünsche, dass er seine wahre Liebe gefunden hat, kann ich das Gefühl nicht abschütteln, dass etwas Schreckliches auf ihn lauert.«

Langsam löste er sich von mir, bis wir uns in die Augen schauen konnten.

»Ich schulde es Basil, alles zu tun, was in meiner Macht steht, um sein Leben zu beschützen. Auch wenn ich damit mein eigenes riskiere.«

Mein Herz zog sich schmerzhaft zusammen. So vieles machte nun Sinn, doch seine Schuld konnte ich ihm nicht nehmen. Lediglich an seiner Seite sein und ihn unterstützen.

Ich legte die Hände um sein Gesicht. »Du musst mit Basil reden, ihm erklären, wie du dich fühlst und wieso du so handelst. Ansonsten wird das für immer zwischen euch stehen.«

Er schüttelte leicht den Kopf. »Wir haben noch nie über diese Zeit geredet. Es jetzt zu tun, würde bloß alte Wunden aufreißen.«

»Wenn es immer noch eine Wunde ist, dann ist sie niemals richtig verheilt. Um das möglich zu machen, muss erst einmal alles an Schmutz und Eiter herausgespült werden. Im übertragenden Sinne natürlich«, setzte ich hinterher.

Darragh schaute auf mich herab, einen Ausdruck in den Augen, den ich zu erkennen glaubte, aber noch nicht benennen wollte. Dafür war es einfach noch zu früh. »Ich komme nicht drum herum, oder?«

»Nein.« Es dauerte etwas, bis ich wieder auf die Beine kam. Was vor allem daran lag, dass ich nach wie vor Angst hatte, die Klippe hinunterzustürzen, weshalb ich erstmal auf dem Po ein Stück nach hinten rückte. Darragh sagte nichts, schaute mir aber amüsiert bei meiner Aktion zu.

Als ich endlich sicher auf meinen beiden Beinen stand, reichte ich ihm die Hand.

ACHILLEA
SCHAFGARBE

Die Gemüter schienen sich beruhigt zu haben, als wir Castle Kinloch erreichten. Darragh stellte mein Fahrrad, welches er für mich geschoben hatte, ab und führte mich hinein. Es war still in den großen Hallen, von der Handvoll Drachen, die kurz zuvor noch gestritten hatten, war nichts mehr zu sehen.

Wir betraten einen Teil des Schlosses, den ich bisher noch nicht kennengelernt hatte. Auch hier herrschte der Prunk in Form von hohen Decken und dunklem Holz vor, aber er war gedämpft von weichen Teppichen und hellen Möbeln. Alles in allem wirkte es mehr wie eine schicke Wohnung in einem Altbau.

Das musste wohl Basils privater Teil des Schlosses sein. Ein Bild der Familie Thompson bestätigte meine Vermutung. Durch die großen Fenster hatte man einen wundervollen Ausblick auf die umgebauten Stallungen. Basil behielt seinen Bruder wohl tatsächlich gerne im Auge.

Wir betraten ein ausladendes Wohnzimmer, das von warmen Brauntönen und intensivem Blau dominiert wurde. Auf dem großen Sofa saßen Dalia und Basil in ein Gespräch vertieft. Er hatte den Arm um sie gelegt und sie schmiegte sich an seine Brust. Erst als Darragh sich räusperte, zuckten die beiden auseinander.

Sofort zerplatzte die ruhige Stimmung wie eine Seifenblase. Die Brüder taxierten sich wortlos, während Dalia und ich irgendwie in der Mitte standen. Der Moment zog sich dahin, doch keiner rührte sich.

Am Ende war es Dalia, die den ersten Schritt machte. Genauer gesagt erhob sie sich vom Sofa und zog Basil mit sich. Ihre Haltung spiegelte meine nur zu gut wider, wir beide hielten die Hand eines der Brüder, während wir sie aufeinander zuführten.

Niemand sagte ein Wort. Auch nicht, als Basil in Richtung einer Tür nickte, durch die die beiden verschwanden. Wir Frauen blieben zurück, gut zwei Meter voneinander entfernt, die Aufmerksamkeit auf die Tür gerichtet.

Irgendwann hielt ich es nicht mehr aus. Ich sollte nicht hier sein, in Basils Wohnräumen, und heimlich lauschen, ob die Brüder miteinander redeten. Mal ganz abgesehen davon, dass ich wenige Stunden zuvor Dalia bewusst abgelenkt hatte.

Ehe ich mich jedoch entschuldigen konnte, um die Flucht zu ergreifen, durchbrach Dalia die Stille. »Hast du Lust auf einen Drink?«

Ich war derart überrumpelt von ihrer Frage, dass ich einfach Ja sagte.

Sie schlenderte zu einem Sideboard, auf dem eine beeindruckende Alkoholsammlung aufgereiht war. Gezielt nahm Dalia eine Flasche Scotch in die Hand und schenkte zwei Gläser ein. Dann reichte sie mir eines, bevor sie selbst einen Schluck nahm.

Die goldene Flüssigkeit brannte sich einen Weg durch meine Kehle, doch was folgte, war eine angenehme Wärme, die von meinem Bauch aus in meinen ganzen Körper strahlte.

»Einer unserer besten Jahrgänge«, murmelte Dalia und

schwenkte ihr Glas. »Dieser Scotch ist der Grund, wieso Basil und ich zusammen sind.«

Neugierig hob ich die Augenbrauen.

»Bei unserem ersten Treffen haben wir Stunden darüber diskutiert, was besser ist. Scotch oder Whiskey. Ich konnte einfach nicht verstehen, wieso er als Schotte ausgerechnet auf das Zeug aus den Staaten steht. Also habe ich ihm direkt eine ganze Kiste hiervon geschenkt.«

Ich stand regungslos da, während ich ihrer Geschichte lauschte. Zu groß war meine Sorge, dass sie auf einmal stoppte und sich daran erinnerte, dass ich auch da war. Doch sie schmunzelte mich nur an.

»Nicht ganz so spannend wie dein Kennenlernen mit Darragh, aber ich mag die Geschichte trotzdem sehr gerne. Ich bin dir übrigens nicht böse, dass du mich aus meinem Territorium gelockt hast. Irgendwie hatte ich sogar darauf gehofft. Also darauf, dass du dich einmischst.«

Vor lauter Überraschung brachte ich kein Wort heraus. Erst ein weiterer Schluck Scotch lockerte meine Stimmbänder. »Da bin ich ja beruhigt.« Und das war ich wirklich, dennoch lag meine Konzentration in diesem Moment vor allem auf ihren letzten Worten. »Aber du musst mir bitte mal erklären, was genau du meinst?«

Dalia schlenderte zurück zum Sofa, und nachdem sie sich gesetzt hatte, klopfte sie auf den Sitz neben sich. Als ich ebenfalls Platz genommen hatte, erklärte sie: »Es braucht kein drittes Auge, um zu sehen, dass viel Ungesagtes zwischen den beiden steht. Es belastet Basil mehr, als er jemals zugeben würde, vor allem sich selbst gegenüber. Über die Jahre haben sie sich wohl damit abgefunden, aber das bedeutet nicht, dass sie damit jemals glücklich werden.«

Zustimmend nickte ich. »So etwas Ähnliches habe ich zu Darragh auch gesagt. Wunden, die heilen sollen, müssen erst gereinigt werden.«

»Ich dachte mir schon, dass du es verstehen würdest.« Dalia prostete mir mit ihrem leeren Glas zu.

»Ich bin allerdings ein wenig überrascht, dass du auf mich gesetzt hast«, gestand ich. »Immerhin kennen wir uns nicht.«

»Wie gesagt, ich war sehr beeindruckt von deiner Geschichte. Eine junge Hexe, die es nicht nur schafft, einen Drachen von einer Vergiftung zu heilen, sondern sich auch einem Chief entgegenstellt, um ebendiesen Drachen zu beschützen. Ich wusste sofort, dass du eine unglaubliche Bereicherung für uns wärst. Und eine starke Verbündete für mich.«

»Du hast dir also wirklich vorgenommen, die beiden wieder zu vereinen. Wieso? Was genau hast du davon?« Ich hoffte, dass meine Frage nicht so vorwurfsvoll rüberkam, wie sie klang.

»Ich liebe Basil, so einfach ist das. Damit wir beide eine faire Chance auf eine glückliche Zukunft bekommen, müssen wir die Vergangenheit in Ordnung bringen. Außerdem mag ich Darragh. Er hat etwas an sich, das einen dazu bringt, ihn einfach zu mögen. Ich glaube, es ist dieses schiefe Grinsen.«

Lachend nickte ich. Und da beschloss ich, Dalia einfach direkt mit unserem Verdacht zu konfrontieren. »Nimmst du es Darragh nicht übel, dass er dich für den Giftmischer hält ... hielt ... was auch immer.« In diesem Moment machte sich eine sanfte Wärme in mir breit, und somit war auch mein letzter Zweifel an Dalias Unschuld aus der Welt geräumt. Ich persönlich wusste nicht, wie ich damit umgehen würde, wenn mich mein zukünftiger Schwager für eine Mörderin hielt. Ich wusste nur, dass ich ihren Worten glaubte. Das sagte mir mein magisches Bauchgefühl. Sie liebte Basil, und zwar aufrichtig! Das würde sie nicht aufs Spiel setzen. Zumal ihr Darraghs oder Basils Tod nichts bringen würde. Dalia wollte die Clans vereinen und in eine bessere Zukunft führen, den Namen ihres Clans reinwaschen und die Vergangenheit mit guten Erinnerungen überschreiben.

Seufzend erhob Dalia sich, um uns beiden nachzuschenken. Es war sicher keine gute Idee, mitten am Tag so viel zu trinken, aber irgendwie hatten wir es uns auch verdient. Ein Blick auf mein Handy enthüllte, dass es kurz nach zwei war. Ich sollte dringend etwas essen, damit ich es auch vertrug.

Dalia schien denselben Gedanken zu haben, denn sie verschwand kurz aus dem Wohnzimmer, um unmittelbar darauf mit einer Schale voller Käsecracker und einer weiteren mit Trauben zurückzukehren.

»Um auf deine Frage zurückzukommen«, fuhr sie fort, nachdem sie wieder neben mir ins Polster gesunken war. »Natürlich ist es kein schönes Gefühl, verdächtigt zu werden. Erst recht nicht vom Bruder des Mannes, den man liebt. Aber ich verstehe, woher der Verdacht stammt. Das Vermächtnis meiner Familie begleitet mich schließlich mein ganzes Leben. Außerdem hat mein eigener Rat ebenfalls versucht zu intervenieren. Basils und meine Beziehung stößt vielen negativ auf.«

Ich horchte auf. »Wie zum Beispiel diesem Joseph?«

Sie seufzte, ein langes Geräusch, das direkt aus ihrer Seele zu kommen schien. »Er meint es gut. Allerdings ist er dabei leider ein bisschen zu laut.«

Das ließ ich lieber unkommentiert, denn ich hatte nichts Nettes zu sagen. Trotzdem war ich neugierig. »Wieso nimmt er sich überhaupt das Recht heraus, sich einzumischen?«

»Da ist er wohl nicht der Einzige, meinst du nicht auch?« Erwischt! Den Seitenhieb hatte ich mir redlich verdient. Dann schnalzte Dalia mit der Zunge. »Er ist einer meiner engsten Vertrauten. Wir kennen uns seit Schulzeiten. Er hatte es als Kind nicht immer leicht, also habe ich ihn beschützt. Dafür will er jetzt mich beschützen.«

Nun ergab es auch Sinn, wieso Dalia sich so sehr für die Beziehung der Brüder einsetzte. Sie hatte selbst jemanden in ihrem Leben, der es mit dem Beschützen etwas übertrieb. Das hieß noch lange nicht, dass ich Joseph mögen musste. Er hatte sich wie ein Arschloch verhalten. »Hat er mit anderen Kindern Ärger gehabt, weil er seine Klappe nicht halten konnte?«

Dalia warf mit einer Traube nach mir und traf mich genau zwischen den Augen. Beeindruckt nickte ich ihr zu, ehe ich das Geschoss in meinem Mund verschwinden ließ.

»Es hat lange gedauert, bis Joseph endlich seine Drachengestalt annehmen konnte«, erzählte sie dann. »Kinder sind und bleiben Kinder, auch in einem Clan. Sie machen sich leider nur zu gerne lustig über solche, die anders sind.«

»Und trotzdem ist er ein alter Kindheitsfreund der Chief?«

»Seine Mutter war die Assistentin meiner Mutter. Sein Vater ein Magier, der sein Leben lang Probleme damit hatte, sich im Clan einzufügen«, erklärte Dalia. »Meine Eltern haben sehr viel Wert auf meine Ausbildung gelegt, darauf, dass ich vorbereitet bin, um das Vermächtnis meiner Familie anzutreten.« Sie prostete in die Luft. »Deshalb hatte ich ziemlich wenig mit den anderen Kindern zu tun. Joseph war lange Zeit mein einziger Freund. Ohne ihn hätte ich manche Tage wohl nicht durchgestanden.«

»Das tut mir leid«, flüsterte ich. Etwas anderes konnte ich nicht sagen, auch wenn ich es mir wünschte.

Dalia schüttelte den Kopf, als würde sie die Erinnerungen vertreiben. »Das ist alles lange her. Meine Eltern haben es gut gemeint, ich werde es besser machen.«

»Das wirst du sicher«, stimmte ich ihr bei.

»Ryan und Olive, meine Schwiegereltern in spe, sind aktuell übrigens auf einer Kreuzfahrt um die ganze Welt. Aber sie kommen zur Hochzeit. Spätestens dann wirst du sie kennenlernen«, sagte Dalia.

»Ähm ... klar, Darraghs und Basils Eltern ...« Ich hatte es extra nicht als Frage formuliert, um nicht komplett bescheuert dazustehen. Denn bis eben hatte ich nicht einmal ihre Namen gekannt.

»Ihr habt noch nie über sie gesprochen, hab ich recht?«, stellte Dalia umgehend fest.

Kurz versuchte ich noch, meine Fassade aufrechtzuerhalten, dann aber gab ich mich geschlagen. »Verdammt. Ich dachte echt, ich hätte ein besseres Pokerface!«

Dalia zuckte mit den Schultern. »Es ist gut, ich bin nur besser.«

»Wow!« Diesmal warf ich mit einer Traube nach ihr. »Da ist aber jemand von sich eingenommen.«

Nicht viel später öffnete sich endlich die Tür und die beiden Brüder kamen heraus, wobei Basil die Hand auf Darraghs Schulter hatte. Ich richtete mich auf und suchte in seinem Gesicht nach einem Hinweis, wie es gelaufen war.

Die beiden gesellten sich zu uns. Basil setzte sich hinter Dalia und zog sie an seine Brust, während Darragh mich einfach hochhob und auf den Schoß nahm. Vielleicht wäre es mir unangenehm, wenn das Pärchen uns gegenüber nicht gerade einen so verliebten Kuss austauschte, dass ich kurz den Blick abwenden musste.

»Nun?«, fragte Dalia in die Runde. »Was hat sich ergeben? Hast du Darragh aus dem Clan geschmissen?«

Ich konnte nicht anders, als ihre Offenheit zu bewundern. In der Situation hätte ich mich das nicht getraut.

»Natürlich nicht.« Basil drückte ihr einen Kuss auf den Scheitel.

»Ich möchte mich entschuldigen, Dalia«, ergriff Darragh das Wort. »Dafür, dass ich in deine Wohnung eingebrochen bin und mich grundsätzlich sehr abweisend dir gegenüber verhalten habe. Allerdings nicht dafür, dass ich dich verdächtigt habe. Immerhin habe ich meinen Job gemacht.«

Dalia warf den Kopf in den Nacken und lachte glockenhell auf. »Etwas anderes hätte ich auch gar nicht erwartet. Ich biete dir gerne an, dass wir uns gemeinsam auf die Suche nach dem Giftmischer machen. Mir gefällt ebenso wenig wie dir, dass Indizien auf mich und die Meinen deuten.«

»Gibt es sonst noch etwas, was wir wissen sollten?« Wie ein strenger Lehrer blickte Basil zwischen Darragh und mir hin und her.

Die Worte blieben mir im wahrsten Sinne des Wortes im Hals stecken. Mein Instinkt hielt mich davon ab, von dem Angriff auf mein Haus zu erzählen. »Nein, nichts weiter.« Im Moment war ich geschützt, möglicherweise war das Ganze auch nicht mehr als ein unlustiger Streich gewesen. Vielleicht. Das alles jetzt auf den Tisch zu legen, würde uns nicht helfen. *Nach der Hochzeit,* sagte ich mir.

Ich konnte Darraghs Blick auf mir spüren, doch er hielt ebenfalls den Mund.

Basil sprach weiter: »So wie es aktuell aussieht, werden wir mit der weiteren Suche bis nach der Hochzeit warten. Seit dem Angriff auf Darragh ist nichts weiter geschehen, und nun, da wir das Heilmittel haben« – kurz nickte er mir zu – »ist die Gefahr größtenteils gebannt.«

»Na gut.« Dalia tätschelte seinen Oberschenkel. »Dann können wir uns ja jetzt wieder ganz auf die Sitzordnung konzentrieren.«

Arm in Arm verließen Darragh und ich das Schloss, welches mir zum ersten Mal nicht ganz so düster vorkam. Als wäre der Schleier – von den Brüdern wie ein Schatten über Castle Kinloch gelegt – endlich gelüftet.

»Geht es dir gut?«, fragte ich Darragh, nachdem wir in seinen Wagen gestiegen waren. Mein Fahrrad packten wir in den Kofferraum.

Er fuhr vollkommen entspannt, eine Hand auf dem Lenkrad, in der anderen hielt er meine in meinem Schoß. Die Fenster waren heruntergelassen und eine sanfte Meeresbrise wehte durch unsere Haare. »Ich weiß nicht genau.« Darragh legte den Kopf schräg. »Wir haben viele Sachen ausgesprochen, die lange in uns rumort haben. Aktuell fühle ich mich hauptsächlich erleichtert. Alles andere wird sich zeigen.«

Mit dem Daumen malte ich kleine Kreise auf seinen Handrücken. »Es muss nicht alles sofort geklärt werden. Heute war ein guter Anfang.«

»Wunden brauchen lange, um zu heilen, was?«

Ich lächelte sanft. »Ganz genau.« Eine Sache wollte ich auf jeden Fall noch ansprechen – oder es war der Alkohol, der meine Zunge lockerte: »Du hast mir gar nicht erzählt, dass deine Eltern auf Weltreise sind? Und seit wann sind Drachen lieber auf dem Wasser als in der Luft?«, kicherte ich.

Darragh betrachtete mich von der Seite und zuckte lachend mit den Schultern. »In manchen Dingen sind wir inzwischen mehr Mensch als Drache ... Sie lieben es und sollen ihre Freiheit genießen.«

»Weil dein Vater jetzt nicht mehr Chief ist«, schlussfolgerte ich. »Muss komisch sein, so ein Machtwechsel. Ich erinnere mich noch, als Gran mir den Laden übergeben hat. Das hat nur funktioniert, wenn sie nicht da war. Und wenn sie doch einmal vorbeigeschaut hat, tanzte plötzlich wieder alles nach ihrer Pfeife.«

Zustimmend nickte Darragh. »Deshalb ist es Tradition, dass ehemalige Chiefs den Clan verlassen. Es gibt mehrere Siedlungen auf der Welt, die nur aus Anführern *in Rente* bestehen.«

Ehe ich es aufhalten konnte, brach ein Kichern aus mir heraus. »Ein Altenheim für Drachen.«

Kurz drückte er meine Finger. »So ähnlich. Anscheinend geht dort richtig die Party ab. Aber meine Eltern wollten erst mal die Welt erkunden und all das nachholen, wozu sie früher keine Zeit hatten. Mal schauen, wo sie sich anschließend niederlassen. Ich freue mich schon, wenn ihr euch bei der Hochzeit kennenlernt.«

Mit einem Mal war das Summen des Alkohols verschwunden. »Als was genau wirst du mich deinen Eltern denn vorstellen?« Vielleicht war dies weder der richtige Zeitpunkt noch der richtige Ort, aber nun war die Frage raus.

»Als meine Freundin natürlich.« Er sagte das mit solcher Überzeugung, als gäbe es daran keinerlei Zweifel. »Was glaubst du denn?«

Ich brauchte einen Moment, um meine Gedanken zu sortieren, dann entschied ich mich für die Wahrheit. »Ich war mir nicht ganz sicher. Wir haben noch nicht genau definiert, was wir sind.«

Verwirrt schaute er mich an. Er stoppte sogar den Wagen am Straßenrand, um mich mit seinem intensiven Blick gefangen zu nehmen und mein Gesicht zwischen seine Hände zu betten. Er beugte sich zu mir und flüsterte nah an meinen Lippen: »Ich dachte, ich hätte mich klar ausgedrückt. Wenn du mich willst, dann bin ich ganz dein. Ich bin dir verfallen, seit ich dich das erste Mal gesehen habe.«

Einige Herzschläge konnte ich einfach nur dasitzen und ihn anstarren. Es war nicht direkt eine Liebeserklärung, spiegelte aber meine eigenen Gefühle sehr gut wider. »Bitte sag mir das noch mal, wenn ich nüchtern bin. Dann kann ich besser reagieren.«

Er grinste mich schelmisch an. »Ich sage es dir so oft, wie du willst. Versprochen!« Dann küsste er mich.

PAEONIA
PFINGSTROSE

3 Monate später

»Flora«, rief ich in den Garten und erhielt als Antwort ein aufgeregtes Quaken. »Kommst du? Wir sind spät dran!« Wie ausgerechnet meine Vertraute zu spät sein konnte, war mir unverständlich. »Was gibt's denn bitte in ihrem Teich noch zu erledigen?«

Endlich kam sie hereingewatschelt und wir konnten uns auf den Weg machen. Der kleine Anhänger meines Fahrrads war bereits mit den Bestellungen des Tages gefüllt, ich musste nur noch Flora in ihr Körbchen an meinem Lenker setzen und meine Kopfhörer ins Ohr stecken.

Ich wählte Grans Nummer, ehe ich losfuhr. Inzwischen war ich ein großer Fan davon geworden, während meiner Radtouren zu telefonieren. So konnte ich problemlos mit meinen Freunden in Kontakt bleiben und natürlich mit meiner Familie.

Meine Großmutter ging nach dem dritten Klingeln ran. »Briar, mein Schatz, wie schön, dass du anrufst. Ich musste eben an dich denken.«

Ich trat entspannt in die Pedale und genoss den Sommerwind um meine Nase. »Ach, gut so weit. Ich liefere gerade einige Bestellungen aus. Und heute Abend ist das große

Essen.« Schon jetzt spürte ich die Nervosität wie einen Stein in meinem Magen.

»Solange sie nicht dich fressen wollen, ist doch alles in Ordnung«, scherzte Gran. »Darraghs Eltern werden dich lieben, da bin ich mir sicher.«

»Die Tatsache, dass ich ihrem Sohn schon mal das Leben gerettet habe, bringt mir sicher Pluspunkte ein. Trotzdem, ich will einen guten Eindruck hinterlassen.« Vor allem, da Darragh mich nun schon seit Wochen als seine Freundin anpries. Bisher hatte ich nur einmal kurz mit Olive und Ryan telefoniert, dabei nicht mehr als ein paar höfliche Worte gewechselt, jetzt würden wir uns zum ersten Mal sehen.

»Du steigerst dich in Dinge rein, die du sowieso nicht kontrollieren kannst«, gab Gran zu bedenken. »Konzentrier dich lieber auf etwas, das du ändern kannst. Wie weit sind die Hochzeitsvorbereitungen?«

Das war tatsächlich etwas, bei dem ich die Kontrolle hatte. Übermorgen war es so weit, und mir war es unbegreiflich, wie schnell die letzten Monate vergangen waren. Und irgendwie war ich in dem ganzen Chaos mitten in die Hochzeitsvorbereitungen gerutscht und verantwortlich für den Brautstrauß.

Schnell warf ich einen Blick über die Schulter, um sicherzugehen, dass der Strauß in meinem Anhänger lag. »Es ist alles bereit. Im Schloss werden noch die letzten Vorbereitungen getroffen, aber die Dekoration steht.«

»Ach, eine wahre Märchenhochzeit in einem echten Schloss. Ich wäre zu gerne dabei«, schwärmte Gran. »Hauptsächlich wegen der Blumen, aber das Brautpaar ist sicher auch ein netter Anblick.«

»Ich glaube, die beiden sind einfach nur froh, wenn sie es endlich hinter sich haben. Dalias rechtes Auge zuckt seit gestern so seltsam, als herauskam, dass der Wein möglicherweise nicht rechtzeitig geliefert wird.«

»Großes Drama also.«

Ich nickte und erinnerte mich daran, dass sie mich ja nicht sehen konnte, woraufhin ich ein zustimmendes Geräusch von mir gab. »Sollte ich jemals heiraten, will ich eine kleine Feier. Vielleicht auch gar keine. Es ist Stress pur.«

»Sprechen wir also bereits von Hochzeit. Obwohl du uns den Jungen noch gar nicht vorgestellt hast.«

»Du kennst Darragh doch schon. Und wir kommen vorbei, sobald Basil und Dalia von ihrer Hochzeitsreise zurück sind.« In der Zwischenzeit musste Darragh die Stellung halten, aber danach stand es uns frei, die Insel für ein paar Tage zu verlassen.

»Nun gut«, kam es spitz zurück, aber ich wusste, dass Gran mir niemals wirklich böse war.

»Wie geht es Cleo?«

»Das Mädchen hat ein Talent für Zahlen. Seit einer Woche hilft sie mir bei der Buchhaltung.«

Lächelnd schüttelte ich den Kopf. Gran und Cleo hatten sich als wahres Dreamteam herausgestellt. Es war eine große Erleichterung, so musste ich mir für die letzten paar Monate auf Rùm keine Sorgen machen.

Sofort bereute ich den Gedanken. Die Hälfte meiner Zeit war bald vorbei. Dieser Erkenntnis lag wie ein Eisklumpen in meinem Magen und stellte seltsame Sachen mit meinen Innereien an.

Den Rest meiner Fahrt sprachen wir über alles Mögliche, wie der Laden zu Hause lief, was es dort Neues gab und was Apollo schon wieder angestellt hatte. Jedes Mal wenn ich hörte, dass alles entspannt lief, fiel mir ein Stein vom Herzen, der leider am nächsten Tag direkt wieder auftauchte.

Als der Marktplatz in Sicht kam, beendete ich unser Gespräch mit dem Versprechen, ganz viele Bilder von der Hochzeit zu schicken.

Mein erster Stopp des Tages führte mich zu Keyle, um ihr den Migränetee vorbeizubringen. Inzwischen gehörte der Besuch zu meiner wöchentlichen Routine.

Calypsos Geschäft war mein zweiter Stopp. Sie kam sofort heraus, in der Hand einige Erbsenschoten, die sie an Flora verfütterte. »Hübsch siehst du heute aus«, kommentierte sie mein dunkelgrünes Kleid und den burgunderfarbenen Schal, den ich um meine Schultern geschlungen hatte.

»Danke dir. Du natürlich auch.« Ich stieg vom Rad, um den Eimer Kompost aus dem Anhänger zu holen. Ich war dazu übergegangen, diesen nicht nur mit Magie, sondern auch mit Vulkanasche zu versetzen, was ihn zu einem perfekten Dünger machte.

»Ahh, da ist ja das Wundermittel«, rief Calypso erfreut. Mal wieder war ich überrascht von der Stärke der Fae, die den Eimer hochhob, als wöge er nichts. »Meine Vorräte sind fast schon wieder aufgebraucht.«

Ich folgte ihr in den Laden, der vergleichsweise leer war. Einige wenige Pflanzen standen herum, doch da Calypso gerade ebenfalls mit der Hochzeit beschäftigt war, blieb ihre sonstige Arbeit liegen. Sie brachte den Eimer durch ein Hinterzimmer hinaus in den Hof, der vor Blumendekorationen beinahe platzte.

»Wahnsinn, du hast dich echt selbst übertroffen.« Ich

strich mit den Fingern über einen kleinen Lindenbaum, verziert mit bunten Bändern.

Calypso streckte sich, nachdem sie den Eimer abgestellt hatte. »Danke. Aber inzwischen wünsche ich mir einfach nur meinen Hof zurück. Morgen wird alles abgeholt und dann kann ich endlich etwas entspannen.«

»Es wird großartig aussehen!«

»Apropos Dinge, die großartig aussehen, hast du den Brautstrauß dabei? Darf ich vielleicht einen Blick darauf werfen? Nur einen winzigen, ganz kurzen ...« Ihr Gesichtsausdruck erinnerte ein wenig an einen Mops, der es auf eine Wurst abgesehen hatte.

»Leider muss ich dich enttäuschen. Ich habe klare Anweisung erhalten, dass niemand – absolut niemand! – den Strauß vorher sehen darf.« Ich deutete über meine Schulter zum Laden. »Deshalb habe ich eine Wachente dabei.« Ich hatte Flora eigentlich aus einem anderen Grund mitgenommen, aber wie oft konnte man schon mit einer Wachente angeben?

»Na gut«, quengelte Calypso. »Dann schwing deinen Hintern lieber mal wieder aufs Fahrrad. Immerhin hast du heute ein wichtiges Dinner, zu dem du nicht zu spät kommen solltest.« Aufmunternd zwinkerte sie mir zu. »Du packst das!«

Ich umarmte sie zum Abschied, ehe ich mich auf den Weg machte. Es war ein wundervolles Gefühl, jedes Mal aufs Neue daran erinnert zu werden, dass ich inzwischen einige tolle Freundschaften hier auf Rùm geschlossen hatte.

Nach und nach leerte sich mein Anhänger, als ich einen Kunden nach dem anderen abklapperte. Überall lag die Aufregung für die Hochzeit in der Luft. Überall waren die Gärten mit bunten Bändern und Laternen geschmückt, welche die Insel bei Nacht in ein traumhaftes Licht tauchten.

Mein letzter Stopp, bevor ich zum Abendessen ins Schloss musste – definitiv ein Satz, von dem ich niemals gedacht hatte, ihn zu sagen –, war bei Larissa und ihren Mitbewohnern. Ihr kleiner Gemüsegarten hatte leider ein Nacktschneckenproblem, für das es nur eine gute Lösung gab: eine Ente, die jeden Tag ihr Eigengewicht futterte.

Es war nicht das erste Mal, dass ich Flora vorbeibrachte, und so wusste sie bereits, wo wir waren, noch bevor mein Fahrrad zum Stehen kam. Mit einem freudigen Quaken flog sie aus ihrem Korb und über den hohen Zaun, direkt in den Garten.

Kurz darauf öffnete sich das Tor und Larissa kam heraus. »Fütterst du das arme Tier überhaupt?«, fragte sie spielerisch vorwurfsvoll.

»Aber natürlich!«, verteidigte ich mich. »Ich füttere Flora und so ziemlich jeder andere Bewohner der Insel.« Wäre sie eine echte Ente, dann könnte sie inzwischen sicher nicht mehr fliegen.

»Solange du auch daran denkst, dich selbst zu füttern.« Liebevoll tätschelte Larissa mir die Wange. Irgendwie war ihr zu Ohren gekommen, dass ich mich ab und an so in meiner Arbeit verlor, dass ich die eine oder andere Mahlzeit vergaß. Nun hatte sie es sich zur Aufgabe gemacht, mich mit kleinen Leckereien zu versorgen.

Auch jetzt drückte sie mir eine Tüte handgemachter Bonbons in die Hand, welche sie regelmäßig von einer Cousine auf dem Kontinent bekam. »Vergiss nicht, ein paar davon mit deinem Freund zu teilen.«

Am Anfang hatte ich mir Sorgen gemacht, wie der Clan auf Darraghs und meine Beziehung reagieren würde. Es war nicht wirklich rational, aber ich war nun mal eine Fremde, die erst kurz auf der Insel lebte. Doch mir wurde schnell klar, dass die Bewohner sich über unsere Beziehung freuten.

»Das mache ich, versprochen.« Um meinen guten Willen zu zeigen, steckte ich mir direkt ein Bonbon in den Mund. Der süßsaure Geschmack von Himbeere flutete meine Sinne und ich schloss genießerisch die Augen.

»Mach dich auf den Weg, Kind, wir wollen schließlich nicht, dass du zu spät kommst«, wies sie mich an.

Um Flora musste ich mir keine Sorgen machen, meine Vertraute würde allein nach Hause finden. Ein letztes Mal winkte ich Larissa zu, ehe ich in die Pedale trat und Richtung Schloss fuhr.

Die Nachmittagssonne verschwand hinter einer Wolkenfront, die von einem scharfen Wind über den Himmel getragen wurde. Laut Wetterbericht würden die nächsten Tage zwar wolkig werden, aber es sollte trocken bleiben. Ich schickte ein kurzes Gebet zu Hekate, dass die Vorhersage auch wahr wurde. Das Letzte, was wir gebrauchen konnten, war Regen.

Vor dem Schloss stellte ich mein Fahrrad ab und eilte die kurze Treppe zum Eingang hoch. Die Tür wurde von innen geöffnet und ich rannte beinahe in Bonnie hinein, die gerade heraustrat.

»Oh, Briar. Ich hab mich schon gefragt, ob ich dich heute noch einmal sehe«, begrüßte sie mich freundlich.

»Ich bin hoffentlich nicht zu spät dran!« Da Drachen nicht an irgendwelche Boote oder Züge gefesselt waren, konnten sie kommen und gehen, wann sie wollten. Laut Darragh wollten seine Eltern am späten Nachmittag eintreffen, keine sonderlich präzise Zeit.

»Nein, keine Sorge«, beruhigte sie mich. »Ich habe nur noch schnell ein paar Dinge mit Basil besprochen. Es ist schließlich das erste Mal, dass zwei Räte zusammengelegt werden. Wir wollen nichts falsch machen.«

So ganz hatte ich die Politik hinter der Clanzusammenlegung immer noch nicht verstanden, aber der Rat und die Stellvertreter der Chiefs – also auch Darragh – würden mehr Verantwortung erhalten. Und sollten zudem in besseren Kontakt miteinander treten.

»Ist von eurer Seite aus alles bereit für die Hochzeit?«, fragte ich.

Bonnie überlegte einen Moment, ehe sie mir antwortete: »Für die Hochzeit auf jeden Fall, aber für das, was danach kommt, nicht ganz. Die Zeit wird uns mögliche Probleme sicher aufzeigen und dann können wir gemeinsam nach einer Lösung suchen.«

Ich hatte recht schnell herausgefunden, wieso ausgerechnet sie die Vorsitzende des Rates war. Bonnie besaß eine beinahe übernatürliche Weisheit und dazu eine Ruhe, die auf alle Anwesenden übersprang.

»Es wird sich schon irgendwie alles finden«, stimmte ich ihr zu und inzwischen glaubte ich sogar größtenteils daran. Nachdem Basil und Darragh sich ausgesprochen hatten, schien ein Knoten geplatzt zu sein, all der Schmerz und die Schuld waren endlich davongeschwemmt.

Eine Sache jedoch hielt mich davon ab, mich dem neuen Frieden vollkommen hinzugeben. Es war wie ein Splitter tief unter der Haut, den man nicht sehen konnte, aber leider spürte, sobald man sich falsch bewegte. Denn wir hatten immer noch nicht den Giftmischer gefunden.

Es gab weder einen Verdächtigen noch einen weiteren Angriff, der uns irgendwelche Anhaltspunkte lieferte. Es konnte sich durchaus um einen einmaligen Anschlag handeln, doch mein Gefühl – mein Instinkt – sagte mir, dass irgendetwas auf uns zukam.

Diesem Drang folgend hatte ich an einem ruhelosen Nachmittag direkt mehrere Ladungen des Gegenmittels hergestellt und sicher im Gewächshaus versteckt. Darragh hatte ich davon nichts erzählt, ich wollte ihn nicht erneut in diesen Kaninchenbau jagen. Nicht wenn gerade alles so gut für ihn lief.

»Ich mache mich dann wieder auf den Weg«, riss Bonnie mich aus meinen Gedanken.

Unverzüglich lächelte ich. »Einen schönen Abend wünsche ich dir noch!«

»Danke, das wünsche ich dir auch.«

Im Schloss machte ich mich auf die Suche nach seinen Bewohnern. In Basils Trakt wurde ich fündig. Von den Brüdern war nichts zu sehen, nur Dalia flatterte durch die Räume, um nicht vorhandene Unordnung zu beseitigen.

»Da bist du ja«, rief sie erleichtert aus, als ich ins Wohnzimmer trat. »Wie findest du es?« Hektisch deutete sie auf einen Durchgang, der ins Esszimmer führte. Der lange Tisch war kunstvoll gedeckt mit einer schneeweißen Tischdecke, teurem Porzellan und einem Tafelaufsatz, den ich genauer unter die Lupe nehmen musste.

Es war ein Kunstwerk aus Blüten und Blättern, geschmiedet aus reinem Drachengold. Mehrere Kerzen waren darauf verteilt und erweckten den Anschein, als wäre das Gold flüssig. Die frischen Blumen dazwischen sorgten für eine dezente Verspieltheit.

»Wie ich erwartet hatte«, wandte ich mich Dalia zu. »Absolut perfekt.«

Meine Worte schienen sie nur mäßig zu beruhigen. Ihre Finger flatterten nämlich, eine Angewohnheit, die ich in den letzten Wochen des Öfteren an ihr bemerkt hatte. Dalia hatte sich als Perfektionistin mit hohem Selbstanspruch entpuppt, die sich von niemandem etwas sagen ließ ...

... außer von dem Mann, der in dieser Sekunde das Zimmer betrat. Es war unglaublich, mit anzusehen, wie sein Erscheinen Dalia augenblicklich in Ruhe versetzte. Basil legte den Arm um ihre Hüfte und zog sie an seine Seite. »Ich habe doch gesagt, dass es perfekt ist.«

Ich nutzte den Moment, in dem die beiden sich voller Liebe in die Augen schauten, um den sorgsam in ein Handtuch gewickelten Brautstrauß in die Küche zu bringen. Meine Aufgabe für die Hochzeit war damit erledigt, nun konnte ich mich ganz und gar auf das Abendessen konzentrieren.

Neugierig spähte ich in die Töpfe und stellte erleichtert fest, dass es kein Haggis gab, wie Darragh mir angedroht hatte. Mit Wildbraten und Kartoffeln konnte ich leben. Vor allem, wenn es zum Nachtisch Crème brûlée gab.

»Hierhin bist du also verschwunden.« Dalia kam in die Küche gestürmt, blieb aber stehen, als sie den Blumenstrauß entdeckte. »Ist er das? Darf ich ihn auspacken?«

»Natürlich, es ist dein Brautstrauß.« Belustigt beobachtete ich, wie sie das Handtuch entfernte.

»Oh«, hauchte sie, als die großen Pfingstrosen zum Vorschein kamen. »Du hast es echt geschafft, sie heranzuziehen.«

Ich zuckte mit den Schultern. »Es war nicht schwer. Und ich bin so erleichtert, dass sie dir gefallen.« Behutsam strich ich über eines der weiß-rosa marmorierten Blätter. »Ich habe mir erlaubt, einen kleinen Zauber auf sie zu legen. Sie werden niemals verblühen, und wenn du nicht einen Einbrecher damit in die Flucht schlägst, auch sonst keinerlei Schaden nehmen.«

Zufrieden nickte sie, ehe sie den Strauß wieder in das Tuch wickelte. »Trotzdem soll Basil ihn erst sehen, wenn es so weit ist.«

Gerade, als sie die Küche verließ, trat Darragh ein und ich vergaß alles andere. Mein Herz klopfte so wild, als hätten wir uns seit Tagen nicht gesehen, nicht erst heute Morgen. Ohne Scham stürmte ich auf ihn zu und schmiss mich in seine Umarmung.

»Hallo, Kleines«, begrüßte er mich mit warmer Stimme. »Du siehst umwerfend aus.«

Etwas widerwillig löste ich mich von ihm, um den Rock meines Kleides zu glätten. »Ja? Nicht zu viel?«

»Nein, absolut großartig.« Er strich mir eine verirrte Strähne aus dem Gesicht.

Ich rechnete es ihm hoch an, dass er sich nicht über meine Nervosität lustig machte. Aber ich wollte einen guten Eindruck hinterlassen. Tatsächlich war dies das erste Mal, dass ich die Eltern eines festen Freundes kennenlernte. Bisher war es einfach nie so ernst geworden.

Stimmen aus dem Wohnzimmer erregten meine Aufmerksamkeit. Nun war es zu spät für einen Rückzieher oder eine Motivationsrede für mich selbst. Ein letztes Mal atmete ich tief durch, dann ergriff ich Darraghs Hand und machte mich auf, seine Eltern zu begrüßen.

Mir war sofort klar, woher die Brüder ihr Aussehen hatten. Wenn Ryan Thompson ein Blick in Darraghs Zukunft war, dann hatte ich echt Glück. Sein schelmisches Lächeln jedoch hatte er von seiner Mutter, die mit ausgebreiteten Armen auf uns zukam.

»Hallo, mein Schatz.« Sie legte die Hände um seine Wange und betrachtete ihn mit dieser Liebe in den Augen, zu der einzig ein Elternteil fähig war. »Erschreck mich bitte niemals wieder so.«

»Hey, Mum. Versprochen.« Mit seinem freien Arm umarmte er sie, ohne mich dabei loszulassen.

Dann wandte Olivia sich mir zu und ergriff meine freie Hand.

»Briar. Ich hab so viel über dich gehört. Es ist eine solche Ehre, dich endlich kennenzulernen. Wenn du nur halb so gewitzt bist wie hübsch, dann kannst du meinen Jungen sicher in Schach halten.«

Ihre freundlichen Worte überforderten mich ein bisschen, was mir ein hysterisches Lachen entlockte.

»Mum«, ging Darragh sachte dazwischen. »Lass Briar etwas Luft zum Atmen. Du hast nachher noch genug Zeit, sie zu überrollen.«

Olive warf ihm einen gespielt bösen Blick zu, trat aber den Rückzug an. »Nun gut. Geh und sag deinem Vater Hallo und dann lasst uns essen. Ich bin am Verhungern.«

So offen und heiter Olive war, so ruhig und gefasst war ihr Ehemann. Unter seinem festen Händedruck meinte ich meine Knochen knarzen zu hören, aber es war klar, dass es keine feindselige Geste war.

»Junge«, begrüßte er seinen Sohn und zog ihn in eine knappe, aber feste Umarmung.

Danach versammelte sich die komplette Truppe am Esstisch, und noch bevor Basil allen Wein einschenken konnte, wandte Olive sich mir zu. »Also, Briar, erzähl mir bitte ganz genau, wie du und Darragh euch kennengelernt habt. Und vor allem, wie du es fertiggebracht hast, ihn zu heilen.«

QUERCUS
EICHE

Am nächsten Morgen riss mich mein Wecker viel zu früh aus dem Schlaf. Der gestrige Abend war länger gegangen als erwartet, sodass wir erst weit nach Mitternacht ins Bett gefallen waren.

Zu meiner Erleichterung war meine Nervosität noch vor dem Hauptgang verschwunden gewesen – was möglicherweise dem Wein zuzuschreiben war. Aber am Ende des Essens hatte ich Ryan und Olive in mein Herz geschlossen. Und die beiden mich wohl auch, so wie sie die Verabschiedung hinausgezogen hatten.

Ich quälte mich unter meiner warmen Decke hervor, um dem Vogelgezwitscher meines Weckers endlich ein Ende zu setzen. Neben mir schlief Darragh friedlich weiter, einen Arm über dem Kopf, den anderen in meine Richtung ausgestreckt. Um ihn wach zu rütteln, brauchte es mehr als sanftes Zwitschern, eher ein ganzes Trommelsolo.

Einige Zeit saß ich einfach nur da, um seinen Anblick zu genießen. Im Schlaf sah er jünger aus. Sein Haar war unordentlich und fiel ihm in die Stirn. Ab und an zuckten seine Finger, was mich ein wenig an einen träumenden Hund erinnerte. Er war das Bild vollkommener Unschuld, verborgen unter gebräunter Haut und Muskeln.

Nachdenklich kaute ich auf meiner Unterlippe herum. In

den nächsten zwei Tagen würden wir kaum Zeit zu zweit haben. Behutsam, um ihn ja nicht zu früh zu wecken, zog ich die Decke herunter bis zu seinen Oberschenkeln.

Ich rutschte nach unten, bis ich einen Platz zwischen Darraghs Oberschenkeln gefunden hatte, dann schloss ich meine Finger um sein Geschlecht. Langsam bewegte ich die Faust auf und ab, wobei ich sein Gesicht genau im Blick behielt.

Es dauerte einen Moment, bis er sich regte. Er zog die Augenbrauen zusammen und drehte den Kopf auf die andere Seite, wachte aber nicht auf. Ich feuchtete meine Lippen an, nur um sie dann um seine Spitze zu schließen. Mehr als einmal hatte Darragh mich mit seinem Mund zwischen meinen Beinen geweckt, und es war an der Zeit, dass ich den Gefallen erwiderte.

Ich ließ seinen Schaft tiefer in meinen Mund gleiten, als Darragh die Augen öffnete. So ganz schien er noch nicht wach zu sein, aber ein zufriedenes Grinsen breitete sich auf seinem Gesicht aus. Ich setzte meine Anstrengungen fort, während mein eigenes Verlangen immer weiter anstieg.

Seine Finger schlichen sich in mein Haar, um sanft meine Bewegungen zu steuern. Ich beschleunigte mein Tempo, gleichzeitig wanderten meine Finger zwischen meine Beine, um meine nach Aufmerksamkeit bettelnde Perle zu massieren.

Darragh stöhnte auf und zog meinen Kopf nach oben. Auch wenn ich gerade erst mein perfektes Tempo gefunden hatte, beschwerte ich mich nicht, sondern kletterte seinen Körper hoch, bis sich unsere Gesichter auf einer Höhe befanden.

Sein glückliches Lächeln ließ mein Herz hüpfen. Unser

Kuss war langsam und tief, er trieb mein Verlangen in neue Höhen. Mit fahrigen Fingern brachte ich seine Härte in Position und ließ mich langsam darauf sinken.

Wir seufzten gleichzeitig auf, dann fing ich an, mich zu bewegen. Ich stützte meine Hände auf seiner breiten Brust ab, ohne mir dabei Sorgen wegen meines Gewichts zu machen. Es hatte einige Zeit gedauert, bis ich verstanden hatte, dass nichts Darragh so leicht verletzte.

Seine Finger gruben sich in meine Oberschenkel, aber er überließ mir den Rhythmus. Trotz des Feuers in meinem Inneren bewegte ich meine Hüften langsam, genoss das Gefühl, wie er mich ausfüllte.

Unter meiner Hand konnte ich spüren, wie sein Herz immer schneller schlug. Sein Blick fesselte meinen, als er über die Klippe fiel.

Viel zu schnell spürte ich auch meinen Höhepunkt wie eine Welle auf mich zujagen, doch als er mich davonspülte, wehrte ich mich nicht. In einem Knäuel aus verschwitzten Gliedern und leisem Lachen brachen wir auf dem Bett zusammen.

»Guten Morgen«, brummte er einige Atemzüge später an meinem Ohr.

»Und was für ein guter Morgen es ist.« Ich schmiegte mich enger an ihn, genoss die letzten Augenblicke nur für uns, ehe der Trubel der Hochzeit uns verschlang.

Eine Hochzeit in einem Drachenclan war eine vollkommen andere Sache als die Hochzeiten, zu denen ich bisher eingeladen war. Hier ging es nicht nur um eine Zeremonie beim Standesamt und eine Party danach, das hier war ein bedeutendes Ereignis, das sich über mehrere Tage zog.

Der heutige Tag war eine Art Aufwärmprogramm. Die beiden Clans kamen zusammen und es würden einige Spiele und Wettbewerbe stattfinden. Alles begleitet von einer Unmenge an Alkohol. Am zweiten Tag folgte das Handfasting, die eigentliche Eheschließung, und dann noch mehr Feierei.

Mein Geschenk an den Clan waren Dutzende Dosen meiner Anti-Kater-Medizin, gedacht für diejenigen unter uns, die leider keine Drachen waren.

Ich grinste mein Spiegelbild an. Inzwischen sah ich mich tatsächlich als Teil des Clans. Vor allem, da ich ab diesem Tag ein offizielles Mitglied der Dartliga war.

Nachdem ich mich fertig gemacht hatte, eilte ich in einem dunkelgrünen Jumpsuit die Treppe herunter, wo ich auf eine sehr griesgrämige Flora traf.

»Schau mich nicht so an! Eine Hochzeit ist nicht der richtige Ort für dich. Aber du kannst morgen bei der Trauung dabei sein.«

Als Antwort erhielt ich lediglich ein beleidigtes Quaken, dann watschelte sie aus dem Haus zu ihrem Teich.

»Sind wir bereit?« Darragh kam die Treppe herunter und mir stockte der Atem.

Er trug sein übliches Outfit, bestehend aus schwarzem T-Shirt und dunkler Jeans, doch an diesem besonderen Tag hatte er ein Wolltuch um die Schultern gelegt, das in den Farben des Clans leuchtete. Ein schimmerndes Grau, ein intensives Rot und ein tiefes Grün.

Vor mir angekommen, machte er eine kleine Verbeugung. »Die letzte große Hochzeit ist schon etwas her, aber es passt noch.«

Ich strich über den weichen Stoff. »Es sieht toll aus.«

»Gut, wenn es dir gefällt. Ich habe nämlich auch eines

für dich.« Hinter seinem Rücken holte er ein weiteres Tuch hervor und drapierte es um meine Schultern.

Bevor ich es verhindern konnte, traten mir Tränen in die Augen. Noch nie hatte ich mich so dazugehörig gefühlt, nicht einmal an meinem ersten Tag im Laden. »Es ist wundervoll.«

Braut und Bräutigam würden den Vormittag getrennt voneinander verbringen, eine alte Tradition, die etwas damit zu tun hatte, dass wenigstens einer der Ehepartner seinen alten Clan verlassen würde. Zumindest hatte Darragh es mir so erklärt.

Dalia hatte sich ein entspanntes Frühstück gewünscht. Was die Männer machten, wusste ich nicht, nur, dass sie sich ebenfalls im Schloss trafen.

Darragh und ich fuhren gemeinsam durchs Dorf, das traumhaft geschmückt war. Der Marktplatz war bereits vorbereitet, mit langen Tafeln, Ständen für Essen und Trinken und Spielen für diejenigen, die nicht durch brennende Reifen fliegen wollten.

Ja, das war tatsächlich ein Wettbewerb, auf den Darragh sich schon sehr freute.

Am Schloss angekommen, trennten sich unsere Wege. Ich stellte mich auf die Zehenspitzen und drückte Darragh einen Kuss auf die Lippen. »Wir sehen uns später. Ich liebe dich.« Die Worte hatten meinen Mund verlassen, noch bevor mein Verstand sie ganz verarbeitet hatte.

In den letzten Wochen hatten diese Worte so oft auf meiner Zunge gelegen, es jedoch nie über meine Lippen geschafft. Etwas hatte mich stets zurückgehalten und ich hatte mich selbst davon überzeugt, dass ich nur auf den richtigen Moment wartete. Der war jedoch niemals gekommen.

Nun war es so einfach gewesen. Wie einen Atemzug nehmen. Es war kein besonderer Augenblick, keine große Szene. Einfach nur wir beide. Besser hätte es eigentlich nicht sein können.

Darragh grinste auf mich herab. Natürlich war ihm bewusst, was gerade geschehen war, aber er machte keine große Sache daraus. »Bis später, Kleines.« Und nach einer kurzen Pause: »Ich liebe dich auch.«

Ein Empfangskomitee erwartete mich bereits, angeführt von Olive. Als sie mich in dem Schal sah, schlug sie die Hände vor den Mund. »Unsere Farben stehen dir so gut. Komm rein, *lass,* das Frühstück wartet.«

Frühstück war definitiv ein zu kleines Wort für das Festmahl, das im Ballsaal aufgebaut war. Damit konnte man sicher beide Clans gleichzeitig satt bekommen und nicht nur unsere kleine Gruppe.

Sobald sie mich entdeckte, zog Dalia mich in eine feste Umarmung, ehe sie mich der Reihe nach den Personen um sie herum vorstellte. Es erinnerte mich ein wenig an meine Willkommensfeier, so viele neue Gesichter und Namen.

Das Frühstück selbst war eine laute und lustige Angelegenheit. Jeder schien eine Geschichte über Dalia auf Lager zu haben. Von dem Tag, an dem sie beschlossen hatte, sich selbst einen Pony zu schneiden – und es sofort bereut hatte –, bis hin zu dem Moment, als sie das erste Mal von Basil gesprochen hatte.

Ich musste so viel lachen, dass mir am Ende der Bauch wehtat.

Da wir das Schloss beanspruchten, hielten die Männer sich im Stall auf. Durchs Fenster konnte ich einen Blick auf das Gebäude werfen, das deutlich ruhiger dalag als unser Flügel. Aber hinter den großen Fenstern konnte ich Bewegungen ausmachen, also war klar, dass jemand dort war.

Olive hatte sich selbst übertroffen, dieses Frühstück war besser als in jedem Sternehotel. Eine Mischung von Gästen aus beiden Clans hatte sich zusammengefunden, und bisher schienen alle eine tolle Zeit zu haben. Was sicher auch an dem Champagner lag, der fleißig floss, auch ich bekam sofort ein Glas in die Hand gedrückt.

Immer wieder hatte ich aus dem Fenster gestarrt, in der Hoffnung, einen kurzen Blick auf Darragh zu erhaschen. Doch leider hatte ich kein Glück. Stattdessen entdeckte ich plötzlich Olive, die von Lennox begleitet zum Stall eilte. Etwas in meinem Magen zog sich zusammen und ein Gefühl von Furcht übermannte mich. Noch bevor ich es richtig einordnen konnte, landete Flora vor mir auf dem Fensterbrett. Ihr aufgeregtes Schnattern konnte ich durch das Glas nicht hören, doch ihre wild aufgeplusterten Federn sprachen Bände.

Etwas Schreckliches war geschehen.

Ich war auf den Beinen und aus der Tür, noch bevor der Gedanke sich vollständig geformt hatte. Aufgeregte Stimmen riefen mir nach, aber ich beachtete sie nicht. Eine namenlose Furcht trieb mich voran, raus aus dem Schloss und auf direktem Weg zum Stall.

Auf halber Strecke kamen mir Olive und Lennox entgegen. Letzterer seufzte erleichtert auf, als er mich bemerkte. »Briar. Hast du eine Ahnung, wo Darragh steckt?«

Verwirrt blieb ich stehen. »Ist er nicht bei euch?«

Olive schüttelte den Kopf. »Er und Basil sind vor etwa einer halben Stunde kurz rausgegangen. Seitdem hat sie niemand mehr gesehen. Die beiden sind einfach verschwunden.«

Für einen Moment wurde jedes Geräusch von dem Rauschen in meinen Ohren übertönt. Olives Worte wollten einfach keinen Sinn ergeben, und doch wusste ich tief in meinem Inneren, dass sie wahr waren. Schlagartig war ich zurück in der Realität, mit einer einzigen klaren Aufgabe: Darragh zu finden.

Weit kam ich jedoch nicht, denn als ich mich umdrehte, rannte ich beinahe Dalia um, die mir anscheinend gefolgt war. »Was ist passiert?« Ihre Stimme war erschreckend ruhig, fast schon distanziert.

Ich überließ es Olive, die Situation zu erklären. Währenddessen machte ich mich auf die Suche nach Flora, die nicht länger auf dem Fensterbrett hockte. In einem großen Bogen kam sie zu mir heruntergeflogen, weiterhin aufgeregt schnatternd.

»Weißt du, wo sie sind?« Auf meine Frage erhielt ich nur noch mehr Geschnatter, was ich kurzerhand als Ja interpretierte.

»Geht es ihnen gut?« Wie konnte plötzliches Schweigen nur so viel sagen.

Meine Furcht ergab mit einem Mal Sinn. Was noch viel wichtiger war, ich verstand, woher sie kam. Und wieso sie sich so vertraut anfühlte. Es war dieselbe Furcht, die von mir Besitz ergriffen hatte, als Darragh sich in der Höhle in das Monster verwandelt hatte.

»Was sagt sie?« Dalia war neben mich getreten. Immer noch gefasst, doch ihre Hände zitterten beinahe unmerklich.

»Flora kann uns zu Darragh und Basil bringen. Allerdings muss ich erst noch ein paar Sachen holen«, erklärte ich und fügte eindringlich hinzu: »Der Giftmischer hat wieder zugeschlagen.«

Ich brauchte nicht mehr zu sagen, da lief Dalia bereits los. Dabei rief sie mir noch zu: »Lennox bringt dich nach Hause! Ich ziehe mich um und treffe euch dann dort.«

Ich sparte mir jedes Gegenargument. Genauso wenig, wie ich Darragh in der Höhle allein gelassen hätte, würde sie hier zurückbleiben, wenn Basil in Gefahr war. Es tat mir nur sehr leid um ihre wunderschöne Frisur.

Olive und Lennox, die unser Gespräch verfolgt hatten, traten vor. Erwartungsvoll blickten sie mich an und ich fragte mich, wie ich in die Position geraten war, dass Drachen sich ausgerechnet an mich wandten, sobald einer der Ihren in Gefahr war.

Zuerst richtete ich mein Wort an Olive. »Haltet die Gäste hin. Es gibt irgendein Problem, weshalb sich die Zeremonie verzögert.« Es wäre der Situation sicher nicht dienlich, würde ein Haufen besorgter fliegender Reptilien durch die Luft zischen.

»Lennox, du musst mich zu meinem Haus fliegen, okay?« Lennox nickte, ohne auch nur mit der Wimper zu zucken. Während er in seine Drachengestalt wechselte, blickte ich an mir herunter. Schon jetzt trauerte ich um meinen Jumpsuit. Etwas sagte mir, dass er die nächsten Stunden nicht überstehen würde, aber wenigstens konnte ich darin besser fliegen als in einem Kleid.

Meine Nervosität machte es nicht einfacher, mich auf Lennox' Rücken zu halten, gut, dass der Flug kurz war. Immer wieder rutschten meine schwitzigen Finger von den Schuppen ab, während ich versuchte, mir selbst gut zuzureden.

»Das ist nichts weiter als ein Notfalleinsatz. Du hast so was schon oft gemacht. Zum Beispiel als die kleine Elli vom Baum gefallen ist oder Susi Komplikationen bei der Geburt hatte.« Letztere war zwar eine Hündin gewesen, aber ich hatte trotzdem sechs süßen Welpen auf die Welt geholfen.

Lennox landete vor meinem Haus. Ohne weiter mit ihm zu sprechen, sprang ich von seinem Rücken und eilte zum Gewächshaus. Mit fahrigen Fingern holte ich das Heilmittel und all seine verschiedenen Bestandteile hervor, die ich in einem alten Rucksack verstaute.

Auf dem Weg nach draußen machte ich noch einmal kehrt. Aus der hintersten Ecke eines kleinen Schrankes holte ich einen Beutel voller Samen, die vielleicht nützlich werden würden. Es war besser, sich verteidigen zu können, wenn es um wild gewordene Drachen ging.

Inzwischen war auch Dalia angekommen, in ihrer Drachengestalt wartete sie auf der Straße auf mich. Lennox lief mit verschränkten Armen neben ihr auf und ab, Sorge zeichnete eine tiefe Falte zwischen seine Augenbrauen.

»Wir können los«, informierte ich sie, gerade als Flora ebenfalls landete.

»Ich komme mit«, sagte Lennox, doch es klang mehr wie eine Frage.

Dalia schüttelte ihren massigen Kopf. »Du musst hierbleiben«, grollte sie aus tiefer Kehle. »Sollten wir heute Abend nicht zurück sein, informier alle, was vorgefallen ist, damit sie nach uns suchen können.«

Ich kletterte auf ihren Rücken und war im ersten Moment überrascht, wie viel schmaler sie war. Gerade allerdings war mir das sehr willkommen, so konnte ich mich besser mit den Beinen festhalten.

»Solltest du Joseph begegnen, sag ihm bitte, er soll sich keine Sorgen machen. Ich bin eine Chief und kann sehr gut auf mich selbst aufpassen«, bat Dalia Lennox, ehe sie kraftvoll vom Boden abhob.

»Joseph ist schon vor ein paar Stunden verschwunden ...«, konnte ich ihn gerade noch sagen hören. Innerhalb weniger Augenblicke war er nicht mehr zu sehen, stattdessen schraubten wir uns über der Insel in die Luft. Trotz des enormen Größenunterschieds schaffte Flora es problemlos, mit uns mitzuhalten.

»Kannst du genau sagen, wo die beiden sind?« Selbst in dieser Gestalt war Dalias Furcht deutlich spürbar.

»Flora kann uns den Weg weisen«, erklärte ich, unsicher, ob sie mich über das Rauschen des Windes überhaupt verstehen konnte.

Sofort nahm Flora ihre Position vor uns ein. Wie ein blitzschneller schwarzer Stern führte sie uns nach Westen.

»Also immer der magischen Ente nach«, meinte ich Dalia sagen zu hören, konnte es mir aber auch genauso gut einbilden.

Minutenlang flogen wir geradeaus. Ließen die Insel hinter uns, bis hinaus auf den Ozean. Unter uns war nichts anderes als dunkles Wasser und in mir erwachte die grausame Vorstellung, dass sich die Brüder auf dem Grund des Meeres befanden.

Als zu unserer Rechten die Nachbarinsel Canna auftauchte, begann ich ein wenig an Floras Wissen zu zweifeln. Wieso um alles in der Welt sollten die beiden an diesen Ort fliegen? Mir fiel einfach kein plausibler Grund ein, der sie ausgerechnet an diesem Tag hierhertreiben würde. Auf der kleinen Nachbarinsel von Rùm gab es außer ein paar Bewohnern nichts. Soweit ich wusste, gab es nicht mal wirklich Kontakt zwischen den beiden Inseln.

Flora drehte erneut ab, weg von der anderen Insel. Der Befehl umzukehren, lag mir bereits auf der Zunge, da schälte sich am Horizont eine abgelegene Insel aus dem Meer. Mein Bauchgefühl schrie mich förmlich an, dass das unser Ziel war. Diese Insel bestand aus nicht mehr als ein paar rauen Klippen im stürmischen Ozean, trotzdem wusste ich, dass wir hier genau richtig waren.

Wie zur Bestätigung leuchtete in diesem Moment ein Feuerschwall auf. Ich musste Dalia nichts erklären, sie schoss nach vorne, nur um kurz darauf zur Landung anzusetzen. Je tiefer wir kamen, desto mehr Details konnte ich ausmachen.

»Sie kämpfen!«

HEDERA HELIX
EFEU

Dalias Aussage übertönte sogar den Wind, doch zuerst wollte ich ihr nicht glauben.

Dann sah ich es selbst. Zwei beinahe identische Drachen hatten sich ineinander verkeilt. Krallen und Zähne blitzten auf, Blut spritzte, ihr Fauchen und Keifen drang sogar bis zu uns.

»Fuck, verdammt!« Meine Flüche wurden vom Wind davongetragen. Unsere schlimmsten Befürchtungen waren zur Wirklichkeit geworden, diesmal hatte das Gift beide getroffen, und wenn wir uns nicht beeilten, würden die Brüder sich noch zerfleischen.

Etwa zehn Meter von der Insel entfernt blieb Dalia in der Luft stehen. Ihre Flügel schlugen um uns herum, unter uns krachte der Ozean mit riesigen Wellen gegen die spitzen Felsen. Ich war so was von außerhalb meines Elements.

»Ich kann nicht landen. Es ist zu gefährlich«, grollte Dalia. Die Hilflosigkeit schoss wie Elektrizität durch ihren Körper und brachte auch mich zum Erzittern.

Ich beugte mich vor, in der Hoffnung, so mehr zu sehen. Die Brüder bemerkten nicht einmal, dass wir aufgetaucht waren. In dem ganzen Gewirr von grünen Schuppen konnte ich nicht ausmachen, welcher wer war, aber es änderte auch nichts. Zu viel Blut war bereits geflossen.

Dalia hatte recht, auf den Felsen war nicht viel Platz, vor allem nicht, wenn wir jederzeit von Flügeln oder Krallen erwischt werden konnten. Wir mussten die beiden erst voneinander trennen.

Ich holte meinen Beutel hervor und betete, dass mein Plan aufgehen würde. »Flieg so nah ran, wie du kannst!«, brüllte ich Dalia zu, während mir der Wind die Haare ins Gesicht peitschte. Aus dem Täschchen holte ich eine Handvoll Efeusamen hervor, die ich zum richtigen Zeitpunkt auf den Felsen warf.

Dann krallte ich mich an Dalias Hals fest, um nicht aus Versehen in meinen nassen Tod zu stürzen, und bündelte meine Magie. Wie Funken raste sie durch meine Adern, sammelte sich in meinem Bauch, ehe sie wie ein Vulkan explodierte. Nach und nach trieben die Efeupflanzen aus, schlugen ihre starken Wurzeln in den Felsen und schlangen ihre Lianen um die Drachen. Zuerst hatten sie den kämpfenden Monstern nichts entgegenzusetzen, wurden zerrissen oder zerquetscht. Doch jedes Mal wuchsen direkt mehrere nach, dicker und fester.

Schweiß rann über meine Stirn, als ich alle Magie in diesen Zauber lenkte. Ein dumpfer Schmerz breitete sich in meinem Inneren aus, jede Verletzung der Pflanzen traf auch ein wenig mich.

Endlich bemerkten die Drachen, was um sie herum geschah. Nicht länger kämpften sie gegeneinander, sondern versuchten, den Efeu abzuwehren. Das war meine Chance, sie zu bändigen! Noch einmal konzentrierte ich mich auf all die Magie, die durch jede Zelle meines Körpers strömte – und tatsächlich: Nach und nach schafften meine Efeuranken und ich es, sie auf dem Felsen festzubinden.

Auch als die Drachen sich nicht länger bewegen konnten und kaum mehr eine der grünen Schuppen zu sehen war, schlang ich weitere Ranken um sie. Erst dann löste ich meinen magischen Griff. »Lange wird es nicht halten.« Meine Worte kamen stoßweise zwischen hektischen Atemzügen hervor.

Dalia landete federleicht auf dem von Krallenspuren gezeichneten Stein. Die Muskeln in meinem Körper gaben einfach auf und ich rutschte kraftlos ihren Rücken herunter. Schwer atmend blieb ich auf dem kalten Stein liegen und starrte in den Himmel.

»Briar! Ist alles okay? Kann ich was tun?« Dalias menschliche Gestalt schob sich in mein Blickfeld. Sie kniete sich neben mich und fasste mir besorgt an die Schulter.

Abwehrend hob ich die Hand. »Geht gleich wieder ... Muss nur kurz Luft holen.« Das Brennen in meiner Brust – wie nach einem langen Lauf – ließ langsam nach und ich stemmte mich nach oben. Nicht zuletzt wegen der Drachen, die weiterhin wie verrückt ihrem blättrigen Gefängnis entkommen wollten. Der Efeu knarzte und knackte, hielt aber stand. Wir hatten keine Zeit zu verlieren. Wenn einer der beiden freikam, würde keine Pflanzen der Welt uns retten können.

»Du musst mir helfen«, wandte ich mich an Dalia, als ich endlich halbwegs sicher auf meinen Beinen stand. Knapp erklärte ich ihr den Prozess, um dieser deutlich stärkeren Vergiftung entgegenzuwirken. Dass die beiden derart schnell und dauerhaft ihren Verstand verloren hatten, ließ nur darauf schließen, dass die Dosis um einiges höher war als beim letzten Mal.

Die Unsicherheit stand Dalia ins Gesicht geschrieben,

trotzdem ließ sie sich nicht davon abhalten. Jede von uns übernahm einen der Drachen, und auch jetzt schickte ich ein Gebet zu Hekate.

»Bitte lass es noch nicht zu spät sein. Bitte lass meinen Zauber wirken und gib uns Darragh und Basil zurück. Gib sie *einander* zurück.«

Ich konnte nicht sagen, welchen der Brüder ich vor mir hatte, aber es war auch egal. Der erste Ast sauste auf ihn nieder, ich konnte förmlich spüren, wie meine eigene Magie auf die des Fluchs traf. Ein unangenehmes Kribbeln arbeitete sich meinen Arm hoch, aber ich biss die Zähne zusammen und holte zum nächsten Schlag aus. Der Zauber zeigte seine Wirkung, der Drache erstarrte, seine bisher wütend hin und her zuckenden Augen kamen zur Ruhe. Doch es war noch lange nicht geschafft. Diesmal wirkte das Gegengift erheblich langsamer und ich bereute bereits, nicht noch mehr davon hergestellt zu haben.

Plötzlich legte sich eine unsichtbare Schlinge um meinen Hals und ich wurde ruckartig nach oben gerissen. Der Ast rutschte aus meinen Fingern, als ich panisch nach dem Seil tastete, um Luft zu kriegen. Meine Beine strampelten, ohne einen Halt zu finden. Das Brennen in meiner Lunge wechselte von unangenehm zu grausam und viel zu schnell zu unerträglich.

Ich wollte schreien, doch kein Laut schaffte es aus meinem Mund. Irgendwo in der Ferne meinte ich jemanden meinen Namen rufen zu hören, doch ich konnte nicht antworten. Genauso schnell, wie die Schlinge aufgetaucht war, wurde sie schwächer. Ich krachte zurück auf die Erde, ohne meinen Fall abfangen zu können. Der Zauber war nicht gebrochen, ich konnte das Seil immer noch spüren, aber etwas hatte die Präsenz, die ich erst jetzt bemerkte, abgelenkt. Sie hielt sich irgendwo in den Schatten versteckt.

Auch wenn ich nichts lieber wollte, als mich auf dem Boden zusammenzurollen und so lange einfach nur zu atmen, bis mein Körper nicht mehr schmerzte, sammelte ich meine Konzentration. Trotz des Schmerzes streckte ich meine Magie nach dem fremden Knistern der unbekannten Macht aus, bereit, mich zu wehren.

Ein wütender Schrei ertönte, eindeutig männlich, der abrupt verstummte, als ich eine Liane um den Kopf des Angreifers schlang. Kurz wunderte ich mich, wie einfach es gewesen war, ihn gefangen zu nehmen, doch der Gedanke verschwand sofort wieder. Ich wollte dieses Geschrei nicht hören, sondern einfach nur schlafen.

»Briar!« Dalia ging erneut neben mir auf die Knie. »Verdammt noch mal. Was ist hier los?«

Mit ihrer Hilfe schaffte ich es, mich wenigstens aufzurichten. »Hier ist noch jemand. Ein Hexer oder Magier. Er hat versucht, mich umzubringen.« Was ich absolut persönlich nahm. Hoffentlich hatte ich ihn aus Versehen mit meinem Efeu erwürgt.

Ich wollte nicht aufstehen, nicht einen Muskel mehr in meinem Körper rühren, aber meine Aufgabe war noch nicht erledigt. »Wir müssen weitermachen und Darragh und Basil heilen. Schnell, bevor er meine Ranken durchbricht.«

Die Rute, die ich zuvor benutzt hatte, lag immer noch neben mir auf dem Boden. Meine Finger zitterten, als ich sie ergriff, um mich erneut an die Arbeit zu machen. Noch einen Moment blieb Dalia an meiner Seite stehen, ehe sie meiner Aufforderung folgte.

Ich konnte spüren, wie der Fremde sich gegen meine Ranken warf, wie er seine Magie erneut in meine Richtung ausstreckte, doch wie durch die Hand der Göttin selbst, hielt der Efeu stand. Eine Rute nach der anderen sauste auf den versteinerten Drachen hernieder, bis ich keine mehr hatte. Dann griff ich nach der Salbe, um den Zauber zu vollenden. Erleichtert stellte ich fest, dass sich die Schuppen des Drachen wie beim letzten Mal von seiner Haut lösten. Nachdem ich auch den letzten Rest der Salbe verteilt hatte, machte ich einen Schritt nach hinten.

Ein Blick über die Schulter verriet mir, dass Dalia ihr Werk ebenfalls vollendet hatte. Immer wieder schaute sie zwischen den Drachen hin und her, doch ich konnte nicht stillstehen und warten. Ich beschwor den Magier in seinem Efeukokon zu mir.

In jeder anderen Situation hätte ich vielleicht über den Anblick einer Efeusäule, aus der wütendes Geschrei drang, gelacht. Gerade wollte ich den Verantwortlichen für dieses ganze Leid einfach nur zerquetschen. Meine Magie gehorchte diesem Impuls und der Efeu zog sich fester zusammen.

»Nicht!« Dalia legte mir die Hand auf die Schulter. »Es ist schon genug Blut geflossen.«

Natürlich hatte sie recht, aber meine Wut machte es mir schwer, locker zu lassen. Erst als Dalia meine Schulter drückte, kam ich wieder zur Besinnung. Zwar behielt der Efeu seinen festen Griff um den Magier, doch zog er sich so weit zurück, dass wir endlich ein Antlitz erkennen konnten. Dalia entglitten sämtliche Gesichtszüge.

»Joseph? Was …«, ächzte sie fassungslos. Ihre Miene war vor Entsetzen und Unglaube verzerrt, nur um sich kurz darauf in Trauer und Enttäuschung zu verwandeln. Joseph war einer ihrer besten Freunde, fast schon Familie, ich konnte

ihre Reaktion nachvollziehen. Auch wenn ich zugegebenermaßen etwas weniger verblüfft war als sie.

Mein Instinkt hatte mich also nicht getrübt: Er hatte mich
davor gewarnt, dass der Kerl noch zu einem Problem werden könnte. »Du hast einiges zu erklären.«

Aber das musste erst einmal hintanstehen. Erstens wurde
Joseph von einer Ranke geknebelt, lediglich aufgebrachtes
Gemurmel war zu hören, und zweitens hustete hinter uns
jemand hart. Und weil ich es nicht wagte, Joseph den Rücken zuzukehren, schaute ich nur kurz nach hinten. Anstatt
der beiden Drachen saßen dort nun die Brüder, voller Blut
und Dreck. Der Efeu hielt sie nicht länger gefangen, und Basil hatte sich bereits auf die Beine gekämpft, um zu seinem
Bruder zu gelangen.

Bei dem Anblick von Darraghs Gesicht wäre ich vor Erleichterung am liebsten zusammengesackt. Trotz der Hölle,
durch die er gerade gegangen war, grinste er mich an. Ich
erlaubte mir eine einzelne Träne, den Rest hielt ich zurück.
Noch war keine Zeit für einen Zusammenbruch.

»Du kannst ihn loslassen«, wies Dalia mich an, nachdem auch sie einen kurzen Blick auf Basil geworfen hatte.
Ganz die Chief, die sie war, sperrte auch sie für den Moment
ihre Emotionen weg. Ihre Arme hatte sie vor der Brust verschränkt, ihre Frisur hatte sich aufgelöst und die Strähnen
tanzten wie ein Heiligenschein um ihr Gesicht.

Ich zögerte, doch Dalias Ausdruck machte deutlich, dass
wir von Joseph nichts mehr zu befürchten hatten. Der Efeu
glitt aus dessen Mund und mit ihm zogen sich die Reste meiner Magie in die Erde zurück. Ich schwankte und versuchte
mit aller Macht, mich auf den Beinen zu halten. Eine Ohnmacht kam gerade nicht infrage.

Bekannte Arme schlangen sich um meinen Körper und ich wurde an eine warme Brust gezogen. Ein leicht hysterisches Lachen bahnte sich seinen Weg aus meinem Körper. »Du wurdest gerade fast in Stücke gerissen, und trotzdem bist du es, der mich stützt?«

Darragh drückte einen Kuss auf meinen Scheitel. »Dein Zauber hat alle Verletzungen geheilt ... Ich mache mir eher Sorgen um dich.«

Ich winkte ab, was wohl eher so aussah, als würde ich eine unsichtbare Fliege verscheuchen. »Mir geht es gut. Ich muss nur ein bisschen Energie tanken.« Und vielleicht eine Woche schlafen. Verdammt, wie ich Angriffsmagie hasste!

Ich nahm meine letzten Reserven zusammen, um mich der Person zuzuwenden, die Schuld an dieser ganzen Misere trug. Inzwischen war Joseph auf die Knie gegangen, sein Blick klebte auf Dalia, die mich in diesem Moment an eine Rachegöttin erinnert.

»Wieso?« Ihre Stimme war wie ein Peitschenschlag, dennoch entging mir nicht die Zerrissenheit darin.

»Weil ich dich liebe, Dalia. Schon unser ganzes Leben lang. Du machst einen Fehler, diesen Bastard zu heiraten. Schau dir doch nur seinen Bruder an, was er alles bereit war zu tun. Wie Tiere sind sie aufeinander losgegangen. Aber du bist geblendet von ihm, und siehst nicht, wie sehr *ich* dich liebe!«

»Stopp!« Dalia spuckte das Wort beinahe aus. »Das hat nichts mit Liebe zu tun. Ich habe dir bereits vor Jahren gesagt, dass ich nicht so für dich empfinde, und du meintest, dass du es verstehst.« Die Erkenntnis traf sie sichtlich hart. »Dass du mich die letzten Jahre angelogen und meinen Freund gespielt hast, hat rein gar nichts mit Liebe zu tun ... Und selbst wenn deine Obsession ehrlich wäre, entschuldigt es noch lange nicht, dass du versucht hast, mehrere Unschuldige umzubringen.« Dalias Augen wurden glasig, abermals drängte sie ihre Gefühle zurück.

Ekel stieg in mir auf, als Joseph doch tatsächlich auf den Knien auf sie zurobbte. Basil ging auf der Stelle dazwischen, bevor der Mistkerl ihr zu nahe kommen konnte.

Mit einem Mal veränderte Josephs Miene sich. Eine hässliche Wut durchbrach seine Maske der Unterwerfung und offenbarte sein wahres Ich. »Du verdienst meine Liebe nicht! Genauso wenig wie deinen Titel! Du bist nichts weiter als –«

Weiter kam er nicht, denn Darraghs Faust setzte seinen Worten ein schnelles Ende. Blut spritzte aus Josephs Mund, ehe er sich vor Schmerzen nach vorne beugte.

»Guter Schlag«, kommentierte Dalia kühl. Ihre Enttäuschung war Resignation gewichen.

Darragh schüttelte seine Hand aus. »Tut mir leid, dass ich dir zuvorgekommen bin. Den Schlag hättest du sicher gerne selbst gelandet.«

»Keine Sorge, ich kriege meine Chance.« Sie betrachtete den sich auf dem Boden windenden Mann wie Ungeziefer. »Lasst uns von hier verschwinden.«

Zustimmend nickte ich, bis mir siedeheiß einfiel: »Flora! Wo ist Flora? Wir können nicht ohne sie gehen!« Panik und Erschöpfung sorgten dafür, dass sich meine Stimme überschlug.

»Kleines.« Darragh legte beide Hände um mein Gesicht, bis ich mich beruhigt hatte. Dann drehte er meinen Kopf zu einem der Felsen. Dort saß Flora, vollkommen zufrieden mit der Welt und sich selbst, ein blondes Haarbüschel in ihrem Schnabel.

HELIANTHUS ANNUUS
SONNENBLUME

Das Erste, was ich bemerkte, war der Schmerz in meinem ganzen Körper. Genauer gesagt war es ein laut protestierender Muskel, der mich beim Umdrehen aus dem wundervoll tiefen Schlaf riss.

Langsam driftete ich aus dem Land der Träume in die Realität, auch wenn ich meine Augen weiterhin geschlossen hielt. Ich wollte noch nicht aufwachen und mich dem Schmerz stellen, den ich leider nur zu gut kannte. Es war diese seltsame Kombination aus Muskel- und Alkoholkater, die immer dann auftrat, wenn ich meine Magie ausschöpfte.

Als die Erinnerungen daran, was mich überhaupt erst in diese Situation gebracht hatte, zurückkamen, konnte ich leider nicht anders, als meine Augen aufschlagen. Ich lag in meinem eigenen Bett, so viel war sicher. Ein warmes und sicheres Halbdunkel umgab mich, die einzige Lichtquelle war eine Nachttischlampe.

Darragh saß neben mir auf dem Bett. In der einen Hand hielt er ein Buch, mit der anderen strich er in gleichmäßigen Bewegungen über meinen Kopf. Ich studierte sein Gesicht, auf der Suche nach Sorgenfalten oder Verletzungen, doch er wirkte entspannt.

Ich wollte etwas sagen, aber alles, was meinen Mund verließ, war ein raues Quietschen. Sofort legte Darragh sein

Buch zur Seite, um mir eine Tasse mit gekühltem Minztee zu reichen. Erleichtert nahm ich sie entgegen, um sie in einem Zug zu leeren.

Danach brachte ich tatsächlich ganze Worte zustande. »Guten Morgen. Falls es Morgen ist.«

»Morgen, Kleines.« Darragh küsste mich auf die Stirn und lehnte sich dann wieder zurück, worüber ich froh war.

Ich fühlte mich schrecklich. Zwar trug ich ein sauberes Shirt – Darragh hatte mich offensichtlich von meinem Jumpsuit befreit –, kam mir aber trotzdem dreckig vor. Außerdem wurde ich das Gefühl nicht los, meine Haut würde kleben. Die Minze tat nur wenig gegen den Geschmack von Staub und feuchter Erde auf meiner Zunge. Und ich wollte gar nicht erst wissen, wie meine Haare aussahen.

Ich stemmte mich hoch, bis ich wenigstens aufrecht im Bett hockte. Kurz drehte sich die Welt, doch die aufkommende Übelkeit verschwand sofort wieder. Ich hatte bereits vermutet, dass in dem Tee mehr als nur normale Minze war. Ich kannte die Mischung, meine Gran benutzte sie nur zu gerne.

»Woher hast du den Tee?«, fragte ich Darragh und bereute augenblicklich den vorwurfsvollen Ton in meinen Worten.

»Ich hab deine Gran angerufen, gestern nach unserer Ankunft. Du warst vollkommen weggetreten und hast überhaupt nicht mehr reagiert. Sie hat darauf bestanden, dass Lennox einige Kräuter bei ihr abholt, um dir zu helfen.« Sorge schwängerte Darraghs Stimme, und mit einem Mal kam ich mir vor wie ein undankbares Miststück.

Im verkaterten Zustand war ich nicht sonderlich nett, auch nicht zu den Leuten, die mir etwas Gutes tun wollten. Es war definitiv eine meiner schlechtesten Eigenschaften, die natürlich immer zum ungünstigsten Zeitpunkt an die Oberfläche drang. Hektisch rieb ich mir übers Gesicht, in der Hoffnung, die Kontrolle über mich zurückzugewinnen.

»Es tut mir leid, Darragh. Ich bin vollkommen fertig und weiß nicht so genau, was ich sagen soll.«

»Alles gut«, unterbrach er mich, bevor ich weiterplappern konnte. »Ich verstehe das. Wir haben alle sehr viel durchgemacht in den letzten vierundzwanzig Stunden. Fia hat Lennox auch ein besonderes Badesalz mitgegeben. Ich lasse dir jetzt eine Wanne ein, du machst dich in Ruhe frisch und dann reden wir, während du was isst.«

Tränen brannten in meinen Augen, was meinen Kopfschmerzen nicht sonderlich half. »Danke.«

Darragh drückte meine Hand, ehe er aufstand und ins Badezimmer verschwand. Schon bald hörte ich das Rauschen von Wasser. Ich quälte mich aus dem Bett, wobei ich meinen protestierenden Körper streckte. Der Tee zeigte bereits Wirkung, hoffentlich würde das Bad die Reste meines Katers vertreiben.

Auf schwachen Beinen schleppte ich mich ins Badezimmer, wo ich das Shirt einfach auf den Boden fallen ließ. Die Wanne war inzwischen halb voll und Darragh ließ das Badesalz hineinrieseln. Dankbar lächelte ich ihn an, nur um kurz darauf in das heiße Wasser zu gleiten.

»Ich warte unten auf dich. Lass dir Zeit.« Darragh verließ das Badezimmer und ich verdrängte erst einmal jeden weiteren Gedanken. Das letzte bisschen Muskelschmerz verschwand, und auch der Nebel in meinem Kopf lichtete sich.

So langsam kehrten alle Erinnerungen des letzten Tages zurück. Ich konnte immer noch nicht so ganz nachvollziehen, wie viel in dieser kurzen Zeit passiert war. Allen voran hatte ich Fragen, doch die wollte ich erst klären, wenn ich sicher war, dass es auch Darragh gut ging.

Nachdem ich meine Haare gewaschen und Zähne geputzt hatte, schlüpfte ich in eine bequeme Hose und ein weites Shirt, dann stieg ich auf nackten Füßen die Treppe herunter. Der Geruch von Rührei und knusprigem Bacon strömte aus der Küche.

Unten angekommen betrachtete ich das Bild, welches sich mir bot. Darragh war gerade dabei, die Eier auf zwei Teller zu verteilen, neben ihm auf der Anrichte, auf ihrer eigenen kleinen Decke, hockte Flora und beobachtete ihn dabei.

»Ich werde dir keinen Bacon geben, bis Briar das nicht abgesegnet hat«, erklärte er in diesem Moment. »Du siehst aus wie eine Ente, also sollte dein Magen auch funktionieren wie der einer Ente. Ich will keine Entenkotze aufwischen.«

Flora gab ein unzufriedenes Geräusch von sich, blieb aber neben ihm sitzen.

»Ihr beide seid süß.« Ich trat in die Küche, mit einem Knäuel aus Unsicherheit in meinem Magen. Zwar war ich vorhin nicht wirklich gemein gewesen, trotzdem hatte ich mich Darragh gegenüber noch nie so verhalten.

Als er aufblickte, zeigte sich sein strahlendes Lächeln. »Da bist du ja. Ich hatte schon Angst, du wärst in der Badewanne wieder eingeschlafen.«

Er streckte die Hand nach mir aus und ich begab mich in seine wartenden Arme. Für ein paar Atemzüge standen wir einfach nur da, geborgen beieinander. Dann meldete mein Magen sich überdeutlich laut zu Wort.

»Du musst dringend etwas essen.« Mit liebevoller Strenge drückte Darragh mich auf einen der Stühle, dann stellte er eine Tasse Kaffee und ein weiteres Glas Tee vor mir ab.

»Eigentlich sollte ich mich um dich kümmern«, merkte ich an, wehrte mich aber nicht, als Darragh mir auch Frühstück servierte.

»Ich bin nicht derjenige, der ohnmächtig geworden ist«, schoss er zurück.

»Nein, du bist nur derjenige, der erneut vergiftet wurde, um dann in einen Todeskampf mit einem anderen Drachen – keinem geringeren als deinem eigenen Bruder – verwickelt zu werden. So wie ihr beide aussaht, solltest du gar nicht in der Lage sein, Frühstück zu machen.«

»Dein Gegengift hat nicht nur die Vergiftung bekämpft, sondern auch jede andere Verletzung geheilt. Außerdem bin ich ein Drache, Kleines. Mein Körper heilt so viel schneller als deiner. Selbst ohne die Unterstützung deiner Magie wäre ich inzwischen wieder auf den Beinen.« Behutsam ergriff er meine Hand. »Du jedoch hast dich vollkommen verausgabt. Hexen haben offenbar keine so guten Selbstheilungskräfte.«

Er hatte recht, aber es fühlte sich dennoch komisch an, dass ich diejenige war, die bemuttert wurde. »Wie geht es dir überhaupt?« Und damit meinte ich nicht seine körperliche Verfassung.

Er zuckte mit den Schultern und schob mir den Teller voller Rührei zu. »Bis auf meine Sorge um dich, großartig. Ich erinnere mich nicht wirklich an etwas, bis du und Dalia aufgetaucht seid.« Auch wenn ich es ihm nicht so ganz abkaufte, akzeptierte ich das für den Moment.

»Und Dalia? Was ist mir ihr und Basil?«

»Soweit ich informiert bin, sind die beiden ebenfalls okay. Josephs Verrat hat Dalia stark getroffen, aber sie schlägt sich tapfer. Wenn es für dich okay ist, würden sie dich gerne besuchen kommen.«

Zustimmend nickte ich. So würde ich vielleicht Antworten auf all meine Fragen erhalten.

»Hoffentlich beruhigt Dalia sich dann auch wieder.« Darragh zeigte mir sein Handy, auf dem beinahe stündlich Nachrichten von ihr eingegangen waren, in denen sie sich nach mir erkundigte.

»*Atmet sie noch?*«, las ich kopfschüttelnd vor.

»Zwischendurch sahst du schon ein wenig tot aus.« Seine lockere Miene wurde einen Hauch ernster. »So etwas habe ich noch nie gesehen.«

Ich nahm endlich den ersten Bissen Frühstück, bevor ich antwortete. »Wir nennen es Magieschock. Kräuterhexen sind eher selten davon betroffen, da wir mit unserer Magie bereits vorhandene Kräfte beeinflussen. Ich habe gestern allerdings auf ein paar Angriffszauber zurückgegriffen, die mich ziemlich ausgelaugt haben.«

»Es war das Beeindruckendste, was ich je erlebt habe. Auch wenn mir fast das Herz stehen geblieben ist, als Joseph dich gewürgt hat.« Ein dunkler Schatten huschte über Darraghs Gesicht.

»Ich hätte es ihm direkt zurückzahlen sollen.« Der Gedanke daran entflammte meine Wut gegenüber Joseph erneut. »Und du erinnerst dich wirklich an nichts?«, hakte ich zaghaft bei Darragh nach.

Dieser schüttelte den Kopf. »Meine letzte klare Erinnerung ist auf Rùm und dass Joseph zu uns gekommen ist. Er meinte, dass Dalia kalte Füße gekriegt hat, deshalb wollte er Basil zu ihr bringen.« Kurz hielt Darragh inne, als würde er die Situation innerlich heraufbeschwören. »Etwas daran kam mir falsch vor, also bin ich mitgegangen. Danach sind es nur noch Bruchstücke. Ein kurzer Schmerz, plötzliche

Wut. Der Ozean unter mir, dann der raue Stein der Insel. Das Nächste, was ich klar gesehen habe, warst du.«

Mein Herz zog sich bei dem hilflosen Ausdruck in seinen Augen zusammen. Wenigstens erinnerte er sich nicht mehr an den Kampf mit Basil. Das würde der gerade heilenden Beziehung der Brüder sicher nicht guttun.

»Iss jetzt auf«, wies Darragh mich streng an. »Alles Weitere klären wir später.«

In entspannter Stille aßen wir, während Flora danebenhockte, ein Stück Bacon im Visier. Am Ende gab ich mich geschlagen. Sie hatte es sich mehr als verdient.

Als es an der Tür klopfte, stellte Darragh gerade die letzten Teller in die Spülmaschine, während ich aufmachte. Das Erste, was mir entgegenkam, war ein riesiger Strauß Sonnenblumen, gefolgt von Dalia, die mir um den Hals fiel. »Dir geht es gut! Wir haben uns solche Sorgen gemacht.«

Gemeinsam stolperten wir ein paar Schritte zurück, sodass Basil und der Blumenstrauß ebenfalls ins Haus treten konnten. Ein letztes Mal drückte Dalia mich fest an sich, dann ließ sie etwas Abstand zwischen uns zu.

Nun war es an Basil, mich kurz zu umarmen – was irgendwie seltsam war. »Danke für alles, *lass*, aber bitte jag uns niemals wieder einen solchen Schrecken ein.«

Mit den Sonnenblumen im Arm folgte ich ihnen zurück ins Wohnzimmer. Darragh wurde ebenfalls überschwänglich begrüßt, ehe er unsere Gäste zum Sofa leitete. Ich machte mich daran, eine passende Vase für die Blumen zu finden und sie direkt mit etwas Magie zu versorgen.

Als ich mich zu den anderen gesellte, zog Darragh mich sofort auf seinen Schoß. Zufrieden rollte ich mich zusammen. »Und wie geht es euch?«

Dalia lehnte ihren Kopf an Basils Schulter. »Ich bin fix und fertig. Wir haben die halbe Nacht damit verbracht, die Räte über Josephs Angriff zu informieren.«

»Was wird nun mit ihm geschehen?« Ich hatte nicht den blassesten Schimmer von Strafen in einem Drachenclan. Da ich nicht vorhatte, mit dem Gesetz in Konflikt zu geraten, hatte ich nie danach gefragt.

»Er hat Hochverrat begangen, als er Basil angegriffen hat. Nicht zu vergessen die Anschläge auf Darragh und dich. Aber du musst dir keine Sorgen machen, du wirst Joseph so bald nicht wiedersehen. Er ist an einem Ort gefangen, dem nicht einmal die mächtigsten Drachen entkommen können.« Der Schmerz, einen engen Freund verloren zu haben, zeigte sich auf Dalias Gesicht.

»Ich fasse es einfach nicht, dass er bereit war, mehrere Leute zu töten, nur weil er in dich verliebt war.«

Dalia atmete schwer aus. »Ich habe schon immer gewusst, dass er Gefühle für mich hat. Aber dass er bereit sein würde, so etwas zu tun ...« Sie schüttelte den Kopf. »Wie habe ich es nicht sehen können?«

Basil drückte sie an sich. »Es ist nicht deine Schuld. Niemand hat gewusst, wozu Joseph fähig ist.«

»Mich würde interessieren, woher er den Zauber hatte. So einen entdeckt man nicht einfach zufällig«, murmelte ich vor mich hin.

»Wir haben einige alte Bücher in seiner Wohnung gefunden.« Dalia stellte eine Tasche auf den Tisch zwischen uns. »Ich dachte mir schon, dass du mal einen Blick darauf werfen willst.«

Wortlos griff ich danach, meine Neugierde trieb mich an. Etwas stimmte an der ganzen Geschichte nicht, irgendwie passten die Puzzleteile nicht perfekt zusammen. Aber ich konnte nicht sagen, was es war.

»Er hat doch gestanden.« Ich griff nach dem ersten Buch, was sich als ein gängiges Hexenlehrbuch herausstellte. Es behandelte die Grundlagen, Hexen arbeiteten damit normalerweise schon in der Grundschule.

Auch die nächsten beiden Bücher waren nicht viel anspruchsvoller. Kleine Taschentricks, die ganz nützlich sein konnten, aber nichts davon kam an die Komplexität des Fluches oder auch nur an den *Scherz* mit den Maden heran.

»Das macht alles überhaupt keinen Sinn.« Mit einem Knall schloss ich das Buch und blickte in die Runde. »Joseph ist nicht annähernd mächtig genug für all das. Ansonsten wäre mir seine Magie schon viel früher aufgefallen. Bei unserem ersten Treffen gab es nicht das kleinste magische Knistern.«

»Was meinst du?« Fragend blickte Darragh mich an. Die gelöste Stimmung von zuvor war verschwunden, nun lag alle Aufmerksamkeit auf mir.

»Der Fluch ist selbst für mich kompliziert – und ich bin wirklich verdammt gut. Joseph hatte vielleicht das Wissen über Drachen und die Möglichkeit für den Angriff, aber nicht das Können, so einen Zauber auszuführen. Nicht einmal genug für die Aktion hier im Haus.«

»Bist du dir sicher?« Darragh griff nach den Büchern, um sie durchzublättern. Nicht weil er mir nicht glaubte, sondern weil seine Hände eine Beschäftigung brauchten.

»Moment, Moment«, unterbrach Basil uns. »Von was für einer Aktion sprecht ihr?«

Ups, da war ja was. Jetzt musste ich wohl reinen Tisch machen. Ohne Umschweife begann ich daher zu erzählen:

»Kurz bevor Darragh bei Dalia eingebrochen ist, hat mir jemand eine Art Botschaft geschickt.«

Dalia und Basil sahen mich fragend an.

»Na ja, es war nichts Schlimmes, nur ein paar Maden ...«

Der fragende Ausdruck der beiden verwandelte sich in Ekel.

»Keine Sorge, niemand ist verletzt worden und Flora hatte sogar ein wenig Spaß daran.«

Von ihrem Namen angelockt, landete diese nun auf dem Tisch, um ihren Kopf in die Tüte mit den Büchern zu stecken.

»Wieso habt ihr uns nichts davon erzählt?« Entrüstet blickte Basil zwischen seinem Bruder und mir hin und her.

Ich zuckte mit den Schultern. »Etwas hat mich davon abgehalten. Ich hätte schon damals wissen sollen, dass es was mit anderen Hexen zu tun hat.« Nur hatte mein Verstand zu dem Zeitpunkt noch nicht verarbeitet, was mein Instinkt bereits wusste.

Ich führte meine Erkenntnis weiter aus: »Joseph hat diese Zauber niemals selbst gewirkt. Irgendwer hat ihm dabei geholfen oder die Zauber sogar für ihn hergestellt.«

Mit einem Seufzer, der direkt aus den Tiefen seiner Seele zu kommen schien, lehnte Basil sich zurück. »Wieso? Alles, was ich will, ist heiraten, warum wollen die Hexen uns also ans Leder?«

Mitfühlend klopfte Dalia ihm auf den Oberschenkel. »Wir wissen ja noch gar nicht, was wirklich Sache ist. Vielleicht hat Joseph sich die Zauber einfach bei irgendeiner Hexe besorgt.« Obwohl sie versuchte, positiv rüberzukommen, konnte ich die Anspannung in ihren Schultern sehen. Und wie schwer diese letzten vierundzwanzig Stunden für sie gewesen sein mussten. Ihre Hochzeit wurde gesprengt, ihr ältester Freund hatte sich als Verräter entpuppt und nun wurde auch noch ein möglicher Hexenangriff zum Thema.

»Dalia hat recht. Vielleicht hat Joseph die Zauber einfach bei jemandem gekauft. Irgendwo hatte er ja auch die Bücher her.« Mit der Hand deutete ich auf die Tüte mit Beweisen, in der Flora es sich inzwischen bequem gemacht hatte.

Ich konnte förmlich riechen, wie wenig die anderen mir glaubten. Aber etwas anderes fiel mir in diesem Moment nicht ein.

Stattdessen meldete Flora sich zu Wort. Schnatternd und mit den Flügeln wackelnd kämpfte sie sich rückwärts aus der Tüte, wobei sie eines der Bücher mit sich zog, das um etliches älter aussah als die restlichen.

Behutsam nahm ich es entgegen, doch sobald ich es berührte, stellten sich mir die Nackenhaare auf. Etwas an diesem Buch war anders, auch wenn ich es mit bloßem Auge nicht erkennen konnte.

Mit geschlossenen Lidern machte ich mich daran, den Einband mit den Fingern abzutasten. Es war ein wenig, wie ein Schloss zu knacken, nur leider waren sowohl dieses als auch die Dietriche unsichtbar.

Endlich spürte ich es, ein sanftes Kribbeln, das vertraute Gefühl von Magie. Von da aus war es einfach. Wie Sand in ein Getriebe rieseln lassen. Die Magie, welche das Buch schützte, kam zum Erliegen, und als ich die Seiten aufschlug, konnte ich zahlreiche Notizen auf den Blättern entdecken.

»Wahnsinn.« Darragh schaute über meine Schulter, einen ehrfürchtigen Ausdruck in den Augen.

»Mund zu. Das ist tatsächlich nur ein Taschentrick. In der Schule haben wir damit immer Zettelchen herumgegeben, damit unsere Geheimnisse auch geheim bleiben. Hat man den Dreh erst einmal raus, geht es ziemlich leicht.«

»Trotzdem beeindruckend«, brummte Darragh.

Schnell überflog ich die Notizen, die sich als deutlich fortgeschrittenere Magie herausstellten als das, was ich bisher gesehen hatte. Und da war es – schwarz auf weiß: ein Hinweis auf den Fluch! Anklagend deutete ich darauf. »Joseph hatte definitiv jemanden, der ihm half.«

Das war nicht die Antwort, auf die Basil gehofft hatte. »Großartig. Gibt es vielleicht auch einen Hinweis, wer das war?«

»London.« Einem Impuls nachkommend hatte ich auf die erste Seite des Buches geblättert, dort prangte ein verschnörkeltes Zeichen. Es dauerte einen Moment, bis meine Augen in den Linien ein Bild fanden, doch dann konnte ich eine Brücke mit zwei Türmen ausmachen. »Hexen markieren ihre Habseligkeiten mit dem Symbol ihres Covens. In London gibt es nur einen einzigen Coven, den ältesten im vereinigten Königreich.«

»Joseph hat Verwandte in London«, murmelte Dalia mehr zu sich selbst.

»Wie ist der Plan?« Neue Energie durchflutete Darragh, jetzt wo wir wieder einen Ansatz hatten. »Wir können in wenigen Stunden nach London aufbrechen, meine Leute sind bereit.«

»Wie wäre es, wenn wir nicht direkt auf Angriff gehen«, versuchte ich ihn zu bremsen. »Es gibt einen einfacheren Weg. Der zudem weniger brutal ist.«

»Und der wäre?«

»Wir besuchen meine Grandma.«

LAURUS NOBILIS
LORBEERE

Per Luftlinie ging es erheblich schneller von Rùm nach Edinburgh als per Schiff und Zug. Auch wenn es mich einiges an Überwindung gekostet hatte, einem Langstreckenflug zuzustimmen. Allerdings hatten wir nicht die Zeit, einen Zug zu buchen und entspannt durch die Highlands zu tuckern. Stattdessen betrachtete ich sie nun von oben, während ich mich an Darragh festklammerte. Er bildete das Rücklicht unserer kleinen Reisetruppe, Basil flog voraus und Dalia in der Mitte.

Überraschenderweise dauerte der Flug nicht einmal eine Stunde und ich musste mich fragen, wie schnell Drachen eigentlich waren. Als Edinburgh in Sicht kam, meldete sich eine bisher unbekannte Unruhe in meinem Magen.

Von hier oben sah die Stadt so anders aus. Immer noch wunderschön, aber da war nicht mehr das allbekannte Gefühl des Nach-Hause-Zurückkehrens.

Innerlich schüttelte ich den Kopf. Das hier war immer noch mein Zuhause. Nur aus einem anderen Blickwinkel. »Und gerade bin ich einfach mit etwas anderem beschäftigt.«

Wir landeten ein Stück außerhalb der Stadt in einem Waldgebiet, das Darragh als Drachenparkplatz bezeichnete. »Hier können wir unbemerkt die Gestalt wechseln.«

Nachdem ich wieder festen Grund und Boden unter den

Füßen hatte, entdeckte ich voller Überraschung, dass Darraghs Beschreibung nicht nur metaphorisch gemeint war. Wir befanden uns nämlich tatsächlich direkt neben einem Parkplatz. »Was ist das?«

»Unser Weg in die Stadt. Oder wolltest du zu Fuß gehen?« Basil warf einen Autoschlüssel in die Luft, um ihn geschickt wieder aufzufangen.

»Also lasst ihr die Autos einfach so hier stehen?« Wir waren mitten im Wald, hier stolperte man vielleicht nicht direkt über den Parkplatz, aber zu hundert Prozent sicher konnte man sich nie sein.

»Das ist ein Gemeinschaftsprojekt der umliegenden Clans«, erklärte Dalia, während sie sich auf den Beifahrersitz sinken ließ.

Ich rutschte neben Darragh auf die Rückbank und ergriff sofort die Hand, die er mir hinhielt. Warum genau ich so nervös war, konnte ich nicht einmal sagen. Immerhin hatte ich schon deutlich kniffligere Sachen hinter mich gebracht als ein Gespräch mit einem Hexencoven.

Wir verbrachten die Fahrt in die Stadt schweigend. Ich hatte Gran noch schnell eine Nachricht geschrieben, dass wir bald da waren. Dann starrte ich aus dem Fenster und versuchte die Emotionen zu ordnen, die die Rückkehr in meine Heimatstadt auslöste.

Es fühlte sich gut an, vertraut, sicher, trotzdem war da nicht dieses Gefühl des Ankommens. Selbst als unser Anwesen in Sicht kam, wollte es nicht einsetzen.

»Alles okay?«, fragte Darragh, nachdem die anderen bereits ausgestiegen waren. Sorge zeichnete seine Stirn, nicht nur wegen mir, sondern vor allem wegen der ganzen Situation.

»Es ist einfach komisch, wieder hier zu sein«, beruhigte ich ihn.

Um meine angespannte Gefühlswelt konnten wir uns kümmern, wenn es keine Hexen-Gefahr mehr gab.

Cleo öffnete die Tür, ihr sonst so breites Grinsen wirkte angespannt. »Hallo, Briar ... und hallo, Drachenreiter.«

Dieser Ausdruck für meine Freunde klang merkwürdig. Ich hatte beinahe vergessen, welche Fassade die Drachen nach außen hin aufrechterhielten. »Es ist so schön, dich zu sehen, Cleo.« Ich zog sie in eine feste, aber kurze Umarmung, ehe ich eintrat.

Gran erwartete uns im Salon, der durchaus ein angemessener Ort für das Gespräch war, das uns bevorstand. Mehrere Sofas standen einander gegenüber, auf einem davon saß meine Großmutter mit ihrem üblichen Kreuzworträtselbuch.

Bei ihrem Anblick war mit einem Mal alles andere vergessen. Ich kam mir wie ein kleines Mädchen vor, als ich auf sie zurannte und mich in ihre Arme warf. »Ich hab dich vermisst, Gran.«

»Ich dich auch, mein Kind.« Sie schob mich ein Stück zurück, um ihre scharfen Augen über mich gleiten zu lassen. »Gut siehst du aus.« Dann wandte sie sich meinen Begleitern zu. »Darragh, ich freue mich sehr, dass du hier bist. Du hast gut auf mein Mädchen aufgepasst.«

Darraghs Ohren färbten sich bei ihrem Kompliment leicht rosa. »Die Freude ist ganz meinerseits, Fia.«

Dann waren Dalia und Basil an der Reihe, sich vorzustellen. Beide zeigten sich von ihrer besten Clanchief-Seite, voller Respekt und Ehrerbietung. Während sie sich beschnüffelten, wandte ich mich Cleo zu.

»Wenn du die Zähne noch fester zusammenbeißt, tust du dir noch weh.« Ich legte den Arm um ihre Schulter und zog sie an mich. »Was macht dir mehr zu schaffen, die Drachenreiter im Haus oder der Londoner Coven auf dem Weg hierher?«

»Beides im Wechsel.« Sie ließ sich gegen mich sinken. »Aber es ist schön, dass du wieder zu Hause bist.«

Ihre Worte versetzten mir einen kleinen Stich. Doch da es in diesem Moment an der Tür klingelte, musste ich mich nicht weiter mit dieser Erkenntnis beschäftigen. Für eine Sekunde erstarrten alle im Raum, dann machte Gran sich auf den Weg zur Tür.

Der Rest von uns setzte sich ebenfalls in Bewegung. Cleo verschwand in Richtung Küche, während ich mich zu Darragh gesellte, der auf einem der Sofas Platz genommen hatte. Ich konnte gedämpfte Stimmen durch das Haus hören, die sich langsam näherten.

Gran betrat als Erste das Zimmer, gefolgt von einer Frau Mitte vierzig, die hoch erhobenen Hauptes hereinspazierte. Ihr folgten ganze vier Hexen, die den bisher so großen Raum plötzlich eng erscheinen ließen.

Dalia und Basil bezogen hinter unserem Sofa Stellung, sodass wir eine vereinte Front bildeten. Die Londoner Hexen nahmen uns gegenüber Platz, ihre Gesichter vollkommen ausdruckslos.

Gran ließ sich auf einen einsamen Sessel sinken, ein leicht amüsiertes Lächeln auf den Lippen.

Wenigstens eine bleibt gelassen, schoss es mir durch den Kopf.

Auch Cleo kehrte zurück, ein Tablett mit Tee auf den Händen, den sicher niemand anrühren würde. Nachdem sie dieses auf einem der Beistelltische abgestellt hatte, platzierte sie sich neben Gran.

Damit waren die Fronten gesteckt, die Konfrontation war eröffnet. Nur wollte niemand zuerst sprechen.

Nach einer Minute angespannten Schweigens – untermalt vom Ticken der alten Wanduhr – wurde es mir zu viel. »Joseph ist überführt«, fiel ich direkt mit der Tür ins Haus.

Bisher hatte ich nur selten mit der Anführerin des Londoner Covens zu tun gehabt. Ich konnte mich nicht einmal an ihren Namen erinnern, Gran hatte mir auf die Sprünge geholfen – Silvia. Jedenfalls war sie mir stets sehr kühl vorgekommen. Vielleicht lag es auch daran, dass sie Außenstehende nicht sonderlich mochte.

Nun hob sie ihre schmale Augenbraue. »Ich weiß nicht, wer das ist.«

Ich hätte ihr vielleicht geglaubt, hätte nicht eine ihrer Background-Hexen bei der Erwähnung von Josephs Namen gezuckt.

»Ich habe weder Zeit noch Lust auf dieses Spielchen.« Ich holte das Buch mit den Notizen hervor und reichte es ihr über den Teppich zwischen uns. »Joseph hat versucht, zwei Drachen zu töten und damit Dutzende Leute in Gefahr gebracht. Eure Beteiligung daran könnte als Kriegserklärung angesehen werden.«

Nun trat die junge Hexe mit den langen schwarzen Haaren vor. Allerdings wandte sie sich nicht an mich, sondern redete direkt mit Silvia. »Das stimmt nicht. Joseph wollte lediglich einen Zauber, um einem der Reiter eins auszuwischen. Wir legen uns nicht mit Drachen an.«

»Und was ist mit den Maden in meinem Haus?« Darüber war ich immer noch ziemlich angepisst.

»Ach, komm schon!« Die Schwarzhaarige warf mir einen genervten Blick zu. »Das war bloß ein Scherz, weil du deine Nase irgendwo reingesteckt hast, wo sie nicht hingehört.«

»Weil *ihr* einen Drachen vergiftet habt!«, erinnerte ich sie wütend.

Silvia hob die Hand und verwies die Hexe damit zurück auf ihren Platz. »Wie du sicher weißt, liebe Briar, funktioniert unsere Magie bei Drachen nur bedingt. Also haben wir keine Möglichkeit, einen solchen zu vergiften. Du beschuldigst uns einer Tat, zu der wir nicht in der Lage sind. Soweit ich das verstanden habe, handelte es sich lediglich um einen kleinen Scherz gegen einen der Reiter. Aber offensichtlich geht es ihnen gut.« Sie nickte in Richtung Darragh und Basil, was nur bestätigte, dass sie definitiv Bescheid wusste, wen Joseph mit seinem Fluch hatte treffen wollen.

Ich war drauf und dran, sie darüber aufzuklären, dass Drachen und Reiter eine Person waren, als der scharfe Geschmack von Blut meinen Mund erfüllte. Eine Erinnerung an den Bluteid, den ich abgelegt hatte.

»Trotz allem kann es als eine Kriegserklärung gesehen werden«, wiederholte Basil meine Worte. »Ihr habt einen der Unseren gegen uns aufgebracht, in der Hoffnung, Chaos auszulösen.«

»Zu verdenken wäre es uns nicht.« Anscheinend hatte die Schwarzhaarige noch mehr zu sagen, denn sie drängte sich abermals in den Vordergrund. »Nach all den Hexen, die ihr verschleppt habt. All die Schwestern und Töchter, die nie zu ihren Familien zurückgekehrt sind. Was ist dagegen schon das Leben eines einzigen Drachen?«

»Alex«, schalt Silvia sie, jedoch ohne echte Strenge in ihrer Stimme.

»Aber was hat unser Clan damit zu tun? Wir haben euch nie etwas getan.« Nun mischte auch Darragh mit. Beruhigend legte ich ihm die Hand auf den Oberschenkel.

»Ein Drache ist ein Drache. Und ein toter Drache ist besser.« Beinahe schäumte die Wut aus Alex' Augen.

Es kostete mich meine ganze Kraft, Darragh auf dem Sofa zu halten. Wenn das hier so weiterging, würde unser antiker Teppich bald mit Blut getränkt sein.

Der Schmerz der Vergangenheit lag wie dichter Nebel im Raum. Ich konnte das Bild der Drachen, welches viele Hexen immer noch in sich trugen, nicht mit den Wesen gleichsetzen, die ich in den letzten Monaten kennengelernt hatte. Aber ich war auch nie Teil eines Covens gewesen. Doch jetzt, wo ich Teil eines Clans war, konnte ich den Schmerz mit einem Mal nachvollziehen.

»Ihr habt recht«, durchbrach Dalia die Stille, die mit jedem Herzschlag angespannter wurde. »Mir hat nie gefallen, wie mein Clan sich verhalten hat. Doch ich habe stets mehr Wert darauf gelegt, unter den Unseren nach Vergebung zu suchen. Dabei habe ich übersehen, was wir den anderen Völkern angetan haben. Es tut mir leid. Ich weiß, dass diese Worte den Schmerz nicht wiedergutmachen, aber vielleicht ist es ein Anfang für eine bessere Zukunft.«

Silvias eiskalte Maske bekam einen Sprung. Ein winziger Funken Wärme trat in ihre Augen. »Ich kann sehen, wieso Joseph dich so verehrt. Du bist eine kluge Frau.« Dann wanderte ihr Blick weiter zu Basil. »Und ich verstehe auch, wieso du dich für ihn entschieden hast.«

»Jetzt wird es seltsam«, nuschelte ich vor mich hin. Aber wenigstens hatte sich die Anspannung im Raum etwas gelöst.

»Du willst doch diese plumpe Entschuldigung nicht einfach durchgehen lassen, oder?« Alex wandte sich erneut an Silvia.

»Ich bin sicher, Dalia wird ihren Worten Taten folgen lassen und Wiedergutmachung für die Verbrechen ihrer Vorfahren leisten. Ich persönlich begrüße es, endlich Kontakt mit den Nachfahren der Hexen zu haben, die aus unserer Mitte geraubt wurden.«

»Solange ihr keine weiteren Angriffe gegen unsere Clans begeht«, schoss Dalia zurück.

Anstatt zu antworten, erhob Silvia sich mit einer geschmeidigen Bewegung. »Fia, danke für deine Gastfreundschaft. Ich freue mich schon auf unser nächstes Spiel.« Dann wandte sie sich direkt an mich. »Beeindruckende Arbeit, unseren Fluch zu brechen. Zu schade, dass du bereits ein anderes Zuhause gefunden hast.« Ihre Augen huschten zu meiner Hand, die nach wie vor auf Darraghs Oberschenkel lag, dann rauschte sie gefolgt von ihrer Entourage aus dem Raum.

Es war Cleo, die sich aufmachte, die anderen Hexen aus dem Raum zu begleiten. Der Rest von uns blieb zurück, unsicher, wie es nun weitergehen sollte.

»Was ist hier gerade passiert?« Darragh fand als Erster seine Worte wieder, auch wenn sie eine Frage waren.

»Ich glaube, wir haben einen Krieg verhindert.« Basil trat hinter dem Sofa hervor. »Innerhalb weniger Minuten.«

»Vielleicht nicht direkt einen Krieg, aber auf jeden Fall ein paar sehr unangenehme Wochen«, korrigierte Gran ihn. Ihr stolzes Lächeln war das gleiche wie jedes Mal, wenn ich einen besonders schweren Fall gelöst hatte.

»Was wir definitiv erreicht haben, sind Friedensgespräche. Ich hoffe nur, dass wir sie erst führen werden, wenn wir endlich verheiratet sind.« Dalia schmiegte sich in Basils Arme.

Die Hochzeit hatte ich beinahe vergessen. War es tatsächlich erst einen Tag her, dass wir uns dafür herausgeputzt hatten? Es kam mir so viel länger vor. Ich ließ den Kopf gegen Darraghs Schulter sinken, froh, ihn an meiner Seite zu haben.

»Das war die stressigste Situation meines ganzen Lebens«, gestand ich flüsternd.

»Sagt die Hexe, die mit einem verfluchten Drachen in eine Höhle gesperrt wurde«, gab er mit warmer Stimme zurück.

»Ach, ich bitte dich, so was passiert mir doch jeden Tag.« Ein Lachen brach aus mir heraus und nahm das letzte bisschen Anspannung mit.

»Nun, das war wirklich ein ereignisreicher Tag.« Gran erhob sich. »Ihr bleibt doch sicher noch zum Essen. Es gibt Braten mit selbst gemachten Knödeln. Wir müssen nur noch den Tisch decken.«

Niemand wagte es, meiner Großmutter zu widersprechen, und so saßen wir wenig später gemeinsam an unserem runden Esstisch. Es herrschte eine wohlig warme Atmosphäre, mit tollem Essen und lustigen Gesprächen. Doch auch wenn ich glücklich war, sehnte sich ein kleiner Teil von mir nach meinem gemütlichen kleinen Haus auf Rùm.

»Oh.« Neben mir verzog Darragh das Gesicht und riss mich damit aus meinen Gedanken. »Ich glaube, ich hab gerade auf ein Lorbeerblatt gebissen.«

»Das ist ein gutes Zeichen. Lorbeer bringt Glück.«

Nach dem Abendessen half ich Gran beim Einräumen

der Spülmaschine. Es war genau wie an so vielen Abenden zuvor, nur diesmal saß nebenan im Wohnzimmer jemand, den ich liebte. Und jedes Mal, wenn ich an Darragh dachte, musste ich lächeln.

»Weißt du, es ist in Ordnung, Kind.« Gran schloss die Spülmaschine mit Schwung, ehe sie mich anblickte. »Zu wachsen, sich weiterzuentwickeln. Deine Wurzeln werden immer hier sein.«

ROSA
ROSEN

Man musste es den Drachen wirklich lassen – nichts brachte sie so leicht aus der Ruhe. Innerhalb von vierundzwanzig Stunden nach unserer Rückkehr ging die Hochzeitsfeier weiter.

Ich wusste nicht, inwiefern die Clanmitglieder über die Geschehnisse informiert worden waren, aber es war auch egal. Joseph war nicht länger da, und auch die Gefahr der Hexen war gebannt. Jetzt war es an der Zeit zu feiern.

Der erste Tag der Feierlichkeiten wurde ausgelassen, Dalia und Basil wollten direkt zu dem Punkt kommen, an dem sich ihre Leben miteinander verwebten.

Ich war schon oft Zeugin eines Handfastings geworden, einer Zeremonie, bei der die Hände des Brautpaares mit einem Band verbunden wurden. Diese Art der Eheschließung war auch bei den Hexen sehr beliebt.

Dalia und Basil standen an den Klippen, von denen aus man einen unglaublichen Blick über das wilde Meer hatte. Alle Clanleute hatten sich in einem Halbkreis um sie herum versammelt. Es gab weder Stühle noch eine Sitzordnung, doch niemand störte sich daran.

Die Zeremonie war ein Traum. Zumindest das, was ich davon sehen konnte, denn meine Tränen machten es schwer, etwas zu erkennen. Dafür hörte ich die Gelübde des Brautpaares, voller Liebe, Hoffnung und Sicherheit, was die Zukunft anging.

Als die beiden ihren ersten Kuss als Ehepaar teilten, ließ ich meine kleine Überraschung frei. Tausende Rosenblätter segelten vom Himmel, wurden vom Wind erfasst und aufs Meer hinausgetragen, verfingen sich in den Haaren der begeisterten Hochzeitsgäste.

Ich applaudierte genauso laut wie jeder andere, ein wenig stolz, dass ich dabei geholfen hatte, an diesen Punkt zu gelangen. Der Jubel hielt weiterhin an, auch als das immer noch verbundene Paar sich mit einem Mal ohne Vorwarnung über die Klippen stürzte.

Mein Schrei ging in dem anhaltenden Jubel unter. Für einen Moment hatte ich vergessen, von welchen Wesen ich umgeben war, denn kurz darauf tauchten Dalia und Basil in ihrer Drachengestalt wieder auf, um mit voller Geschwindigkeit gen Himmel zu streben.

Bewegung kam in das Publikum. Nach und nach stürzten auch die anderen Drachen sich von den Klippen, um ihren Chiefs in die Lüfte zu folgen. Darragh drückte mir einen Kuss auf die Lippen, ehe auch er den Sprung wagte.

Diejenigen von uns, die ohne Flügel lebten, blieben auf dem Boden zurück, den Kopf in den Nacken gelegt. Über uns schwebte ein Wirbel aus Farben, das Sonnenlicht widergespiegelt von den vielen Drachenschuppen. Ich konnte nicht sagen, wie lange ich einfach nur dastand und das Schauspiel beobachtete.

Nach und nach kehrten die Drachen auf die Erde zurück, das Brautpaar als Letztes. Nachdem sie wieder ihre menschliche Gestalt angenommen hatten, stießen sie gemeinsam einen lauten Schrei aus, was wohl als Zeichen galt, dass die

Feier eröffnet war. Und irgendwie kam mir unsere sonst so weitläufige Insel mit einem Mal sehr klein vor. »Zum Glück sind morgen alle wieder verschwunden.«

Danach begab sich die Hochzeitsgesellschaft zum Schloss, wo die Feier unter freiem Himmel stattfinden sollte. Dort angekommen arbeitete ich mich durch die Menge, weg von der großen Tafel, an der die Gäste sich niederließen. Sogar die Tanzfläche war bereits eingeweiht, und trotz des üppigen Büfetts hatte es bereits viele Gäste dorthin verschlagen.

Ein blaues Aufleuchten in meinem Augenwinkel erregte meine Aufmerksamkeit. Zwischen den tanzenden Körpern machte ich eine Gestalt aus, die ein Kleid trug, das ich bereits zuvor gesehen hatte. Ihr langer Zopf schwang über ihren Rücken, während sie sich im Rhythmus der Musik wog.

Es überraschte mich nicht einmal, als Hekate den Blick zu mir wandte, ein Lächeln auf den Lippen. Ihr zufriedenes Nicken ging mir durch Mark und Bein. Stolz, wie ich ihn noch nie gefühlt hatte, durchfuhr mich.

Ein Pärchen verbarg mir kurz die Sicht auf die Göttin, doch als sie wieder zur Seite traten, war Hekate verschwunden. Einzig der Nachklang ihrer Magie schwang in der Luft.

Obwohl die Feier sich draußen abspielte, brauchte ich erst einmal frische Luft – zumindest im übertragenen Sinne. Die Party hatte sich nicht nur im ganzen Schloss ausgebreitet, sondern reichte bis hinein ins Dorf. Ein Ort war allerdings relativ ruhig, Darraghs Stall.

Drinnen sank ich auf den Stuhl vor seinem Schreibtisch und genoss die Stille. So wundervoll die Hochzeit auch war, spürte ich den Magiekater immer noch tief in meinen Knochen.

»Hier bist du also gelandet.« Darragh huschte durch die

Tür, um sie sofort wieder hinter sich zu schließen. Er trug einen umwerfenden schwarzen Anzug, die Krawatte hatte er inzwischen abgelegt. »Zu viel da draußen?«

Ich nickte. »So viele Leute auf einem Haufen sind anstrengend.«

Er kam zu mir und nahm auf der Kante des Schreibtisches Platz. »Ich hab mich früher auch oft hier versteckt, wenn ich keine Lust mehr auf die ganzen Partys hatte. Oder mich vor meinen Eltern verstecken wollte. Das ist auch der Grund, warum ich den Stall umgebaut habe.«

»Es ist schön, an einem sicheren Ort zu wohnen«, stimmte ich ihm zu und verkniff mir den Kommentar, dass er hier weniger wohnte als arbeitete.

Für einen Moment hingen wir schweigend unseren Gedanken nach. Normalerweise mochte ich eine solche Ruhe nicht, doch mit Darragh machte es mir nichts aus. Trotzdem ergriff ich das Wort. »Es war echt schön, wie du und Gran miteinander auskommt.«

»Fia ist großartig. Was mir von Anfang an klar war, immerhin hat sie dich großgezogen. Ich kann es kaum erwarten, sie wiederzusehen, wenn ich dich mal besuchen komme.«

Denn unsere Beziehung hatte ein Ablaufdatum. Mir blieben noch ein Herbst und ein Winter auf Rùm, ehe ich nach Edinburgh zurückkehren musste. Nicht wollte, nein, musste.

»Und was ist, wenn ich hierbleiben will?« Bisher hatte ich mich nicht getraut, die Frage auszusprechen. Weil ich Angst vor meinen Gefühlen hatte und noch mehr davor, dass mein Wunsch sich nicht erfüllen würde.

Darragh richtete sich kerzengerade auf. »Meinst du das ernst?«

Mit einem Mal hatte ich nicht mehr den Mut, ihm in die Augen zu sehen. »Rùm fühlt sich inzwischen mehr nach meinem Zuhause an als unser Familienanwesen. Also ja, ich meine es ernst.«

Darragh schwieg so lange, dass ich nicht anders konnte, als aufzuschauen. Er grinste mich so breit an, dass es beinahe grotesk wirkte. »Du bleibst hier?«

Ich nickte, mein Blick verschleiert von Tränen. »Wenn du mich hier haben willst.«

»Ich liebe dich.«

Grinsend legte ich die Hände um sein Gesicht und küsste ihn. »Ich liebe dich auch. Und ich kann es kaum erwarten, endlich Wurzeln mit dir zu schlagen.«

Danksagung

Es ist vollbracht, unglaublich. Diese Geschichte begleitet mich nun schon seit so vielen Jahren und nun darf ich sie endlich mit euch teilen, meine wundervollen Lesenden.

Wie immer hat alles mit einer Idee begonnen, einer Hexe und einem Drachen, gefangen in einer Höhle. Mit der Zeit hat sich vieles an der Geschichte verändert, aber eins ist immer gleich geblieben: die Wichtigkeit von Pflanzen, in der Story und im echten Leben.

Zuallererst möchte ich den beiden Kräuterhexen in meinem Leben danken. Meiner wundervollen großen Schwester Sara, die nicht nur ein wandelndes Pflanzenlexikon ist, sondern auch ein unglaublich wichtiger Fixpunkt in meinem Leben.

Und meiner Oma Gisela, die unseren Garten hegt und pflegt, genauso wie ihre Enkelkinder. Die definitiv bei Brettspielen betrügt und die besten Sprüche raushaut.

Und ich danke auch dem Rest meiner Familie, meinen Wurzeln, die mich immer unterstützen und meine größten Fans sind.

Tausend Dank an meine wundervollen Testlesenden Saskia, Laurin und Alex.

Meine Büchermädchen, ohne euch, eure andauernde Unterstützung, eure Hilfe in meinen dunklen Stunden und unsere gemeinsame Liebe für Geschichten hätte ich es niemals bis hierher geschafft.

Danke an meine Lektorin Ute, die mich so liebevoll hier bei Loomlight aufgenommen hat.

Und natürlich danke an euch, liebe Lesende, die ihr nun dieses Buch in den Händen haltet. Für eure Unterstützung und Begeisterung, für euren Glauben an mich und an meine Geschichten.

Lang, Cosima
Blossoms of Fire
ISBN 978 3 522 50885 8

Umschlaggestaltung: Giessel Design unter Verwendung
von Bildern von Shutterstock.com:
Tatkhagata/ Lana1512/Valentina Sova/Media Guru/
Amelia Design Art/VectorHive/None
Innengestaltung und Satz: Kadja Gericke
Blumenvignetten: Sara Schuster
Reproduktion: DIGIZWO GbR, Stuttgart
Druck und Bindung: CPI Books GmbH

© Loomlight
in der Thienemann-Esslinger Verlag GmbH,
Blumenstraße 36, 70182 Stuttgart
Bei Fragen zum Produkt: service@thienemann.de
1. Auflage 2025
Alle Rechte vorbehalten.
Wir behalten uns die Nutzung unserer Inhalte für Text und Data
Mining im Sinne von § 44b UrhG ausdrücklich vor.
www.thienemann.de

Content Note

Entführung
Verbrennungen
Gewalt und Folter
Explizite Szenen
Mordversuch
Vergiftung